SAUERLÄNDER

Beate Teresa und *Susanne Hanika* wurden in Regensburg geboren.

Beate Teresa Hanika katapultierte sich mit ihrem hochsensiblen Debüt »Rotkäppchen muss weinen« in die Herzen der Leser und der Presse. Das Buch wurde unter anderem mit dem Oldenburger Kinder- und Jugendbuchpreis und dem Bayerischen Kunstförderpreis ausgezeichnet und für den Deutschen Jugendliteraturpreis nominiert.

Susanne Hanika studierte Biologie und Chemie und arbeitete als Wissenschaftlerin im Zoologischen Institut der Universität Regensburg. Sie hat bisher fünf Erwachsenenkrimis veröffentlicht.

Seit 2010 schreiben die beiden Schwestern gemeinsam Jugendbücher. Sie leben beide mit ihren Familien auch heute noch in Regensburg bzw. dort in der Nähe.

Bei FISCHER sind bereits folgende Titel von Beate Teresa Hanika lieferbar: ›Rotkäppchen muss weinen‹, ›Erzähl mir von der Liebe‹ und ›Nirgendwo in Berlin‹.

›Jenseits des Schattentores‹ ist der erste gemeinsame Titel der beiden Autorinnen bei FISCHER.

Weitere Informationen zum Kinder- und Jugendbuchprogramm der S. Fischer Verlage, auch zu E-Book-Ausgaben, gibt es unter *www.fischerverlage.de*

Beate Teresa Hanika • Susanne Hanika

Jenseits des Schattentores

SAUERLÄNDER

MIX
Papier aus verantwortungsvollen Quellen
FSC® C083411

Erschienen bei FISCHER SAUERLÄNDER

Dieses Werk wurde vermittelt durch die Literaturagentur
Astrid Seizinger und die agentur literatur hebel & bindermann
Umschlaggestaltung: Nele Schütz, München
Satz: Pinkuin Satz und Datentechnik, Berlin
Druck und Bindung: CPI books GmbH, Leck
Printed in Germany
ISBN 978-3-7373-5246-8

Prolog

»Dies ist das letzte Mal!« Der Gott der Unterwelt ließ einen so gewaltigen Blitz durch die Steinhalle fahren, dass der Mann vor ihm erschrocken den Kopf einzog.

»Er ist doch noch so jung …«, wagte er einzuwenden, als sich der Rauch verzogen hatte und nur noch der Geruch nach Schwefel und verbranntem Horn zurückblieb.

»Was tut er jetzt?«

»Er schläft, Herr, ich habe versucht, ihn zu wecken, doch er hat nur mit einem Schuh nach mir geworfen.«

Die Miene des Gottes umwölkte sich.

»Nicht schlimm, nicht schlimm. Er hat mich verfehlt. Aber er wollte nicht zu seiner Griechischstunde erscheinen. Er ist zu müde, um seine Lektionen zu lernen. Das können wir beizeiten nachholen. Wenn der junge Gott …«

»Müde, weil er sich auf der Erde herumtreibt. Dieser Nichtsnutz!«

»… wenn der junge Gott ausgeschlafen hat«, beendete der Mann seinen Satz mit einem beschwichtigenden Lächeln.

Der Gott sprang auf und schubste den riesigen schwarzen Hund von den zahlreichen Fellen, die um seinen Thron herumlagen.

»Wir werden ihn bestrafen, Präfektor!«, kündigte er an.

»Nennt mich nicht Präfektor!«, wagte es der Lehrer einzuwenden.

Ein Schnauben war die einzige Antwort.

Der Mann trippelte dem Gott hinterher, so schnell er nur konnte, doch trotz großer Anstrengung gelang es ihm kaum, Schritt zu halten. Sie durchquerten die Halle, liefen eilig durch zahlreiche Gänge, der schwarze Hund immer dicht auf ihren Fersen. Schließlich erreichten sie die Schlafgemächer, und der Gott der Unterwelt riss entschlossen die Tür zum Zimmer seines Sohnes auf. Wutschnaubend starrte er auf das Bild, das sich ihm bot: Der junge Gott lag ausgestreckt und nackt auf unzähligen Kissen, sein Mund war im Schlaf leicht geöffnet, die Stirn gerunzelt, seine Lippen entfachten ein seltsames Gefühl in der Magengegend seines Vaters.

Er hat die Lippen seiner Mutter, dachte er. Dieselbe Nase. Denselben Dickkopf.

»Seid nicht zu hart zu ihm«, jammerte der Präfektor und wandte sich beschämt ab, um nicht den nackten jungen Gott ansehen zu müssen.

»Er wird seine Göttlichkeit verlieren, wenn er weiter nichts im Sinn hat, als sich zu amüsieren und herumzuhuren! Und weißt du, was das bedeutet?«

Der Lehrer knickte ein, sein flächiges Gesicht wurde noch blasser und sorgenvoller, und er hob Einhalt gebietend seine Arme.

»Nein! Nur das nicht! Das bedeutet seinen Tod! Ich

als sein Lehrer, sein Fürsprecher, kann dies nicht zulassen!«

»Und was schlägst du vor, du Wicht?«

»Gebt ihm noch eine Chance! Eine einzige!«

Der Gott legte überlegend seine Hand ans Kinn. Sein Sohn atmete tief und gleichmäßig. Vor seiner Ruhestätte lagen Weinflaschen, die nachlässig geformte Skulptur einer Nackten ohne Kopf und ein überquellender Aschenbecher.

»Er hat es nicht verdient«, sagte der Gott düster, »aber ich werde ihm drei Aufgaben geben, die er erfüllen muss, sonst ist sein Leben verwirkt …«

Erstes Kapitel

Einunddreißigster März, der Tag, an dem Aurora auf den höchsten Punkt des Kolosseums kletterte, von Carabinieri bis in die Via di San Saba verfolgt wurde und durch die Küche eines vietnamesischen Restaurants auf der Piazza Bernini entkommen konnte.

Für eine alte Göttin wie mich ist es nicht leicht, dem Treiben der Menschen zuzusehen. Sie sind unvernünftig und aufbrausend, streiten wegen Kleinigkeiten und machen sich das Leben durch andere Unzulänglichkeiten schwerer, als es sein müsste. Es ist nicht leicht, ihnen zuzusehen, ich kann nicht über jeden von ihnen wachen, und wenn ich ehrlich bin, hänge ich oft tagsüber ein dunkles Tuch über meine Silberkugel, weil ich von ihrer Geschwätzigkeit, ihrem Hang zu unangemessener Dramatik und ihren Tollpatschigkeiten mittlerweile stechende Kopfschmerzen bekomme. Obwohl ich weiß, dass ich meine Aufgaben vernachlässige, liebe ich es viel mehr, die Wolken anzusehen, in der Ruhe des Meeres zu versinken oder eine sternenklare Nacht zu genießen.

Nicht so am Morgen des zwölften Augusts des Jahres 2013 nach Christus.

Allein ihre Zeitrechnung lässt mich die Hände über dem

Kopf zusammenschlagen. 2013 nach Jesus Christus! Götter des Olymp! Die Zeit lässt sich nicht berechnen, nicht festhalten, nicht nummerieren wie Gerstenkörner, die man in einer Hand halten kann. Selbst ich, die ich älter bin als die Welt und älter als vieles, was das Universum zu bieten hat, kann mich nicht an den Anfang der Zeit erinnern.

Wie dem auch sei. Am zwölften August, nur der Einfachheit halber, zog ich das Tuch von der Silberkugel, um einen vorsichtigen Blick auf die Welt zu werfen, bevor ich in aller Ruhe etwas vor meinem Turm dösen wollte. Zugegeben, schon die letzten Wochen war mir das Mädchen mit dem Namen Aurora Perrini aufgefallen. Nicht, dass ich mich normalerweise für einzelne Menschen interessiere. Nein.

Ich entdeckte Aurora Perrini in der Stadt, der einzigen richtigen Stadt dieses Planeten, in der Metropole, in der mein Herz schlägt. Ich entdeckte Aurora Perrini in Rom.

Der pulsierendste Punkt Roms ist für mich das Pantheon, ein von außen wuchtiger Bau aus grob behauenen Ziegeln, von Tausenden von Menschen mühevoll aufgeschichtet, ein architektonisches Wunderwerk. Über tausend Jahre lang hatte es die größte Kuppel der Welt, und es ist den alten Göttern geweiht. Daran kann auch nichts ändern, dass die katholische Kirche diesen Bau an sich riss und ihn in ihrer Verzweiflung der heiligen Maria weihte. Nichts gegen die heilige Maria, aber im Pantheon schweben Mars und Athene, und Zeus und Neptun reichen sich die Hand. Es ist kein Ort für Heilige, sondern für Diebe, Bettler und Ganoven.

In alten Zeiten standen die Menschen in der Mitte des Pantheons und hoben ihren Blick, denn von dort aus kann man durch eine Öffnung in der Kuppel den Himmel über Rom sehen, und sie spürten die Energie der Götter durch ihre Körper spülen. Wünsche wurden ins Universum gesogen und erfüllt, Schmerzen gelindert, Krankheiten geheilt.

Und heute? Heute ist dieser Punkt abgesperrt mit roten dicken Kordeln. Es ist verboten, sich auf der Erde niederzulegen, obwohl es normal ist, dass ein menschliches Wesen dieser Energie nicht standhalten kann. Es ist verboten, nackt zu sein – o ihr Unwissenden! Die Götter lieben nackte Körper, sind sie doch selbst meist nackt und vergnügt, oder waren es zumindest früher, als die Erde noch jung war.

Da sah ich sie.

Sie kam durch die von Säulen gesäumte Pforte herein, etwas eilig, sie stolperte fast über eine kniende Bettlerin, ihr Haar, pechschwarz, lockig und offen, hing ihr fast bis zur Taille. Ich gebe zu, es war ihr Haar, das mich stutzen und ihr nachblicken ließ, denn es war wie mein eigenes, früher, bevor sich immer mehr weiße Fäden wie Silber hindurchzogen.

Perrini. Aurora. Siebzehn Jahre und sechs Monate alt. Wie viele siebzehnjährige Mädchen gibt es auf Erden? Wie viele Wirrungen und Katastrophen entstehen durch diese siebzehnjährigen Wesen auf dem Weg zum langweiligen Erwachsenendasein, in dem sie gezähmt und traumlos an der Seite eines Mannes enden, der ihrer Anmut nicht würdig ist?

Aber genug davon.

11:55 Uhr. Genau fünf Minuten vor der vollen Stunde.

Alles lief nach Plan. Obwohl Aurora Perrini das Pantheon gerne mied – jedes Mal baute sich dort in ihrem rechten Ohr ein Druck auf, als würde sie krank werden –, hatte sie die Hoffnung, dass es auch diesmal gutgehen würde. Sie huschte an dem Aufseher vorbei, die grüne Samttasche an ihren Bauch gedrückt, als hätte sie Angst vor Dieben, den Blick nach oben gewandt, wie all die Menschen um sie herum. Unbeirrt strebte sie dem zentralsten Punkt dieses gewaltigen Raumes entgegen, der mit roten Kordeln abgesperrt war. Den Aufseher ignorierend, schlüpfte sie darunter hindurch, stellte sich genau in die Mitte und sah hinauf. Das gehörte nicht zum Plan, aber sie liebte diesen majestätischen Blick nach oben, die Sonnenstrahlen, die direkt aus dem Himmel durch die Öffnung des Daches zu brechen schienen, dazu die sirrenden Rufe der Mauersegler, die sich an keine Verbote halten mussten, durch diese Öffnung stürzten und im nächsten Moment schon wieder verschwanden.

Als sie den Aufseher auf sich zukommen sah, duckte sie sich rasch unter dem Absperrband hindurch und rempelte ihn an. Trotzdem packte er sie kurz an der Schulter, ließ sie dann aber gehen, als er in ihr schmales, ovales Gesicht mit den dichtbewimperten Augen blickte. Er schüttelte warnend den Kopf, aber sie verschwand wortlos in der Menge, mit klopfendem Herzen.

Aurora musste nicht mehr nachlesen, wie ihr Auftrag dieses Mal lautete.

Zwölfter August. Zwölf Uhr. Das Pantheon sei dein Ziel. Suche das Grab Raffaels, berühre den Boden. Berühre die Zehen der Heiligen Gottesmutter Maria, deren Statue direkt darüber steht, und vor allen Dingen, berühre den Boden hinter ihr.

Diese Nachrichten hörten sich immer höchst mysteriös und gelegentlich leider auch höchst sinnlos an, aber tief in ihrem Inneren wusste Aurora, dass das nicht so war. Sie bekam keine sinnlosen Aufträge. Nach jedem hatte sie das Gefühl, etwas Wichtiges erledigt zu haben. Irgendwann würde sie den ersten losen Faden mit dem letzten verknüpfen, und sie würde erstaunt sein, weshalb sie es nicht gleich verstanden hatte.

Der Aufseher war verschwunden.

Das Grab Raffaels war beleuchtet.

Darüber stand mit gütigem Blick Maria del Sasso.

Aurora drehte sich nicht mehr um. Sie schlüpfte auch unter diesem Absperrband hindurch, berührte in schneller Folge die Zehen der Statue und den Boden dahinter. Danach hatte sie ein Centstück in der Hand und ein Lächeln im Gesicht. Für mehrere Herzschläge starrte sie in das Antlitz der Maria, und obwohl sie wusste, wie unklug es war, die Zeit verstreichen zu lassen, ließ sie es zu, dass mit dem Pulsieren des Blutes in ihrem Kopf ihr Vater ihre Gedanken zu beherrschen begann, sein beunruhigend abwesendes Verhalten der letzten Tagen. Sein hinkender Gang schien schlimmer geworden zu sein, und er war schon länger nicht mehr in der Universität gewesen.

Wieso?

Im selben Moment schrillten Trillerpfeifen, das allgemeine Gemurmel schwoll an, und mit ihrem eigenen Herzschlag im Ohr schlüpfte Aurora schnell unter den Kordeln hindurch, bahnte sich durch die Flut von Touristen energisch den Weg zum Ausgang, unbeirrt von Menschen, die nicht ausweichen wollten, sondern die im Gegenteil versuchten, sie an ihrer Jacke zu packen.

Im nächsten Moment stand sie vor einem Carabiniere. Sie duckte sich auch unter seinem Griff hindurch und begann zu laufen. Ihr Herz stolperte, als sie die Via della Rotonda entlangspurtete, die später zur Via di Torre Argentina wird. Zu ihrem Erstaunen war ihr der Carabiniere dicht auf den Fersen, und die Lässigkeit, mit der sie sonst jeden Verfolger abhängte, fiel in sich zusammen. Sie bog in eine Seitenstraße ein und drückte sich an die Wand im Versuch, sich unsichtbar zu machen. Der Druck im Ohr war so stark, dass sie ein paarmal schlucken musste, das Herz hämmerte in ihrem Kopf. Was hatte sie sich dabei gedacht, so lange bei der Statue stehen zu bleiben? Was hatte ihr der Professore eingebläut? *Schnell, präzise, unsichtbar.* Aurora biss sich auf die Lippen. Es lag an ihrem Vater, dass sie so unkonzentriert war. Und an dieser Hitze über Rom.

Im nächsten Moment rannte der Carabiniere an ihr vorbei.

Sie wartete zitternd ab, bis er um die Ecke gebogen war. Dann verließ sie ihr Versteck und überquerte zügig den Corso Vittorio Emanuele.

Vielleicht war sie nun schon zu erwachsen für solche Spielchen. Sie war in dem Alter, in dem man auf Fragen eine Antwort wollte und keine Ablenkungsmanöver. Sie lehnte sich gegen eine Mauer, zog ihr kleines Büchlein aus der grünen Samttasche und setzte brav den Stift auf das Blatt. Normalerweise beschrieb sie ihr Vorgehen: wie schwierig es gewesen war, zu dem angegebenen Ort zu kommen, was geschehen war, ob es ihr gelungen war, unerkannt zu entkommen, ob ein Carabiniere sie aufgehalten hatte ... Diesmal schrieb sie nur ein Wort hinein:

Wieso?

Als sie damit fertig war, stopfte sie ihre Hände in die Taschen der unförmigen Männerjacke, die sie trug, und schlenderte nun gemächlich Richtung Basilica di Santa Maria Trastevere.

Vor einem unscheinbaren Haus, das dringend nach einem neuen Anstrich verlangte, zog Aurora ihren Schlüssel aus der Jackentasche, ließ die Tür aufschwingen und stieg dann ohne Eile die Treppen hinauf. Es war kühl und ruhig in der Wohnung. Noch erhitzt von der Aktion im Pantheon, ging Aurora in die Küche, füllte sich ein großes Glas mit Wasser und trank es in einem Zug aus. Als sie in das Haus horchte, kam es ihr absonderlich still vor, als würde es den Atem anhalten. Erst verspätet fiel ihr auf, welches Geräusch fehlte: In den letzten Monaten war ihr

Vater sehr oft zu Hause gewesen, statt wie gewöhnlich in die Università La Sapienza zu fahren, wo er als Professor für Vor- und Frühgeschichte arbeitete. In dumpfen Grübeleien versunken, war er langsam in seinem Arbeitszimmer auf und ab gegangen, und man hatte sein Hinken bei jedem Schritt hören können, das leichte Schlurfen des verletzten Fußes und das harte Aufsetzen des gesunden. Doch heute war es still.

Als sie in das Esszimmer ging, blieb sie erschrocken stehen. Ihr Vater saß am Tisch und betrachtete seine Hände, die vor ihm lagen.

»Papà?«

Auch jetzt sah er nicht auf. »Signora Mirabal aus dem ersten Stock hat dich gestern in der Basilica Minerva gesehen«, sagte er, als hätten sie sich schon eine Weile unterhalten. »Sie war dort zur Beichte.«

»Ist es verboten, in Kirchen zu gehen?« Trotzig verschränkte Aurora die Arme vor der Brust.

»Ist es nicht. Solange man nicht von Aufsehern und der Polizei verfolgt wird.«

Jetzt hob er den Blick, und die beiden sahen sich einen Moment lang in die Augen, dann drehte sie sich um und senkte den Kopf. Das mit der Basilica Minerva war ein Klacks gewesen. Die Carabinieri waren nicht einmal ansatzweise so nahe an sie herangekommen, dass sie sie auch nur mit einem Finger hätten berühren können.

»Ich will nicht wissen, warum. Ich will nur, dass du anständig aufwächst.«

»Es kommt nicht wieder vor«, sagte Aurora kaum hörbar. In Wirklichkeit dachte sie: Darum geht es doch gar nicht. Wer mich wo gesehen hat und dass ich nicht von der Polizei nach Hause gebracht werde.

»Ich habe nachgedacht. Ich möchte, dass du Rom für eine Weile verlässt, gerade habe ich mit Zia telefoniert …«

»Zia?«, stieß Aurora hervor.

Ihre Tante Lorena war die Stiefschwester ihrer Mutter, sie wurde von ihnen nur »Zia« genannt, und das Allerletzte, was ihr Vater oder sie selbst wollten, war, mit ihr zusammenzutreffen.

»Das wird das Beste sein.«

»*Zia!*«, wiederholte Aurora fassungslos. Plötzlich kroch eine unerklärliche Angst ihren Rücken hinauf. Wenn ihr Vater sie zu Zia schicken wollte, dann musste sich etwas Schlimmes zusammenbrauen. Etwas, das es erforderlich machte, dass sie verschwand. Etwas, das lebensbedrohlich war. Aurora wusste nicht, woher diese Gewissheit kam, sie war einfach da.

»Das hier ist kein Platz für dich. Ich sorge mehr schlecht als recht …«

»Es ist in Ordnung«, unterbrach sie ihn, während ihre Gedanken aussetzten angesichts der plötzlich anschwellenden Angst.

»Ist es nicht. Deine Mutter hätte das nicht gewollt.«

In der Stille, die nun eintrat, wirkten alle Geräusche ohrenbetäubend – das Ticken der Küchenuhr, das Lachen der Passanten unten auf der Straße, das Gurren der Tauben auf dem Fensterbrett. Aurora drehte sich zum Fenster, dann wieder zu ihrem Vater, senkte schließlich den Kopf, damit ihr Gesicht vollständig hinter ihren Locken verschwand. Ihre Mutter hätte vor allen Dingen nicht gewollt, dass sie bei Zia aufwuchs.

»Wo ist sie?«

Nun war es an ihrem Vater, wieder den Blick zu senken und auf die Tischplatte vor sich zu starren.

»Ich will endlich die Wahrheit wissen«, beharrte Aurora. »Wo ist meine Mutter?«

»Sie ist tot.«

»Du lügst.«

Einen Moment lang sah ihr Vater sie an, und sie sah ein Flackern in seinen Augen. Doch dann wandte er sich wieder ab. Schweigend.

»Und sag mir endlich, was mit deinem Bein passiert ist.«

»Du weißt, dass ich einen Unfall hatte.«

Aurora stieß ein genervtes Schnauben aus. Unfall! Mit dieser Erklärung hatte sie sich als kleines Kind abgefunden, ja, aber jetzt nicht mehr.

»Unfall? Du, Terenghi und Fernando seid zusammen unterwegs. Dann ruft das Krankenhaus bei Signora Mirabal an und teilt ihr mit, dass sie dein Bein abnehmen müssen und Terenghi und Fernando schwer verletzt sind. Ich war danach sieben Wochen bei Signora Mirabal, und niemand sagt mir, wie dieser Unfall passiert ist. Was war es? Ein Auto? Ein Tier? Ein Mensch?«

»Ein Hund. Es war ein Hund.«

»Ein Hund?« Aurora starrte ihren Vater fassungslos an. »Welcher Hund kann dich so verletzen?«

»Es war ein sehr großer Hund … aber das ist jetzt nebensächlich. Rom ist kein Ort für ein junges Mädchen. Nicht für ein Mädchen wie dich, mit einem Vater wie mich«, wich ihr Vater aus und wischte sich mit beiden Händen über das Gesicht, zwirbelte seine dichten schwarzen Augenbrauen und ließ eine Stirn voller tiefer Falten zurück.

»Ich bin alt genug, dass du mit mir redest. Und keine Lügen erzählst.«

»Dafür wirst du nie alt genug sein. Und außerdem: Wer weiß schon, was du den ganzen Tag anstellst, während ich in der Universität bin?«, ging er zum Gegenangriff über.

»Ich bin bei Professore Fernando. Und Professore Terenghi. Deinen besten Freunden. Das weißt du doch.«

»Die deinen Kopf mit Unsinn vollstopfen. Und was hattest du im Parco di Colle Oppio zu suchen?«

Aurora sah ihn erstaunt mit großen Augen an. Im Park?

»Ich habe gelesen«, antwortete sie ehrlich, während die Angst sich wie eine Klammer um ihre Brust spannte.

»Am Brunnen!«, stieß er vorwurfsvoll hervor.

»Warum nicht?« Sie ging gerne in diesen Park, er war wie ein Magnet, sie liebte es, sich mit einem Buch unter die Bäume zu setzen, die Augen zu schließen und davon zu träumen, sie wären wieder eine vollständige Familie. Dass ihre Mutter plötzlich wieder vor ihr stehen, sie bei der Hand nehmen und zu ihrem Vater zurückgehen würde.

Dass ihr Vater wieder so glücklich wäre, wie er es mit ihrer Mutter gewesen war …

»Ich verbiete es dir!«, zischte er sie an, und sie erschrak wegen der Wildheit in seinen Augen. »Ich verbiete es dir, ein für alle Mal!«

Es war absolut harmlos, in diesem Park zu sitzen! Atemlos starrte sie ihn an. Sag mir, wieso, dachte sie. Ich will alles tun, was du mir sagst, wenn du mir nur sagst, wieso …

»Ich bin bald achtzehn«, sagte sie stattdessen heftig, was normalerweise nicht ihre Art war. »Ich kann tun und lassen, was ich will!«

»Nun, bis du achtzehn bist, tust du, was ich will. Und bis du achtzehn bist, wirst du dich daran gewöhnt haben, bei Zia zu wohnen.«

»Vergiss es«, erwiderte Aurora. »Ich werde so oft in diesen Park gehen, wie ich will. Außer … du sagst mir die Wahrheit. Wieso du nicht willst, dass ich es tue …«

»Du wirst hierbleiben, bis du zur Besinnung gekommen bist!«, schrie er sie an und schubste sie in ihr Zimmer.

So viel zur Denkweise der Männer und zum Umgang mit ihren Töchtern. Sie glauben, junge Mädchen sind wie Wildpferde, die man an Halfter und Strick gewöhnt, mit etwas Geduld werden sie fügsam und vergessen ihre Herkunft, sie vergessen, wie es ist, wenn die Hufe im wilden Galopp über die Ebene donnern, sie vergessen den Wind in den Nüstern und die Freiheit zwischen ihren Augen.

So auch Aurora Perrinis Vater. Ich wusste, dass er ihr

nicht glaubte, als sie zurückbrüllte, wenn es das sei, was er wolle, so würde er sie niemals wiedersehen. Dass er der Meinung war, das Richtige zu tun, als er die Zimmertür hinter ihr absperrte, während sie ihm Beleidigungen an den Kopf warf. Er glaubte ihr nicht, doch ich, ich beobachtete, wie Aurora eine dunkelgrüne Samttasche unter ihrem Bett hervorholte und wahllos Kleidungsstücke hineinzustopfen begann. Sie zog ihr Tagebuch hervor und warf es dazu, nicht ohne davor noch einen Moment hineinzuschauen.

Sie hatte mich neugierig gemacht.

Obwohl mein Blick auf die Welt sonst nur sehr flüchtig und, ich gebe es zu, fast nachlässig ist, sank ich nun immer tiefer in Aurora Perrinis Zimmer, hörte ihren beherrschten Atem und spürte ihren Zorn.

Ich lehnte mich zurück und zündete mir eine Zigarette an, eine lästige Sache, die ich mir in den zwanziger Jahren angewöhnt hatte, als Gott und die Welt rauchte und das auch noch unglaublich schick fand. Der Rauch verschleierte die Silberkugel. Weinte Aurora Perrini? Strich sie mit der Hand über den weichen Stoff der Tasche? Ach Welt, du bist kein guter Ort für junge Mädchen, aber auch kein schlechter, wenn man Abenteuer sucht.

Für mich ist ein halber Tag wie ein Wimpernschlag, jedoch nicht für Aurora. Ich sah, wie sie überlegte, ob es richtig war, was sie vorhatte. Aber ich wusste es schon, ich wusste, wie ihre Entscheidung ausfallen würde, und es machte mich fast vergnügt. So vergnügt, wie jemand sein kann, der nicht mehr vorhat, von zu Hause auszubrechen.

Die Sonne näherte sich dem Horizont. Die Gassen Roms begannen sich zu füllen, mit all den Menschen, die den Tag ausklingen lassen wollten. Aurora drückte ihr Gesicht an die Tasche und atmete den vertrauten Geruch ein. Als sie ihren Kopf wieder hob, war ihr Blick entschlossen. Natürlich ahnte ich schon, was sie vorhatte. Mit welcher Eleganz und Grazie sie durch die nächtlichen Gassen Roms eilen würde, behände die Treppen hinauf und hinunter, an den kühlenden Brunnen vorbei, den Lichtern und den Schatten der Gassen Roms folgend, auf den uralten Wegen der Römerinnen auf der Suche nach ihrer Freiheit. Und in welcher anderen Stadt wäre die Ausgangslage besser?

Und tatsächlich sprang sie entschlossen auf, legte kurz ihr Ohr an ihre Zimmertür, und als sie kein Geräusch hörte, lief sie zum Fenster, schwang erst das eine und dann das andere Bein hinaus, und kurz darauf war sie auf der Via della Lungaretta und kämpfte sich im Zickzack durch die lachenden, fröhlichen Menschen hindurch, die sich auf der Suche nach einem Restaurant und nach ein wenig Unterhaltung durch die Straßen treiben ließen.

Ich bedauerte von Herzen, dass sie die Blicke der Männer nicht auf sich zog, keiner pfiff ihr nach, drehte sich um, nach ihrem berauschendem Haar, der geraden, römischen Nase, den vollen Lippen, die sich in den Mundwinkeln zu einem ungewollten Lächeln kräuselten, egal, welcher Stimmung sie gerade war. Alles Banausen, die wahre Schönheit nicht erkennen, nur weil sich ein Körper in unvorteilhafte Kleidung hüllt. Lieber blicken sie auf nackte, krumme Beine, als das Verborgene, das nicht gleich Sichtbare aufzuspüren. Aber das ist schon immer so gewesen, daran haben die Jahrhunderte nichts geändert.

Hin und wieder verlor ich sie aus den Augen, mich blendete das Feuer des Feuerschluckers, einem Jongleur entglitten seine Bälle, als ich ihm einen entnervten Blick zuwarf, und zwei Frauen begannen sich zu zanken, während Aurora an ihnen vorbeihuschte.

Nur Aurora war von meinen Blicken nicht verunsichert. Vielleicht weil all ihre Gedanken sich um das Gespräch mit ihrem Vater drehten.

Ich dachte, sie ist tot, flüsterte es in ihren Gedanken. Das haben sie gesagt, damals, nach diesem schweren Unfall, der unser Leben so verändert hat. *Sie ist nicht mehr zu retten*, dieser Satz hatte sich in ihre Seele gebrannt. Und sie hatte es geglaubt. Natürlich hatte sie es geglaubt. Aber nun ließ die Ahnung, dass ihre Mutter doch noch lebte, ihren Herzschlag explodieren.

Sie lief an all den kleinen Läden vorbei, mit ihren Touristenandenken, den Knoblauchzöpfen, den Peperonikränzen. Weiter und immer weiter lief sie, die Via della Paglia entlang, über die Piazza Santa Maria, wieder auf die Via della Lungaretta und hinab zum Tiber.

Mein Herzschlag beschleunigte sich, als ich erkannte, dass sie über den Ponte Garibaldi wollte. Der Geruch des Flusses kündigte ihn an, schon bevor ich ihn sah, und während ich gerade noch begeistert meinem Schützling gefolgt war, wurde ich nun stutzig. Irgendetwas sagte mir, dass das nicht gut war. Dass es sie dorthin zog, wo ich sie auf keinen Fall haben wollte.

»Kehr um«, sagte ich ihr, und ihre Haarmähne schwang um ihren Hals, als sie sich mitten auf der Brücke noch einmal umdrehte, irritiert von meinen Worten, die sie doch erreichten, trotz ihrer Abenteuerlust. Aber sie kehrte nicht um, nein, stattdessen wurde sie immer schneller.

Als sie am Monti-Brunnen angekommen war und kurz auf den Stufen innehielt, verspürte selbst ich den Sog, dem sie ausgesetzt war. Sie hob ihren Blick zur Chiesa Madonna dei Monti. Zornig brachte ich die Laternen zum Flackern, die alles in ein romantisches Licht tauchten. Aurora senkte ihren Blick. Direkt neben ihr am Brunnen war ein kleiner unscheinbarer Zettel angeklebt worden, und bevor ich noch etwas tun konnte, hatte sie ihn schon gelesen.

»Untermieter gesucht«, flüsterte sie, für jeden unhörbar, nur für mich klang es wie ein Paukenschlag.

Nein!, flammte es in mir auf, als ich die Adresse erkannte. *Du wirst diesen Zettel nicht zu Ende lesen.*

Ein Windstoß erfasste das Papier, sie griff danach, ich wirbelte ihn weiter, aber der dumme Clown erhaschte ihn aus der Luft und überreichte ihn ihr mit einer albernen Verbeugung. Sah sie nicht, dass er kein dummer Clown war? Dass er nur ein Werkzeug war, *sein* Werkzeug?

Nein, natürlich erkannte sie es nicht!

Sie bedankte sich mit einem zarten Lächeln, dann las sie die Adresse. Wütend pustete ich noch einmal, entriss ihr den Zettel, der im Brunnen landete und dort sofort unterging. Die Tinte verschmierte, unlesbar für immer.

Zufrieden lehnte ich mich zurück.

Doch Aurora kehrte nicht um. Obwohl Tränen in ihren Augen glitzerten, war sie nicht aufzuhalten. Hatte sie sich die Adresse gemerkt?

Als sie tatsächlich die richtige Richtung einschlug, leitete ich den Dieb an ihre Seite. So naiv, wie sie war, war ihr nicht klar, was der Typ so nah bei ihr wollte. Mit einem Ruck war die grüne Samttasche ihrer Mutter fort, entrissen von einem Schurken.

Ich weiß, dass ich das nicht hätte machen sollen. Beides war ein Verstoß gegen unsere Prinzipien. Aber ich hatte es geschickt angefangen, keiner würde auf die Idee kommen, dass dieser Dieb Aurora nicht aus eigenem Antrieb bestohlen hatte.

Ich verschränkte die Arme vor der Brust und sah zu, wie sie dem Dieb folgte, ihm Flüche und Verwünschungen hinterherrief, bis sie ihn aus den Augen verloren hatte. Was für eine Schönheit sie war! Wie sie sich abwendete, die Arme in die Seiten stemmte und die Augen zusammenkniff!

Wie?

Nicht genug?

Nein, ganz offensichtlich nicht genug. Sie lief weiter, aber nicht in die Richtung, die ich befürchtet hatte. Stattdessen bog sie in einen Park, der in Dunkelheit getaucht war.

Nicht irgendein Park, nein. Der Park, den ich vor Jahrhunderten öfter durchschritten hatte als jeden anderen Ort in Rom oder der gesamten Welt. Voller Vorfreude, Wehmut, Zorn und, ja, auch voller Liebe. Ich hielt die Luft an, aber Aurora eilte an dem Brunnen vorbei, als hätte sie ihn nicht gesehen. Zornesträнen glitzerten in ihren Augen, ihre Lippen waren zusammengekniffen. Am anderen Ende des Parks tauchte sie wieder in die Menschenmenge ein, ließ sich von ihr mitreißen, und ich atmete auf. Für einen Moment dachte ich sogar, dass die Masse der Körper sie wegreißen würde von dem Ort, den ich vergessen wollte.

Aber leider spuckte die Menschenmenge sie genau vor dem Haus aus, dessen Adresse ich versucht habe, aus meinem Gedächtnis zu löschen. Dessen Anblick ich versucht habe zu vergessen. Dessen Existenz ich versucht habe, zur Nichtexistenz zu bringen.

In mir kochte es.

Es musste ihr doch auffallen, dass dies kein Ort für sie war! Keines der anderen Häuser sah so furchtbar aus. Der Putz war abgeblättert, neben dem Eingangstor prangten Schmierereien der übelsten Sorte. Doch was machte sie? Sie betrachtete mit großen Augen das dunkle Holztor, auf dem die grausamen Fratzen der Toten abgebildet waren. Beunruhigt sah ich, dass sie fasziniert war, angezogen von den ungewohnten, absonderlichen Hässlichkeiten. Sah sie denn nicht, was hier abgebildet war? Sah sie nicht, an welchem Ort sie sich befand? Dass es nicht das Gute war, dass sie anzog?

Ich hasste dieses Gebäude. Ich wollte mich an nichts erinnern, was mit diesem Tor, mit *ihm* zu tun hat!

Geh, Aurora!

Doch sie nahm den schweren Türklopfer, zögernd, als wüsste sie nicht, ob sie ihn benutzen sollte oder nicht. Er war dunkel und abgegriffen, hatte die Form eines Totenkopfes und schmiegte sich wie ein Amulett in ihre Hand. Noch einmal glitt ihr Blick nach oben, über das hohe dunkle Tor hinweg zu den hohen dunklen Fenstern.

»Du willst hier nicht bleiben, glaub mir, Schätzchen«, flüsterte ich.

Aber dann ließ sie den Türklopfer auf die reichverzierte Oberfläche des Tores fallen. Natürlich hörte sie niemand. Das Haus war mehr tot als lebend! Es war ein einziges Grab! Und ich würde ihr nicht folgen. Wenn sie diese Schwelle überschritt, würde sie alleine sein mit den Problemen, die da kamen. Und sie würden kommen, glaubt mir …

Sie drückte das Tor auf, unsicher überschritt sie die Schwelle, und obwohl ich ihr nicht folgen wollte, konnte ich trotzdem nicht wegsehen. Das hier war kein Abenteuer mehr, das war der erste Schritt zum Untergang! Es war meine Pflicht, sie davon abzuhalten, in die dritte Etage hinaufzufahren.

Sie schob das Gitter des Aufzugs auseinander und stieg ein. Sie drückte die Drei. Der Aufzug setzte sich in Bewegung. Energisch ließ ich das Getriebe knirschen, und er blieb auf der Höhe der zweiten Etage stehen. Das war das Äußerste, was ich machen konnte.

Dann sah ich den Zwerg in der dritten Etage. Er bewegte sich affektiert und selbstbewusst und redete ununterbrochen auf einen schweigsamen Mann hinter sich ein. Irgendwie wollte ich nicht, dass Aurora mit diesem schweigsamen Kerl Kontakt bekam, ich wusste nicht, wieso, aber ich konnte selbst von hier aus spüren, dass sie sich von ihm angezogen fühlen würde. Er war so gutaussehend, dass vermutlich jede Frau schwach geworden wäre.

Der Aufzug setzte sich knirschend noch ein letztes Mal in Bewegung und blieb dann – dem Olymp sei Dank – zwischen der zweiten und dritten Etage hängen.

Aurora drückte gleich ein paar Mal auf den dritten Etagenknopf.

Verdammt, dachte sie, muss das jetzt sein?

Schon immer war ihr das Eingesperrtsein eine Qual. Noch dazu hier, wo die schwache Funzel, die den Fahrstuhl beleuchtete, immer wieder flackerte, als würde sie im nächsten Moment ausgehen. Aurora äugte nach oben. Was für ein verrücktes Haus! Auch das komische altertümliche Gitter war nicht besonders vertrauenerweckend, es wirkte vielmehr so, als sei der Aufzug schon seit Jahrhunderten in Betrieb, ohne jemals gewartet zu werden, und als würde er gerade jetzt den Geist aufgeben.

»Hallo?«, rief sie leise und horchte in die schattenreiche Tiefe des Hauses.

Wieder flackerte die Lampe über ihr, und sie drückte noch einmal auf den Knopf zum dritten Stock. Brav leuchtete das Licht auf, dann erlosch es wieder. Das Haus schien zu leben, es atmete, die Dielen knackten, die Wasserleitungen summten. Von überall kamen leise, unheimliche Geräusche.

Gespenstisch, das war das Wort, das es traf.

Vor der Aufzugtür im dritten Stock blieben ein Paar weiße Lederschuhe stehen, die zu zwei Männerbeinen gehörten, die eine weiße Jeans trugen.

»Hallo?«, sagte sie fragend zu den Beinen, und ihr Herz schlug im Hals.

Ich bin hier nicht alleine, das ist ein ganz normales Haus, sagte sie sich vor.

»Ja?«, fragte eine hohe Männerstimme.

Für einen Moment spürte sie die Erleichterung wie eine Flut in ihrem Körper. Die Stimme klang etwas affektiert, aber doch auch normal. Überhaupt nicht wie von einem Bewohner eines Geisterhauses. Wie albern, dachte sie noch und versuchte einen Blick auf den Unbekannten zu erhaschen. Irritiert stellte sie fest, dass es ein Zwerg sein musste, so klein, wie er war. Und er war außerordentlich gekleidet, hatte ein weißes Sakko an und darunter ein pinkfarbenes Hemd. Der Mann ging in die Knie und sah zu ihr hinab.

»Ich sitze fest«, sagte Aurora nach einem Räuspern.

»Täubchen, das ist ja schrecklich!«, erwiderte er mit einem beruhigenden Lächeln. »Aber keine Sorge, keine Sorge, wir bekommen dich da schon heraus … Wenn ich nur daran denke, in diesem schrecklichen Fahrstuhl eingeschlossen! Du hast doch keine Platzangst, Täubchen?«

Seine Stimme wurde etwas schrill, als hätte er selbst Platzangst, und er stand wieder auf, um etwas zu jemandem zu sagen, der hinter ihm stand. »Ich wusste es doch immer, dieser furchtbare Fahrstuhl! Das arme Kind! Du musst etwas machen!« Er bückte sich wieder. »Nur keine Panik! Wir haben alles im Griff!«

Jetzt sah sie auch den zweiten Mann, dem die Aufforderung gegolten hatte, er müsse etwas unternehmen. Auch er ging in die Knie und spähte zu ihr hinunter. Sie sah in seine Augen, die von einem unglaublich strahlenden Blau waren. Die Gitterstäbe zwischen ihr und ihm waren irritierend, besonders der große metallene Totenkopf, der mit seinem grimmigen Grinsen direkt vor dem Mund des Unbekannten saß. Er mochte ein paar Jahre älter sein als sie selbst, aber er wirkte nicht wie ein unbeschwerter Jugendlicher. Ihr Herzschlag beschleunigte sich, als er die Stirn runzelte und sie mit undurchdringlicher Miene betrachtete. Plötzlich hatte sie das Gefühl, ihre Anwesenheit erklären oder zumindest seine Aufmerksamkeit auf etwas anderes lenken zu müssen.

»Das musste ja mal passieren!«, mischte sich der Zwerg wieder ein und gestikulierte mit den Armen.

»Ich wollte in den dritten Stock«, erklärte Aurora.

»Der Fahrstuhl ganz offensichtlich nicht«, brummte der dunkelhaarige junge Mann. Seine Stimme klang sehr männlich und tief, er hatte einen leichten Akzent, so als hätte er die Sprache perfekt gelernt, aber als sei es nicht seine Muttersprache.

»Unsägliche Zustände in diesem Haus, Schätzchen!«, flötete der Zwerg und gab dem Mann einen Rempler. »Die Treppe nicht benutzbar, der Fahrstuhl kaputt. Aber wir bekommen dich da raus, nicht wahr?«

Der nächste Rempler folgte, wie um seinen letzten Satz zu bekräftigen, und der grimmige Mann sagte folgsam: »Natürlich.«

Dann stand er auf und krempelte seinen dunklen Pullover an den Ärmeln zurück. Er hatte erstaunlich muskulöse Unterarme, auf denen sich die Adern abzeichneten, und Aurora konnte nicht anders, als auf seine kräftigen und schlanken Hände zu starren. Ihr Herzschlag beschleunigte sich, sie wünschte sich plötzlich, sie wäre nie in dieses Haus gegangen. Nur um diesem düsteren Kerl nicht zu begegnen.

»Nur die Ruhe, Täubchen!«, gurrte der Zwerg. »Das geht ruck, zuck!«

Der andere Mann umfasste die Gitterstäbe des Aufzugs mit den Händen und begann, sie mit Gewalt auseinanderzuziehen.

»Moment«, sagte Aurora etwas hilflos und starrte auf den gewaltigen Bizeps des Typen, der anscheinend mühelos Metall verbiegen konnte. »Sie können doch nicht …«

Er sagte nichts, das Metall kreischte, mit einem Ächzen bog er die äußeren Gitterstäbe auseinander, dann machte er dasselbe mit den inneren.

»Das ist doch hoffentlich nicht kaputt?«, fragte sie besorgt.

»Hoffentlich *ist* es kaputt«, trällerte der Zwerg freundlich. »Dann kommt die Hausverwaltung vielleicht auf die Idee, einen neuen Aufzug zu installieren.«

Hausverwaltung klingt herrlich normal, dachte Aurora, und ihr entwischte ein Lächeln.

»Jetzt hilf ihr raus!«

Der Kerl ging wieder in die Hocke und streckte ihr die Hand entgegen.

»Sobald Sie da herausgeklettert sind, fährt er weiter«, mutmaßte der Zwerg und lachte dabei.

Der schlechtgelaunte Mann beugte sich ein klein wenig zu ihr hinunter, das flackernde Licht beleuchtete sein dichtes, dunkles Haar und warf Schatten auf sein Gesicht.

»Ich bin nicht so gut im Klettern«, sagte Aurora und stellte sich auf die Zehenspitzen.

»Macht nichts«, trällerte der Zwerg gut gelaunt. »Nicht wahr, das ist für dich überhaupt kein Problem!«

Der Grimmige sagte darauf gar nichts. Mit einem warmen Griff umschloss seine Hand die ihre, sie blickte auf seine Unterarme, wo sich jetzt deutlich die Muskeln anspannten.

»Gut, dass Signora Liccardi im Erdgeschoss wohnt.« Der Zwerg senkte ein wenig die Stimme. »Sie wiegt so viel wie drei Personen.«

Die warmen Finger des Grimmigen legten sich fest um Auroras kühlere und erzeugten dabei ein kribbelndes Gefühl in ihrem Bauch. Etwas verlegen fixierte sie einen Punkt neben seinem Gesicht, als seine Hand von den Fingern zu ihrem Handgelenk glitt und dort fest zupackte. Ohne ihr Zutun zog er sie nach oben. Sie griff nach dem Boden, der vor ihr auftauchte, aber er zog sie einfach weiter, ihre Knie prallten an die Wand, dann stand sie vor ihm und sah zu ihm auf.

»Fliegengewicht«, schien er zu murmeln, und als hätte er Angst, sie könnte ins Taumeln geraten und nach hinten in den Aufzugschacht stolpern, legte er ihr seine linke Hand noch auf die Hüfte und zog sie vom Aufzug weg.

Er war einen guten Kopf größer als sie, sein Gesicht war nicht schön im herkömmlichen Sinne – seine Nase war etwas zu lang, und über seine rechte Wange zog sich eine Narbe, die aber gut verheilt war und kaum mehr auffiel.

Sein Blick glitt über ihr Gesicht, als wollte er es sich einprägen, streichelte über ihre dunklen Haare und blieb dann einen Augenblick zu lange an ihren Lippen hängen.

»Danke«, sagte sie atemlos.

Sie zitterte leicht. War es wegen seiner warmen Hand an ihrer Hüfte? Weil sie plötzlich näher bei ihm stand, als sie es tun sollte?

»Bitte«, antwortete er und trat einen Schritt zurück.

»Aurora Perrini«, sagte sie, wie in einem Reflex. Zitternd holte sie Luft, atmete den Geruch seiner Haut ein. Was war es? Duschbad, als hätte er eben noch geduscht? Farbe, als hätte er eben noch gemalt? Und Sonne auf der Haut, als wäre er gerade beim Surfen gewesen und hätte sich den Wind durch die Haare pusten lassen.

Er nickte nur, als wüsste er nicht, was er darauf sagen

sollte. Wie dumm von mir, dachte sie. Man stellte sich doch nicht einfach irgendwelchen Personen vor. Was muss er von mir denken …

»Tatramedes«, sagte der Zwerg mit einer leichten Verbeugung und gab dem Mann neben sich einen weiteren Rempler, vielleicht als Aufforderung, sich vorzustellen.

»Sie ist nicht mein Typ«, erwiderte der Mann schroff und drehte sich weg.

Ein paar Atemzüge lang verweilte Aurora regungslos und sah zu, wie der junge Mann sich umdrehte und den Gang hinunterschlenderte. Ihr Herz pochte, und sie war kurz davor, ihm etwas nachzurufen. Ein Schimpfwort, einen Fluch, irgendetwas, aber ihr fiel nichts ein.

»Er ist ein Rüpel.« Der Zwerg sagte das so, als wäre es eine Erklärung für alles, was in den letzten fünf Minuten passiert war, und Aurora zwang sich zu einem Lächeln.

»Schon gut. Er ist auch nicht mein Typ«, sagte sie so laut, dass der junge Mann es garantiert noch hören konnte.

Der Zwerg nickte ihr entschuldigend zu, dann lief er ihm hinterher, mit kurzen, trippelnden Schritten.

»Was habe ich dir über den Umgang mit Frauen gesagt?«, hörte Aurora ihn zischen, und einen Moment hoffte sie, der Mann würde sich nun doch noch kurz umblicken, aber ihre Hoffnung wurde enttäuscht. Die beiden bogen um die nächste Ecke und waren verschwunden, der Aufzug ruckte und setzte sich mit einem seltsamen kreischenden Laut, der Aurora zusammenfahren ließ, wieder in Bewegung.

»War ja klar.« Ein kalter Lufthauch ließ sie frösteln.

Sie versuchte, sich den Text des Zettels in Erinnerung zu rufen, doch außer der Adresse und dem Hinweis auf das dritte Stockwerk war alles wie ausgelöscht, kein Name, keine Nummer, nichts.

Ich atmete auf, auch ich hatte den kalten Lufthauch gespürt. Verdammnis! Götter der Dunkelheit! Welch furchtbarer Ort! Jahrhunderte hatte ich mir jeden Blick dorthin verboten, hatte dieses Viertel gemieden und nur die guten, strahlenden Plätze aufgesucht. Warum wurde nun ausgerechnet dieses junge Mädchen dorthin geleitet?

Sie wandte sich um und ging langsam die Reihe der Türen des dritten Flures entlang. Der Boden, bedeckt von einem abgewetzten beerenroten Teppich, schluckte das Geräusch ihrer Schritte, und geraume Zeit konnte sich Aurora nicht entscheiden, ob sie gehen oder bleiben sollte. Zögernd strich sie mit ihren Fingern über verschiedene Klingelknöpfe, allesamt golden und durch jahrelange Benutzung abgewetzt. Schließlich blieb sie unentschlossen stehen.

Geh zurück! Niemand wohnt hier, hinter diesen Türen herrscht gähnende Leere, schon lange, lange Zeit. Auch die Dame mit dem Namen Liccardi gibt es nicht mehr. Ihre Wohnung ist verwaist, verlassen. Geh! Der Aufzug wird dich sicher zurückbringen, und das Haus wird dich ausspucken wie einen abgelutschten Kirschkern!

Ein Jammer, nicht mit ihr reden zu können! Sie nicht warnen zu können!

Doch, o nein, genau in dem Moment, als es so aussah, als ob Aurora sich zum Gehen wenden wollte, genau in dem Moment, als ich aufatmen wollte, fiel ihr Blick auf eine winzige Tür am Ende des Flurs. Sie stand einen Spaltbreit offen, und dahinter, in der Dämmerung, machte Aurora Treppenstufen aus, schmale Stufen einer gewundenen Treppe. Der rote Teppich darauf war so zerschlissen, dass darunter das dunkle Holz zu erkennen war. Der kalte Hauch wurde stärker, Aurora bückte sich, schlüpfte unter dem Türstock hindurch und begann vorsichtig die Treppe hinaufzusteigen.

Was soll ich sagen? Dass auch ich in meinen jungen Jahren der Versuchung nicht hätte widerstehen können? Dass einen das Böse anzieht, einen neckt und an einem zerrt, bis man nur noch willig seine Hände ausstreckt?

Aurora bemerkte die fünfzackigen Sterne auf dem zerschlissenen Teppich und die Mondsicheln, sie sah ein bleiches Knöchelchen versteckt unter der Kante einer Stufe liegen, und doch bereitete ihr dieser Anblick weniger Angst als zuvor der junge Mann vorm Aufzug oder der Ausblick auf ein Leben bei der Zia. Allein der Gedanke an ihre Tante ließ ihren Atem stocken, und rasch stieg sie die Stufen hinauf.

Sie trat auf den schmalen Balkon hinaus, der an der Innenseite des Hauses entlang einmal um den Innenhof lief. Vorsichtig beugte sich Aurora über das wackelige Holzgeländer und sah hinunter: Ein Brunnen plätscherte leise in der Mitte, die wasserspeiende Figur sollte vielleicht ein

Faun sein oder ein Teufel, kleine Hörnchen krönten ihren Kopf, ein Ziegenbart und ein irreführender weiser Ausdruck kennzeichneten das steinerne Gesicht.

Der Wind blies Aurora den Geruch verheißungsvollen Abenteuers ins Gesicht, sie ließ ihre Hand über das glattgeschliffene Holz gleiten und umrundete den Hof. Zuerst dachte sie, dass sich hier erstaunlicherweise keine einzige Tür befand. Tauben, die ihren Kopf zum Schlaf unter die Flügel gesteckt hatten, flatterten ärgerlich davon und verschwanden wie träge Kometenschweife im Nachthimmel.

Aurora dachte daran, dass es sicherlich kein Spaß werden würde, die Nacht in Rom unter freiem Himmel zu verbringen, jetzt, da ihre Tasche weg war, in die sie die Männerjacke gestopft hatte. Sie verbot sich den Gedanken daran, überfallen zu werden, und hoffte auf einen Wink des Schicksals, der, wie sie meinte, in Form einer schmalen, hohen Tür prompt Gestalt annahm. Ja, da vor der nächsten Biegung fand sich eine dunkelrot gestrichene Tür mit einer Mondsichel darüber, die sich halb um ein Kreuz schloss.

Doch Aurora beachtete das Zeichen nicht.

Sie klopfte an der Tür.

Ein dumpfer Laut. Das Klackern von Absätzen auf dem Dielenboden. Dann Stille.

Sie klopfte wieder und legte ihr Ohr an die Tür. Ein Schleifen, dann ein Poltern. Jemand fluchte, und gerade als Aurora zurücktreten wollte, wurde die Tür aufgerissen, und eine junge Frau drückte sich durch den Spalt, eine halbgerauchte Zigarette hing ihr im Mundwinkel. Die kurzen blondierten Haare standen in alle Richtungen ab, sie spähte an Aurora vorbei, erst nach rechts, dann nach links, dann nickte sie ihr knapp zu.

»Komm rein. Wurde ja auch Zeit.«

Die Frau packte Aurora am Handgelenk, zog sie in die Wohnung und schlug die Tür hastig hinter ihnen zu. »Ich hatte früher mit dir gerechnet. Aber egal, das Ding ist gelaufen.«

Das Ding? Die Frau lehnte sich gegen die Tür und sah für einen kurzen Moment aus, als hätte sie keine Kraft mehr.

»Luna Laverna«, sagte sie, ohne Auroras Hand loszulassen, »ich dachte schon, du findest den Weg nicht. Die Treppe.«

»Der Aufzug. Ansonsten war es kein Problem«, erwiderte Aurora und fragte sich selbst, wieso sie das überhaupt sagte. Sie kannte keine Luna Laverna. Sie kannte dieses Haus nicht. Doch eine sonderbare Unruhe griff nach ihr, nicht fest, gerade so, dass sie es nicht wagte, die Wahrheit zu sagen.

»Der Aufzug.«

Sie starrten sich in die Augen, und Aurora überlegte fieberhaft, woher diese Frau nur wissen konnte, dass sie den Zettel am Brunnen gefunden hatte, woher sie wissen konnte, dass sie hierherkommen würde. Die junge Frau sah sie an, als würde sie durch sie hindurchsehen, als wäre sie mit den Gedanken bei einem größeren Problem. Ihr Griff um Auroras Hand war noch immer so fest, dass Aurora es nicht wagte, die Hand zurückzuziehen, und ihr fiel auf, wie viel Kraft in diesem dünnen Arm steckte, bei dem man die Muskeln wie kleine stählerne Stränge sehen konnte.

Ich kann nicht behaupten, dass ich alle Menschen gleichermaßen liebe. Manche allerdings liebe ich noch weniger. Manche sind mir zuwider, noch ehe sie auch nur ein Wort sprechen, ihr Wimpernschlag reicht völlig aus, um mich gründlich zu verärgern. Luna Laverna gehörte zu ihnen.

»Sie konnte es nicht wissen«, flüsterte ich, und die Silberkugel beschlug sich so stark von meinem Atem, dass ich eilig mit der Hand darüberstrich, um wieder sehen zu können, doch als ich das Metall antippte, verschob sich das Bild, dunkle Wolken zogen kurz über die silbrige Oberfläche, und ich fand mich auf der Via delle Carrozze wieder, in der zwei Männer gerade in einen schwarzen Mercedes-Benz stiegen.

»Via degli Zingari.«

Ich traute meinen Ohren nicht. Auch wenn ich nicht jahrhundertelange Erfahrung mit aufkommenden Schwierigkeiten gehabt hätte, hätte ich gewusst, dass diese zwei Männer Ärger machen wollten. Und sie waren auf dem Weg zu dem Haus, dass Aurora besser niemals betreten hätte.

Leider gibt es nicht nur zwei Sorten Männer, es wäre einfacher für uns Frauen, wenn eine klare Einteilung herrschen würde: Männer, die man heiratet, und Männer, vor denen man seine Töchter warnt. Doch meist verhält es sich wie bei Janus, dem Gott mit den zwei Gesichtern: Man ist sich nie sicher, in welches man gerade blickt.

»Reiß dich zusammen«, hörte ich den Fahrer sagen, einen Mann mit nach hinten gegeltem Haar und einem leichten Silberblick, dem ich vor vielen Jahren wahrscheinlich nicht hätte widerstehen können, obwohl mir bewusst gewesen wäre, in welche Gefahr ich mich damit begeben würde.

»Wir müssen ihn noch heute aus diesem Haus holen. Das hat höchste Priorität. Sonst nichts.« Er ließ den Mercedes an einer Gruppe Jugendlicher vorbeischießen, die erschrocken zur Seite sprangen. Der andere gab nur ein dumpfes Grummeln von sich. Unter seinem Jackett zeichnete sich deutlich eine Waffe ab.

»Angelo hat gesagt, wir sollen ihn dazu bringen, mit uns zu kommen. Freiwillig.«

Hastig tippte ich die Kugel wieder an. Mädchen, Mädchen. Es würde keine zehn Minuten dauern, und diese Männer würden vor der Tür mit der Mondsichel stehen.

Luna und Aurora standen immer noch im Flur, die Jugendstillampe über ihren Köpfen flimmerte.

»Er liegt da drinnen«, sagte Luna Laverna gerade.

Aurora drehte sich um, blickte den Flur hinunter und überlegte fieberhaft, von wem Luna sprach. Sie wusste, dass dies der Moment war, um die Situation zu klären, doch irgendetwas hielt sie davon ab.

»Komm mit.« Luna ging voraus. Ihre langen, schlanken Beine steckten in schwarzen, knallengen und zerrissenen Jeans, die Lederstiefel verursachten wieder das Klackern auf dem Holzboden. Aurora blickte auf ihren ausrasierten Nacken, die schmalen Schultern mit der blassen Haut und das enge Oberteil. Eine Frau wie Luna hatte sie bisher noch nicht getroffen. Eine Frau, die ihr Vater als niveaulos und billig eingestuft hätte, die sie selbst aber verrucht und anziehend fand. Es war ein klein wenig wie Schicksal, beschloss sie, dass sie diesen Zettel gefunden, ihn wieder verloren und sich doch die Adresse gemerkt hatte.

Sie kamen durch verwinkelte Zimmerchen, in denen sich Bücher bis zur Decke stapelten, die Wände waren mit Bildern übersät, wahllos in Motiv und Farbe, schwere Vorhänge verhinderten einen Blick auf Rom oder den Innenhof, und immer wieder fand sich das Zeichen der Mondsichel. Aurora spürte ein Kribbeln in der Magengegend, das verheißungsvolle Gefühl, dass sich ihr Leben hier auf immer verändern würde, dass sie über eine Schwelle getreten war, hinter der es kein Zurück mehr gab. Sie sog den Geruch nach verblühten Kamelien, staubigen, sonnenheißen Nachmittagen und dem Rauch von Lunas Zigarette ein.

»Das Problem ist, es ist nicht so gelaufen, wie es sollte«, sagte Luna mit ihrem etwas schleppenden Tonfall. »Ich bin reingekommen, und er war nicht da. Gut, hab ich mir gedacht, nicht weiter schlimm, ich warte, schließlich kann ich warten. Macht mir nichts aus.«

Sie nahm einen Zug von ihrer Zigarette und schnippte

die Kippe dann während des Gehens aus einem der offenen Fenster. Aurora überlegte fieberhaft, was sie sagen könnte, was so unverfänglich war, dass Luna nicht bemerken würde, dass sie nicht die Person war, für die sie sie hielt, denn die Wahrheit war, Aurora wollte nicht weg, sie wollte sich hier in dieser Wohnung, die sich über das komplette Obergeschoss erstreckte, verlaufen. Sie wollte alle Geheimnisse ergründen, die hier versteckt waren und die sie selbst im Forum Romanum, dem Petersdom und der Sixtinischen Kapelle nicht entdeckt hatte. Und sie hatte das Gefühl, dass sich ihr Leben hier verändern würde.

Sie befanden sich jetzt in einem kleinen Vorraum vor einer weiteren Tür. Luna hielt kurz inne und drehte sich um, damit sie Aurora ansehen konnte.

»Ich mischte das Pulver in das Getränk und stellte es auf den Tisch. Verstehst du?«

Aurora nickte. »Und dann?«

»Ich dachte, es wird unkompliziert, aber als er dann da war, wurde er misstrauisch. Er erzählte mir jede Menge Quatsch. Dass er gerade jemanden gefahren hatte, dass es ein Fehler gewesen sei, dass es ihm aber verdammt gleichgültig sei, was der hinkende Kerl drüben anstellen würde. Egal. Und dann schüttete er das Getränk weg.« Sie seufzte, und Aurora bemerkte, dass ihre Augen zwei verschiedene Farben hatten, das linke war braun und das rechte grün.

»Vielleicht hätte ich ihm länger Zeit lassen sollen, ich meine, vorher. Die Tage vorher. Er hat mir nicht vertraut. Nicht voll und ganz.«

Zugegeben, ich staunte nicht schlecht, dass dieser Frau überhaupt jemand trauen würde. Luna Laverna! Alleine ihr Name war Warnung genug. Ihre Gestalt ordinär, ihre Gestik die eines Mädchens, das auf der Straße groß geworden ist. Sie war es gewohnt, jede Gelegenheit beim Schopf zu packen, in jede Lücke zu schlüpfen und nicht auf ihr Glück zu warten, sondern ihm nachzujagen. Ich kannte diese Sorte Mädchen, sie sind wie streunende Katzen, die sich auf den Dächern Roms die Zeit vertreiben – lieber Himmel! Die Zeit! Wie viel Zeit war schon vergangen? Es durchlief mich siedend heiß, und ich blickte nach der riesigen Sanduhr, durch die stetig und ohne Unterlass feinster Meeressand rieselte. Fünf Minuten? Sieben? Wie lange würde es dauern, bis die Männer ihr Ziel erreichten? Eilig tippte ich die Kugel an. Da waren sie, vor dem Haus, in ihrem Wagen. Oh könnte ich die Mädchen nur zur Eile antreiben – was immer Luna Laverna vorhatte, es musste schnell geschehen!

Aurora starrte mit großen Augen auf die Tür, sie spürte ihr Herz schlagen, lebendig und warm, lebendiger, als es je in der Zeit mit ihrem Vater gewesen war, in der sie oft leise durch die Wohnung geschlichen war, um ihn nicht zu stören, sich auf ihrem Bett zusammengerollt hatte oder durch die Straßen Roms gelaufen war, immer auf der Suche, immer auf der Flucht vor der Einsamkeit.

»Tja. Es hat nicht so geklappt, und da drinnen liegt er jetzt.«

»Wer?«, flüsterte Aurora, nun völlig außer Acht lassend, dass sie damit ihre Tarnung aufgeben könnte.

»Na, der Skipper«, sagte Luna und öffnete langsam die Tür.

Zweites Kapitel

Zweiter Dezember, der Tag, an dem Aurora die Statue der liegenden Paolina Bonaparte Borghese in der Villa Borghese berührte. Zu allem anderen war es zu kalt gewesen.

Für einen Moment blieb Aurora die Luft weg und das Herz stehen. Direkt vor der altertümlichen Chaiselongue mit den geschwungenen kirschbaumfarbenen Beinen lag ein Mann auf dem Rücken. Er hatte einen dunklen, riesigen Kapuzenpulli an und eine speckige dunkle Hose.

»Es hat nicht geklappt?«, brachte sie hervor und starrte auf den blutigen Stumpf, der einmal der Hals des Mannes gewesen war.

Sein Kopf war nach hinten geklappt, als wäre es der einer Puppe. Mit einem Würgen drehte Aurora sich weg, doch seine aufgerissenen gelblichen Augen, die schlechtrasierten Wangen, die um den Mund ebenfalls gelblich waren, und die knollige Nase sah sie immer noch vor sich. Schwankend hielt sie sich am Türrahmen fest.

Luna stemmte ihre Arme in die Seite und starrte eine Weile verdrossen auf Aurora.

»Ja, richtig. Vielleicht hättest du daran denken sollen, als du dich so verspätet hast. Ich will nicht wissen, was das für uns beide bedeutet.«

»Für uns beide?«, stieß Aurora mit großen Augen hervor und drehte ihren Kopf nur so weit wieder zurück, dass sie Luna sehen konnte, aber nicht den toten Skipper.

»Er ist tot, kapiert!« Luna warf die Hände in die Luft, als wäre Aurora in irgendeiner Weise daran schuld. Und als hätte sie noch nicht begriffen, dass Leute ohne Köpfe grundsätzlich nicht mehr lebten. »Ich weiß nicht, was sie zu dir gesagt haben – aber mit mir war ausgemacht, dass wir ihn lebend abliefern. Skipper ohne Kopf! Wird ihnen wohl kaum etwas nützen.«

Sie ging zu der Chaiselongue, setzte sich darauf und starrte missmutig auf den Toten vor sich. Ihr schien sein Anblick nichts auszumachen. Vorsichtig drehte sich Aurora zu ihr, vermied es aber weiterhin, auf den Kopf des Mannes zu blicken.

»Noch immer ist er so finster und grämlich wie zu Lebzeiten«, murmelte Luna und fuhr sich unwirsch mit beiden Händen durch die Haare. Sie war ganz offensichtlich in ihren Überlegungen gefangen, was zu tun sei. Wie von einem Magnet angezogen, musste Aurora nun doch den Toten ansehen.

Sein schwarzer Pulli sah an der Brust nass aus – wegen des Blutes, das sich darauf ergossen hatte. An den Armen sah man nur einige Spritzer und einen seltsamen weißen Staub. So als hätte er sich beim Backen mit Mehl eingestäubt.

Er muss uralt sein, dachte Aurora. Selbst die Haare auf den Unterarmen waren weiß, die Haut war von einer gläsernen Blässe, die nicht vom Tod herzurühren schien. Die Ärmel des Pullovers waren hochgekrempelt, als hätte er gerade etwas arbeiten wollen, und man sah die sehnigen, äußerst muskulösen Arme. Seine Finger waren gelb, als hätte er in seinem Leben viel zu viel geraucht.

Er passt nicht in diese feine Umgebung, dachte Aurora. Es war, als hätte man einen Penner in eine feine Penthouse-Wohnung gelegt.

Und dann konnten Auroras unzusammenhängende Gedanken nur noch eins hervorbringen: Weg hier. Das geht mich nichts an, und es wird Zeit, dass ich wieder in mein altes Leben zurückkehre.

Sie zuckte zusammen, als Luna urplötzlich aufsprang, als hätte sie etwas gehört.

»Scheiße«, stieß Luna hervor. »Ich dachte, wir hätten mehr Zeit. Der Skipper muss weg … los, pack mit an, wir legen ihn …«

»Nein«, brachte Aurora schockiert hervor.

Dann hörte auch sie das Geräusch, das Luna aufgeschreckt hatte. Der Aufzug im Treppenhaus hatte sich quietschend in Bewegung gesetzt.

»Nein«, sagte sie noch einmal, etwas ruhiger.

Sie würde niemals diesen toten Mann auch nur mit einem Finger anrühren.

Drohend baute sich Luna vor ihr auf und verengt ihre Augen. »Wir müssen Zeit gewinnen. Nimm die Beine, los!«

Zaghaft bückte sich Aurora, sie ahnte, dass sie jetzt

schon zu tief in der Geschichte drinsteckte, um einfach gehen zu können. Ohne mit der Wimper zu zucken, packte auch Luna zu und ignorierte komplett, dass dabei der Kopf des Toten an ihre Oberschenkel stieß. Rückwärts gehend dirigierte sie Aurora in die Richtung, in die sie wollte.

»Ins Schlafzimmer«, sagte sie und öffnete mit ihrem Ellbogen die Tür.

Aurora stieß einen spitzen Schrei aus und ließ die Beine des Toten fallen, als die Tür den Blick auf das Innere freigab: Mitten im Raum stand eine schwarze, muskulöse Gestalt mit finsterem Gesichtsausdruck. An einer Kette hielt sie einen schwarzen Hund mit drei Köpfen, die grimmig die Zähne fletschten.

Luna verdrehte die Augen.

»Der alte Mann«, sagte sie nur trocken. »Es ist eine Statue und nicht er persönlich. Geh zurück und kümmere dich um den Teppich.«

Mit einem letzten Blick auf das riesige und gruselige Schlafzimmer eilte Aurora dankbar davon. Das war mit Abstand das schrecklichste Zimmer gewesen, das sie in ihrem Leben gesehen hatte. Die Statue war nur ein kleiner Aspekt davon. Die dunklen, dichten Vorhänge vor den Fenstern, das riesige Himmelbett in der Mitte, direkt hinter der Statue, die Felle am Boden, genauso dunkel und düster wie die schwarze Bettwäsche … Noch immer sah Aurora vor Augen, wie Luna den kopflosen Skipper unter den Achseln gepackt und in das Zimmer hineingeschleift hatte, um ihn dort zu verstecken.

Wieso verstecken, dachte sie, wieso haut sie nicht einfach ab?

Und dann dachte sie, dass sie das Zimmer mit der Chaiselongue nie mehr würde finden können, dass es sich aufgelöst hatte, während sie den toten Mann versteckt hatten. Denn die Wohnung war wie eine eigene Welt, ein Labyrinth. Nach drei Räumen, die sie im Laufschritt durchquerte, kam sie in eine riesige Küche. Auf der Suche nach irgendetwas, das sie zum Reinigen des Teppichs verwenden könnte, riss sie sämtliche Schränke auf. Die meisten Fächer waren jedoch leer. Über dem Spülbecken war der Hängeschrank vollgestopft mit Packungen mit der Aufschrift: *Cornetto, frutti di bosco*. Schließlich fand sie einen noch verpackten Dreierpack Küchenrollen und einen Eimer, den sie mit Wasser füllte.

Dann stand sie urplötzlich wieder vor der Chaiselongue und fragte sich, ob sie nicht alles geträumt hatte. Aber es bestand kein Zweifel, das viele Blut davor sprach Bände.

Sie entrollte die Küchentücher und riss ein Tuch nach dem nächsten ab. Sie saugten sich schneller mit Blut voll, als Aurora die Tücher abreißen konnte. Als sie alle drei Küchenrollen auf den Fleck geworfen hatte, wurde die Tür aufgerissen, und Luna stürmte herein.

»Was machst du da?«, fragte sie fassungslos.

»Ich …«, fing Aurora ratlos an.

»Sag mal, wie ahnungslos bist *du* denn?«

Das klang ein bisschen danach, als hätte sie selbst schon hundertmal probiert, einen Teppich von Blut zu säubern.

»Los, der Teppich muss weg, das kann kein Mensch saubermachen …«

Schrill klingelte die Haustürglocke.

»Scheiße«, sagte Luna zum zweiten Mal.

»Wer ist das?«, wollte Aurora wissen.

»Sie sind schon da. Jetzt pack schon an! Und pass auf, dass du keine blutigen Finger bekommst …«

Sie kniete sich auf den Boden und begann, den Teppich einzurollen.

»Steh nicht herum«, fuhr sie Aurora an, und da ging auch Aurora auf die Knie.

Manchmal steht man auch in meiner Position vor schwierigen Entscheidungen. Wir hatten einen heiligen Eid geschworen, uns in keine menschliche Situation einzumischen. Nichts zu verändern am Lauf der menschlichen Dinge. Es war wie ein Film, eine Geschichte: Nur weil wir die Weisheit hatten, etwas vorherzusehen, was der Mensch nicht sehen konnte, durften wir die Fäden der Geschichte nicht neu spinnen.

Das war unsere Pflicht.

Wohin es führen würde, dass Aurora sich in dieser Wohnung aufhielt, darüber musste ich nicht lange nachdenken: zu nichts Gutem.

Aber war dies eine menschliche Situation?

Mein Kopf schmerzte, ich merkte, dass ich begann, mir eine Erklärung für mein Eingreifen zurechtzulegen. Konnte man denn nicht schon erahnen, dass das Schreckliche, auf das alles hinsteuerte, ganz und gar nicht menschlich war? Dass es nichts war, was Aurora aufhalten konnte? Dass sie nur mit ihrem Leben bezahlen würde? Mit ihrem jungen, zarten Leben … Ich krallte meine Finger in meine Paillettendecke.

Andererseits, wenn ich mich einmischte, dann würde auch *er* sich überall einmischen, und das wollte ich um jeden Preis verhindern. Mir war noch kein Grund für mein Eingreifen eingefallen, der auch *ihm* schlüssig erscheinen könnte, da schrillte schon wieder die Glocke.

»Wer ist das?«, fragte Aurora erneut atemlos, auch wenn sie damit Gefahr lief, sich zu verraten.

»Niemand, der uns wohlgesonnen ist«, erklärte Luna und forderte Aurora abermals mit einem Kopfnicken auf, den Teppich anzupacken.

»Die Polizei«, flüsterte Aurora.

»Das wäre schön«, murmelte Luna, und auf ihr leises »Hep« hoben sie den Teppich auf und liefen im Laufschritt durch die Wohnung. »Schrei etwas!«

»Was denn schreien?«, fragte Aurora atemlos.

»Dass du gleich kommst. Los.«

Jemand schlug mit der Faust an die Tür.

»Ich komme gleich!«, rief Aurora, doch es klang selbst in ihren Ohren piepsig und ängstlich.

»Du weißt, was du jetzt tun wirst«, sagte Luna.

Im Gegensatz zu Aurora macht es ihr nichts aus, im Laufschritt den schweren Perserteppich durch die Wohnung zu tragen. Aurora hatte keine Ahnung, was sie jetzt tun musste, plötzlich erschien es ihr sinnvoll, zu gestehen, dass sie aus reinem Versehen in dieser Wohnung gelandet war. Und dass sie weder wusste, wer der Tote war, noch was er in dieser Wohnung verloren hatte.

»Nein«, fing Aurora keuchend an und beschloss, Luna reinen Wein einzuschenken. »Es ist so …«

»Du wirst mit ihnen reden. Du sagst, dass ich unterwegs bin. Mit Skipper. Dass ich kurz davor bin, unsere Arbeit zu erledigen.«

»Aber …«, setzte Aurora noch einmal an.

»Morgen Abend. Sie bekommen ihn morgen Abend«, erklärte Luna.

»Aber er ist tot«, brachte Aurora hervor.

»Das weiß ich selbst!«, zischte Luna ihr zu und beschleunigte ihre Schritte. »Wir brauchen Zeit, verstehst du!«

»Aber wenn er doch tot ist. Dann wird er morgen auch nicht lebendig.«

»Lass das meine Sorge sein«, flüsterte Luna und warf ihr einen drohenden Blick zu. »Sie werden dich unter Druck setzen wollen. Wo ich bin und solchen Kram. Aber du lässt dich nicht unter Druck setzen.«

»Ja«, antwortete Aurora brav und ignorierte den Knoten in ihrem Magen.

»Wenn du sagst, dass ich noch in dieser Wohnung bin, sind wir beide tot.« Luna legte eine Pause ein, die Aurora sehr dramatisch erschien. »Und jetzt geh!«

Aurora sah ihr noch eine Zehntelsekunde nach, wie sie

den schweren Perser einfach schulterte und den langen Gang entlangeilte. Ihre muskulösen Arme. Die stachelige Frisur. Die Gewissheit, dass sie alles richtig machen würde.

»Mach nicht auf«, flüsterte ich, »du willst es doch gar nicht. Versteck dich, irgendwo. Soll sie sehen, wie sie alleine zurechtkommt.«

Schon wieder trat jemand gegen die Tür.

»Du kannst dich ihnen nicht entgegenstellen. Du weißt doch gar nicht, wer dort ist. Sie sind brutal. Du hast doch gehört, was Luna eben gesagt hat. Dass sie euch einfach töten werden, sobald sie wissen, dass Luna noch in dieser Wohnung ist.«

Aurora wischte sich die schweißnassen Hände an ihren Oberschenkeln ab.

»Wie auch immer«, flüsterte sie sich selbst zu, vielleicht auch mir. »Du weißt, was zu tun ist, hat Luna gesagt. Und deswegen werde ich es machen.«

»Unsinn«, wisperte ich, und als ich mich näher über meine Kugel beugte, beschlug sich kurz das Glas mit meinem Atem. »Man muss seine Grenzen kennen.«

Auroras Herz schlug ihr im Hals, als sie vor der Wohnungstür stehen blieb und einen Blick durch den Spion warf. Die zwei Typen davor wirkten nicht besonders vertrauenerweckend. Der eine hatte nach hinten gegeltes Haar. Der andere, der wie ein brutaler Boxer aussah, beugte sich nach vorne, und durch das gewölbte Glas des Spions verzerrte sich sein ohnehin breites, vernarbtes Gesicht zu einer Fratze.

»Mach auf!«, schrie er. »Oder meinst du, ich sehe nicht, dass du direkt vor der Tür stehst?«

Mit einem Ruck riss Aurora die Tür auf.

»Wer sind Sie?«, wollte sie wissen.

»Kobalt Sky«, sagte der Typ mit dem pockennarbigen Gesicht und schob sie einfach zur Seite. Der mit den nach hinten gegelten Haaren hatte einen Silberblick, wie Aurora gedankenlos registrierte, als die Männer an ihr vorbei in die Wohnung gingen und in dem Raum mit den Kristalllüstern an der Decke stehen blieben.

»Kann ich Ihnen etwas anbieten?«, fragte Aurora, sich an die Zeit erinnernd, als ihr Vater noch andere Professori mit nach Hause gebracht hatte. Sie musste damals neun oder zehn gewesen sein und hatte den Gästen Vin Santo und Cantuccini angeboten, die sie während ihrer Diskussionen in ihre Weingläser tauchten. Dass dieser Kobalt Sky und sein Kompagnon allerdings ganz andere Dinge vorhatten und sicher keine Cantuccini in Dessertwein tauchen und sich mit ihr über die Antike unterhalten würden, das war auch Aurora klar.

»Nein danke.« Kobalt Skys Stimme hätte sämtliche Whisky- und Scotchflaschen, die auf dem kleinen Tischchen neben dem Kamin standen, ohne weitere Hilfe entkorken können. »Sag mir einfach, wo der Skipper ist.«

»Er ist nicht da.«

Ein Lächeln huschte über das Gesicht des Mannes mit

dem Silberblick, was ihm einen seltsamen wölfischen Zug verlieh. Aurora musste sich zwingen, nicht vor ihm zurückzuweichen. Wieso nur hatte sie die Wohnung nicht verlassen, als es noch möglich war? Reiß dich zusammen, dachte sie dann. Das hilft jetzt auch nichts mehr! Man darf seine Angst nicht zeigen, wie bei Hunden muss man stehen bleiben und sich beschnuppern lassen, denn wenn sie die Angst spüren, ist es vorbei.

»So. Und wo ist er um diese Zeit?«

»Ausgegangen.«

»Der Skipper geht nicht aus.«

»Er wollte ein Stündchen …«

»Na was.« Aurora konnte hören, wie Kobalt Sky hinter seinem Rücken ein Messer auf- und zuschnappen ließ. Klick. Klack. Klick. Klack. Sie spürte ihren Herzschlag im ganzen Körper.

»Boot fahren. Er wollte ein Stündchen Boot fahren.«

Irgendwo schlug eine Tür, und Kobalt Skys Augen wurden schmal. Doch er sagte nichts, als würde er nur eine weitere Lüge aus Auroras Mund erwarten.

»Das ist gut für seine Bronchitis«, fügte sie hinzu.

»Du gehörst zu Il Macellaio«, stellte der mit dem Silberblick nun sachlich fest, worauf Aurora heftig den Kopf schüttelte.

»Der Skipper … Ich bin seine …« Sie blickte gehetzt zwischen den zwei Männern her.

»Hure«, schlug Kobalt Sky vor.

»Geliebte.«

»Putzfrau.«

»Nichte!«, platzte Aurora heraus. Ihr Herz schlug bis zum Hals. Der Mann mit dem Silberblick war während des Wortwechsels bedrohlich nahe gekommen und blickte ihr forschend ins Gesicht.

»Ich bin erst heute angekommen und habe ihn noch nicht gesehen, aber ich werde ihm gerne Grüße von ihnen bestellen.«

»Der Skipper hat keine Nichte«, raunte Kobalt Sky dem anderen zu. »Lass sie uns kaltmachen und dann die Wohnung durchsuchen.«

Entsetzt schlug ich mir die Hand vor den Mund. Es würde keiner merken, wenn ich einen göttlichen Blitzschlag in dieses Gebäude schicken würde. Unglücke passierten an jeder Straßenecke, überall kamen Menschen zu Schaden, niemand kümmerte sich darum. Manchmal muss man Dinge vertuschen und mit den Konsequenzen leben. Egal, ob *er* ein besonderes Interesse an diesem verdorbenen Haus, und egal, ob *er* seine Finger hier mit im Spiel hatte. Ich sprang auf und zog die Vorhänge zu, der schwere Stoff schwang über den Mosaikboden, Sand knirschte unter meinen nackten Füßen. Ich eilte von Fenster zu Fenster und verdunkelte den Turm, stürmte ins Nebenzimmer und wühlte in der Schicksalstruhe nach meinem Amulett. Blitz und Donner, wie lange hatte ich es nicht gebraucht, es war zuunterst gerutscht, in einen Spalt, durch den ich die Wolken treiben sehen konnte, es hing an seiner silbernen Schnur und wehte im Nachtwind. Zurück an meiner Kugel, zu allem bereit, hob ich Einhalt gebietend meine Hände: Ich konnte nicht zulassen, dass diesem Mädchen etwas zustieß, dass dieser Ausflug in die Welt ihr letzter gewesen sein sollte.

»Gemach, gemach«, sagte der mit dem Silberblick gerade, »vielleicht wissen wir nicht alles über ihn. Und wir wollen ihn nicht verärgern, in dem wir ausgerechnet seine hübsche Nichte aus dem Weg räumen.«

Er streckte ihr die Hand hin. »Santiago.«

»Aurora Perrini.« Ihr blasses Gesicht nahm wieder Farbe an, und ich ließ meine Hände langsam sinken.

»Sie ist nicht seine Nichte. Das kann ich riechen.« Kobalt Skys große, knollige Nase ließ keinen Zweifel offen, dass er die Wahrheit sagte. »Sie ist eine von Il Macellaios Huren. Er schickt sie, um uns abzulenken, während er uns den Skipper wegschnappt.«

Warum will alle Welt diesen hässlichen alten Mann?, dachte Aurora, spürte dann aber das schlechte Gewissen in sich hochsteigen, weil sie so ungnädig über einen Toten dachte.

»Ist das so, Signorina Perrini?«, fragte Santiago sanft, und Aurora machte einen Schritt zur Seite, drehte sich weg und nahm eine der Flaschen in die Hand. Cognac. Santiago blickte auf ihren schmalen Rücken, über den ihr lockiges schwarzes Haar floss.

»Nein, ist es nicht«, sagte sie leichthin und goss die warme goldene Flüssigkeit in zwei hochstielige bauchige

Gläser. »Bitte schön. Sie können auch hier auf ihn warten.«

»Bis er vom Bootfahren zurück ist«, sagte Santiago spöttisch, nahm ihr ein Glas aus der Hand und nippte daran.

»Ich habe nichts weiter vor, ich kann Ihnen Gesellschaft leisten.« Hinter Auroras Stirn überschlugen sich ihre Gedanken. Wie lange würde Luna brauchen, um den Skipper zu verstecken? War alles Blut beseitigt? Was würden die Männer mit ihnen anstellen, wenn sie die Wahrheit herausfänden? Doch trotz aller Angst floss auch Erregung durch ihre Adern, ein Nervenkitzel, den sie bis jetzt nicht gespürt hatte. Elektrisierend und beunruhigend.

»Vor etwa zwei Stunden war eine Frau hier. Luna Laverna«, sagte Kobalt Sky nun. »Was hat sie mit dem Skipper besprochen?«

Erschrocken heftete sich Auroras Blick auf eines der Gemälde.

»Keine Ahnung«, sagte sie schließlich. »Ich kenne keine Luna Wie-auch-immer.«

»Aber sie war hier?«, bohrte er nach.

»Ich bin erst vor einer Viertelstunde zurückgekommen«, sagte sie, noch immer mit Blick auf das Gemälde. Im selben Moment fiel ihr ein, was sie hätte sagen sollen, heiß schoss ihr die Angst in die Brust. »Es war eine Frau da«, schwenkte sie schnell um. »Keine Ahnung, wie sie hieß. Blonde Haare. Lederstiefel. Jeans.«

»Und?«, fragte Kobalt Sky, und seine Augen sahen unbewegt auf sie.

»Keine Ahnung. Sie sind weggegangen. Die Frau hat gesagt … morgen Abend. Genau. Spätestens morgen Abend.«

»Und der Skipper hat darauf ja gesagt?«

»Ja«, sagte Aurora so, dass man es als Frage oder als Antwort verstehen konnte.

Santiago ließ seinen Blick über die Gemälde an den Wänden wandern, als wäre er nur ihretwegen hierhergekommen. Auf jedem einzelnen war Wasser abgebildet, dunkles, brackiges Wasser. Wasser, in dem sich Mondlicht spiegelte. Wasser, das träge dahinzufließen schien. Dunkle, morsche Planken trieben darin. Boote mit Insassen, mehr tot als lebendig.

»Ich war noch nie in der Wohnung des Skippers. Wie wäre es, Signorina Perrini, wenn Sie uns die Räumlichkeiten zeigen würden, während wir warten?«

Selten nutzte ich meine Kugel, um einen Menschen zu suchen. Es liegt nicht an mangelndem Interesse, nein. Eher ist es der Unwille, was einen erwartet, wenn man ihn findet. Ich erinnere mich, den Liebsten eines Mädchens gesucht zu haben. Ich fand ihn in den Armen einer anderen. Dies nur als kleines Beispiel dafür, dass sich das Interesse nicht lohnt. Die niederen Instinkte der Menschen brechen ihnen am Ende doch immer das Genick. Lieber sehe ich nicht, was sie tun. Ich bin nicht oberflächlich, aber auch ich muss mich schützen.

Doch diesmal tippte ich meine Kugel trotzdem an.

»Il Macellaio«, flüsterte ich beschwörend.

Die Kugel lief an, als hätte ich sie in eine Schwefelquelle getaucht. Die Schwärze breitete sich zögernd aus, und doch konnte ich bald nichts mehr erkennen, nur ein Wirbeln, als würde in ihrem Inneren ein Schneesturm toben. Sanft berührte ich sie mit meinen rauen Fingerspitzen. Empfindliches Ding. Als ich sie fand, spuckte sie in den ersten Jahren nichts als unzusammenhängende Bilder aus. Ich war nahe daran gewesen, sie wieder im Meer zu versenken, doch nun war sie mir ein recht amüsantes Spielzeug geworden.

Il Macellaio … Das Schwarz verdüsterte sich noch mehr, bis ich Angst bekam, meiner Kugel mit diesem Auftrag den Rest gegeben zu haben. Doch dann erkannte ich, dass sie mich an den richtigen Ort geführt hatte. Konturen hoben sich aus der Finsternis, Büsche, Bäume, schemenhaft. Ein Wald? Nein. Ein Park vielleicht? Ist es noch Rom, oder doch ein anderes Land, in dem nur Finsternis herrscht? Dann ein Licht, das hinter geschlossenen Vorhängen flatterte. Vorsichtig entfernte ich mich ein wenig, um herauszufinden, wo ich mich befand. Wo war die nächste Straße? Die nächste menschliche Behausung?

Strada Communale Monte della Statua. Besser als nichts. Es musste Rom sein. Ein düsteres, abseitiges Rom. Das Rom, das niemand sehen wollte, zu dem niemand die Touristenströme führte. Aus gutem Grund. Selbst ich wollte es nicht sehen.

Da war sie. Eine Villa in einer riesigen Parkanlage, deren schmiedeeiserne Tore verschlossen waren. Die Kugel führte mich wieder etwas näher heran. Das Licht verschwamm, wurde dunkler, dann hell und gleißend, und ich musste kurz die Augen schließen. Das Bellen von Hunden hallte in meinen Ohren, Hunde, die an Ketten rissen. Als ich die Augen wieder öffnete, sah ich die Silhouette eines Mannes am Fenster stehen, hager und groß, und als ich versuchte, noch näher heranzukommen, fand ich mich im selben Zimmer wieder. Der Mann hustete und presste sich ein Taschentuch vor den Mund. Als er es wieder wegnahm, war es mit Blut gesprenkelt.

»Ich frage mich, wo sie bleibt.« Er richtete diese Frage an die blonde Frau, die hinter ihm stand. »Es muss etwas passiert sein.«

»Mach dir keine Sorgen, Vater. Luna Laverna ist zuverlässig. Das weißt du.« Die Stimme der Frau klang seltsam. Unbeteiligt, emotionslos, hart – und doch gleichzeitig besorgt.

»Siehst du das?« Er hielt ihr das Taschentuch hin, als wäre sie persönlich dafür verantwortlich, und die Frau senkte den Blick. »Angelo wartet nur darauf. Er wartet darauf, dass ich einknicke und er den Clan zerbrechen kann. Aber das wird er nicht. Das wird er nicht. Wenn Luna die Wahrheit gesagt hat …«

»Luna Laverna sagt immer die Wahrheit.«

»… wird ihm dieser Schlag nicht gelingen.«

Ich vertiefte mich in sein Gesicht. Die zerfurchten Wangen, die tiefliegenden Augen. Die Nase schief, als wäre sie in seiner Jugend mehrfach gebrochen. Ich konnte nicht sagen, was von diesem Mann ausging. Ein gefährlicher Bann? Die Gewissheit, dass er vor nichts zurückschrecken würde, um das zu bekommen, was er wollte? Ich wusste es nicht, und während ich noch überlegte, zersplitterte das Bild wie eine zerbrochene Glasscheibe in tausend Stücke.

Aurora öffnete zögernd eine Tür. All die Räume, die sie zuvor mit Luna durchschritten hatte, erschienen ihr wie eine einzige lange Zielgerade zu ihrem eigenen Verderben. Wo konnte Luna den Skipper verstecken, ohne dass der metallische Geruch seines Blutes in die Nase des pockennarbigen Kobalt Sky steigen würde, ohne dass Santiago seinen verloschenen Atem hören würde?

»Die Bibliothek«, sie drehte sich zu den Männern um, die sie aufmerksam beobachteten, »hier pflegt mein Onkel abends zu sitzen und eine Pfeife zu rauchen.«

Was für ein Mist, dachte sie, sie werden diesen Mist niemals glauben. Aber Luna hat gesagt, ich soll sie hinhalten.

Die Bücher in den Regalen schienen zu schwanken und zu flimmern, und Aurora blinzelte ein paarmal, um wieder klar sehen zu können.

»Und welches ist sein Lieblingsbuch?« Santiago nahm eines der Bücher von einem Stapel und drehte es in seinen schlanken Händen hin und her. Aurora spürte, wie ihr der Schweiß ausbrach, als sie sah, dass der Pockennarbige in der Bibliothek umherging und selbst unter die kleine, durchgesessene Ledercouch spähte, als würde die Möglichkeit bestehen, dass sich der große, massige Skipper unter dieser Couch zusammengerollt hätte.

Sein Kopf vielleicht. Für mehr wäre hier kein Platz.

»Er liest nicht.«

»Er liest nicht. So.«

Seit er keinen Kopf mehr hat, gestaltet sich das etwas schwierig, dachte Aurora.

»Seine Augen sind sehr schlecht«, sagte sie.

Diese toten gelblichen Augen mit den schwarzen, unbewegten Pupillen.

Kobalt Sky trank sein Glas mit einem Zug leer und stellte es auf dem nächstbesten Stapel ab. Der Stapel schwankte, blieb aber dann doch stehen.

»Das nächste Zimmer«, sagte Kobalt Sky ungeduldig. Er ging an Aurora vorbei und stieß die nächste Tür mit dem Fuß auf.

Der schlauchartige lange Gang mit den Galeriefenstern eröffnete einen überwältigenden Blick auf Rom.

»Von hier aus kann man das Kolosseum sehen«, Aurora öffnete ein Fenster und lehnte sich hinaus, »das Nationaldenkmal, die Via Nazionale … und da, die Villa Borghese …« Sie spürte Santiagos Arm an ihrem, und ihr Atem beschleunigte sich. Gänsehaut huschte über ihren Körper wie flinke Katzenpfötchen. Weit unter ihnen stritten sich zwei Frauen. Ihr Keifen hallte durch die Häuserschluchten und vermischte sich mit dem beständigen Summen der tausend Stimmen Roms.

»Via Cavour«, sagte sie und zog ihren Arm zurück. Die Gänsehaut verschwand.

Sie musste an den jungen Mann denken, vorhin im Flur. Dieser Kotzbrocken. Der Zorn, der in ihr hochstieg, ließ ihre Angst kleiner werden, und sie schwor sich, dass sie sich nie wieder so behandeln lassen würde, falls sie diese Situation überlebte. Was sie unwahrscheinlich fand.

»Möchten Sie uns nicht noch mehr Zimmer zeigen?«, Santiago beugte sich nach vorne, um in Auroras Gesicht sehen zu können. Wieder nippte er an seinem Getränk, als hätte er alle Zeit der Welt, um mit Aurora zu plaudern.

»Kommen Sie.«

Sanfter Wind ließ die Vorhänge über den Boden schleifen, und Aurora folgte den Sternen auf dem abgewetzten Teppich. Sie lauschte, ob sie etwas hören konnte, etwas, dass darauf schließen ließ, wo Luna sich gerade aufhielt. Einmal glaubte sie, ihre eiligen Schritte zu vernehmen, doch dann war es wieder still. Totenstill. Sie liefen durch alle Zimmer, durch die Küche, in der die Schranktüren noch genauso offen standen, wie Aurora sie zurückgelassen hatte. Sie versuchte sich zu erinnern, welche der Türen in das Zimmer führte, in dem der Skipper gelegen hatte, doch das war unmöglich – alle sahen gleich aus, die Farbe abgeblättert, die Klinken golden.

Und hinter welcher der Türen war die schwarze Männerstatue mit dem dreiköpfigen Hund? Sie hatte in der riesigen Wohnung komplett die Orientierung verloren, und die Angst brauste in ihrem Kopf und in ihrem Magen. Die

Tür, vor der sie jetzt standen, kam ihr unglaublich bekannt vor, und sie schlenderte daran vorbei, als hätte sie diese gar nicht gesehen.

»Und hier?«, fragte Kobalt Sky listig.

Aurora spürte, wie sie rot wurde. Ihr Herz begann erst zu flattern und dann zu rasen.

»Mein Zimmer«, log sie und zuckte gelangweilt mit den Achseln. »Nichts Besonderes.«

Er nickte nur mit dem Kopf in die Richtung des Zimmers, und sie suchte nach einer Begründung, wieso sie die Tür nicht öffnen wollte, aber im nächsten Moment drückte Santiago schon die Klinke herunter. Aurora hielt den Atem an, dann flammte das Licht auf, und sie musste blinzeln. Kobalt Sky murmelte etwas wie »Mädchenkram«, während er hinter Santiago eintrat.

Es war nicht das Zimmer mit der Statue. Es war licht und hell, und darin stand ein riesiges Himmelbett mit gedrechselten, weiß gestrichenen Säulen, einer zartrosa Tagesdecke, einem Haufen von weißen und rosafarbenen Kissen und einem weißen Spiegeltisch. Es war ganz offensichtlich nicht bewohnt. Keine Wäsche, die herumlag. Keine Bürste, keine Creme auf dem Tisch. Aurora entwischte trotzdem ein erleichtertes Lächeln.

»Dann wollen wir mal zur Sache kommen.« Kobalt Sky verschränkte die Arme vor seiner breiten Brust.

Mit einem starren, höflichen Lächeln sah sie direkt auf seine knollige Nase, während sie sich panisch fragte, welche Sache dies sein könnte.

»Schluss mit den Ausreden«, stimmte Santiago mit einem freundlichen Lächeln zu, das nicht bei seinen Augen ankam, und lehnte sich so demonstrativ gegen die Tür, dass klar war, hier war kein Entkommen.

Aurora nickte brav, wie sie es gewöhnt war, bei Unterhaltungen zu nicken.

»Du weißt, was wir wollen. Du weißt, was sie wollen.«

Aurora senkte den Blick, sie brachte es nicht mehr fertig, den beiden cool ins Gesicht zu sehen. Ihre Gedanken überschlugen sich. Hinhalten, dachte sie. Luna hat nur gesagt, dass ich sie hinhalten soll, und nicht, dass ich irgendwelche Fragen beantworten muss. Der Skipper ist tot. Und es gibt Kobalt Sky und Santiago, die ihn unbedingt brauchen. Wofür auch immer. Und es gibt die anderen. Die ihn auch brauchen.

Dann sah sie die bleiche Hand am Boden, und ihr Magen sackte ein paar Millimeter nach unten. Direkt unter dem Himmelbett lag ganz offensichtlich der tote Skipper, und seine Hand lugte zwischen zwei langen rosafarbenen Falten der Tagesdecke hervor.

Ich will nicht wissen, was sie mit mir machen, wenn sie merken, dass Skipper tot ist, dachte sie und starrte wieder Santiago an, um die Männer nicht auf die Hand aufmerksam zu machen.

»Vielleicht dachtest du bis jetzt, dass du auf der Seite von Il Macellaio bist«, sagte Santiago sanft und ließ sie nicht aus den Augen. »Und dass du die Annehmlichkeiten des Lebens dort nicht aufgeben willst.«

»Annehmlichkeiten«, wiederholte Aurora atemlos, weil er auf eine Antwort zu warten schien.

»Partys. Drogen. Sex«, vervollständigte er seine Aussage.

Er machte eine kleine Pause. »Nicht zu vergessen, Geld.«

Langsam schlenderte Aurora auf das Bett zu.

»Mädchen wie du sind auf ihr Geld angewiesen«, sagte er mit einem kalten Blick.

In ihren Ohren dröhnte ihr Herzschlag, so laut, dass sie meinte, sich nicht mehr auf das Gespräch konzentrieren zu können. Vorsichtig ließ sie sich auf die Kante des Bettes sinken und stellte ihre Füße vor die Hand.

»Haben sie dir gesagt, für was sie den Skipper brauchen?«, wollte er wissen.

Aurora schüttelte den Kopf, während sie versuchte, die Hand des Toten unter das Bett zu schieben. Aber anscheinend hatte die Leichenstarre schon begonnen, denn es schien so, als wäre sie aus Zement und am Boden festgeschraubt.

»Sie haben dir wahrscheinlich nur gesagt, dass er sie ans andere Ufer bringen wird, und der Rest könnte dir egal sein.«

Aurora nickte und starrte jetzt bewegungslos in Santiagos Augen.

»Er wollte sie nicht fahren«, sagte Santiago zufrieden. »Hab ich recht?«

Endlich schien sich die Hand einen Millimeter zu bewegen, und dann spürte Aurora, wie sie unter dem Bett verschwand.

»Wollte er das nicht?«, brüllte er so unvermittelt los, dass sie erschrocken zusammenzuckte.

»Ja«, stieß sie hervor.

Plötzlich kam es ihr in dem Zimmer unglaublich warm und stickig vor. Der metallische Geruch von Blut breitete sich aus, und es schien ihr unvorstellbar, dass keiner den modrigen Duft des Todes wahrnahm.

»Was ja?«, brüllte er weiter und verengte die Augen. Mit einem Ruck zog er ein Messer hervor und klopfte mit der breiten Seite auf seine Hand.

Eine Antwort. Eine unauffällige Antwort.

»Ja. Er wollte sie nicht fahren«, brachte sie hervor, die Augen auf das Messer gerichtet.

»Und weiter?«, fragte er drohend.

»Er kann … gar niemanden fahren«, stieß sie hervor, und ihm selben Moment packte der tote Skipper ihren Knöchel und drückte zu. Aurora schrie unvermittelt hysterisch auf, so dass die zwei Männer zusammenzuckten, und sprang auf. Die Hand hielt sie aber so eisern fest, dass sie wieder aufs Bett zurückfiel. Ihr Herz raste.

Luna, dachte Aurora im nächsten Moment, das muss Luna sein. Sie liegt mit dem toten Skipper unter diesem Bett.

Atemlos sah sie zu den zwei Männern auf.

»Ich meine. Er kann natürlich schon. Aber er hat gesagt. Er will nicht«, brachte sie hervor.

Santiagos Miene verfinsterte sich.

»Jedenfalls nicht heute Abend«, relativierte sie die Aussage.

Die Hand von Luna verschwand wieder unter dem Bett, und Aurora sackte in sich zusammen.

»Er will Il Macellaio nicht fahren, weil er Angelo Pinotti hinüberbringen will«, stellte Santiago zufrieden fest. »Er hat sich für eine Seite entschieden. Hat er gesagt, dass er Angelo Pinotti fahren wird?«

»Nein«, sagte Aurora, doch als sie Santiagos Blick sah, sagte sie schnell: »Also, keine Ahnung. Er redet mit mir nicht über … über seine Arbeit.«

Die beiden sahen noch immer grimmig aus.

»Besonders, wenn er Migräne hat«, plapperte sie weiter und wäre am liebsten aus dem Zimmer gestürzt.

Als sie wieder aufsah, stand Santiago direkt vor ihr und strich ihr zärtlich über die dunklen Locken. »Migräne, *pulcino*, wirst du bekommen, wenn du nicht genau das tust, was wir dir sagen.«

Sein Finger wickelte sich um eine ihrer Locken, und er zog sanft daran.

»Wenn der Skipper wieder auftaucht, wirst du ihm sagen, dass Angelo Pinottis Männer da waren. Egal, was Il Macellaio ihm geboten hat, Pinotti ist derjenige, der sich an seine Versprechen hält. Nicht Il Macellaio, dieser verlogene …« Er verschluckte das Wort.

Der Zug an ihren Haaren wurde unangenehm, sie starrte ihn nur an, ohne etwas zu sagen, spürte das Pochen ihres

Blutes im gesamten Körper. Langsam zog er sie an ihren Haaren nach oben. Als sie vor ihm stand und direkt in seine stahlgrauen Augen sah, fuhr er mit der kühlen Klinge des Messers zärtlich über ihren Hals.

»Wenn du nicht alles dafür tust, dass dies geschieht …«

Sie spürte einen stechenden Schmerz am Hals, und ein warmes Rinnsal von Blut schlängelte sich in ihr Dekolleté.

»… wirst du dir wünschen, nie geboren worden zu sein«, wisperte er kalt.

Dann ließ er sie los und drehte sich um.

»Wir warten vorne. Im Empfangszimmer«, sagte er, und die beiden Männer verließen das Zimmer. »Wenn er sich entschieden hat …«, im Türrahmen sah sich Santiago noch einmal um, und um seinen Mund spielte ein spöttisches Lächeln, »… dass er keine Migräne mehr hat. Dann soll er sich mit uns in Verbindung setzen.«

Als sich die Tür schloss, fiel Aurora zurück auf das Himmelbett, und unter ihr keuchte Luna auf.

»*Cretina!*«

Luna rollte geschickt unter dem Bett hervor, und gleichzeitig schnellte der Arm des toten Skippers auf der anderen Seite des Bettes unter der Tagesdecke hervor. Aurora quietschte schon wieder auf und schlug sich dann mit der Hand auf den Mund.

»Er kann gar niemanden fahren …«, äffte Luna Aurora nach und warf dabei die Arme in die Luft. »Was hast du

dir dabei gedacht? Du hättest genauso gut sagen können, dass ich mit dem stinkenden alten Kerl unter dem Bett liege!«

»'tschuldigung«, murmelte Aurora.

Luna setzte sich neben sie, und sie starrten gemeinsam auf die fahle Hand des Toten.

»Schon gut«, sagte Luna nach einer Weile.

»Die sitzen jetzt vorne im Empfangszimmer«, flüsterte Aurora. »Wir sollten ihnen sagen, dass der Skipper tot ist, dann … ist doch alles klar.«

Luna gab eine Art Schnauben von sich. »Dann ist klar, dass wir tot sind, *topolina*. Und zwar nicht auf die schnelle Art.«

»Schnelle Art?«, echote Aurora verständnislos.

»Grausam. Kapiert? Die zwei *cretini* sind nicht netter als Il Macellaios Männer. Egal, wem wir in die Hände fallen, wenn wir zugeben, dass der Skipper tot ist …«, erklärte Luna ungeduldig.

Aber er ist doch tot, dachte Aurora. Ich will nach Hause.

Dann reichte Luna ihr ein Taschentuch und deutete auf ihren Hals.

»Was machen wir jetzt?«, wollte Aurora wissen, während sie das Tuch auf ihre Wunde drückte.

»Als Erstes muss der Skipper weg«, erklärte Luna erstaunlich friedfertig. »Danach denken wir über das andere Problem nach.«

»Aber er ist tot. Er ist tot. Er ist einfach …« Aurora

schnappte nach Luft. »Wir können ihn nirgendwohin bringen. Vor der Tür sitzen die zwei Kerle und …«

Warten darauf, dass der Skipper heimkommt.

»Die Feuertreppe«, erklärte Luna und zog erst den blutgetränkten Perserteppich, dann den toten Skipper unter dem Bett hervor.

Ich will nach Hause, dachte Aurora zum zweiten Mal, und Luna warf ihr einen scharfen Blick zu.

»Wenn du abhauen willst – nur zu. Aber denk daran …« Sie streckte von ihrer rechten Hand Zeigefinger und Mittelfinger aus und deutete damit erst auf ihre eigenen, dann auf Auroras Augen. »Die kennen dich jetzt.«

Das dumpfe Geräusch einer rollenden Leiche auf dem Fußboden ließ Aurora zusammenzucken.

»Und wenn du denkst, die finden dich nicht …«

Mit einem letzten Schlag bewegte sich der Perser bis zum Spiegeltisch und blieb dort liegen.

»… vergiss es. Die finden dich überall.« Luna richtete sich auf und stemmte die Hände in die Seite.

»Mal abgesehen davon, würde ich dich auch immer und überall finden«, fuhr sie, mehr an die Leiche als an Aurora gewandt, fort. »Aber mir ist das egal. Tu, was du meinst, tun zu müssen. Ich werde dich nicht suchen.« Langsam drehte sie sich um. »Aber entscheide dich jetzt.«

Aurora zuckte cool mit den Schultern.

Die kühle Nachtluft streifte ihre Wange, als Luna das Fenster öffnete. »Steig durch. Ich schieb ihn dir raus.«

Die Lichter von Rom flackerten vor ihnen wie der Sternenhimmel am Meer. Die Stadt schien in diesem Moment so nah und doch so fern. Das Leben, das dort pulsierte, erreichte nicht das Haus, wie eine Brandung, die sich immer wieder vom Strand zurückzog und nie an den Füßen der dort Sitzenden leckte. Der rostige kleine Absatz der Feuerleiter quietschte, als sich Aurora hinausschwang. Im nächsten Moment kam ihr die Teppichrolle entgegen, und sie versuchte sie irgendwie zu packen.

Der Skipper war schwerer als gedacht. Zusammen mit dem Teppich brachte er Aurora zum Taumeln, und sie knickte ein, als sie die Hauptlast nehmen sollte. Schmerzhaft schlug sie mit den Knien auf dem Gitterrost des Treppenabsatzes auf.

»Mädchen«, fauchte Luna.

»Er ist zu schwer«, keuchte Aurora.

»Das ist unser geringstes Problem«, flüsterte Luna zurück. »Stell dich nicht so an.«

Mit dem Geruch von Blut, altem Teppich und Staub in der Nase rappelte sich Aurora wieder auf. Hinter ihrer Schläfe pochte der Schmerz. Bis jetzt hatte sie fest daran geglaubt, dass sie aus diesem Albtraum erwachen würde. Aber als sie versuchte, die Füße des Skippers hochzuheben und mit Luna eine Etage tiefer zu kommen, war es kein Abenteuer mehr, sondern nur noch Realität.

Sie kennen mich. Sie werden mich überall finden, pochte es in ihrem Kopf, und sie taumelte gegen die raue Hauswand und schrammte sich die Hand auf.

»Was meint sie, wie viele Jahre wir Zeit haben, den Skipper loszuwerden«, murmelte Luna vorne, und im nächsten Moment konnte Aurora die Leiche nicht mehr halten, und die Teppichrolle rauschte die Treppe bis zum nächsten Absatz hinunter, wo sie mit einem dumpfen grässlichen Geräusch gegen das Geländer schlug. Die ganze Feuertreppe quietschte und ächzte durch den plötzlichen Aufprall und geriet in Schwingung.

»Nur weiter so«, flüsterte Luna. »Wir könnten uns auch noch ein Megaphon besorgen, damit wir alles, was wir tun, laut kommentieren können. *Leute, wir haben hier eine Leiche zu entsorgen, wollt ihr nicht alle zusehen?*«

Aurora stemmte die Hände in die Hüften und starrte Luna böse an. »Er. Ist. Zu. Schwer. Ich kann ihn nicht tragen!«

Für einen Moment sah Luna sie einfach an, dann hob sie beide Augenbrauen und drehte sich weg, um sich über das Geländer zu beugen.

»Wir könnten ihn auch einfach nach unten werfen«, schlug sie schließlich in spöttischem Tonfall vor. »Die Treppe endet sowieso im nächsten Stockwerk. Dann müssen wir ohnehin sehen, wie wir weiterkommen.«

Aurora lehnte sich gegen die Hauswand und schloss für zwei Sekunden die Augen. Doch je mehr sie die Augen zukniff, desto deutlicher sah sie den toten Skipper vor sich, also riss sie die Augen wieder auf.

Lunas Blick fiel auf das Fenster neben Aurora. Mit einem leisen Schritt trat sie heran und sah wortlos hinein.

»Er wird uns helfen«, sagte sie. »Er wird uns helfen, den Skipper in seine Wohnung und dann nach unten zu befördern.«

Aurora beugte sich nun auch zu dem Fenster. Es sah so friedlich in der Wohnung aus, vielleicht weil alles, was nicht mit dem Toten zusammenhing, friedlich erschien. Es war nur eine Stehlampe eingeschaltet, die ihr orangefarbenes Licht wie einen kleinen Kegel über ein Sofa, einen Mann und einen Fernseher verteilte.

»Nein«, flüsterte Aurora, als sie den Kerl erkannte.

»Du wirst dafür sorgen, dass er uns hilft«, fuhr Luna gereizt fort.

Nicht er. Doch nicht ausgerechnet er.

Der Fremde, der ihr aus dem Aufzug geholfen hatte, saß entspannt auf dem Sofa und hatte in beiden Händen eine Hantel. Mit gleichmäßigen Bewegungen zog er abwechselnd den rechten und den linken Arm zur Brust. In dem ausgeleierten T-Shirt sah er noch muskulöser aus als mit Pulli. Ihr Blick blieb an den gebräunten Armen hängen, man sah die Adern unter der glatten Haut und wie sich der Bizeps unter dem T-Shirt wölbte, wenn er die Hantel zu sich zog. Sein Blick war auf den Fernseher gerichtet, der stumm geschaltet war.

»Was war das eben für ein Geräusch?«, hörten sie im nächsten Moment den Zwerg fragen, der zu dem Mann ins Zimmer kam.

Aurora hörte keine Antwort, vielleicht, weil keine kam.

»Jetzt rekapitulieren wir, wie man sich einer Frau gegenüber benimmt«, fuhr der Zwerg mit dozierender Stimme fort. »Wir begrüßen sie mit einem Lächeln auf den Lippen und vermitteln ihr das Gefühl, dass wir ihr unsere ungeteilte Aufmerksamkeit schenken.«

»Nein«, wisperte Aurora noch einmal und spürte, dass Luna ihr etwas Kühles, Schweres in die Hand schob.

»Wieso?«, fauchte Luna, die das alles überhaupt nicht interessierte.

»Wir bringen ihr Wertschätzung entgegen und bemühen uns, angemessene Komplimente über ihre Haare, ihre Kleidung und ihre Augen zu machen.«

Der muskulöse Mann ließ den Fernseher nicht aus den Augen und gab dabei ein Geräusch von sich, das man als Zustimmung oder als Desinteresse werten konnte.

»Ich weiß nicht. Da habe ich echt ein … schlechtes Gefühl dabei«, erklärte Aurora zögernd und starrte noch immer auf den Kerl. Sie hatte noch nie einen solchen Mann kennengelernt. Obwohl er gesagt hatte, dass sie nicht sein Typ war, hatte er sie mit einer Intensität angesehen wie noch kein Mann vor ihm. So als würde er sich vorstellen, dass sie nichts anhatte … Ärgerlich biss sie die Zähne aufeinander. Was für ein unhöflicher, ungehobelter …

»Ich habe auch gerade ein irrsinnig schlechtes Gefühl«, verriet ihr Luna in vertraulichem Tonfall. »Denn spätestens wenn Il Macellaio herausbekommt, dass der Skipper einen Kopf kürzer ist, haben wir zwei Mädels die Kacke so am Dampfen, dass unser ganzes Leben ein einziges Scheißgefühl sein wird. Also mach jetzt deinen Job.«

Luna schob ihr die Pistole energisch in die Hand. Mit einer heftigen Bewegung drückte sie das angelehnte Fenster nach innen.

»Aber ich kenne ihn«, wandte Aurora ein letztes Mal ein.

Der Mann drehte sich um, als das Fenster aufschwang und Aurora in das Zimmer glitt, weil Luna ihr einen Schubs gegeben hatte. Als sie sich wieder aufrichtete, sah sie direkt in die Augen des jungen Mannes. Er sprang so abrupt auf, dass das Bier neben ihm umkippte und sich auf den Teppich ergoss. Gleichzeitig stieß der Zwerg einen erstaunten und erschrockenen Laut aus und fuhr herum.

»Alte Bekannte«, sagte Luna ironisch von draußen. »Nun mach schon.«

»Nein«, antwortete Aurora hastig, sie wollte sagen, dass sie keine alten Bekannten wären. »Ich weiß ja nicht einmal … seinen Namen.«

Schneller, als sie denken konnte, packte der muskulöse Mann sie an ihrem Shirt. Die Hand, mit der sie die Pistole hinter ihrem Rücken hielt, zitterte. Die Waffe fühlte sich unglaublich schwer an, und Aurora hoffte von Herzen, dass sie nicht geladen war. Oder zumindest nicht entsichert. Sein Gesicht war so nah vor ihrem wie noch nie, wirklich nie irgendeines gewesen war. Sie erinnerte sich nicht an Gutenachtküsse ihres Vaters. Sie erinnerte sich nicht an einen Jungen, der sie küssen wollte. Und jetzt, in dieser fremden Wohnung, mit der Waffe hinter ihrem Rücken, geschah es, dass sich jemand ihr näherte. Ihr, Aurora, die bisher nur Statuen berührt hatte oder Orte, verbotene Orte, und sie musste denken, dass sie selbst so ein verbotener Ort war und dass sie es kaum aushalten konnte, diesem Mann so nahe zu sein.

»Nett, dich wiederzusehen«, sagte er mit rauer Stimme, als würden sie sich auf einer Party treffen, und sein Blick heftete sich auf ihre Lippen.

»Ja«, stieß sie aus und zog die Waffe hinter ihrem Rücken hervor.

Die Augenbrauen des Mannes wanderten mit einem Ausdruck des Erstaunens nach oben. Sein Blick strich über ihre Haare zu ihrem Gesicht, als würde er sie zum allerersten Mal wirklich wahrnehmen. Das Schweigen zwischen ihnen war gefüllt mit den Geräuschen des nächtlichen Roms. Luna schien unendlich weit weg zu sein, als gäbe es sie plötzlich nicht mehr. Dann blieb sein Blick für einen Moment an ihrem Hals kleben, dort, wo Santiago ihre Haut geritzt hatte.

»Leon«, sagte er. »Mein Name ist Leon.«

Drittes Kapitel

Fünfzehnter Juni, der Tag, an dem Aurora dem Neptun auf dem Trevibrunnen einen Besuch abstattete und dabei weder ins Wasser fiel, noch von den zahlreichen Aufsehern erwischt wurde.

Sie standen voreinander, das Zimmer war klein und unaufgeräumt. Aurora warf einen nervösen Blick auf den Zwerg, der sich erschrocken gegen die Wand drückte. Sie erspähte eine riesige Leinwand, auf die scheinbar ohne Sinn und Verstand Farbe geschmiert war. Auch Leons Unterarme waren mit Farbspritzern besprenkelt. Der Zwerg zog eine dünn gezupfte Augenbraue nach oben.

»Es tut mir leid«, flüsterte Aurora dem Zwerg zu.

Luna, die immer noch mit der Teppichrolle auf der Feuerleiter verharrte, schnaubte ungeduldig durch die Nase. Sie war kein Mädchen großer Worte. Und sie merkte, dass ihr die Kraft ausging, was relativ selten vorkam, aber doch hin und wieder.

»Es tut mir leid, denn es war sehr …«, sie suchte nach Worten, da sie dem jungen Mann sein ungehobeltes Verhalten nicht genau jetzt unter die Nase reiben wollte, »… freundlich von dir, dass du mir vorhin aus dem Aufzug geholfen hast.«

»Keine Ursache«, sagte er höflich.

»Es sind komplizierte und widrige Umstände, die mich zwingen, so zu handeln, wie ich jetzt handeln werde.«

»Ich bin entzückt, dass wir uns wiedertreffen«, entgegnete Leon mit unbewegter Miene. »Habe ich schon erwähnt, dass die Farbe deines T-Shirts deinen Augen schmeichelt?«

Aurora hielt die Luft an. Das hatte in der Tat noch nie irgendjemand zu ihr gesagt.

»Kannst du nicht schneller machen«, zischte Luna von draußen, »wer hat dich denn ausgebildet? Du sollst nicht labern, du sollst mir helfen!«

Die Feuerleiter knackste, und mit einem metallischen Laut fiel irgendetwas mehrere Stockwerke tiefer. Aurora hielt die Luft an und dachte an Kobalt Sky und Santiago, die wahrscheinlich immer noch in der Eingangshalle warteten.

»Scheiße«, hörte sie Luna zischen, »das war irgendwas … irgendwas vom Skipper …«

Luna hatte recht, sie durften keine Zeit verlieren. Und vielleicht, vielleicht war das Abenteuer vorbei, wenn sie Luna erst geholfen hatte, den Skipper wegzuschaffen. Sie sah sich selbst, die zukünftige Aurora Perrini, wie sie Luna zum Abschied die Hand schüttelte. Auf Nimmerwiedersehen … Vielleicht konnte sie, wenn der Skipper weg war, das alles vergessen, sich eine Wohnung suchen, eine richtige, und ihr restliches Leben könnte endlich beginnen.

Wenn sie mich gefragt hätte, ist das natürlich Unfug. Wenn man erst einmal bis zum Hals in Schwierigkeiten steckt, ist es meist zu spät, um andere Pläne zu schmieden. Es ist wie ein Dominospiel: Die Steinchen fallen und sind nicht mehr aufzuhalten, bis alles zerstört ist.

Gut, Aurora Perrini, dachte ich, ich bin nicht für dich verantwortlich. Ich hab dich gefunden. Zufällig. Aber das heißt nicht, dass ich dir aus der Patsche helfen muss.

Eine meiner weißen Tauben landete sacht auf meiner Schulter. Normalerweise halten sie sich ausschließlich im Giebel des Turmes auf. Ich liebe es, wenn sie durch die geschwungenen Fensterbögen flattern und auf einen lockenden Laut hin auf meinen Armen landen. Jede von ihnen hat einen Namen: Ninifee, Leda, Hermes … Die Taube spreizte die Schwanzfedern und trippelte aufgeregt hin und her, bis ich ihr beruhigend mit der Hand über den Rücken strich. Es ist nie ein gutes Zeichen, wenn die Tauben nervös werden. Sie spüren, was vorgeht. Sie ahnen, was passieren wird. Rom ist voller Tauben. Ihre Federn pflastern die Wege, auf denen man schreitet. Und die Kanalisation ist voller Ratten. Klug und überlebensfähig. Sie sind zwei Seiten der gleichen Sache: die dunkle und die helle.

»Schsch … schsch …«, sagte ich, und die Taube gurrte zum Abschied und strich mit ihren Flügeln über die Silberkugel.

»Du warst wirklich sehr zuvorkommend zu mir, und deswegen bedaure ich es noch mehr …« Aurora hob zögernd die Pistole und hielt sie Leon an die Schläfe. Er zuckte zusammen, fast unmerklich, als das Metall seine Haut berührte.

»Na endlich. Sag ihm, er soll zum Fenster kommen. Langsam.« Lunas Stimme hatte mittlerweile einen sehr angestrengten Klang. »Ich kann ihn nicht mehr lange halten.«

»Okay. Wärst du so nett …«

»Tu, was die junge Dame von dir verlangt«, ordnete der Zwerg an, »und denke daran, was wir eben geübt haben.«

Leon verengte die Augen und nickte. Er blickte über Auroras Schulter und dann wieder in ihr Gesicht. Noch immer hielt er ihr T-Shirt mit der rechten Hand fest, seine Fingerknöchel berührten sie zwischen ihren Brüsten. Mit zusammengebissenen Zähnen konzentrierte sie sich darauf, dass ihre Hand nicht zitterte, dass ihre Augenlider nicht flatterten bei dem intensiven Blick, den er ihr jetzt zuwarf.

»Hey!«, zischte Luna hinter ihr. Aurora nickte Leon zu und trat, als er ihr Shirt nun endlich losließ, einen vorsichtigen Schritt zurück. Sie dirigierte ihn mit der Waffe zum Fenster, wo Luna den Skipper in der Teppichrolle festhielt, und war überrascht, dass es so einfach war, jemandem mit vorgehaltener Waffe seinen Willen aufzuzwingen. Lunas Gesicht war bleich vor Anstrengung. Aurora konnte die Schweißperlen auf ihrer Oberlippe sehen. Es war offensichtlich, dass sie den Skipper nicht mehr lange alleine dort auf der Treppe festhalten konnte.

»Vorsichtig jetzt«, fauchte Luna Leon an, der gehorsam den Teppich in Empfang nahm. »Und lass ihn nicht fallen, ich will nicht, dass der Kopf hier drin rumrollt und alles vollsaut. *Porca vacca*!«

»Welcher Kopf?«, warf der Zwerg ein. Er hielt immer noch das kleine Büchlein in der Hand, aus dem er soeben noch die Benimmregeln abgelesen hatte.

Der Gedanke an den Kopf ließ Aurora erschaudern. Dass sich der Kopf vom Rumpf lösen könnte. Dass jemand den Kopf aufsammeln musste. Den Kopf mit den toten Augen.

»Der Kopf des Skippers«, hauchte sie, und der Zwerg ließ das Büchlein fallen.

»Des Skippers?« Seine Stimme schraubte sich noch eine Oktave höher. »Ohohoh! Ein Unglück! Sagt, dass es nicht der Kopf des Skippers ist!«

»Klappe!«, fauchte Luna. »Das geht dich nichts an!«

Wieder zog der Zwerg eine Augenbraue nach oben und verkniff sich einen Kommentar. Aurora zuckte nur mit den Schultern. Leon zog, und Luna schob von außen, während Aurora die Waffe auf Leons Rücken gerichtet hielt. Er trug ein verwaschenes AS-Rom-Trikot und Boxershorts, und Aurora fragte sich kurz, ob das komische Gefühl, das sich in ihrem Bauch ausbreitete, daher kam, dass sie so viel Haut von ihm sehen konnte, oder von der Kälte, die von der Waffe in ihrer Hand ausstrahlte.

Leon und Luna ließen den Teppich auf den Boden gleiten. Auf der Seite, wo sich der Kopf des Skippers befand, war er von Blut getränkt. Dunkel. Leon sah seine Hände an, die auch feucht von Blut waren, und Aurora hätte sich am liebsten sofort wieder entschuldigt. Mit einem schnellen Schritt trat Luna noch einmal zum Fenster und spähte nach oben. Nichts. Sie wischte sich mit dem Unterarm den Schweiß aus dem Gesicht.

»Ich weiß nicht, was mit euch beiden los ist …«, setzte Leon an, doch Luna brachte ihn mit einer Handbewegung zum Schweigen.

»Das Mädchen da«, sagte sie und deutete auf Aurora, »ist eiskalt. Sie nietet euch um, wenn ihr nur einen Mucks macht. Dich und den Zwerg. Kapiert?«

Wieder nickte Leon.

»Und jetzt rein da, der Zwerg soll in die Abstellkammer.« Sie riss eine Tür auf, hinter der tatsächlich Besen, Wischmopps und Ähnliches gelagert waren. Der Raum war winzig.

»Das kann ich nicht zulassen«, sagte Leon, immer noch höflich, und Aurora dachte, dass die Situation nun wohl eskalieren würde. Sie konnte sehen, dass Luna am Ende ihrer Geduld war. Außerdem waren von oben jetzt erneut Schritte zu hören.

»Das ist kein Problem«, sagte der Zwerg schnell, »schließlich bin ich klein. Für mich ist dieser Raum sehr komfortabel.«

Luna gab ihm einen ungeduldigen Schubs, schlug die Tür hinter ihm zu und verriegelte sie.

»Du wirst dein Bestes geben«, hörten sie dumpf die Stimme des Zwerges, »vergiss nicht, was du gelernt hast …«

Auroras und Leons Blicke trafen sich. Leons war bitterböse.

Eine Weile starrte ich noch auf den jungen Mann, der mir abwechselnd unglaublich bekannt und dann wieder komplett unbekannt vorkam. Seufzend entschloss ich mich, die Kugel Kugel sein zu lassen. Was ging mich die Welt an? Was die Menschen im Allgemeinen? Was Aurora Perrini im Besonderen?

Ich suchte nach meinem Morgenmantel, da es hier oben oft reichlich kühl ist. Ich wanderte im Turm hin und her, fegte die Federn aus dem oberen Stockwerk und plauderte mit meinen Tauben. Nach geraumer Zeit merkte ich, dass das Zittern in meinem Körper nicht vom Nachtwind kam, nicht von der Dunkelheit, nicht vom Alter und nicht von den kalten Steinen unter meinen Fußsohlen. Ich dachte an *ihn*. An den Tag vor hundert Jahren, als wir das letzte Mal miteinander gesprochen hatten. Auch damals war ich nicht jung gewesen. Beileibe nicht. Aber vor hundert Jahren brannte noch Leidenschaft in meiner Brust. Vor hundert Jahren wäre ich noch geneigt gewesen, mit einem Mann zusammenzuleben. Jetzt nicht mehr. Ich bin zu eigen. Zu verschroben. Die Zeiten der Liebe sind vorbei. Und doch … Wenn ich an den Tag denke, an dem wir uns verabschiedeten, im Zorn auseinandergingen, gerät mein Blut immer noch in Wallungen. Habe ich ihn geohrfeigt? Nein, Männer dieser Art ohrfeigt man nicht. Man straft sie mit Verachtung. Man schwört ihnen, sie nie mehr anzusehen, sie nie mehr zu vermissen, nicht einen Gedanken an sie zu verschwenden. So überzeugend bringt man diese Worte hervor, dass man es am Ende glaubt und ihnen voller Zuversicht und Groll den Rücken kehrt. Und dann? Dann schleppt man sich in seinen Turm der Einsamkeit und lässt heimlich die Tränen in die Meere dieser Welt fließen, salzig, stetig, jahrelang.

War es Zufall, dass ich Rom besuchte, obwohl ich auf den griechischen Inseln im Mittelmeer heimisch bin? War es Zufall, dass ich Aurora bis zu diesem Haus folgte, diesem Haus, das Schauplatz unserer letzten Worte war?

Vorsichtig stieg ich die Treppen meines Turmes wieder hinunter. Die Tauben gurrten in meinen Ohren, und ich beugte mich nun doch wieder über die Kugel. Schwarzes Haar sah ich, Locken, die im Fahrtwind wirbelten. Aurora Perrinis Locken. Ich konnte die laue Nachtluft Roms auf meiner eigenen Haut spüren, und solcher Schmerz schoss in mein Herz, dass es mit für einen Moment den Atem nahm.

Sie fuhren über die SP601 Richtung Ostia Antica. Auf der Autostrada holte Luna das Höchsttempo aus ihrem schwarzen Fiat Punto. Sie hatten das Schiebedach und alle anderen Fenster geöffnet, weil der metallische Geruch nach Blut in dem kleinen Wagen unerträglich war. Vororte Roms mit deprimierend heruntergekommenen, hohen Gebäuden huschten an ihnen vorbei, und Aurora dachte daran, wie es wohl zu Hause war, ob ihr Vater sie schon vermisste oder sogar schon nach ihr suchte. Auf der Rückbank lag der junge Mann. Sie hatten ihm eine McDonald's-Tüte über den Kopf gezogen, damit er nicht sehen konnte, wohin sie fuhren. Im Kofferraum lag der Skipper. Sie hatten ihn mit Müh und Not hineingequetscht.

In Auroras Schoß lag die Waffe. Jetzt musste sie sie nicht mehr auf Leon richten, denn er konnte ja nichts sehen. Ab und zu drehte sie sich nach ihm um, besorgt, ob er unter der Tüte genügend Luft bekam.

»Er wird's überleben«, sagte Luna, und es war nicht ganz klar, ob sie den Zwerg in der Abstellkammer oder Leon damit meinte.

Jetzt konnten sie das Meer sehen, zumindest die Fischerboote weit draußen, den milchigen Streif am Horizont, dort, wo die Sonne in den Tiefen des Meeres versunken war. Neben ihnen lief die Bahnlinie, mit der die Römer an den Wochenenden zu den Stränden fuhren, um sich mit ihren Kindern in den Bädern zu vergnügen.

Aurora ließ die Waffe von einer Hand zur anderen gleiten und wunderte sich ein bisschen, wie schnell man sich an Dinge gewöhnte. An Pistolen in der Hand. An Leichen im Kofferraum. An Mädchen, die über den Tod sprachen, als wäre daran nichts Beunruhigendes.

»Wie viel kriegst du für dieses Ding?«, Luna zündete sich eine Zigarette an. Sie musste das Feuerzeug ein paarmal aufschnippen lassen, bis der Fahrtwind die Flamme nicht mehr ausblies.

»Fünfhundert.« Aurora strich sich das Haar zurück und

spürte, wie sie rot wurde. Fünfhundert. Warum sagte sie nicht einfach die Wahrheit? Luna lachte. Zumindest hörte es sich so an.

»Fünfhundert. Dann bist du nicht lange dabei.«

Die Landschaft wurde karger, abgemähte Felder tauchten auf und verschwanden, Schilf und Büsche wucherten dazwischen. Sie ließen die Strandbäder hinter sich. Leon machte keinen Laut, nur einmal drehte er sich ein bisschen und bohrte Aurora sein Bein in den Rücken.

»Das hier sollte mein letzter Job sein, verstehst du? Ich krieg so viel Geld für den Skipper, dass ich danach aufhören kann.«

»Hat wohl nicht geklappt.«

Luna warf Aurora einen bösen Blick zu. Dann seufzte sie. »Ich hätte mich besser im Griff haben sollen. Aber ich bin es so satt. So satt. Sie haben mir versprochen, dass es das letzte Mal ist. Und als … jedenfalls bin ich durchgedreht, als es nicht klappte.«

»Wer hat dir das versprochen?«

»Il Macellaio. Wer sonst. Ich arbeite schon seit zehn Jahren für ihn. So wie wir alle.«

Aurora antwortete nicht.

»Wenn man einmal mit drinhängt, kommt man nicht mehr raus. Das hier ist meine Chance.«

»War«, sagte Aurora.

»Klugscheißerin.«

Luna bog in einen kleinen, holprigen Weg ein. Hinter ihnen spannte sich eine orange Kuppel über Rom. Sie durchquerten einen verlassenen Hof und mehrere Obstplantagen. Bei besonders tiefen Schlaglöchern stöhnte Leon auf der Rückbank, und Aurora war froh, dass sich wenigstens der Skipper still hielt, so wie es sich für einen Toten gehörte.

Plötzlich riss Luna das Steuerrad herum und bog in eine schmale Straße ein, fuhr vorbei an dunklen Gärten und Häusern, bis zu einem Platz, wo meterhoch das Spanische Rohr wuchs. Davor standen eine Menge Müllcontainer, daneben ein riesiger Haufen Gartenabfälle, Müllsäcke und ein altes, verrostetes Fahrrad, gespenstisch beleuchtet von den Autolichtern. Luna bremste kurz ab, dann gab sie noch einmal Gas und bog in eine sehr enge Zufahrt zu einem Haus ein, deren beide Seiten von mannshohen Wellblechplatten begrenzt waren. Auf der rechten Seite tauchte im Scheinwerferlicht ein grün gespraytes *Ti amo* auf. Dann endete auch das Wellblech, und man blickte auf ein verwahrlostes Brachland, dessen kiesige Flächen hauptsächlich mit Ginster und Spanischem Rohr bewachsen war.

»So. Vergiss deine Pistole nicht«, sagte Luna und stieg aus. »Und bring die Schaufel mit.«

Irgendwo in der Ferne bellten Hunde, so heiser, als würden sie den ganzen Tag so bellen.

Energisch riss Luna die Autotür auf und fauchte Leon an: »Los. Wir sind da.«

Obwohl Aurora wusste, dass sie mit Leon sprach, sprang auch sie schnell aus dem Auto. Als Leon ihr folgte, zog Luna ihm mit einer raschen Geste die Tüte vom Kopf.

»Keine falsche Bewegung. Sonst bist du ein toter Mann«, erklärte sie ihm mit gedämpfter Stimme und drehte sich dabei sorglos um. »Und das wollen wir doch nicht.«

Sie lachte ihr rostiges Lachen, während sie an dem Wellblechzaun vorbeiging. »Wer schaufelt denn sonst das Grab?«

Leon blieb stehen und drehte sich zu Aurora. Sein Blick war eine Nuance zu intensiv, als wollte er ihr etwas sagen, etwas, das er nicht vor Luna äußern wollte. Sie hatte die Pistole in ihrer Hand komplett vergessen, starrte ihn nur an.

»Komm schon!«, schrie Luna aus der Dunkelheit, und es sah aus, als hätte sich ihr Körper in Nichts aufgelöst, und nur ihre Stimme war dort draußen, in der heruntergekommenen Ebene hinter der Zivilisation.

Ohne zu antworten, hob Aurora die Pistole und richtete sie auf Leons Brust.

Luna ging über die Kiesfläche auf eine sumpfige Stelle zu und bohrte ein wenig mit der Stiefelspitze in der Erde. »Hier. Hier ist gut.«

»Was ist da gut?«, fragte Aurora, die ganz auf ihre Pistole konzentriert war.

»Das Grab. Hier ist ein ganz exquisiter Platz für ein Grab.«

In weiter Entfernung sah man ein paar Lichter blitzen. In der Luft hing schon ein leichter Geruch nach Meer, vertrocknetem Tang und Salz.

»Die Schaufel, Schätzchen«, sagte Luna kopfschüttelnd. »Soll er es mit den Händen machen, oder was?«

Als Leon Aurora die Schaufel abnahm, sah er ihr eine Weile in die Augen, bevor sein Blick wieder zur Pistole glitt. Dann drehte er sich einfach um und begann zu schaufeln.

»Er würde sich hier wohl fühlen. Allein die Nähe zum Wasser. Würde ihn echt glücklich machen«, sagte Luna aus der Dunkelheit heraus.

Entschuldigung, dachte Aurora zum tausendsten Mal. Wir können den armen Kerl doch nicht alleine schuften lassen. Wir können ihn doch nicht zwingen, das zu tun. Er ist vollkommen unschuldig. Wenn er auch ein Rüpel war und sie beleidigt hatte – das hatte er nicht verdient.

Die Hunde bellten noch immer. Es schienen mindestens vier oder fünf zu sein. Immer, wenn einer aufgeben wollte, fing der andere noch lauter an. Luna hatte sich auf einen größeren Stein gesetzt und sich eine Zigarette angezündet. Wenn sie an der Kippe sog, erhellte der orange Schein ihr Gesicht, und man sah, dass sie zum Himmel hinaufblickte.

»Wir brauchen mehr Zeit«, sagte sie nach einer Weile, mehr an sich selbst gewandt. »Wir sagen ihnen, er hätte sich versteckt. Wir wüssten, wo er sich versteckt hält. Aber es bräuchte Zeit, ihn da rauszuholen.«

Sie inhalierte tief den Nikotinqualm. »Wir dürfen nicht übertreiben.«

Aurora antwortete darauf nicht, sondern sah im fahlen

Licht des abnehmenden Mondes, wie Leon versuchte, die Schaufel in den steinigen Boden zu rammen.

»Nicht eine Woche. Höchstens achtundvierzig Stunden.«

»Und in der Zeit hauen wir ab?«, wollte Aurora schließlich doch wissen, da Luna nicht weitersprach. In ihr breitete sich eine Ruhe aus, die gewiss nichts damit zu tun hatte, dass sie eine Waffe hatte. Oder dass der Skipper bald hier unter der Erde ruhen und nie wieder auftauchen würde. Wortlos blieb ihr Blick auf den breiten Rücken von Leon geheftet, der mit bedächtigen Schaufelstichen die Grube aushob.

Luna nahm wieder einen tiefen Lungenzug. Für einen Augenblick war es totenstill, sogar die Hunde hatten aufgehört zu bellen. Die letzten Wolken hatten sich von den Sternen entfernt, und der Himmel war ein einziger Samtteppich mit Hunderten von glitzernden Diamanten.

»Natürlich nicht«, sagte Luna endlich nüchtern und pustete den Rauch in die Luft. »Schließlich werden sie uns überall finden.«

Leon stieß auf einen Stein, worauf sofort einer der Hunde wieder heiser zu bellen begann, und die anderen fielen mit ein.

»Wir brauchen einen anderen Skipper«, erklärte Luna und starrte weiter in den Himmel.

»Einen anderen Skipper«, wiederholte Aurora nur, die Pistole noch immer auf Leon gerichtet.

Trotz der kühlen Nachtluft war ihr warm, während sie

beobachtete, wie er mit gleichmäßigen Bewegungen schaufelte. Im fahlen Licht sah sie, wie sich seine Armmuskeln anspannten. Sein Gesichtsausdruck verriet nichts, außer dass er sich auf das Schaufeln konzentrierte. Vielleicht dachte er auch darüber nach, wie er sie entwaffnen könnte. Und sie und Luna umbringen.

»Und woher bekommt man einen anderen Skipper?«, fragte Aurora, da Luna nichts mehr sagte.

Luna lachte trocken auf. »Es gibt nur den einen. Es gab immer nur einen.«

»Wieso eigentlich?«

Leon richtete sich auf und sah zu ihnen hinüber. Statt weiterzugraben, stützte er sich auf den Schaufelstiel und wartete auf die Antwort. Aber Luna antwortete nicht.

»Vielleicht, wenn wir wüssten, wozu sie ihn brauchen«, schlug Aurora vernünftig vor. »Dann könnten wir jemanden suchen, der dies auch kann. Genauso wie der Skipper.«

Das, was dieser uralte Typ erledigt hatte, konnte doch nicht so schwierig sein, dass man nicht jemanden finden konnte, der dieselben Fähigkeiten hatte.

Luna schnaubte unwirsch. »Natürlich weiß ich, wozu sie ihn brauchen. Was macht schon ein Skipper. Er bringt dich von einem zum anderen Ufer.«

»Ein Fährmann«, sagte Aurora. »Aber das kann doch nicht so schwer sein, einen Fährmann zu finden.«

»Es ist nicht irgendein Fluss«, sagte Luna und nahm einen tiefen Zug.

Die Hunde hörten zu bellen auf.

»Das Wasser ist giftig. Jeder, der damit in Berührung kommt …« Sie schnippte einmal mit den Fingern. »Puff. Tot. Aus. Vorbei.«

Sie zeigte mit der Zigarette auf die Sterne. »Und ein einziger Schluck verätzt dir dein Gedärm, so dass du elendig krepierst.«

»Klingt ja furchtbar«, sprach Leon, noch immer auf den Schaufelstiel gestützt, das aus, was sich Aurora dachte.

»Klappe«, sagte Luna. »Schaufel weiter.«

Leon drehte sich wieder um, Aurora starrte auf seinen breiten Rücken, und er begann wieder den Spaten in die Erde zu stechen. Inzwischen war das Grab so tief, dass man seine Knie nicht mehr sah.

»Das müsste man dem neuen Fährmann eben sagen«, sagte Aurora, die sich fragte, ob Luna das alles gerade nur erfand. Oder ob sie prinzipiell voll auf Drogen war und deswegen keinen rechten Bezug mehr zur Realität hatte.

»Bambina …« Luna verdrehte die Augen und sparte sich den Kommentar. »Außerdem braucht er Ortskenntnis.«

»Das könnte man doch lernen«, schlug Aurora vor.

»Das lernt man nicht von heute auf morgen. Allein schon, weil der Fluss nicht so ist wie Flüsse sonst. Er umfließt das andere Ufer neun Mal. Erst dann ist man am Ziel.«

»Wie soll das denn gehen?«, wollte Aurora wissen.

»Cretina«, stieß Luna hervor und warf wieder einmal ihre Arme in die Luft. Dabei flog ihr die Kippe aus der

Hand. »*Wie soll denn das gehen?*«, äffte Luna sie nach und warf ihr einen wirklich ärgerlichen Blick zu. »Du stellst Fragen wie jemand, der keinen Peil hat.«

Eine Weile sah sie Aurora nur dabei zu, wie sie die Pistole auf Leon richtete, dann sagte sie: »Ich war selbst auch noch nicht dort. Gott sei Dank. Und hoffe, dass es so schnell auch nicht passieren wird.«

Wohlweislich sagte Aurora darauf gar nichts.

Nach einem Zigarettenpäckchen kramend, fragte Luna: »Für was haben sie dich eigentlich eingestellt?«

Unverwandt blickte Aurora auf Leon, als müsste sie sich darauf konzentrieren, ihn mit der Pistole zu bedrohen. »Eine Stellenbeschreibung gab es nicht«, sagte sie schließlich, während sie spürte, wie ihr das Blut durch die Adern rauschte. »War das bei dir anders?«

Sie warf Luna einen kurzen Blick zu. Mit einem Stirnrunzeln zog die gerade eine neue Zigarette heraus und zündete sich diese an.

»Bis jetzt war die Stellenbeschreibung ganz einfach«, sagte sie schließlich rauchig, und zum ersten Mal erschien es Aurora so, als würde sich Luna über sie Gedanken machen. »Für Auftragsmörder sind Stellenbeschreibungen für gewöhnlich nicht so kompliziert.«

Dann sog sie heftig an der Zigarette, so dass ihr Gesicht gespenstisch von der Glut beleuchtet wurde. »Das war der erste Auftrag, in dem es nicht darum ging, den Typen kaltzumachen. Echt, scheiße, dass das schiefgegangen ist. Sonst hätte ich das alles hinter mir gehabt.«

Dann erinnerte sie sich an ihre Ursprungsfrage: »Und du? Für was bist du Expertin?«

»Griechische Mythologie«, platzte Aurora heraus. Im selben Moment hätte sie sich am liebsten selbst auf die Stirn geschlagen.

»Griechische Mythologie. Das dachte ich mir fast«, sagte Luna ungerührt und starrte in den Himmel.

Leon kletterte aus dem Loch, das er ausgehoben hatte. Seine Augen blieben unverwandt auf Aurora gerichtet.

»Okay. Dann holen wir den Kerl.«

Mit einem warnenden Blick auf Aurora ging Luna zum Auto und öffnete den Kofferraum. Alle schienen gleichzeitig die Luft anzuhalten, der grauenvolle Geruch war unerträglich.

»Na los«, ätzte Luna Leon an, und die beiden zerrten an der Teppichrolle. Mit einem letzten Ächzen kam der eingerollte Skipper ins Rutschen und wurde von den beiden aufgefangen.

Ump, machte es direkt neben Aurora, und als sie nach unten sah, blickte sie in die weitgeöffneten Augen des Skippers und den aufgerissenen, zahnlosen Mund.

»Scheiße«, sagte Luna ungerührt. »Der Kopf. Ich wusste, der fällt irgendwann ab.«

Das Würgen konnte Aurora gerade noch unterdrücken, aber als sie in die Ferne schaute, schienen sich die kleinen Lichter zu verdoppeln und hin und her zu schwanken.

»Nimm ihn schon mit. Oder soll er da liegen bleiben?«,

keuchte Luna, während sie Leon zu der Grube dirigierte. »Dieser grässliche besserwisserische Alte. Macht selbst im toten Zustand noch mehr Ärger, als man brauchen kann!«

Vorsichtig bückte sich Aurora und überlegte, wie sie gleichzeitig den Kopf tragen und die Pistole auf Leon richten sollte. Dann packte sie angewidert die dünnen weißen Haare des Skippers und hob den Kopf an.

»*Du kannst doch mal ein Auge zudrücken und dich einen Moment von deinem Posten entfernen*, hatte ich ihm gesagt. Bei jedem anderen hätte schon der Name Il Macellaio genügt, um ihm gewaltig Angst einzujagen«, fuhr Luna fort.

Ohne hinzusehen, ging Aurora den beiden hinterher. Die dünnen Haare fühlten sich so furchtbar zwischen ihren Fingern an, dass sie hätte schreien können.

»*Du willst doch wohl nicht, dass er selbst hier auftaucht*, hatte ich ihm gesagt. *Ich will nicht wissen, was er für schlechte Laune bekommt, wenn er hört, dass du seiner Einladung nicht gefolgt bist*. Aber er hat nur gelacht, der dämlich Alte! *Mir kann keiner was*, hat er gesagt. *Wer mich um die Ecke bringt, hat verloren. Auch Il Macellaio*.«

»Na bravo«, sagte Aurora angewidert.

»*Il Macellaio muss Leute nicht dafür bezahlen, dass sie das tun, was er will*, habe ich ihm erzählt. Aber er hat mich auslacht. Ausgelacht! Mich, Luna Laverna, als Angsthase bezeichnet. Ruhe in Frieden«, kommentierte Luna, während der Skipper mit einem dumpfen Poltern in die ausgehobene Grube rollte. »Normalerweise findet Il Macellaio jeden. Denn er hat seine Leute überall. In jedem Land.

In jeder Position. In jedem Amt. Sie sind überall. Aber ob er dich hier findet, Skipper. Keine Ahnung. Glück gehabt, Scheißkerl.«

Sie wischte sich die Hände an ihrer Hose ab und drehte sich zu Aurora um. »Hey, du siehst aus wie dieser Typ …«, stellte sie belustigt fest.

»Perseus«, sagte Aurora mit zusammengebissenen Zähnen.

»Perseus«, wiederholte Luna ungerührt und nickte. »Vielleicht sollten wir den behalten.«

»Perseus?«, fragte Aurora ratlos.

»Den Kopf«, sagte Luna. »Schon Perseus nutzte den abgeschlagenen Kopf der Medusa als Waffe. Müsstest du doch wissen. Als Expertin.«

»Atlas erstarrte zum Gebirge, als er den Kopf der Medusa sah«, flüsterte Aurora, während sie an das Grab trat und den Kopf nach vorne schwingen ließ, um die Diskussion zu beenden, ob sie ihn nun behalten sollten oder nicht. Doch als sie losließ, hatte der Kopf so viel Schwung, dass er über die Grube hinwegschoss und auf der anderen Seite aufschlug.

»Okay«, sagte Luna, als wäre jetzt alles in Ordnung. »Mach den Kerl kalt, dann schaufeln wir alles zu und verschwinden.«

Aurora öffnete den Mund, schloss ihn wieder, stammelte dann: »Aber. Er … ist unschuldig!«

»Schuld. Schuld«, sagte Luna. »Sei nicht so dramatisch. Immer muss jemand schuld sein, das ist doch lächerlich.«

»Er ist *nicht* schuld«, sagte Aurora energisch.

»Kein Mensch ist unschuldig, Schätzchen«, widersprach Luna. »Außerdem hat er die ganze Zeit unserer Unterhaltung gelauscht. Eine Auftragsmörderin gibt ungern einer Griechische-Mythologie-Expertin einen Tipp, aber Mitwisser sollten grundsätzlich ausgeschaltet werden. Dann gib mir die Waffe, wenn du keinen Mumm in den Knochen hast.«

Aurora versteckte die Waffe hinter ihrem Rücken. »Eine Griechische-Mythologie-Expertin gibt einer Auftragsmörderin ungern einen Tipp. Aber der Kerl kann uns noch sehr nützlich sein.«

Griechische Mythologie! Ich wusste, dass uns etwas verbindet. Etwas Großes, Tragendes. Alleine wie sie den Kopf des Fährmanns gehalten hatte. Voller Abscheu, aber mit Fassung. Und das ist viel bei diesem widerlichen Kerl. Schon lange war er mir ein Dorn im Auge. Willkürlich und bestechlich war er. Er nutzte die missliche Lage der Personen, die ihn um Hilfe baten, schamlos aus. Mehr als einmal habe ich tatenlos mit ansehen müssen, was er mit jungen Mädchen anstellte, die keine Münzen dabei hatten, die arm, aber schön waren. Und noch schlimmer: Die ihm nichts zu bieten hatten, ließ er am anderen Ufer stehen und herumirren, bis sich einer von uns erbarmte. Könnte man den Eintritt in die Unterwelt nicht etwas freundlicher gestalten?

Es war Zeit geworden, dass es ihm an den Kragen ging,

und ich konnte mir ein schadenfrohes Lachen nicht verkneifen, als sein Kopf über die salzige Erde kullerte. Gerade recht, du Scheusal! Sogar Auroras betroffener Gesichtsausdruck amüsierte mich. Die Menschen nahmen den Tod immer schon zu ernst. Was ist er denn schon als ein anderer Zustand ihres Seins? Wo gehen sie denn in ihren Träumen hin? Na? Und bereitet ihnen das genauso großes Unbehagen wie der Gedanke, an welchem Ort sie nach ihrem letzten Atemzug verweilen werden? Allerdings muss ich zugeben, dass für die Mädchen der tote Fährmann natürlich ein Problem war. Ein großes sogar. Bis zu diesem Zeitpunkt hatte ich nicht einmal gwusst, dass er sterben konnte. Aber warum eigentlich nicht?

Ich glaubte den salzigen Geruch des nahen Meeres zu riechen, und die Feuchte, die aus dem frisch ausgehobenen Loch stieg, ließ mir einen Schauer über die Arme laufen. Was würde *er* dazu sagen? *Er*, nicht Il Macellaio. Ich ließ meine Hand über der Kugel kreisen, doch das Bild veränderte sich nicht. Noch immer standen Aurora und Luna voreinander, Aurora mit der Waffe hinter ihrem Rücken.

»Was soll uns der Kerl nützen?«, sagte Luna ungeduldig.

»Er könnte das Loch wieder zuschaufeln.«

»Schwach.«

»Na ja, er ist ein Mann …« Aurora und Luna blickten gleichzeitig zu Leon hinüber, der mit dem Fuß Erde in die Grube schubste. Ein Mann war er. Eindeutig.

»Also, ich weiß nicht, wie du das hältst. Ich zumindest habe keinen Sex mit Männern. Deswegen kann ich auch gut auf sie verzichten.«

»Das habe ich nicht gemeint«, fauchte Aurora. »Er könnte uns schützen. Es könnte gut sein, einen Mann dabeizuhaben. Schon allein wegen diesem Santiago und … und …«

»Kobalt Sky.«

»Genau.«

Aurora sah aus, als wüsste sie selbst nicht so genau, warum sie ihn am Leben lassen wollte. Er hatte sie beleidigt und schlecht behandelt, aber ihn deswegen töten?

Die Hunde hatten sich nun endlich beruhigt, und es war nur noch das Rauschen des Meeres zu hören, gleichmäßig, beruhigend, als würde kein toter Skipper dort in der Grube liegen, ohne Kopf. Aurora wünschte sich, das Meer könnte den Mann einfach mit hinausziehen und ihn und alles, was damit zusammenhing, verschwinden lassen.

»*Stupidaggini!* Niemand kann uns helfen. Hast du eine Ahnung, wer hinter all dem steht? Auf der einen Seite Angelo Pinotti, der den Pinotti-Clan im Süden anführt, und auf der anderen Seite Il Macellaio. Weißt du, warum er so genannt wird? Macellaio? Der Schlächter? Na?!«

Sie sah Aurora so böse an, dass diese den Kopf einzog.

»Ich kann es mir vorstellen.«

»Kannst du nicht. Aber ich weiß, wie es läuft. Und ich weiß, dass von uns nur noch Hundefutter übrig bleibt, wenn er erfährt, dass ich den Skipper getötet habe.«

»Aber warum hast du auch …«, setzte Aurora an.

»Schnauze!«, unterbrach Luna sie, um wieder zum eigentlichen Thema zurückzukehren. »Und ein Typ, der ganz ordentlich ein Loch schaufeln kann, soll uns gegen Il Macellaio und seine Männer beschützen? Echt süß, Aurora. Wirklich, dass du ihn nicht abknallen willst, ehrt dich. Aber davon kannst du dir nichts kaufen. Jeder Mitwisser ist eine potentielle Gefahr.«

»Warum haben wir ihn dann nicht mit Tüte über dem Kopf schaufeln lassen?«

»Weil …«

»Weil es dir egal ist, wen du abknallst.«

»Erraten. Und jetzt gib mir die Waffe. Ich hab kein Problem damit.« Luna streckte fordernd ihre Hand aus und starrte Aurora finster an. Während des ganzen Wortwechsels hatte Leon nur abwartend von einer zur anderen geblickt.

Mir tat der Junge inzwischen leid. Auch wenn er schlechte Manieren hatte, so hatte er doch nicht den Tod verdient, und schließlich war es ein äußerst unglücklicher Umstand, im Haus des Skippers zu landen, wie auch immer er dorthin geraten war. Und jetzt auch noch das! Hartherzige Luna Laverna. Sie könnten ihn zumindest auf dem Meer aussetzen. Ein kleines Boot, nichts zu trinken, kilometerweit vom nächsten Ufer entfernt. Eine probate Lösung. Wenn die Götter ihm gnädig waren, würden sie ihm das Leben schenken. Wenn nicht … Nun ja. Jedenfalls war dies früher eine gängige Methode, um sich ungeliebter Personen zu entledigen.

Entschlossen griff ich neben mich, nahm eine Handvoll Sand und Muscheln und warf sie, so fest ich konnte, auf die Kugel, entschuldigt bitte, und im selben Moment begannen die Hunde wie verrückt zu bellen, und man konnte sehen, wie in der Ferne ein paar Lichter angingen.

»Hast du es nun geschafft«, stieß Luna Laverna zornig hervor und riss eine weitere Schaufel aus dem Kofferraum. »Los, das Loch muss zu. *Avanti! Sbrigati!*«

Eilig begann sie mit Leon die Grube zuzuschütten.

»Pass du auf, dass niemand kommt«, fuhr sie Aurora an, und Aurora fragte sich, was sie denn in dem Fall tun sollte. Schießen? Würden sie dann noch ein Loch graben müssen, um die nächste Leiche verschwinden zu lassen? Sie fasste die Pistole fester und sah zu den Lichtern hinüber. Hörte sie eine Tür knallen? Stimmen?

»Mach schneller!«, fuhr sie Leon an.

Endlich war die Grube zugeschüttet, Luna schleifte Totholz aus dem Spanischen Rohr und verteilte es über dem Grab. Nun waren wirklich Stimmen zu hören. Jemand schrie den Hunden zu, sie sollten leise sein, was diese zu noch wütenderem Gebell anstachelte. Aurora konnte niemanden sehen, war sich aber sicher, dass gleich jemand auftauchen würde. Jemand, der ein Gewehr dabeihatte und die Hunde losließ, oder ein Carabiniere, der sie sofort alle verhaftete, wenn sie ihn nicht vorher erschoss.

Luna betrachtete prüfend die Stelle, an der sie den Skipper vergraben hatten.

»Wir können nur hoffen, dass die Hunde ihn nicht wieder ausbuddeln«, sagte sie mehr zu sich selbst, und dann: »Ach du Scheiße, der Kopf!«

Was soll man dazu sagen? Dass abgetrennte Köpfe schon immer Probleme bereitet haben? Dass es besser war, sich von abgetrennten Köpfen fernzuhalten? Und auch von Personen, die übermäßigen Kontakt zu abgetrennten Köpfen haben? Ich musste tief durchatmen, als ich sah, dass Luna den Kopf kurzerhand wieder am Haar packte, in den Kofferraum warf und den Deckel zuknallte. Genau im rechten Moment, denn aus einem der Häuser kamen nun zwei Männer, ganz offensichtlich um zu sehen, was hier vor sich ging. Auf ihren Gesichtern lag ein undefinierbarer Ausdruck.

Luna scheuchte die beiden anderen zum Auto und startete den Motor. Ich brauchte nicht lange nachzudenken, um zu wissen, welcher Ort ihr Ziel war. Und ich brauchte auch nicht nachzudenken, um zu wissen, was sie dort wollte. Sie hatten darauf verzichtet, dem jungen Mann die Tüte wieder über den Kopf zu ziehen, dafür saß Aurora jetzt neben ihm und presste ihm den Lauf der Waffe knapp unterhalb der Rippen in die Seite. Ab und zu tauschten Luna und sie einen Blick im Rückspiegel. Die Minuten zogen sich in die Länge, und Aurora fragte sich, was ihr all die Konversation mit den Bekannten ihres Vaters gebracht hatte, wenn ihr jetzt nichts einfiel, was sie zu Leon sagen könnte. Nicht, dass er den Eindruck gemacht hätte, er wolle unterhalten werden, aber die Stille zwischen ihnen wurde langsam unangenehm.

»Irgendwie kann ich verstehen, dass er dich geschickt hat, um mir zu helfen«, sagte Luna nach einer Weile, »der Skipper stand einfach auf hübsche junge Dinger. Wahrscheinlich hättest du ihn dazu gebracht, überallhin zu gehen.«

Sie schaltete krachend in den nächsten Gang, drückte das Gaspedal durch und wirkte nun wieder so unbekümmert, als hätten sie keinen abgetrennten Kopf im Kofferraum.

»Wenn er noch gelebt hätte«, fügte sie leichthin hinzu. »Zumindest hättest du ihn so weit ablenken können, bis er das Schlafmittel getrunken hätte. Zu spät.«

Rasant überholte sie einige Autos auf der rechten Spur, und Aurora spürte Leons Oberschenkel an ihrem. Er sah unbewegt nach vorne, seine dreckverschmierten Hände lagen locker in seinem Schoß, und Aurora konnte nicht anders, sie musste daran denken, wie er sie vorhin festgehalten hatte und wie sich diese Hände an ihrer Taille angefühlt hatten. Sie fluchte innerlich, versuchte, sich auf etwas anderes zu konzentrieren, und schaffte es schließlich, indem sie stumm die griechischen und römischen Feste der Antike im Jahreslauf aufsagte. Als sie bei der Lemuralia, dem Fest zur Abwehr der Totengeister, angelangt war, hatte sie sich weitgehend beruhigt.

Sie verließen die Autostrada und fuhren auf einer kleinen, kurvigen Straße Richtung Norden.

»Aber du hättest mir gleich sagen können, dass du keine Auftragskillerin bist«, sagte Luna nach einer langen Pause, und Aurora stockte der Atem. »Ich hätte selbst darauf kommen können, so furchtbar schwächlich, wie du bist. Ich arbeite nicht oft mit anderen zusammen. Aber bis jetzt waren sie wenigstens fit. Körperlich. Durchtrainiert. Nicht so wie du.«

Aurora räusperte sich unbehaglich und spürte wieder Lunas Blick auf sich ruhen.

»Deine Klamotten haben mich dann aber doch verwirrt. Für die Branche total unüblich.«

»Meine Tasche ist geklaut worden«, sagte Aurora. Sie blickte an sich hinunter. Jeans. Shirt. Ballerinas.

Luna nickte.

»Ach so«, sagte sie, »du hättest mir trotzdem gleich sagen können, dass du eine Nutte bist.«

Auf Leons Gesicht breitete sich ein feines Lächeln aus, und Aurora drückte ihm die Waffe fester in die Seiten.

»Das ist kein Grund, so blöd zu grinsen!« Gut, dass es dunkel war und keiner die leichte Röte bemerkte, die ihr gerade in die Wangen stieg. Sie, und eine Nutte! Das einzige Mädchen in Rom, das enthaltsam lebte wie eine Nonne! Dem beim Gedanken, Leon zu umarmen, das heiße Blut in den Kopf stieg!

Luna bog in eine Stichstraße ein, die durch einen Pinienhain führte und an einem hohen Eisentor endete.

»Ihr wartet hier.« Luna drehte sich kurz zu Aurora und Leon um. »Und brav sein.«

Sie stieg aus dem Fiat und schlug die Tür hinter sich zu. Aurora und Leon sahen, wie sie zum Tor hinüberging und an der Gegensprechanlage klingelte. Sie sagte irgendetwas, woraufhin sich das Tor langsam einen Spaltbreit öffnete, damit sie hindurchschlüpfen konnte, dann verschwand sie in der Dunkelheit.

Das Zirpen der Grillen war ohrenbetäubend. Es roch nach Piniennadeln und Hitze, die sich im Laufe des Tages in den knorrigen Ästen gefangen hatte. Irgendwo weit hinten zwischen den Bäumen flimmerte ein Licht. Aurora war sich sicher, dass sie beobachtet wurden, bestimmt befanden sich am Tor Videokameras, die genau aufzeichneten, wer kam und wer ging. Mit ihrem Vater war sie dann und wann in solchen Villen gewesen. Sie konnte sich erinnern, dass sie sich zwischen den antiken Möbeln versteckt hatte, während ihr Vater dunkle Eichentüren hinter sich schloss, wenn Besprechungen stattfanden, die sie nicht hören sollte. Manchmal war sie stundenlang herumgestreift, bis sie glaubte nicht mehr herauszufinden. Sie hatte Uhren gehört, die Mitternacht schlugen, das leise Gemurmel ihres Vaters, die Schritte ihrer kleinen Füße auf den Steinböden. Oft war sie dort eingeschlafen, auf einem Teppich oder einer Couch eingerollt, bis ihr Vater sie weckte, spätnachts, oder er weckte sie nicht, sondern trug sie nach draußen und legte sie schlafend auf den Rücksitz seines Wagens.

»Wir sollten jetzt gehen.« Leons leise Stimme riss sie aus ihren Gedanken. »Sie ist jetzt lange genug weg.«

Aurora sah ihn an, und ihre Gedanken rasten. Darauf wäre sie nicht gekommen. Jetzt einfach abzuhauen.

»Ich kann das Auto kurzschließen. Das ist kein Problem. Du musst nur die Pistole wegnehmen.«

Er hatte recht. Wenn nicht jetzt, wann dann? Aurora spürte, wie ihre Knie weich wurden und ihre Hände zu zittern begannen.

»Nimm sie einfach runter«, sagte Leon, »wir fahren zurück.«

Und dann? Und dann?!

Männer! Kreaturen, die alles immer nur schlimmer machen! Jetzt zu verschwinden, welch absurder Gedanke! Aber wie oft hatte ich das gesehen und auch am eigenen Leib erfahren! Männer, die in verfahrenen Situationen einfach abhauen – welche Frau hat das nicht erlebt. Zornig ballte ich meine Hände zu Fäusten. Und diesen Versager wollte ich schonen! Die Silberkugel glühte golden von meinem Zorn. Solche Leidenschaft war lange nicht durch meinen Körper geschossen, und ich muss zugeben, ich genoss das Gefühl.

Aurora sah Leon zögernd an.

»Komm schon, bis sie wiederkommt, sind wir längst zurück in Rom.«

Aurora schoss der Gedanke durch den Kopf, wie schön

es wäre, mit ihm in Rom zu sein. Unbeschwert. Ohne all die Erlebnisse, die hinter ihnen lagen. Aber sie konnte es nicht ungeschehen machen. Außerdem ließ sein Blick keinen Zweifel offen, dass er nicht die Absicht hatte, mit ihr nach Rom zurückzukehren. Er wollte sie loswerden. So viel war Aurora klar.

»Das kann ich nicht.«

Frauen haben schon immer mehr Charakter gezeigt!

»Warum nicht? Du hast ihn nicht umgebracht. Was sollten die von dir wollen?«

Leon lehnte sich entspannt zurück, doch in seinen Augen konnte Aurora sehen, dass er sie nur täuschen wollte.

»Mich umbringen?«, schlug Aurora vor.

»Wozu das denn. Du hast ja praktisch nichts damit zu tun. Genauso wie ich.«

»Nein!«

»Die werden sich nicht an dich erinnern können, jetzt noch nicht, aber wenn du noch länger mit dieser … dieser …«

»Luna.«

»… abhängst, dann hast du bald ein echtes Problem.«

»Das kann dir egal sein.«

»Es ist mir egal.« Leon seufzte übertrieben und begann in seiner Hosentasche zu kramen. »Aber ich muss mich um Tatramedes kümmern. Er sitzt seit zwei Stunden in der Besenkammer fest. Es war mir eine Ehre, euch behilflich zu sein, aber jetzt werden sich unsere Wege trennen.«

»Das werden sie nicht.«

Leons Gesichtsausdruck wurde noch eine Spur genervter.

»Wie viel muss ich dir zahlen?«, fragte er schließlich. Sein arroganter Tonfall ließ Aurora zusammenzucken. Sie machte große Augen.

»Fünfhundert?«

Aurora antwortete nicht. Sie spürte nur, wie Wut in ihr hochkochte.

»Okay. Tausend. Das ist kein Problem. Wie viel bekommst du sonst für eine Nacht? Da müssten tausend doch ein guter Schnitt sein.«

»Noch ein Wort!«

Er fand seine Brieftasche und klappte sie auf, und Aurora nahm die Waffe hoch. Fast wünschte sie sich, dass Luna zurückkäme und ihr helfen würde. Luna wusste schließlich, wie man mit solchen Männern umzugehen hatte. Sie hätte Leon schon nach dem ersten Satz ausgeknockt.

Aurora wollte gerade zu einer längeren Rede ansetzen, in der sie Leon erklären wollte, dass sie weder eine Hure noch bestechlich war, da griff Leon plötzlich blitzschnell nach ihrem Arm und presste sie in den Sitz. Ein Schuss löste sich aus Auroras Waffe und durchschlug die Autotür des Fiats.

Danach war es totenstill. Selbst die Grillen zirpten nicht mehr.

Viertes Kapitel

Zehnter April, der Tag, an dem Aurora sich beinahe in den weitläufigen Kellern der Engelsburg verirrte, den Stein mit dem Kreuz fand und ihn aus der Burg schmuggelte.

Im Leben sieht man sich oft mehrfach – oder sind es diese Männer, die sich so ähneln, dass ich den Eindruck habe, ihnen wieder und wieder über den Weg zu laufen? Himmel! Die nach hinten gestriegelten schwarzen Haare. Die eiskalten Augen. Diese glatte Art, schon hundertmal gesehen. Vielleicht erinnerte er mich auch an seinen Vater, seinen Großvater oder seinen Urgroßvater. Die Dynastie von Il Macellaio sorgte hier schon seit Jahrhunderten für Angst und Schrecken, und ich war heilfroh, dass Luna so klug gewesen war, Aurora nicht mit hierherzunehmen.

Diese Art von Männern hatte natürlich auch Leibwächter. Nicht nur einen oder zwei. Sie hatten schon immer so viele Leibwächter, dass die Leibwächter auf die Leibwächter aufpassen konnten, damit diese nicht gegen sie handelten. Doch zu was mussten neben der Tür zwei dieser bulligen Typen stehen? Sie hatten ihr alle Waffen schon abgenommen, bevor sie überhaupt die Schwelle überschritten hatte. Sogar das Messer, das sie im Stiefel stecken hatte. Nun gut, die kleine Derringer hatten sie vergessen, die vorne in ihrer Unterwäsche war. Aber ob man mit so einer kleinen Waffe überhaupt jemandem ernsthaft schaden konnte?

Damit konnte man höchstens jemandem ein Auge ausschießen.

»Wo ist er?«, fragte er leise und lehnte sich zurück, als wäre er zu erschöpft, um sich noch zu unterhalten.

Auf einem Sessel rechts von ihm saß sehr elegant seine Tochter Gloria. War es der Gegensatz, der ihre Schönheit so strahlen ließ? Sie sah zart aus in dem hellen Sommerkleid, ihr Gesicht wirkte fast durchscheinend weiß. Im Gegensatz zu ihrem Vater wich sie dem Blick der anderen aus, sah auf ihre Fingernägel, als würde sie nichts anderes interessieren.

»Leider hat er seinen Posten verlassen«, sagte Luna und sah dabei auf Il Macellaios Schuhe. Ein paar auf Hochglanz polierte Brogues, vermutlich von Prada.

»Aber das ist kein Problem. Ich habe herausgefunden, weshalb er die Stadt verlassen hat.«

Ihre Augen blieben auf die Beine des dunklen Anzuges geheftet. Brioni. Maßgeschneidert. Zweireiher.

»Er hat die Stadt verlassen«, sagte Il Macellaio, und sein grausamer Mund wurde von einem Lächeln umspielt. Er beugte sich nach vorne.

Der weißgekleidete Mann neben ihm wurde unruhig und flüsterte ihm etwas ins Ohr, aber Il Macellaio schob ihn ungeduldig zur Seite. »Soll ich dir sagen, wann er die Stadt zum letzten Mal verlassen hat?«

Luna antwortete nicht, sah ihm genauso starr in die Augen, wie auch er ihr in die Augen sah.

»Noch nie.« Il Macellaio lehnte sich zurück. »Noch nie.« Er machte eine Pause, in der er sich das alles auf der Zunge zergehen ließ. »Seit Menschengedenken hat der Skipper die Stadt Rom nicht verlassen.«

Luna zuckte mit den Schultern, als wäre ihr das alles egal, aber ich konnte spüren, dass sie zum ersten Mal gestresst war. Dass sie mit ihrem Unterarm auf die Derringer drückte, als wollte sie sich vergewissern, dass sie noch da war.

»Wenn man sich das vorstellt. Muss ihm gut gefallen. Hier in Rom«, sagte Il Macellaio.

»Vater«, sagte Gloria mit ihrer melodiösen Stimme. »Du sollst dich nicht aufregen.«

Lunas Blick schweifte zu Gloria und verharrte dort kurz, während sie die Stirn runzelte. Für einen Moment war Il Macellaio abgelenkt. Sein hageres, falkenartiges Gesicht war plötzlich fahl, und Schweißtropfen glitzerten auf seiner Stirn. Der weißgekleidete Mann holte aus der Jackentasche ein braunes Fläschchen und träufelte einige Tropfen Flüssigkeit in ein Glas. Il Macellaio nahm davon einen großen Schluck und trank dann gierig das ganze Glas leer.

»Ich denke, dass der Skipper auch jetzt die Stadt nicht verlassen hat«, sagte er mit geschlossenen Augen und lehnte sich zurück.

Für eine Weile sah es so aus, als hätte er vergessen, dass Luna mit ihm im Raum war, aber als er weitersprach, wusste sie, dass dem nicht so war.

»Sondern vielmehr, dass du es verbockt hast, *cara*.«

Als er die Augen öffnete, nickte Luna.

»Jawohl«, sagte sie nur.

»Weißt du, was mit Leuten passiert, die einen meiner Aufträge verbocken?«

Sie nickte wieder, diesmal aber mechanisch. Jeder wusste, was mit diesen Leuten geschah.

Er hob die Hand, wie um sie am Sprechen zu hindern. »Mir ist zu Ohren gekommen, dass Angelos Leute neue Informationen haben. Seltsamerweise«, er sah sie spöttisch an, »war es für sie kein Problem, diese Information vom Skipper zu erhalten.«

Er beugte sich nach vorne. »Es gibt noch eine Möglichkeit hinüberzukommen.«

Luna zuckte wieder mit den Schultern. »Ich weiß. Mit den drei Münzen.«

Etwas blitzte in seinen Augen auf.

Luna setzte nach: »Man weiß nicht genau, wo sie sind. Angeblich sollen sie seit Jahrhunderten in den Händen einer sizilianischen Hirtenfamilie …«

»Ich habe keine große Geduld«, unterbrach er eisig. »Aber ich gebe dir noch eine Chance. Nicht, weil du schon so viele Aufträge korrekt durchgeführt hast.«

Luna nickte wieder, die Augen auf den weißgekleideten Mann gerichtet.

»Nein. Sondern weil ich keine Zeit habe.«

»Vierundzwanzig Stunden«, sagte Luna. »Ich erledige das in vierundzwanzig Stunden.«

Er tippte mehrmals auf seine Armbanduhr. Nicht irgendeine Uhr, eine Fliegeruhr, die Cartier de Santos Galbée. Seine Stirn war von Schweißperlen übersät, sein hageres Gesicht war von der Anstrengung grau geworden.

»Sie müssen Schluss machen«, flüsterte der weißbekleidete Mann besorgt und fasste mit einer schnellen Bewegung nach dem Handgelenk von Il Macellaio.

Dieser sah aber weiter starr auf Luna. »Bring mir den Skipper. Oder bring mir die Münzen!«

»Klar«, sagte Luna in flapsigem Tonfall, als hätte sie schon einen genauen Plan.

Er hob nur eine Augenbraue, lehnte sich dann entkräftet im Stuhl zurück.

»Jetzt raus«, sagte der Weißgekleidete.

Mein Finger wischte schon über die Kugel, als Luna mit stoischer Miene ihre Waffen in Empfang nahm. Man sah ihr nichts an, als ihr die zwei bulligen Leibwächter im edlen Designeranzug ihre Waffen überreichten. Man sah keine Erleichterung, als sie sich den Dolch in eine Stiefelschnalle schob und sich den Waffengurt umlegte. Sie warf den zwei Typen einen eisigen Blick zu und drehte sich um. Meine Kugel begann sich zu drehen, wurde unscharf, und dann blieb mir fast das Herz stehen, als ich Leon auf Aurora liegen sah.

»Entschuldige. Entschuldige. Entschuldige«, murmelte Aurora atemlos. »Ich wollte es nicht.«

»Verdammt«, brachte Leon hervor, während er einen ihrer Arme erwischte und festhielt. »Verdammte Scheiße.«

»Ich schwöre, ich wollte es nicht«, jammerte sie jetzt etwas lauter weiter und versuchte, ihr Handgelenk freizubekommen. Gleichzeitig erinnerte sie sich daran, dass er ja ihre Geisel war und sie der Boss sein sollte.

»Keine Bewegung«, warnte sie ihn. »Sonst mache ich ernst.«

Sein Gesicht war direkt an ihrem Hals, und sie spürte seinen warmen Atem.

»Verdammt. Ernster geht praktisch nicht«, brummte er, und seine Lippen vibrierten beim Sprechen auf ihrer Haut.

»Du stehst jetzt ganz langsam und mit erhobenen Händen auf«, schlug sie vor und versuchte, nicht daran zu denken, dass seine Lippen so nahe an ihrem Hals waren, dass er sie dort hätte küssen können. Dass es fast war wie küssen, diese warmen Lippen auf der zarten Haut über ihrer Halsschlagader. Dieses sanfte Kratzen seiner Bartstoppeln unter ihrem Unterkiefer. Dieser sanfte, warme Hauch seines Atems, der in ihren Ausschnitt kroch.

Auch wollte sie nicht daran denken, dass man auf der Rückbank eines Autos nicht unbedingt langsam und mit erhobenen Händen aufstehen konnte, besonders wenn man eine Schussverletzung hatte.

»Signorina. Du bist total verrückt«, sagte er und hob etwas seinen Kopf.

Seine Nase war vielleicht einen Zentimeter von ihrer entfernt, und die Laternen am vergitterten Einlass, die das Auto beleuchteten, zeichneten harte Schatten in sein Gesicht. Er sah aus, als hätte er Schmerzen, aber er sagte nichts mehr.

»Der Verrückte bist doch wohl eher du, jedenfalls von meinem Standpunkt aus betrachtet«, korrigierte sie seine Ansicht.

Mit geöffnetem Mund atmete sie konzentriert und langsam die Luft ein und aus, um keinesfalls daran zu denken, wie sich sein Körper auf ihrem anfühlte. Sein Becken auf dem ihren, seine Hand um ihr Handgelenk. Und schon gar nicht wollte sie sich, Gott behüte, auch nur kurzzeitig den Wunsch erlauben, er möge sie doch küssen. Dieser ungehobelte Kerl!

»Du kannst mich doch nicht angreifen, wenn ich diejenige bin, die die Waffe hat«, erklärte sie ihm.

Nur die Ruhe. Luna würde bald wiederkommen. Zumindest hatte sie versprochen, dass die Sache bei Il Macellaio nicht lange dauern würde. Während sie in Leons Augen sah, wurde sie von einer Welle widersprüchlicher Gefühle überschwemmt. Trotz dieser prekären Situation konnte sie nicht leugnen, dass sie sich von ihm angezogen fühlte. Dass sie ihm liebend gerne die Hand gereicht und mit ihm auf und davon gerannt wäre.

Aber sie wusste auch, dass dies noch verrückter gewesen wäre, als bei Luna zu bleiben. Denn da gab es noch Santiago. Und Kobalt Sky.

»Wieso wirst du sauer, wenn man auf deinen Preis zu sprechen kommt?«, flüsterte er, und sie war sich unsicher, ob er es gerade wagte, sich über sie lustig zu machen. »Ist er viel zu niedrig?«

»Hör damit auf«, fuhr sie ihn an, aber sie konnte ihren Blick nicht von seinen Augen abwenden.

Sie waren sich so nah, dass sie trotz der schlechten Lichtverhältnisse sehen konnte, was für unglaublich blaue, leuchtende Augen er hatte. Dafür, dass er auch noch dunkle Haare hatte, waren sie unfassbar blau. Sie wusste nicht, wieso ihr das gerade jetzt auffiel, aber sie schienen sogar in der Dunkelheit zu strahlen.

»Steh auf«. Sie zwang sich zur Konzentration und nahm die Pistole in die Hand, die er nicht festhielt.

Mit einem leichten Stöhnen verlagerte er sein Gewicht. Dabei rutschte ihr T-Shirt etwas nach oben, und sie spürte überdeutlich ihre nackte Haut, was sie zum Frösteln brachte.

»Na los«, sagte sie streng, aber er stöhnte nur noch einmal.

»Ich kann mich nicht bewegen. Meine Kniescheibe ist zerfetzt«, erklärte er.

»Die Kniescheibe?«, fragte sie fassungslos nach. »Ich habe dir die Kniescheibe zerschossen?«

»Ich werde auf ewig ein Krüppel sein«, bestätigte er stöhnend und sackte wieder auf ihr zusammen.

Sie brauchte dringend Verbandsmaterial. So wie sich das an ihrem Oberschenkel anfühlte, blutete er. Jedenfalls wurde es da nass und warm. Oder hatte er etwa in die Hose gepinkelt? Sie musste ihn ins Krankenhaus bringen. Oder würde er jetzt gleich auf ihr sterben?

So bewegungslos, wie er jetzt auf ihr lastete, hatte sie den starken Verdacht, dass er demnächst das Zeitliche segnen würde.

Jemand klopfte an die Autoscheibe.

»Was macht ihr da?«, verlangte Luna zu wissen. »Ich reiß mir da den Arsch auf und verhandle mit Il Macellaio, und was machst du?«

»Ich …«

»Ich will ja nicht ungemütlich sein, aber für ein Date habt ihr da ein schlechtes Plätzchen erwischt.«

»Ich habe ihn erschossen«, sagte Aurora schaudernd. »Oder zum Krüppel geschossen.«

»Geil«, sagte Luna. »Du bist echt heftig. Machst auf sanfte Madonna, und dann schießt du die Typen nieder.«

»Er kann nicht mehr aufstehen«, sagte Aurora. »Sein Knie …«

»Noch dazu ins Knie. Echt geil.«

Mit einem Ruck riss sie Leon von ihr herunter, so dass dieser auf die Straße rutschte, und klopfte ihm aufs Bein. Langsam rappelte sich Aurora wieder auf und sah ihr mit großen Augen zu.

»Stell dich nicht so an«, fuhr Luna Leon an.

Aurora öffnete den Mund. Als Luna Leon einen Schubs gab und der wieder ins Auto stieg, schloss Aurora den Mund wieder, ohne etwas gesagt zu haben.

»Sorry. Ich muss dich enttäuschen. War nur ein Streifschuss. Reicht vermutlich ein Pflaster«, informierte Luna sie.

Sie ging um das Auto herum und startete den Motor.

»Was für ein Lügner du bist«, zischte Aurora ihm zu. »Kniescheibe. Pah. Zeig her.«

»Es hat so weh getan, als wäre es ein Schuss ins Knie gewesen«, erklärte Leon. Und obwohl er sein Gesicht abwendete, konnte sie sehen, dass er für einen sehr kurzen Augenblick lächelte.

»Wir haben nicht ewig Zeit«, unterbrach Luna ruppig ihren Streit. »Genaugenommen nur vierundzwanzig Stunden.«

Dieses Problem in vierundzwanzig Stunden zu lösen, hielt ich für glatt unmöglich. Um es genauer auszudrücken: Dieses Problem wäre selbst in hundert Jahren nicht aus der Welt zu schaffen. Oder gab es mir unbekannte Methoden, die den Fährmann wieder zum Leben erweckten?

Ich war wohl einen kurzen Moment eingedöst, da weckte mich ein leises Klingeln. Erst dachte ich, es wären Glöckchen, solche, wie man sie an Pegasus' Hufen findet, doch dann wurde mir klar, dass es der Klang von Dutzenden von Armreifen waren.

Kassiopeia, das eitle Ding. Ich tat so, als wäre ich nicht eben eingenickt, sondern setzte meinen besten, allwissenden Gesichtsausdruck auf. Es dauerte einen Moment, bis sich die Kugel wieder klärte. Zuerst war Kassiopeias Gesicht nur schemenhaft erkennbar, die Umrisse ihrer Schultern, der drapierte Seidenstoff um ihr Dekolletee, ihr Haar, das sie zu einem beachtlichen Turm nach oben gesteckt hatte.

»Du lässt dich gehen, meine Liebe«, waren ihre ersten Worte, und ich verschränkte ärgerlich die Arme vor der Brust. War es in unserem Alter nicht egal, wie man aussah? Außerdem hatte ich die letzten Stunden anderes zu tun gehabt, als an meine Frisur zu denken.

»Was willst du, Kassiopeia«, sagte ich betont gelangweilt.

Vor langer Zeit waren wir gute Freundinnen gewesen, doch nun hatten wir nur noch sporadisch Kontakt. Seit ich in den Turm hinaufgestiegen war, hatte ich kein göttliches und nichtgöttliches Wesen mehr vorgelassen. Wenn mir ihre selbstsüchtige Art auch manchmal fehlte, so war es mir doch wichtiger, in Ruhe hier oben die Stunden zu zählen.

»Ach, nichts weiter. Ich wollte nur nach dir sehen. Wie es dir geht. Was du so treibst.« Ihre Stimme hatte diesen seltsamen Klang, der mich schon immer alarmiert hatte.

Sie zog einen elfenbeinfarbenen Kamm aus einer geschnitzten kleinen Truhe und begann, ihr silbernes Haar zu toupieren.

»Mir geht es gut«, sagte ich knapp.

»Du benutzt das Rosenwasser nicht, das ich dir geschickt habe.«

Ich hatte es den Tauben hingestellt. Sie waren ganz verrückt nach dem Zeug.

»Es würde auch deinem Haar guttun. Auch wenn du alt bist, musst du nicht unbedingt hässlich sein.«

Kassiopeia vergaß grundsätzlich, dass sie selbst auch alt und hässlich war, aber aus Nettigkeit hielt ich mich zurück und verkniff mir einen Kommentar, um sie nicht zu frustrieren. Ich mochte sie, wirklich, aber Kassiopeia war in gewisser Weise immer etwas oberflächlich gewesen.

»In deinem Alter ist es wichtig, dass du gepflegt aussiehst. Pflegen ist das A und O.«

Ich atmete tief durch, denn auch nach all diesen vielen Jahren konnte sie mich noch auf die Palme bringen. Als wir jung gewesen waren, hatte ich auf ihre Ratschläge gehört. Ich hatte in Eselsmilch gebadet, mein Haar geflochten, die Augen verführerisch geschminkt. Ich hatte meine Brüste massiert, nach dieser speziellen kretischen Art, auf die Kassiopeia schwor, damit sie fülliger wirkten. Wenn ihr mich fragt: Es hat alles nichts genützt. Männer sind Männer. Und jede Frau wird irgendwann weniger begehrenswert. Vor allem, wenn man jahrtausendelang aufeinanderhockt.

»Was willst du wirklich?« Es war ja nicht so, dass sie mich täglich mit ihrem Anblick erfreute. Letztes Mal wollte sie, dass ich einen Hautglättungszauber sprach. Ich hatte abgelehnt. Seitdem war Funkstille gewesen.

»Ach, nichts.«

»Nichts?«

»Ich dachte nur, du solltest es wissen.«

»Was wissen?«

Eine Pause entstand, in der Kassiopeia konzentriert ihr Haar am Hinterkopf feststeckte. Ich gewährte ihr diesen Spannungsmoment, während ich darauf wartete, was sie mir sagen wollte. Wahrscheinlich war sie verliebt. Kassiopeia war andauernd in jemand anderen verliebt, den sie in Gestalt eines jungen Mädchens aufsuchte – eine Täuschung, die nicht lange anhielt, meistens nur wenige Minuten, maximal eine Nacht, und auch das nur bei Vollmond. Sie verliebte sich in einen jungen griechischen Fischer, den sie in seinem Dorf besuchte. In einen orthodoxen Priester, der nach ihrem Besuch seinen Beruf an den Nagel gehängt hatte und jetzt ein Bordell in einem Vorort von Athen betrieb. In einen Maler, der seither nur noch weibliche Geschlechtsteile malte. In unzählbare andere, die nach einem Treffen mit Kassiopeia ihre Frauen verließen und in lauen Vollmondnächten nach ihr weinten. Ja, Kassiopeia war in ihrer Jugend sehr schön gewesen, und in gewisser Weise gönnte ich den Männern, die so viel Unglück über die Frauen brachten, dass ihnen wenigstens eine ab und zu eine Lehre erteilte. Manchmal übertrieb sie es allerdings.

Geduldig wartete ich, bis sie die Haarnadeln befestigt hatte und mir dann einen besorgten Blick schenkte.

»Ich dachte, du hättest es schon gehört.«

»Was gehört.« Langsam wurde ich wirklich ärgerlich.

»Es gibt Neuigkeiten über Ha…«

»Wage es nicht, seinen Namen in meiner Gegenwart zu nennen!«, donnerte ich so laut los, dass Kassiopeia vor Schreck ihre Kosmetikutensilien vom Tisch fegte.

»Ihn«, sagte sie in einem betont einfühlsamen Tonfall. »Es gibt Neuigkeiten über *ihn.*«

»Es interessiert mich nicht.«

»Glaubst du nicht, es wäre an der Zeit, diese Geschichte langsam zu verarbeiten?« Sie beugte sich nach vorne, so dass ihr Gesicht die gesamte Kugel einnahm. »Ich kenne einen hervorragenden Therapeuten in Thessaloniki. Schicker junger Mann. Tolle Figur. Athletisch. Stark. Imposanter Pe…« sie unterbrach sich schnell, als sie meinen strengen Gesichtsausdruck bemerkte. »Ich meine ja nur, dass es dir auch guttäte, ab und an deinen Turm zu verlassen. Und der Zauber wirkt hervorragend …«

Wir starrten uns durch die Kugel hinweg an. Natürlich kannte mich Kassiopeia so gut, dass sie wusste, dass mich alles, was mit *ihm* zusammenhing, völlig aus der Bahn warf. Meine Hände zitterten.

»Du liebst ihn immer noch.«

»Unsinn!«

»Schätzchen, erzähle mir nichts. Ich erkenne Liebeskummer, wenn ich ihn sehe.«

»Es ist schon lange vorbei.«

»Was sind schon hundert Jahre!«

»Genug Zeit, um eine Liebe zu begraben.«

»Umso besser!« Sie klatschte in die Hände. »Dann wird es dich ja nicht stören, dass eine andere auf ihn scharf ist.«

Ich hasste Kassiopeias Wortwahl schon immer. Scharf! Hätte sie nicht sagen können: dass sich eine andere für ihn interessiert? Aber so war sie schon immer gewesen! Derb. Ungehobelt. Direkt. Absolut unpassend. Vor allem, wenn man ihre spitze Zunge in Verbindung mit ihrem himmlischen Äußeren brachte.

»Wer ist es?«

»Tut nichts zur Sache!«

»Und ob es das tut!«, ereiferte ich mich und vergaß für einen Moment, Haltung zu bewahren. Ich hätte sie erwürgen können. Oh, wenn ich meine alte Freundin zwischen die Finger bekam! So meine Ruhe zu stören! Mich so durcheinanderzubringen!

»Ach, wenn du diese Liebe begraben hast, kann es dir doch egal sein, Liebes! Ich muss nun los. Pass auf dich auf!«

Die Kugel glühte kurz auf, und ich sah, wie sich Kassiopeia verwandelte. Seidiges blondes Haar, kunstvoll aufgesteckt, große rehbraune Augen, kleine, volle Lippen und rosige Wangen.

»Warte!« Atemlos nahm ich die Kugel in beide Hände. »So warte doch!«

Noch einmal glühte die Kugel auf, doch dann wurde sie dunkel, wie ein verglimmender Stern.

Ich verbrachte eine Stunde mit rastlosem Auf-und-ab-Gehen. Zum ersten Mal erschien mir mein Turm zu eng, zu klein, zu hoch, zu rund. Ich lief im Kreis, scheuchte die Tauben von meiner Schulter, kochte Tee aus Hibiskus- und Rosenblüten und vergaß, ihn zu trinken. Ich warf das Tuch über die Kugel, zog es wieder hinunter und steckte die Kugel in die alte Holzkiste, in der sie am Fuße meines Turms angespült wurde. Ich stellte die Kiste auf die unterste Stufe der Treppe, wagte aber nicht, die Tür zu öffnen, weil ich befürchtete, der Anblick des Meeres könnte mich noch mehr durcheinanderbringen. Ich weinte bittere Tränen, als ich feststellte, dass der Tee kalt geworden war, und schüttete ihn voll Inbrunst weg. Es war ein Elend.

Noch einmal lief ich die dreihundertfünfundsechzig Stufen nach unten, öffnete die Tür einen Spalt, um die Kiste nach draußen zu schubsen. Niemand sollte mich jemals wieder hier behelligen. Nicht Kassiopeia, nicht *er*, niemand! Niemals mehr würde ich einen Blick auf die Welt werfen.

Ich schob die Kiste nach draußen. Der Sand war kühl und feucht unter meinen Füßen und das Rauschen des Meeres überwältigend. Konnte es schaden, es noch einmal meine Haut umspülen zu lassen? Ich spürte, wie schon wieder Tränen über meine Wangen liefen, heiß und salzig.

Dumme alte Frau!

Ich riss die Kiste auf und hob die Kugel hinaus. Im Meer sollte sie versinken. Unglückbringendes, boshaftes Ding. Zornig klemmte ich sie mir unter den Arm und lief die hundert Meter bis zum Ufer hinunter. Die Brandung riss an der Küste, Wolken trieben über den nachtschwarzen Himmel, und weit draußen hüpften vereinzelte Fischerboote auf den Wellen.

Einsamkeit, Ruhe, Frieden. Ich holte aus, um die Kugel weit hinauszuschleudern. Da sah ich Auroras zarte Gestalt vor mir … und was schadete schon ein letzter, schneller Blick?

Sie saßen in einem kleinen Gässchen in Monti vor der *Sapori e Delizie*-Bar. Aurora hatte die Hände vor der Brust verschränkt, Luna hielt die Pistole unter dem kleinen, runden Bistrotisch locker auf Leon gerichtet. Um sie herum herrschte reges Treiben. Touristen schlenderten vorbei, Liebespaare, die von der Hitze Roms angestachelt eng umschlungen nicht die Blicke voneinander lösen konnten, Alte, die miteinander plauderten. Niemand nahm Notiz von ihnen. Leon hatte sein rechtes Hosenbein hochgekrempelt und begutachtete seinen Streifschuss.

»Siehst du, nicht schlimm. Aurora, du musst dir eine dickere Haut zulegen. So wirst du nie eine anständige Auftragskillerin.«

»Ich habe noch nie jemandem weh getan«, sagte Aurora leise, was Luna mit einem nachsichtigen Kopfschütteln quittierte. Im selben Moment dachte Aurora an ihren Vater, der nun bestimmt nach ihr suchte und schon verrückt war vor Sorge. Ihr Herz krampfte sich zusammen.

»Bis heute Abend jedenfalls«, fügte sie hinzu.

Leon runzelte die Stirn, und Aurora fiel mit Schrecken ein, dass sie nicht nur ihren Vater verletzt hatte, sondern auch Leon. *Che disastro!*

»Ich nehme eine Flasche Primitivo, einmal Spaghetti *cacio e pepe* und für die beiden Turteltäubchen eine Pizza Margherita *con aglio*.« Luna klappte die Speisekarte zu, ohne einen Blick hineingeworfen zu haben. Die Bedienung nickte ihr zu.

»Ich kann sowieso nichts essen.« Aurora spürte, wie Erschöpfung nach ihr griff. Sie hätte sich gerne auf dem Plastikstuhl zurückgelehnt und die Augen geschlossen. Stattdessen beobachtete sie die Passanten, die ihr allesamt verdächtig vorkamen. Der Herr dort hinten, der, der am Kiosk lehnte, scheinbar in die Auslage vertieft, sah er nicht ständig zu ihnen herüber? Was, wenn Kobalt Sky und Santiago plötzlich auftauchten? Schließlich waren sie nur wenige Querstraßen vom Haus des Skippers entfernt.

»Entspann dich.« Luna legte ihre Unterarme auf das rotweiß karierte Tischtuch. »Es nützt nichts, immer mit dem Schlimmsten zu rechnen. *Tutto figo*. Erst essen wir. Dann gehen wir noch mal in die Wohnung.«

»In die Wohnung?! Bist du verrückt?!« Aurora fuhr erschrocken auf. »Sie sind bestimmt immer noch dort. Sie warten doch nur darauf, dass wir zurückkommen.«

»Psst! Muss das ganz Rom mitkriegen?« Luna bedeutete ihr, dass sie sich wieder hinsetzen sollte. Sie strich sich durch die raspelkurzen Haare.

Die Bedienung stellte den Wein und drei Gläser auf den Tisch, die Luna kurzerhand randvoll schenkte. »Hier, ihr zwei Versager. Salute!«

Leon trank mit finsterer Miene. »Super. Dann könnt ihr mich ja zu Hause absetzen.«

»Kommt nicht in Frage, *caro*, mitgefangen, mitgehangen. Du bist aus der Nummer raus, wenn wir den neuen

Skipper bei Il Macellaio abgeliefert haben. Vorher geht gar nichts. Alte Mafiaregel, tut mir leid.« Sie verzog ihren Mund zu einem bedauernden Grinsen.

»Aber was kann er uns denn schon tun?«

»Was er uns tun kann? Bist du naiv! Du kennst ihn nicht. Er kann ihnen verraten, dass wir den Skipper vor Ostia verscharrt haben. Es gibt Leute, die für diese Information eine Menge Geld hinlegen würden.«

Die Bedienung kam wieder und stellte die Pasta und die Pizza auf den Tisch, dabei warf sie den dreien einen prüfenden Blick zu.

»Außerdem weiß er vielleicht etwas über den Skipper. Schließlich haben sie im selben Haus gewohnt.«

»Das ist aber auch schon alles.« Leon griff nach einem Stück Pizza. »Ich hab den Kerl heute zum ersten Mal gesehen. Also seine Einzelteile.«

»Wie kann das sein? Seid ihr euch nie im Hausflur begegnet?«

Leon schüttelte den Kopf, und Aurora senkte schnell den Blick. »Nie.«

»Er lügt«, sagte Luna und rollte ihre Spaghetti auf die Gabel. »Ich kann es an seinen Augen sehen. Männer können sich nicht verstellen. Also, was weißt du über ihn?«

»Er heißt Jim.«

»Jim?«

»Jim Charon.«

»Was noch?«

»Er ging in der Nacht und kam im Morgengrauen.«

»Lügner. Das denkst du dir gerade aus.«

Aurora nippte vorsichtig an ihrem Wein. Er schmeckte schwer und stieg ihr sofort zu Kopf. Natürlich war Leon ein Lügner. Sie hatte ihn durchschaut. Er log so gewandt, als würde er nichts anderes tun, und in seinem Gesicht lag kein Funke schlechten Gewissens. Sie kannte diesen Ausdruck von ihrem Vater. Nie hatte sie ihn ertappt, wenn er ihr Lügengeschichten erzählte. Sie hatte ihm alles geglaubt, alles.

»Stimmt. Es war andersrum. Er ging im Morgengrauen und kam in der Nacht.«

»Verdammt, *stronzo*!« Blitzschnell griff Luna über den Tisch und packte Leon an der Kehle. »Das ist kein Spiel! Also!«

Genauso schnell ließ sie Leon wieder los und widmete sich ihren Spaghetti. Aurora war es, als wäre die Temperatur in den letzten Sekunden noch um einige Grad gestiegen. Ihre Locken ringelten sich und klebten an ihren Wangen. Sie blickte Leon über den Tisch hinweg an, er lächelte und schob den Teller näher an sie heran.

»Manchmal kam er und hat mich um eine Tasse Kaffee angeschnorrt. Er war ein netter älterer Mann mit einwandfreien Manieren. Nur – er rauchte zu viel. Ansonsten: unauffällig, anständig. Und er brachte oft junge Mädchen mit nach Hause. Ich konnte sie auf der Treppe hören.«

»Und?«

»Nichts und.«

»Und was machen du und der Zwerg in dieser Wohnung?«, hakte Luna nach, doch Leon zuckte nur mit den Schultern.

Auroras und Lunas Blicke kreuzten sich.

Sei vorsichtig, schien Luna zu denken, dann wandte sie sich wieder schweigend ihren Spaghetti zu.

Ich spürte, wie die Wellen an meine Beine schlugen, sah, wie sich das aufgewühlte Schwarz des Himmels über die Welt spannte. Ich konnte nicht. Ich konnte an diesem Punkt einfach nicht aufhören. Es fühlte sich nicht richtig an, Aurora Perrini alleine in Rom zu lassen, um erneut hundert Jahre in meinem Turm die Zeit anzuhalten. Schmerz hin oder her. Das Meer riss an meinen nackten Füßen, als wollte es mich auffordern, in seine Tiefen zu versinken. Ich ließ die Arme sinken, die ich eben noch in der Absicht, die Kugel hinaus in die Brandung zu schleudern, erhoben hatte. Dann drehte ich mich langsam um und ging zurück zu meinem Turm. Die Kugel hatte ich fest an meine Brust gedrückt.

Fünftes Kapitel

Neunter Dezember, der Tag, an dem Aurora sich auf dem Forum Romanum die Strumpfhose zerriss und zwei Nägel abbrach, bevor es ihr gelang, ein kleines Centstück auf einem Absatz des Titusbogens zu ergattern.

Die samtschwarze Nacht spannte sich über Rom. Obwohl sie nur ein paar Schlucke Wein getrunken hatte, spürte Aurora eine wohlige Müdigkeit zwischen den Augen, und die Lichter auf der Straße schienen helle Fäden zu spinnen. Lunas Gesprächigkeit war einem verbissenen Schweigen gewichen. Viel zu schnell raste sie über die nächtlichen Straßen. Als hätte sie kein Ziel, bog sie mal in die eine, mal in die andere Nebenstraße ab, fuhr im Zickzack durch Fußgängerzonen, wich mit dumpfem Murmeln schimpfenden Passanten aus.

Weißt du nicht, wo du hinwillst?, hätte Aurora gerne gefragt, aber sie tat es nicht. Sie war abgelenkt von den hell erleuchteten Denkmälern Roms, die jetzt in der Nacht von einer geheimnisvollen Aura umhüllt waren, und ihre Gedanken sprangen so wild hin und her, als hätten sie sich Lunas Fahrstil angepasst.

Der Fährmann, es gibt ihn nicht. Charon. Es gibt keinen Jim Charon.

Aber trotzdem stieß der Name tief in ihr drin eine Erinnerung an. Eine Erinnerung an ein Leben, als sie noch eine kleine Familie gewesen waren.

Ihr Vater. Ihre Mutter. Und sie.

Als ihre Mutter noch jeden Abend in ihr Zimmer gekommen war, um ihr einen Gutenachtkuss auf die Stirn zu drücken und die Bettdecke ein Stück höher zu ziehen, wohlwissend, dass Aurora sie ein paar Sekunden später wieder abstrampeln würde.

Jim Charon.

Der Name war verknüpft mit heißen Nächten in Rom, in denen erst im Morgengrauen eine leichte Brise das Schlafzimmer kühlte. Mit Abenden, an denen sie im Bett gelegen und sich einsam gefühlte hatte, an denen sie noch einmal aufgestanden war und ihre Zimmertür geöffnet hatte, um die Stimmen ihrer Eltern hereinzulassen, die mit ihren gemurmelten Gesprächen die Geister der Nacht vertrieben. Mit dem Gesicht auf den schmalen Lichtstreif gerichtet, der in ihr Zimmer strich und eine Verbindung zu ihren Eltern herstellte, hatte sie verschwommen die Geräusche wahrgenommen.

Das sanfte Gläserklirren. Die helle Stimme ihrer Mutter. Die dunkle Stimme ihres Vaters.

Und den Namen. Jim Charon.

Es waren keine beängstigenden Gespräche gewesen, sondern jene Sorte Gespräche, von denen Aurora nichts verstand, die sie aber genauso liebte. Ihr Vater erzählte von der Arbeit, von seinen Theorien, Hypothesen und

Entdeckungen. Und Auroras Mutter diskutierte lebhaft mit, während sie kochte und den Tisch deckte, Melone aufschnitt und Auroras Vater ein Glas Rotwein einschenkte.

Aber das alles war schon Jahre her. Denn ihre Mutter hatte das Haus verlassen, als Aurora fünf Jahre alt gewesen war. Sie hatte ihre kleine Tochter noch einmal zugedeckt, ihr noch einen letzten Kuss gegeben, und dann war sie gegangen. Ohne Abschiedsworte. Und die einzige Erinnerung, die Aurora noch hatte, waren die Gespräche über Jim Charon.

»Jim ist tot«, flüsterte Aurora.

Mit quietschenden Bremsen hielt Luna am Straßenrand an und sprang aus dem Auto.

»Hopphopp«, fuhr sie Aurora und Leon an. »Vierundzwanzig Stunden sind nicht länger als vierundzwanzig Stunden.«

Für einen kurzen Moment schwankend stellte sich Aurora neben Leon. Obwohl das Haus mit der Totenkopftür sich zu bewegen schien, hatte sie plötzlich ein unglaublich gutes Gefühl. Als wäre sie unsterblich. Als würde hinter den Türen ein Schatz warten und nicht solche Fieslinge wie Kobalt Sky und Santiago.

Sie hatte eindeutig zu viel Wein getrunken. Das musste es sein. Zu viel Alkohol, und zu viel Nähe zu diesem Kerl. Diesem Leon.

»So. Wir gehen in Leons Wohnung. Und von dort steigen wir in die Wohnung des Skippers ein«, erklärte Luna und öffnete mit einem Ruck den Kofferraum.

»Was machst du?«, fragte Aurora entsetzt, »du kannst unmöglich mit dem Kopf des Skippers …«

»Willst du ihn im Auto lassen?«, fragte Luna harsch.

»Ja«, bestätigte Aurora energisch.

Luna zog eine blaue Plastiktüte hervor und stopfte den Kopf hinein.

»Kommt nicht in Frage. Wir müssen auf den Kopf aufpassen.«

»Unsinn. Wir müssen doch nicht auf einen abgehackten Kopf aufpassen!«, widersprach Aurora. »Meinst du, er rollt davon?«

Was für ein gruseliger Gedanke!

Durch die blaue Tüte sah der Kopf noch morbider aus als ohne. Obwohl Aurora sehr schnell ihren Blick abwandte, sah sie deutlich die am Plastik plattgedrückte Nase.

»*Cretina!*«, fuhr Luna sie an. »Solange wir keine Lösung mit Il Macellaio gefunden haben, werden wir auf ihn aufpassen, und damit basta.« Mit diesen Worten wollte sie Aurora die blaue Tüte in die Hand drücken.

»Und ich nehme ihn auf gar keinen Fall. Schließlich hast du ihn abgehackt«, sagte Aurora etwas zu laut und wunderte sich, wie energisch sie sein konnte, wenn es darum ging, keine abgetrennten Männerköpfe zu tragen.

»Weil du zu spät gekommen bist«, fauchte Luna sie an.

»Weil du dich nicht unter Kontrolle hattest.«

»Du hättest dich auch nicht unter Kontrolle gehabt,

wenn …«, schimpfte Luna, und ihre Augen funkelten so böse, dass Aurora plötzlich Angst bekam.

»Ich nehme ihn«, unterbrach Leon ärgerlich den Disput.

Während Leon das Totenkopftor aufsperrte, starrte Aurora auf die Fratzen, die es zierten, nur, um nicht noch einen Blick auf die Plastiktüte zu erhaschen. Es kam ihr vor, als wären Jahre vergangen, seit sie durch dieses Tor gegangen war. Dabei hatte es nur ein paar Stunden gedauert, nach Ostia zu fahren und wieder herzukommen. Ein klein wenig fragte sie sich auch, was wirklich passiert war, als mit Luna die Nerven durchgegangen waren und sie den Skipper halb enthauptet hatte. Fast war sie froh, dass Leon die Erklärung unterbrochen hatte.

Der Aufzug setzte sich quietschend in Bewegung und holperte bis in den dritten Stock.

Jim Charon, flüsterte die Stimme ihrer Mutter in ihrem Kopf, *wenn du sicher bist, dass er der Schlüssel ist, dann such ihn*.

Man sucht nicht nach Jim Charon, sagte ihr Vater so klar in ihrem Gedächtnis, dass Aurora vergaß, ihre Pistole auf Leon zu richten.

Der Aufzug blieb mit einem letzten Ächzen stehen.

Jim Charon sucht nach dir, hatte Auroras Vater erklärt, und die Worte hallten in ihr nach, als hätte er sie eben erst ausgesprochen.

Leon sah sie an, als könne er ihre Gedanken erraten.

»Los jetzt, raus hier«, fuhr sie ihn an.

Jim Charon sucht man nicht. Wenn er dich sehen will, dann findet er *dich*.

Aurora starrte auf den breiten Rücken von Leon, der seine eigene Wohnungstür aufsperrte und dann vor ihnen hineinging.

Aber ich habe ihn gefunden, dachte Aurora. Ich habe ihn nicht gesucht, aber ich habe ihn trotzdem gefunden.

»Da seid ihr ja!«, rief der Zwerg und sprang auf. Die Wohnung war inzwischen aufgeräumt, am Fernseher flimmerte irgendeine Talkshow, und der Zwerg hatte offensichtlich gerade *World of Warcraft* gespielt. Er hatte wohl nicht allzu lange gebraucht, um sich aus der Abstellkammer zu befreien.

Leon stellte die blaue Tüte mit dem Kopf neben dem Couchtisch ab, als wären es seine Einkäufe.

»O nein!«, kreischte der Zwerg, und entschuldigend nahm Leon die Tüte wieder in die Hand. »Der Kopf! Der Skipper! Ich dachte, ihr wolltet ihn beerdigen!«

»Klappe, Zwerg«, stieß Luna entnervt hervor.

»Leon, wie siehst du aus!«, kreischte der Kleine aufgeregt weiter, ohne Luna zu beachten. »Deine Kleidung, ruiniert!«

»Halb so schlimm …«, sagte Leon, während der Zwerg mit affektierten Schritten zum Schrank eilte und mit viel Tamtam eine neue Hose und ein gebügeltes weißes T-Shirt herausholte.

»Zieh dich um, es ist absolut *grauenhaft*, wie du aussiehst!«

»Du bist nicht nur ein Zwerg, sondern auch noch schwul«, stellte Luna fest, während Leon endgültig die Plastiktüte mit dem Kopf neben dem Couchtisch abstellte.

Leon atmete einmal tief ein. Aurora hatte den Eindruck, dass er die ganze Zeit mitgemacht hatte, ihm jetzt aber der Geduldsfaden riss, dass etwas in ihm schlummerte, das sie lieber nicht wecken wollte. Beruhigend legte Tatramedes eine Hand auf Leons Unterarm.

»Euch täte eine Dusche auch ganz gut. Und ein Häppchen zu essen«, sagte er friedlich.

»Und ein Prosecco«, sagte Luna mit eisiger Ironie.

Luna hatte versichert, dass Kobalt Sky und Santiago fort waren, und hatte angeordnet, die Wohnung des Skippers gründlich zu durchsuchen.

»Aber wonach?«, wollte Leon von Aurora wissen, während sie ihn mit der Pistole in eines der Zimmer dirigierte. Roch es nicht ein bisschen nach Tabak? Hatte es schon vorher so gerochen, oder war inzwischen noch jemand da gewesen, um nach dem Skipper zu suchen?

»Nach Münzen«, erklärte Aurora ihm frustriert die unverständlichen Anweisungen von Luna. »Nach Hinweisen.«

Sie fühlte sich plötzlich ernüchtert. Es war, wie in einem Heuhaufen nach einer Stecknadel zu suchen. Die Zimmer ähnelten einander. Sie waren nur spärlich eingerichtet. Und nichts deutete darauf hin, dass sie bewohnt waren.

Außerdem war sie genervt, dass Luna nicht bereit war, mehr zu erzählen.

Leon ging zu einem Schreibtisch und zog eine Schublade nach der anderen heraus. Aber alle waren sie leer. Nur im obersten Fach sah man Tintenkleckse und Farblinien, als hätte jemand dort Stifte gelagert, die ausgelaufen waren.

»Wie lange arbeitest du für Il Macellaio?«, wollte er von Aurora wissen, während er einen Schrank aufmachte.

»Lange genug«, erklärte sie cool.

»Sieht nicht so aus«, murmelte er, während er mit dem Rücken zu ihr stand und in den leeren Schrank starrte.

»Und ihr habt euch nie unterhalten? Jim Charon und du?«, fragte sie, weil sie den letzten Satz ignorieren wollte.

»Hin und wieder. Im Vorbeigehen«, wich er aus und drehte sich zu ihr um.

»Da ist noch eine Tür«, sie deutete mit der Pistole darauf.

Dahinter verbarg sich ein kleines Badezimmer, das aussah, als wäre es in den letzten Jahren nicht benutzt worden. Es gab nicht einmal Handtücher, und auf den Waschbecken lag Staub.

»Der Schrank«, sagte sie mit einer Kopfbewegung.

Leon machte ihn auf, zwei sauber gefaltete Handtücher lagen darin, unten stand ein Putzeimer mit einem sauber gefalteten Putztuch.

»Und worüber spricht man so … im Vorbeigehen … mit Jim Charon?«, hakte sie nach.

Er lügt, sobald er den Mund aufmacht, dein Leon, hatte ihr

Luna zugezischt. *Wenn du dich von ihm um den Finger wickeln lässt, kannst du selbst sehen, wie du aus dem Schlamassel herauskommst.*

Leon blieb vor ihr stehen, und sein Blick glitt von ihren Augen zu ihrer Nase, dann zu ihren Lippen.

»Über Frauen«, sagte er in gelangweiltem Tonfall.

»Über Frauen«, wiederholte Aurora skeptisch. Und obwohl sie es nicht wollte, begann ihr Herz stärker zu klopfen. »Du unterhältst dich mit einem alten Kerl über Frauen?«

War er noch einen Schritt näher auf sie zugekommen?

Er zuckte statt einer Antwort mit den Schultern.

»Nicht über seinen Job?«

Mit einem weiteren Zucken der Schultern drehte er sich um und ging ins nächste Zimmer, wo er die oberste Schublade eines Sekretärs aufzog.

»Er hat behauptet, dass er ein heißbegehrter Mann wäre«, sagte er, während er hineinstarrte.

»Allen Ernstes?«, fragte Aurora skeptisch, weil sie sich das gar nicht vorstellen konnte.

Dann schob sie Leon von dem Sekretär weg. Er war eindeutig benutzt worden, die Schublade war vollgestopft mit Papieren. Unordentlich, als hätte sie der Besitzer einfach hineingeschoben und nicht darauf geachtet, ob sie dabei zerknitterten oder zerrissen.

»Na ja. Er hat ein wenig geprahlt«, sagte Leon, und als sie aufsah, blickte sie in seine strahlend blauen Augen. »Geld wäre ihm nicht wichtig. In seinem Alter sei Geld nur eine Belastung. Das Einzige, was ihn wirklich interessiert hätte …«

Sie konnte ihre Augen nicht von seinen abwenden.

»Sex«, flüsterte er und fixierte sie dabei mit seinem Blick. Ihr schien es, als wollte er sie in Verlegenheit bringen.

»Sex«, sagte sie skeptisch.

Ein warmes Gefühl ergoss sich in ihren Körper, und sie biss die Zähne zusammen, um nicht daran zu denken, wie nahe sie vor diesem Mann stand.

Er ist ein Fremder für dich, erinnerte sie sich. Noch dazu ein ungehobelter Fremder ohne jede Manieren.

»Alle versuchten, ihn mit Geld dazu zu bringen, Aufträge zu übernehmen.«

»Aufträge«, wiederholte sie.

Sie blinzelte und sah weg. Sie durfte sich von ihm nicht so durcheinanderbringen lassen.

»Was für Aufträge?«

Das Schweigen dehnte sich einen Moment zu lange, und sie dachte schon, er würde nicht antworten, doch dann senkte er seine Stimme noch ein wenig und erklärte: »Botendienste.«

Jim Charon sucht man nicht, dachte sie schon wieder. Dann stellte sie sich so, dass sie Leon mit der Pistole bedrohen und gleichzeitig die Papiere aus dem Sekretär holen konnte.

Es waren Verträge. Verträge in einer Sprache geschrieben, die ihr wohlvertraut war, aber trotzdem unverständlich: Griechisch.

Unter jedem Vertrag war eine unleserliche, aber ganz offensichtlich die gleiche Unterschrift gesetzt. Mit viel Phantasie konnte man ein *J. Charon* erkennen.

Sie stand jetzt Schulter an Schulter mit Leon, der auch auf die Papiere blickte. Ein Frösteln überlief ihren ganzen Körper, während die Seite, die Leons Schulter berührte, von einer angenehmen Hitze überrollt wurde.

»Ich weiß nicht, wie wir aus dieser Sache herauskommen sollen«, sagte er mit rauer Stimme, wandte aber seinen Blick nicht von den Papieren ab. »Nicht in vierundzwanzig Stunden. Und nicht in vierundzwanzig Jahren.«

Aurora räusperte sich unbehaglich.

»Gut. Das nächste Zimmer.« Sie faltete die Papiere und schob sie in die Gesäßtasche ihrer Jeans. Sie öffneten die Tür und fanden sich im Schlafzimmer des Skippers wieder. Obwohl Aurora schon auf die lebensgroße Statue und den Hund gefasst war, zuckte sie zusammen.

»Wow!« Leon ging an ihr vorbei und berührte den mittleren Kopf des Zerberus. »Humor hatte er.«

»Wenn ich nur wüsste, nach was ich suchen soll«, sagte Aurora mehr zu sich selbst, ging zum Bett hinüber und öffnete die Schubladen des Nachtkästchens. Leer. Sie seufzte. »Kann jeder Mensch ein Skipper sein? Braucht er bestimmte Fähigkeiten? Ein Zeugnis? Eine Urkunde?«

Sie würde Luna helfen, den neuen Skipper zu finden, und dann war sie aus der Sache raus. Das konnte doch nicht so schwer sein. Jeder konnte ein Boot rudern. Dazu brauchte es nur zwei Arme.

Und einen Kopf.

Sie seufzte.

»Vielleicht muss man zum Skipper geboren sein«, schlug Leon vor, dann verstummte er und machte ein Gesicht, als würde er sich über sich selbst ärgern.

Sie dachte an den grobschlächtigen Mann, die rauen, knotigen Hände, die ein Leben lang die Ruder gehalten hatten. Oder mehrere Leben sogar. Wieder musste sie an ihren Vater denken. Wie er sie nach einem langen Abend zum Auto getragen hatte, unter seinen Füßen knirschte weißer Kies, neben ihnen ging jemand her, dessen Gesichtszüge verschwammen, im Halbschlaf atmete Aurora den Geruch ihres Vaters ein und legte ihre Arme um seinen Hals.

Es wäre besser, wenn du sie von hier fortbringst, hörte sie die Stimmen ihrer Vergangenheit.

Das bringe ich nicht übers Herz, hatte ihr Vater gesagt.

Irgendwann wird sie nach ihr suchen. Denk an meine Worte.

Aurora schloss kurz die Augen und schob die Schubläden wieder zu. Sie sah zu Leon hinüber, der am Rücken des Zerberus lehnte und sie betrachtete.

»Sieh mich nicht so an«, sagte sie mürrisch und legte die Pistole auf ihren Schoß, »durchsuch das Zimmer. Guck unter die Felle, sieh nach, ob es irgendwelche Verstecke hinter der Wandvertäfelung gibt.«

Leon machte sich an die Arbeit, während Aurora reglos auf dem Bett sitzenblieb. Seine frische Hose hatte einen kleinen Blutfleck, dort, wo seine Wunde war, und er hinkte kaum wahrnehmbar.

»Das mit deinem Bein tut mir wirklich leid.«

Er tastete die hölzerne Vertäfelung ab, doch Aurora war sich sicher, dass seine Konzentration nur gespielt war.

»Ich bin abgerutscht. Ich wollte dich nicht verletzen.«

Leon ließ seine Finger über das dunkle Holz gleiten. »Wenn Tatramedes mir nicht aufgetragen hätte, nett zu dir zu sein, hätte ich dich spätestens da umgebracht«, sagte er, und sein Tonfall ließ keinen Zweifel offen, dass er es ernst meinte.

»Die Felle.«

Leon hatte das Zimmer umrundet und hob nun die Wildschweinfelle vor dem Bett des Skippers an.

»Du musst dir mehr Mühe geben.« Aurora zog eine Augenbraue nach oben und winkte etwas mit der Waffe. »So kannst du gar nichts finden. Wenn du so schlampig nachsiehst.« Sie überlegte kurz, ob sie noch ein patziges *caro* dahintersetzen sollte, doch dann ließ sie es bleiben.

»Tatramedes kann dich gut leiden. Ich weiß auch nicht, warum.« Er runzelte die Stirn und kniete sich dann hin, um unters Bett zu sehen. »Wo bist du aufgewachsen?«, fragte er.

Aurora zuckte mit den Schultern.

»In Rom«, sagte sie vage. Nicht erst jetzt fiel ihr auf, dass sie Leon nicht kannte, dass sie von ihm nichts wusste. Tief in ihr drin lauerte die Gewissheit, dass etwas an ihm nicht stimmte. Dass er Dinge wusste, von denen er keine Ahnung haben sollte. Außerdem spürte sie, dass ihn momentan nur das Versprechen, das ihm der Zwerg flüsternd abgenommen hatte, daran hinderte, sie einfach zu überwältigen und in den nächsten Schrank zu sperren.

»Du traust mir nicht«, stellte Leon fest. »Macht nichts. Ich trau dir auch nicht. Schon als ich dich aus dem Aufzug befreit habe, wusste ich, dass mit dir etwas nicht stimmt. Du hast ausgesehen, als wärst du nur zufällig hier und trotzdem auf der Flucht. Du bist eine Frau, die sofort den Beschützerinstinkt in Männern wecken sollte, aber damit bist du bei mir an der falschen Adresse. Vor allem, seit du mir ins Bein geschossen hast.«

Er rückte die Felle gerade und ging vor Aurora in die Hocke. »Ich frag mich nur, was du wirklich mit dieser Sache hier zu tun hast.«

»Ich frage mich, warum du im Haus des Skippers wohnst.«

»Es wohnen mehrere Leute hier.«

»Ich hab keine gesehen.«

Sie hörten, wie Luna in einem der Zimmer nebenan Schranktüren aufriss und wieder zuschlug, und Aurora wäre am liebsten zu ihr hinübergelaufen, nur um Leon nicht mehr so nahe sein zu müssen. Er stellte die falschen Fragen, und sie gab die falschen Antworten.

»Wer wohnt noch in diesem Haus?«, versuchte sie es erneut. »Außer dir und dem Skipper?«

Er zuckte unwirsch die Schultern. »Bin zu selten da, um alle zu kennen. Unter anderen die Signore Liccardi.«

»Und sonst?«, fragte sie, weil er nicht weitersprach.

»Keine Ahnung«, erwiderte er kurz angebunden.

»Hast du die Signore Liccardi schon jemals gesehen?«, fragte sie misstrauisch.

»Es sind zwei Schwestern, die eine dick, die andere dünn. Sie haben den Skipper gehasst«, erklärte er genervt.

»Weshalb?«, fragte sie wie aus der Pistole geschossen.

»Weil er immer schlammige Stiefel anhatte, wenn er aus dem Keller kam. Hat nie im Aufzug gewischt. Der roch tagelang nach Sumpf, und wenn sich die dünne Signora Liccardi erbarmte und den Boden wischte …«

Sie unterbrach ihn mit einer genervten Handbewegung. Alles Lüge.

Er betrachtete sie amüsiert. »Und nun zu dir. Wie kommst du hierher? Wer hat dich geschickt?« Unvermittelt legte er seine Hände auf ihre Knie. Die Berührung schoss bis in Auroras Brust. Sie hielt kurz den Atem an, bis sich ihr Herzschlag wieder beruhigte.

»Wie wurdest du zu einer Expertin für griechische Mythologie? Wer hat dich unterrichtet?«

»Mein Vater. Professore Terenghi. Und …«

Etwas in Leons Augen ließ sie stoppen. Waren seine Pupillen größer geworden? Sie hielt energisch die Waffe zwischen sich und ihn. Leon lächelte und wich einen Zentimeter zurück.

»Und wer?«

»Professore Camillo Fernando. Ich ging zu ihnen in die Universität. Und nach Hause. Schon als kleines Mädchen …«

Und wahrscheinlich werde ich sie niemals wiedersehen,

beendete Aurora in Gedanken ihren Satz. Der kleine, rundliche Professore Camillo hatte ihr immer ein *Cornetto con crema* auf den Tisch gestellt und ihr dann andächtig beim Essen zugeschaut. Er lehrte Mathematik, Physik und Astronomie, nie musste sie in Hefte schreiben, völlig unnütz, sie behielt alles im Gedächtnis. Aurora liebte sein Haus in der Nähe der Villa Borghese. Es war dunkel und kühl, selbst an den heißesten Tagen im Juli und August. Der Steinboden war in seltsamen Mustern verlegt, als würde er jahrhundertealte Geheimnisse bergen. Zu ihren Studien wandelte sie hinter dem Professore durch dieses Haus. In der großen Eingangshalle fand sich die genaue Nachbildung aller bekannten Sternbilder, sie schwebten in der luftigen Höhe, als wären sie nicht an dünnen Drähten fixiert, als könnten sie sich jederzeit in die unendlichen Weiten des Alls davonmachen … *Da, kleine Aurora, dies ist das Sternbild der Kassiopeia, es wurde bereits von Ptolemäus in der Antike erwähnt. Siehst du das deutliche W, das es beschreibt?* Der Professore legte den Kopf in den Nacken, und Aurora tat es ihm nach. *Im siebzehnten Jahrhundert sollte es umbenannt werden. In* Das Sternbild der Maria Magdalena. *Ist das nicht amüsant?*

Aurora liebte diesen Raum ganz besonders. Wenn der Professore keine Zeit für sie hatte, legte sie sich in der Mitte der Halle auf den Boden und sah zu den Sternen, bis sie müde wurde oder ihr Vater sie abholen kam. Es war still dort, so still, dass man vergessen konnte, dass Rom um einen herum tobte.

»Terenghi. Ein seltsamer Name.«

»Er ist Inder. Aber seit ich auf der Welt bin, lebt er in Rom. Vielleicht auch länger. Beide sind Freunde meines Vaters. Mein Vater hat Terenghi in Bombay kennengelernt, als er noch ganz jung war. Terenghi ist auch Historiker.«

Leon machte ein Gesicht, als würde ihn Auroras plötzliche Offenheit überraschen und gleichzeitig misstrauisch machen. Zu offensichtlich waren die Fakten, die sie ihm zum Spielen hinwarf, als wolle sie, dass sich sein Gehirn mit Nebensächlichkeiten beschäftigte. Ihr Gesicht war offen, als könne sie nicht lügen.

»Und was zum Teufel hast du mit Luna zu schaffen?«

Aurora zuckte mit den Schultern, Leons Hände lagen immer noch auf ihren Knien, und angenehme Wärme breitete sich in ihrem Körper aus.

»Was hast *du* mit Luna zu schaffen?«, fragte sie zurück, was die Grübchen auf Leons Wangen tiefer werden ließen.

»Cleveres Mädchen. Aber ich muss dich enttäuschen.« Leon bedeutete ihr, in die Mitte des Bettes zu rutschen. »Ich zeig dir was.«

Aurora legte die Pistole auf ihn an, machte ihm aber Platz. Das Bett quietschte, und sie rollten in der Mitte gegeneinander – offensichtlich war es die Kuhle, in der Jim Charon immer geschlafen hatte. Mit etwas Phantasie konnte Aurora seinen tiefen Atem wahrnehmen, das Grunzen, wenn er sich von einer zur anderen Seite wälzte. Sein Geruch hing in den Laken. Salzig, wie von jemandem, der sich jeden Tag den stürmischen Wind des Meeres ins Gesicht blasen lässt.

»Sieh hinauf.«

Über ihnen wölbte sich der samtene Betthimmel, schwarz schillernd wie eine Gewitternacht. Aurora konnte nicht sagen, dass sie das, was dort zu sehen war, kannte, aber etwas in ihr reagierte darauf. Es flimmerte vor ihren Augen und schien von innen heraus zu leuchten. Es war ein einfacher goldener Kreis, mit groben Stichen auf den Samt gestickt und wie eine Torte in drei Abschnitte geteilt.

»Sonne, Mond und Erde.« Leon drehte seinen Kopf zu Aurora, damit er ihr Gesicht sehen konnte.

»Ja. Die Erdkugel mit dem aufgesteckten Kreuz. Die Mondsichel. Die Sonne mit dem Flammenkranz. Was bedeutet das?«

»Der Mythos erzählt, dass der Fährmann die Gestorbenen ins Totenreich hinüberfährt. Er ist der Einzige, der den Styx überqueren kann. Unbeschadet.«

Kurz schloss Aurora die Augen und wünschte, die Erde würde für einen Moment stillstehen, nur damit sie diesen Augenblick festhalten konnte. Leons Stimme an ihrem Ohr, ihre beiden Körper, die tief in die Kissen des Skippers einsanken, die Hitze Roms, die sie und Leon zusammenzukleben schien. Sie konnte sich nicht erinnern, irgendwann auch nur im Entferntesten an solch eine Situation gedacht zu haben – ganz gewiss nicht, als sie alleine in ihrem Bett lag und sich von Roms zärtlichem

Brausen in den Schlaf wiegen ließ. Doch nun tauchten zerwühlte Leintücher in ihren Gedanken auf, Leons Hände, die sich um ihre Handgelenke schlossen, und sein Mund, der ihren Hals berührte, erst vorsichtig, dann hart und drängend.

»Wer auch immer es ohne den Fährmann versucht hat, ist im Styx ertrunken. Die Strömung umrundet das Totenreich neunmal. Es ist unmöglich hindurchzufahren, und wer im Styx ertrinkt, ist für immer verloren.«

Am liebsten hätte Aurora sich selbst eine Ohrfeige verpasst, um wieder auf dem Boden der Tatsachen zu landen. »Und dann?«

Sie spürte, wie Leon mit den Schultern zuckte.

»Aus. Vorbei. Finito.«

»Und das Zeichen?«

»Es gibt noch einen anderen Weg hinüber. Wer die Münzen des Styx besitzt, kann den Strom anhalten.«

»Und diese Münzen sucht Luna?«, fragte Aurora und hob die Augenbrauen.

»Drei Münzen. Sonne. Mond. Und Erde.«

»Die Münzen des Styx. Mit denen man hinüber ins Totenreich fahren kann«, sagte Aurora in belustigtem Tonfall, obwohl ihr gerade das Herz im Hals schlug. »Du willst mich veralbern.«

»Kann sein.«

»Wie ist es wirklich?«

»So wie ich es sage. Man wirft die Münze in den Fluss, und zack, kann man selber hinüber und braucht keinen

Skipper mehr. Der Fluss umrundet das Totenreich nicht mehr. Für wie lange, weiß ich nicht.«

»Aha.« Und das sollte sie glauben? Dass es den Styx wirklich gab? Dass der Skipper, der jetzt tot in Ostia begraben lag, tatsächlich der Fährmann war, der Tag für Tag die Verstorbenen ins Totenreich ruderte?

»Aber man sollte ein Boot haben oder zumindest schwimmen können.«

»Dann muss ich für immer am falschen Ufer stehen. Ich habe kein Boot. Und schwimmen kann ich auch nicht«, erwiderte sie mit spöttischem Tonfall. Sie hatte nicht vor, sich von einem Kerl verscheißern zu lassen.

Leon ließ sich noch ein bisschen mehr auf die linke Seite rollen und strich Aurora eine gelockte Strähne ihres schwarzen Haars aus dem Gesicht. Sie ließ es geschehen, obwohl es den Anschein machte, als habe Tatramedes ihm den Auftrag dazu erteilt, als würde diese Bewegung nicht dem entsprechen, was er eigentlich tun wollte.

»Okay. Du bist klüger, als ich dachte. Ich denke mir immer absurde Geschichten aus, wenn ich eine Frau ins Bett kriegen will.«

»Und die bringst du hierher ins Bett des Skippers.« Diese Idee gefiel Aurora. »Weil dein eigenes Bett zu langweilig ist. Du musst zusehen, dass er dich nicht erwischt und dann umbringt. Er kann bestimmt sehr wütend werden, wenn er fremde Männer mit fremden Frauen in seinem Bett findet.«

»Das erhöht den Reiz.«

»Aber heute wird es das letzte Mal sein.« Nun rollte sich Aurora auch auf die Seite, bis ihre Brust Leons Brust berührte. »Denn nun ist der Skipper tot«, flüsterte sie.

Einen Moment lang versank sie in seinen Augen, dann spürte sie etwas Hartes unter ihrer Schulter. Sie setzte sich halb auf und tastete danach.

»Ein Notizbuch!«, stellte sie fest und zog ein ledergebundenes kleines Buch zwischen den Kissen hervor.

Das Leder fühlte sich zwischen ihren Fingern glatt und abgegriffen an. Es erinnerte sie an etwas. An hingeschmierte, unverständliche Notizen. Es war genauso dick und zerfleddert, so abgegriffen und vollgestopft mit zusätzlichen Zetteln wie das Büchlein von Professore Camillo Fernando. War dies auch ein Tagebuch? Eine Art Kalender, ein Terminplaner?

Vorsichtig schlug sie die erste Seite auf. Nein, das war nicht die gestochen scharfe und geschwungene Schrift von Professore Fernando. Und leider war es auch in jener Sprache geschrieben, die ihr unverständlich war. Griechisch. Natürlich. Genau wie die Zettel, die wie Verträge aussahen.

Sie klappte das Notizbuch zu und wollte es beiseitelegen, da fiel ein Lichtstrahl genau auf den Einband, und das Relief darauf trat plötzlich sehr deutlich zu Tage.

Die Erdkugel mit dem aufgesteckten Kreuz. Die Mondsichel. Die Sonne mit dem Flammenkranz. Genau dasselbe Symbol, das auch im Himmel des Bettes eingestickt war.

Das Buch musste eine Bedeutung habe! Wenn sie doch

nur Griechisch gelernt hätte! Hatte ihr Vater ihr nicht immer gesagt, wie wichtig es wäre, die Bücher im Original zu lesen, sich auf keine vielleicht mangelhafte Übersetzung zu verlassen? Langsam öffnete sie das Buch, plötzlich überwog ihre Neugier, und es war ihr egal, ob Leon in dem kleinen Lichtstrahl etwas lesen konnte oder nicht.

Da war es wieder. Das Symbol. Auf der ersten Seite, wie ein Emblem. Gezeichnet mit klaren dunklen Strichen.

Auf der nächsten Seite sah man nur in winziger, unordentlicher Schrift griechische Wörter aneinandergereiht.

Als sie das Buch wieder schloss, fiel ein Zettel heraus, der zwischen die Seiten gesteckt worden war. Sie bückte sich danach, um ihn wieder zurückzulegen. Sie hätte ihn bestimmt nicht aufgefaltet, wenn sie nicht das Papier wiedererkannt hätte. Wie oft hatte sie ihn dabei beobachtet, wie er darauf seine Briefe schrieb, mit seiner ordentlichen Handschrift! Sie erinnerte sich daran, wie sie immer wieder von ihren Lernbüchern aufgeschaut und das Kichern unterdrückt hatte, wenn seine Lesebrille wieder einmal auf seiner langen, dünnen Nase nach vorne gerutscht war, so dass man den Eindruck hatte, er würde sie gleich verlieren.

Vorsichtig entfaltete sie das Papier.

Es war ein sehr kurzer Brief, bestehend nur aus drei Sätzen.

Der Text war auf Griechisch, stellte sie frustriert fest.

Aber das Datum konnte sie lesen. Der Dienstag vor zwei Wochen. Ihr Herz schlug jetzt im Hals.

Und auch die Unterschrift kannte sie bestens.

Professore Fernando.

Hastig durchblätterte sie das kleine Büchlein, und sie war nicht überrascht, als sie noch zwei weitere Briefe fand.

»Professore Terenghi«, flüsterte Aurora beim Anblick der Handschrift auf dem zweiten Brief, und ein Gefühl, als stände sie kurz davor, ohnmächtig zu werden, erfüllte sie bis in ihre Zehenspitzen.

»Papà …«

Der dritte Brief war von ihrem eigenen Vater unterschrieben.

Ein langer Schrei riss sie aus ihren Gedanken. Ein Poltern, als würde ein Stuhl gegen einen Schrank fallen, folgte. Den nächsten dumpfen Schrei erkannte Aurora – Luna. Sie öffnete den Mund, aber mit einer schnellen Handbewegung drückte Leon ihr die Finger darauf.

»Pst«, machte er.

»Hm?«, machte Aurora fragend, für einen Moment schockiert darüber, seine warmen Finger auf ihren Lippen zu spüren.

Dann rumpelte es noch einmal, als würde ein Körper gegen eine Wand fliegen. Aurora riss erschrocken die Augen auf. Das war nicht Luna, die von einem Stuhl gefallen war, sondern es war noch mindestens eine weitere Person in der Wohnung, und die beiden kämpften ganz offensichtlich miteinander.

»Kobalt Sky«, brachte sie hervor, als ihr klarwurde, was das bedeutete. »Die sind doch noch da.«

Mit einer schnellen Bewegung packte sie Leon am Handgelenk und zog ihn zum Schrank.

»Los, rein da!«, stieß sie atemlos hervor und riss die Tür auf.

»Weshalb?«, fragte er mürrisch.

»Willst du den Typen begegnen?«, wollte sie wissen, während sie ihm den Arm um die Hüften legte und versuchte, ihn hineinzuschieben.

Im Schrank roch es unangenehm nach Mottenkugeln und einem Hauch von Kanalisation, als hätte der Skipper sich mit fauligen Eiern parfümiert. Aurora stand so dicht an Leon gedrängt, dass sie fast mit ihrem Ohr seine Brust berührte. Schlechte Idee, mit ihm in diesen Schrank zu klettern. Ihm so nahe zu sein … viel zu nahe. War es sein Herzschlag, den sie spürte, oder ihr eigener? Sie lehnte sich gegen den Mantel, der hinter ihr hing. Ein monströser Pelzmantel, der seltsam muffig roch und wirkte, als wäre er viel zu groß für eine menschliche Gestalt.

Ruhig. Überleg, was zu tun ist.

Es war schwer, ruhig zu überlegen, während sie hier mit Leon eingezwängt stand. Noch dazu, wo sie gleichzeitig durch die dünne Schrankwand besonders deutlich hörte, was im Nebenzimmer passierte.

»Er kann noch ewig so weitermachen, Schätzchen«, erklärte eine Männerstimme, und es klang so, als würde der Typ, dem die Stimme gehörte, sadistisch lächeln.

Santiago!

»Vielleicht überlegst du mal ein bisschen schneller. Es macht dich nicht hübscher, wenn er dir die Fresse poliert.«

Aurora kniff die Augen zusammen. Nachdenken. Sie musste Luna irgendwie helfen. Aber wie? Leon wirkte nicht so, als wolle er sich einmischen.

»Die Antwort auf meine erste Frage?«, sagte Santiago.

»Die wäre?«, hörte man Luna sagen, dann klatschte es wieder dumpf.

»Das Gebiss«, erläuterte Santiago mit liebenswerter Stimme. »Wieso finden wir im Patio das Gebiss des Skippers?«

Natürlich. Das war hinuntergefallen, als sie den Körper des Skippers auf die Feuertreppe verfrachtet hatten!

»Das hat er doch normalerweise im Mund, oder? Wenn alles so ist, wie es sein sollte«, sagte Santiago betont freundlich.

»Vielleicht ist er tot«, schlug Luna vor.

Luna! Luna bricht ein, dachte Aurora verzweifelt.

»Aber ich bin nicht der Hüter des Skippers. Und auch nicht der Hüter seines Gebisses«, fügte Luna arrogant hinzu. »Kann euch auch egal sein, Leute, ob dieser Kotzbrocken tot ist oder nicht. Dieser Garstige. Ekelhafte. *Schifoso!*«

Eine bedrohliche Stille breitete sich im Nachbarzimmer aus.

»Wieso?«

»Er hätte euch nicht rübergebracht. Niemals.«

Aurora Herzschlag dröhnte in ihren Ohren. Ihr Blick

suchte in der Dunkelheit nach Leon, aber die schmalen Ritze des Schrankes ließen nur erahnen, dass er genauso an einem Kleidungsstück lehnte wie sie.

»Das lass unsere Sorge sein«, sagte Santiago mit unverändert liebenswürdiger Stimme.

Leon beugte sich anscheinend etwas näher zu ihr, denn plötzlich hörte sie seine Stimme direkt neben ihrem Ohr.

»Es ist nicht leicht, den Skipper zu überlisten«, erklärte er ihr sachlich. »Schon mancher versuchte, sich über den Fluss schippern zu lassen und lebend in die Unterwelt zu kommen. Aber es war nicht ratsam, damals, als er noch lebte. Denn er würgte jeden Toten, um sicherzugehen, dass er nicht mehr lebte.«

O Gott, wie schrecklich.

»Woher willst du das wissen?«, flüsterte Aurora und unterdrückte ein Würgen.

»Hin und wieder war er betrunken und hat mir Geschichten erzählt.«

Geschichten. So sah er das also.

»Aber trotzdem ist es einigen griechischen Helden gelungen, Charon zu überlisten.«

Im Nebenzimmer war es plötzlich totenstill. Hatten sie Luna umgebracht? Wie konnte Luna nur zugeben, dass der Skipper vielleicht tot sein könnte!

»Orpheus bezauberte ihn mit seinem Saitenspiel, Äneas bestach ihn mit einem goldenen Bogen.«

Sie spürte seinen warmen Atem an ihrer Wange. Verzweifelt schloss sie die Augen.

»Und auch Odysseus kam ungeschoren an ihm vorbei.«

Sie spürte seine Hand an der ihren.

»Er konnte in der Unterwelt mit den Geistern der toten Helden reden.«

»Das hat er dir alles im Vollrausch erzählt?«, wollte sie wissen.

»Ich habe keine Lust mehr«, antwortete er ärgerlich.

»Du weißt, wer der Skipper ist«, warf sie ihm vor.

»Ich wohne im selben Haus wie er. Ich beherberge seinen Kopf. Ich durchwühle seine Wohnung. Und ja, ich weiß, dass er Jim Charon ist. Und wieso seine Mäntel riechen, als würde er in der Kanalisation wohnen. Ich werde jetzt gehen.«

Nichts mehr mit der Geschichte zu tun zu haben, was für ein verlockender Gedanke! Luna ist taff, sie kommt mit den Typen zurecht, dachte Aurora. Sie würde sich selbst befreien, schließlich war sie eine Auftragskillerin. Während sie, Aurora Perrini, nur ein kleines dummes Mädchen war, das keine Ahnung von Waffen und Gewalt hatte.

Sie starrte ihre Hände an, mit denen sie noch immer das ledergebundene Büchlein umgeklammert hielt. Es war ganz einfach. Sie musste nur die Schranktür aufdrücken und durch das Fenster klettern. Dem Haus von Jim Charon für immer den Rücken zuwenden.

»Und jetzt soll der Skipper also tot sein«, sagte die Stimme von Kobalt Sky, und ein kalter Schauer lief von Auroras Kopfhaut bis hinunter zu ihren Zehen. Er schien diese Möglichkeit nicht zu glauben.

»Oder er lebt zahnlos«, erwiderte Luna darauf, und es klang, als würde sie mit den Achseln zucken. »Oder es ist nicht sein Gebiss.«

»Ich kenne seine fiese Fresse«, erklärte Kobalt Sky emotionslos. »Und das ist sein Gebiss. Hundertpro.«

Eine Sekunde war es still, dann flog Luna anscheinend wieder gegen die Wand, denn Leon und Aurora spürten selbst im Schrank die Vibrationen der Mauer.

»Verdammt«, sagte Aurora und klammerte sich an das Büchlein. »Ich muss sie da rausholen.« Außerdem weiß Luna vielleicht mit diesen ganzen Verträgen und dem Buch etwas anzufangen, dachte sie.

Leon stieß nur ein ungläubiges Schnauben hervor und riss die Schranktür auf. »Erschieß mich meinetwegen«, sagte er schlecht gelaunt. »Aber ich gehe jetzt.«

»Du musst etwas für mich tun«, sagte sie, während sie sich an ihm vorbei aus dem Schrank quetschte, und drückte ihm das Büchlein in die Hand. War das klug, Leon so sehr zu trauen? Aber sie hatte das Gefühl, dass sie keine Wahl hatte. Knisternd verschwand der Brief ihres Vaters in ihrer Hosentasche.

»Nimm die Verträge. Und das Buch.«

Ihre Hände berührten sich kurz.

»Gib sie Tatramedes.« Die Berührung war wie ein elektrischer Schlag. *Lass ihn nicht gehen. Nicht mit den Papieren*, hörte sie eine Stimme in ihrem Kopf.

»Tust du das?«, drängte sie trotzdem noch einmal. »Für mich.«

Ein kurzer Moment des Schweigens, dann zuckte er mit den Achseln.

»Du bist vollkommen verrückt«, sagte er, sah ihr aber plötzlich interessiert in die Augen. »Die Typen sind viel härter als du, richtig brutal.«

Ich weiß, dachte sie und sagte mit einem bösen Blick: »Niemand ist brutaler als ich. Nimm das Buch. Oder ich schieße dir wirklich ins Knie.«

Sein Mund verzog sich erstaunlicherweise zu einem Lächeln, während er das kleine Büchlein nahm.

Sie beugte sich nach vorne und umschloss kurz seine Hand mit ihrer.

»Du gibst es Tatramedes«, sagte sie beschwörend.

Er steckte das Buch in die Gesäßtasche seiner Jeans. *»Don't pay the ferryman, don't even fix a price, don't pay the ferryman until he gets you to the other side …«*, summte er den Refrain des Liedes, während er das Fenster öffnete, um auf die Feuerleiter zu klettern.

Ihre Finger schlossen sich hart um den Griff der Pistole.

Sechstes Kapitel

Sechster Oktober, der Tag, an dem Aurora durch das Schlüsselloch des Portals Nummer vier der Piazza dei Cavalieri di Malta schaut, ein Geschenk von Professore Camillo. Sie erblickt den Petersdom und entdeckt die Magie, die in allen Ecken Roms wohnt.

In dem Moment klopfte es so laut an der Tür meines Turmes, dass ich zusammenzuckte. Wer war das? Und warum gerade jetzt? Jahrzehntelang war ich alleine gewesen – ach was: Es fühlte sich an wie ganze Jahrhunderte –, und ausgerechnet jetzt musste es klopfen? Ungeduldig zog ich das Tuch über die Kugel und lief die Treppe hinunter. Erstaunlich flink für eine Frau meines Alters, stellte ich mit Genugtuung fest. Ich steckte den goldenen Schlüssel ins Schloss und ließ die Tür aufspringen.

Kassiopeia!

Sie war in einem desolaten Zustand. Ihre Frisur war verrutscht, die Schminke verlaufen. Von ihrem Jugendzauber keine Spur! Das Licht, das durch den Türspalt fiel, ließ ihre Falten tief und furchig aussehen.

»Was bedeutet das, Kassiopeia?«, fragte ich und blieb in der Tür stehen. Kassiopeia hatte schon immer meinen Geist und mein Herz durcheinandergebracht. Wo sie auftauchte, herrschte danach Chaos, und ich hatte nicht die geringste Lust, dass ihr mein Turm zum Opfer fiel. Doch sie schob mich unwirsch zur Seite und begann, die Stufen hinaufzusteigen. Die Treppe schraubte sich in engen Windungen nach oben. Sand knirschte unter den hohen Hacken ihrer Stöckelschuhe. Ich stemmte meine Arme in die Seiten.

»Der Zauber hat mich verlassen!«, hörte ich sie sagen, während ich ihr nichts Gutes ahnend nachblickte. »Er verließ mich, während ich nackt in seinen Armen lag. Nackt! Verstehst du! Kannst du dir vorstellen, wie schockiert der arme Junge war? Erst zwei pralle, saftige Brüste in den Händen und dann, mit einem Mal, zwei leere Brustbeutel?«

Ihre Stimme klang bitter. Ich verkniff mir einen ermahnenden Kommentar – man soll die Menschen nicht täuschen, Jugendzauber lohnen sich nicht, das geschieht dir recht, du alte Hexe, und so weiter und so weiter – und stieg ihr langsam hinterher. Die ersten fünfzig Stufen nahm sie scheinbar mühelos, dann hielt sie inne, um nach Luft zu schnappen. Aus einem kleinen Fensterchen konnte man über das Meer blicken. Das Glas war schon seit Jahren zerbrochen, und der Wind, der hindurchpfiff, zauste unser weißes Haar.

»Es war nicht dunkel in diesem Moment, wenn du verstehst, was ich meine«, keuchte sie.

»Was ist dann geschehen?«

»Er fiel in Ohnmacht.«

»So schlimm?«

»Noch schlimmer. Als ich ihn aus der Ohnmacht zurückholte, blickte er in mein Gesicht.«

»Und fiel noch einmal in Ohnmacht?« Ich konnte mir einen gewissen hämischen Unterton nicht verkneifen.

»Er erbrach sich.«

Sie wandte sich ab, um die nächsten Stufen zu erklimmen, und ich lächelte still in mich hinein. Geschah ihr recht! Hatte ich sie nicht gewarnt, das letzte Mal, als sie mir ein paar Tropfen aus dem kleinen Fläschchen abluchste? Wie viele Jahre war das her? Ich wusste es nicht mehr, doch sie schien sich das Zaubermittel gut eingeteilt zu haben.

Sie erreichte den letzten Treppenabsatz und sah sich in meinem Turmzimmer um. Ihr Blick schweifte über mein Kristallmobile, in dem sich an sonnigen Tagen so herrlich das Licht brach, über meinen Schreibtisch, auf dem die zugedeckte Kugel stand, und über mein ordentlich gemachtes Bett, aber es fiel ihr nicht auf, dass ich zu dieser vorgerückten Stunde noch nicht geschlafen hatte. Zumindest sagte sie nichts.

»Was hast du zu trinken da? Etwas Klares, Hochprozentiges, etwas, das mich vergessen lässt. Bitte.«

Ich zog eine Augenbraue nach oben, kam dann aber ihrem Wunsch nach. Ich mag etwas spröde und streng sein, und oft wirke ich vielleicht phantasielos, aber wer hat nicht dann und wann das Bedürfnis zu vergessen? Kassiopeia ließ sich theatralisch auf die orientalischen Kissen vor meinem Ausblick sinken, und ich holte ihr die Flasche

Ouzo, die ich für diese speziellen Augenblicke ganz hinten in meinem Bücherregal aufbewahrte.

»Übertreib es nicht. Wenn ich mich recht erinnere, ist es nicht das erste Mal, dass ein junger Mann bei deinem Anblick in Ohnmacht fällt.«

»Ja, aber es war bis jetzt immer meiner Schönheit wegen gewesen!«, entgegnete Kassiopeia bissig und zog mit den Zähnen den Stöpsel aus der Flasche. »So etwas darf nicht wieder passieren! Du musst dafür sorgen …«

»Ich kann nicht.«

»Was soll das heißen, ich kann nicht!«, fuhr sie mich an. »Du hast das Wasser aus der Quelle der Jugend! Du hast es doch noch! Oder hast du es etwa weggeschüttet?«

»Es ist fast nichts mehr da. Nur noch wenige Tropfen.«

»Dann musst du hinüber und etwas davon holen.«

»Ich gehe nicht mehr hinüber. Nie wieder!«

Kassiopeia setzte sich entsetzt auf und nahm einen großen Schluck aus der Ouzoflasche.

»Das kannst du mir nicht antun! Was soll ich dann machen? Wie stellst du dir das vor? Soll ich Socken stricken? Nicht einmal Naturgewalten kann ich entfachen, um ein bisschen Spaß zu haben. Ich bin keine mächtige Göttin wie du. Ich werde an Langeweile sterben. Ich werde verwelken. Ich werde …«

»Ich werde den Styx nicht mehr überqueren.«

»Nicht diese alte Leier!«

Sie hielt meinen Blick fest, der unbeabsichtigt immer wieder zu meiner Silberkugel hinüberwandern wollte.

»Ich werde nicht hinübergehen, um von der Quelle zu holen.«

»Nur *seinetwegen*. Das ist lächerlich.«

Ich schwieg, drehte mich um und sah aufs Meer hinaus. Weit hinten am Horizont glitzerte ein Silberstreifen, der den neuen Tag ankündigte.

»Nur wegen Ha…«

Ich holte tief Luft, um ihr das Wort abzuschneiden.

»Hades!«, sagte sie schnell den Namen, den ich aus meinem Bewusstsein löschen wollte. Hades! Der Triumph in ihrer Stimme ließ mich zusammenzucken. Aber nein, es war nicht ihre Stimme. Es war sein Name, der sich in mein Herz bohrte.

»Hades!«, wiederholte sie. »Hades! Hades! Hades! Du willst wirklich zulassen, dass ein Mann unser Leben zerstört?«

»Dein Leben, Kassiopeia«, sagte ich kraftlos und legte mir beide Hände aufs Herz. Es schien zu zerbrechen. Erneut. Nach all den Jahren.

»Stimmt«, sagte sie trocken. »Denn deines hat er schon zerstört!«

Wie ein Donnerschlag hallte dieser Satz in meinen Ohren. Kassiopeia war nie die Scharfsinnigste gewesen. Dazu waren ihre Eitelkeit, ihre Selbstverliebtheit und ihre Obsession, anderen zu gefallen, viel zu groß. Doch dieser Satz ließ mich schwanken. Ich stützte mich an der steinernen Brüstung ab und spürte, wie wahr Kassiopeia dieses Mal gesprochen hatte. Hades hatte mein Leben zerstört.

Er hatte mich verlassen und mich zerstört. Weinte ich schon wieder? Oder war es nur Gischt, die der Wind zu mir hinauftrieb? Zornig wischte ich mit beiden Händen über meine Wangen und bekam eine Strähne meines weißen Haars zwischen meine Finger. Alt war ich. Alt und verlassen.

»Das war gut«, sagte Kassiopeia zufrieden. »Hab ich recht? Das hat gesessen!«

»Verschwinde! Lass mich allein, du boshaftes altes Weib!«

»Davon wird die Welt auch nicht anders.«

Sie hielt mir die Ouzoflasche hin, und ich sah mir selbst dabei zu, wie ich hinüberging und sie ihr aus der Hand nahm. Ich trank einen großen Schluck. Der Ouzo brannte sich seinen Weg durch meinen Hals, meine Brust, meinen Bauch. Noch ein Schluck. Und noch einer. *Betäube den Schmerz mit noch größerem Schmerz.* Das Ziehen in meinem Herz schien weniger zu werden, glimmte nur noch, bäumte sich aber nicht mehr auf.

»So. Und nun zu der Kugel. Was treibst du die ganze Zeit?« Sie stand auf und schlenderte zu meinem Schreibtisch. Die Kugel glühte unter dem Samttuch, als würde sie Funken sprühen. »Du bist süchtig danach. Das ist nicht gesund. Du vereinsamst, wenn du nur mit solchen Hilfsmitteln kommunizierst und die reale Welt meidest.«

Resigniert ließ ich mich auf den Kissen nieder und schloss die Augen. So war es schon immer gewesen. Kassiopeia wusste alles besser. Kassiopeia brachte mein Leben wieder ins Lot und richtete damit meist großen Schaden an.

Sie klemmte sich die Kugel unter den Arm und setzte sich neben mich. »Lass mal sehen.« Sie ließ das Tuch hinuntergleiten und wischte über die silbrige Oberfläche. »Wer ist der Kerl?«

Ich blinzelte und linste hinüber. »Leon.«

»Gut gebaut.«

Leon stand in der Mitte seines Zimmers und blätterte in dem kleinen Büchlein mit dem ledernen Einband. Er hatte das Licht abgedunkelt, und nachdem er das Buch zugeschlagen hatte, löschte er es ganz.

»Er kommt mir wahnsinnig bekannt vor«, sagte Kassiopeia nachdenklich und tippte die Kugel ein paarmal an, doch die Lichtverhältnisse besserten sich nicht. Ich verdrehte heimlich die Augen. Wahrscheinlich hatte Leon entfernte Ähnlichkeit mit dem Fischer, den Kassiopeia um den Verstand gebracht hatte. Und irgendwie ähnelten sich doch am Ende alle Männer. An was erinnert man sich, wenn man sie verließ? An die Lügen, die sie einem ins Ohr flüsterten? An ihre Hände, die sie über unseren Körper wandern ließen? Und konnten diese Lügen und diese Hände nicht zu jedem beliebigen Mann gehören?

»Ich könnte schwören, ich hatte mal etwas mit ihm.«

»Rede keinen Unsinn.« Ich nahm ihr die Kugel energisch aus der Hand und platzierte sie zwischen uns.

»Nein wirklich, sein Gesicht kommt mir so vertraut vor. Die römische Nase …«

»Die fast jeder Mann Roms mitten im Gesicht hat!«

»Die Statur. Die Lippen … Allerdings kommen mir die Lippen nun etwas weicher vor. Als ich ihn küsste, waren sie hart und fordernd.«

»So genau konntest du ihn doch gar nicht sehen!«

»Doch! Es war am hellen Tag, ich kann mich nur nicht erinnern, wo …«

»Ich meinte jetzt, Kassiopeia«, unterbrach ich sie entkräftet, »jetzt konntest du ihn gar nicht so genau sehen.«

»Aber wann? Wann war das? Ich hatte den Fischer, den Psychiater, einen Lehrer aus Skopelos, die Zwillinge, die sich so ähnlich sahen, dass ich nie wusste, mit welchem von beiden ich im Bett war, einen Tischler, einen Tankwart, einen Achtzehnjährigen, der endlich seine Jungfräulichkeit …«

»Und den, hattest du den auch?« Um sie abzulenken, deutete ich auf die Kugel, auf der gerade Kobalt Sky zu sehen war. Er lehnte an einer Wand, die von winzigen Blutspritzern übersät war. Es sah aus wie eine Tapete mit filigranem Blütenmuster.

Kassiopeia beugte sich interessiert nach vorne. »Beim Zeus, nein! Der ist hässlich und zudem mindestens sechzig. In Menschenjahren gerechnet natürlich. Und was tut er da bloß?«

Mit einer Handbewegung ließ ich das Bild kleiner werden, bis wir das ganze Zimmer überblicken konnten. Was ich sah, ließ mich sofort wieder nach der Flasche greifen.

Luna lehnte ebenfalls an der Wand, ihr Körper war zusammengesunken, ihr Kinn ruhte auf ihrer Brust, und aus ihrer Nase tropfte Blut.

»Hübsches Spielzeug. Aber du solltest dir nicht so viel Gewalt ansehen. Kein Wunder, dass du immer seltsamer wirst, meine Liebe.« Kassiopeia strich mir mit gespielter Sorge über den Unterarm, um sich bei der Gelegenheit die Flasche unter den Nagel zu reißen.

»Das ist Luna Laverna«, flüsterte ich. Mein Kopf drehte sich bereits leicht, und das Anisaroma machte meine Zunge schwer. »Sie hat den Skipper umgebracht.«

Kassiopeias Augen weiteten sich.

»*Den* Skipper?! Soll das ein Witz sein? Den Skipper kann man nicht so einfach umbringen! Und nicht gerade jetzt! Jetzt, wo ich ihn brauche! Wie sollen wir nun über den Styx kommen und das Wasser holen?«

»Psst!«

Santiago ging vor Luna in die Hocke und riss ihren Kopf an ihrem kurzen Haar nach hinten. »Wo. Also. Ist. Er.«

Luna öffnete kurz die Augen und starrte ihn böse an, doch selbst dieser Blick konnte nicht darüber hinwegtäuschen, wie viel Angst sie hatte und welche Schmerzen sie litt. Ihre Brust hob und senkte sich schnell. Als sie den Mund öffnete, rann Blut wie ein dicker Speichelfaden aus ihrem Mundwinkel. »Ich weiß es nicht. Immer noch nicht.«

»Ich schwöre, es wird dir noch einfallen. Ich habe gehört, dass Auftragskiller ohne Finger keinen Pfifferling mehr wert sind. Ich habe gehört, dass Il Macellaio solche

Leute erschießen lässt, weil er von Frühpensionierung nichts hält.«

Santiago stand auf und ging zu einem zierlichen Tischchen hinüber, das vor dem Fenster stand, von dem aus man das illuminierte Kolosseum sehen konnte. Er nahm seinen Waffengürtel ab und legte ihn behutsam auf das Tischchen. Etliche Messer steckten darin.

»Wo war es denn gleich …« Er zog eines mit breiter Klinge hervor und strich prüfend mit dem Daumen darüber. »Na, wer sagt's denn.«

Er warf einen Blick zu dem riesigen Kronleuchter hinauf, der das Zimmer nur mäßig beleuchtete.

»Die gute Nachricht ist, wir fangen mit der linken Hand an, dann kannst du dir noch durch den Kopf gehen lassen, ob du mit uns kooperieren willst, Signorina Laverna.«

Einmal tief durchatmen. Konzentrieren. Tür aufreißen. Entschlossen aussehen, sagte Aurora sich. So schwer konnte das nicht sein. Dann riss sie tatsächlich die Tür auf und machte einen energischen Schritt ins Zimmer.

Fassungslos starrte Aurora auf das Bild vor sich. Die Blutspritzer. Das geschwollene Gesicht von Luna. Kobalt Sky. Santiago. Die zahlreichen Messer, aufgereiht nebeneinander.

Hatte sie denn einen Plan? Sollte sie die beiden Typen jetzt einfach abknallen? War die Pistole überhaupt geladen? Verzögert bemerkte sie, dass sie nicht auf einen der Männer zielte, sondern auf Luna.

»Na, wenn das mal keine Überraschung ist«, sagte Santiago mit seiner schleppenden Stimme und verschränkte die Arme vor der Brust. »Die Nichte des Skippers.«

Das Wort *Nichte* betonte er süffisant. Aurora starrte noch immer auf Luna, die ohne jede Gemütsregung ihren Blick erwiderte.

»Vielleicht hat sie ja unseren lieben Skipper gefunden. Hat er noch Migräne?«, fragte Santiago mit vor Freundlichkeit triefender Stimme.

Was soll ich tun?, überlegte Aurora zunehmend verzweifelt. Luna verdrehte die Augen nach oben, vielleicht war sie genervt, weil die Pistole noch immer auf sie gerichtet war und nicht auf Santiago.

»Sucht er seine Zähne?«

Luna verdrehte die Augen wieder nach oben.

»Oder will sie uns die Nachricht bringen, dass der Skipper gerade bei Il Macellaio ist?«

Schon wieder rollte Luna die Augen nach oben. Wollte sie ihr damit etwas sagen? War es nur ein Zeichen ihres Ärgers, weil Aurora so lange gebraucht hatte, um ihr zu Hilfe zu kommen? Aber immer intensiver rollte Luna ihre Augen zur Decke hinauf, schien auf etwas hinweisen zu wollen, bis Aurora endlich nach oben sah.

»Na? Die Zunge verschluckt?«, sagte Kobalt Sky mit seiner rauen Stimme und drehte sich betont langsam zu Aurora um.

Der Kristalllüster.

Ein luxuriöser Kristalllüster mit achtzehn geschwungenen Armen, Kristallketten und bestimmt handgeschliffenen Kristallrauten. Die vielen Glühbirnen funkelten in dem geschliffenen Glas und warfen Lichtreflexe an die Wand.

»Nein«, sagte Aurora hastig. »Der Skipper ist nicht bei Il Macellaio.«

»Sondern?«, fragte Santiago noch immer sanft.

»Hau einfach ab«, sagte Luna unwirsch. »Kümmere dich um deinen eigenen Kram, *cretina*!«

»Du kennst sie?«, sagte Santiago zu Luna gewandt.

»Natürlich. Jeder kennt sie. Sie ist die Hure des Skippers.«

Die beiden Männer drehten die Köpfe zu Aurora und starrten sie an, als würden sie sie zum ersten Mal sehen.

»Die Nichte«, grinste Kobalt Sky von einem Ohr zum anderen und ging langsam auf Aurora zu.

»Stehen bleiben. Oder …«, sagte Aurora. Im selben Moment riss sie die Hand nach oben und feuerte an die Decke, mitten in den Kristalllüster hinein.

Das Licht wird ausgehen, dachte sie, und danach werden Luna und ich davonlaufen.

Der erste Schuss krachte, das Licht ging aus, sie schoss noch einmal, vor Schreck, weil sie plötzlich von einem wahnsinnigen Klirren und Scheppern umgeben war. Etwas Spitzes traf ihr Bein, direkt vor ihr schien etwas sehr Schweres auf den Boden zu krachen, und ein dumpfes Stöhnen machte dem Lärm ein Ende.

Kurz war es totenstill.

»Lauf«, hörte sie Luna neben sich leise wispern, und ein Windhauch zeigte an, dass Luna dasselbe machte.

Dann ging die Tür zum Nachbarzimmer auf, ein Lichtkegel fiel hinein und beleuchtete gespenstisch die Szene.

Der Kristalllüster war offensichtlich von der Decke gefallen und hatte dabei Kobalt Sky voll erwischt, der reglos und verrenkt unter der Lampe lag. Aurora konnte sich nicht mehr bewegen, das Zimmer sah aus, als wäre es mit glitzernden Schneekristallen bedeckt.

»Verdammt«, hörte sie Santiago schreien, dann packte Luna sie bei der Hand und schleifte sie hinter sich her. Endlich konnten Auroras Beine wieder das tun, was sie tun sollten. Durch das erste Zimmer rennen. Durch das zweite Zimmer auf den Gang. Den Gang entlang, an einem Frisiertisch vorbei, in das düstere Zimmer mit der Hades-Statue hinein. Als Luna die Tür hinter ihnen zudonnerte, war es wieder stockfinster.

»O Gott«, stieß Aurora hervor, während sie dicht nebeneinander an die Wand gedrückt stehen blieben. Sie konnte überhaupt nichts erkennen. Vor ihrem inneren Auge sah sie noch immer den gewaltigen Kobalt Sky unter einem Kristalllüster liegen.

»Überlege«, befahl Luna und lehnte ihren Kopf gegen die Wand.

»Er wird jedes Zimmer durchsuchen«, keuchte Aurora. »Wir kommen erst zurück zum Treppenhaus, wenn er dieses und die nächsten fünf Zimmer … durchsucht hat.«

Tatsächlich hörten sie Santiagos Schritte, er lief den

Gang entlang und riss jede Zimmertür so auf, dass sie mit einem Knall gegen die Wand prallte.

»Unter das Bett«, befahl Luna.

Beide rannten gleichzeitig auf die linke und rechte Seite des Bettes und rollten sich darunter, bis sie wieder mit den Schultern aneinanderstießen.

»Atme nicht so laut«, empfahl Luna neben ihr. Sie lag anscheinend auf dem Rücken, während Aurora auf dem Bauch lag, den staubigen Geruch von schlechtgereinigtem Teppich in der Nase.

Im selben Moment wurde die Zimmertür aufgerissen, und das Licht flammte auf.

Leise atmen, schärfte sich Aurora ein, obwohl sie am liebsten nach Luft geschnappt hätte. Entfernt hörte sie das Gebrüll von Kobalt Sky, es klang wütend und gequält. Nicht so, als würde er sprechen, sondern als würde er nur Vokale schreien. Die Augen geschlossen lassen, dachte Aurora und meinte zu sterben vom Luftmangel.

Als sie die Augen öffnete, standen zwei schwarze, polierte Schuhe direkt vor ihrem Gesicht. Der Staub kitzelte in ihrer Nase. Nicht niesen. Nicht niesen.

Er musste es wissen.

Er musste wissen, dass sie unter dem Bett lagen.

Die Schuhe drehten sich weg.

Nicht aufatmen, dachte Aurora. Nicht niesen.

Dann sah sie die Blutstropfen auf dem Teppich. Lunas Blut. Wie eine feine Spur zeigte es an, wo sie sich hinbewegt hatte.

Die Schuhe blieben direkt vor der offenen Tür stehen, dann bewegten sie sich nicht weiter. Auroras Herz hämmerte in ihren Ohren.

Er bemerkt es nicht, flehte sie innerlich, ihre Augen fixiert auf die überdeutliche Spur. Man sieht es nur, wenn man direkt davor liegt und weiß, dass sie hier ist.

Die Schuhe drehten sich langsam wieder in ihre Richtung und bewegten sich Schritt für Schritt auf das Bett zu. Dann gab Luna ihr einen kräftigen Schubs von der Seite, und sie rutschte ein Stück unter dem Bett vor.

»Hey!«, stieß Aurora hervor, als sich Santiago bückte, um sie ganz hervorzuzerren.

Was hatte sich Luna dabei nur gedacht! Sie hatte ihr doch geholfen, und nun wurde sie als Dank den Mafiosi zum Fraß vorgeworfen! Gedämpft hörte sie das Brüllen von Kobalt Sky, der sich noch immer nicht selbst befreien hatte können.

»Signorina!«, sagte Santiago spöttisch. »Hatte ich nicht einmal erwähnt, dass man uns nicht entkommen kann?«

Im nächsten Moment gab er einen gurgelnden Laut von sich, und über seinem Kopf zersplitterte ein großer geschwungener Spiegel. Luna ließ den Rahmen des Spiegels einfach fallen und rannte zum Fenster. »Los, raus hier …«

Sie riss das Fenster auf. Aurora stand noch immer wie gelähmt vor dem stöhnenden Santiago.

»Raus!«, fuhr Luna sie an, ihre Stimme klang rau und näselnd.

Dann rannte auch Aurora los. Schwang ein Bein über

das Fenster, sprang auf die rostige, quietschend Feuertreppe. Die Nacht umhüllte sie. Eine milde Nacht, wie sie schon viele in Rom erlebt hatte – aber vielleicht nie wieder erleben würde.

»Hier rauf, *cretina*!«, hörte sie hinter sich Luna bellen.

Die Regenrinne quietschte, als Luna sich hinaufschwang, das eine Bein als Hebel benutzend, bis sie auf dem Dach war. Sie reichte Aurora die Hand, als diese hilflos an der Regenrinne baumelte. Die Ziegel schepperten unter ihren Füßen.

Ich kann das nicht, dachte Aurora. Ich kann nicht so hoch über Rom laufen. Meine Beine machen das nicht mit.

Aber Luna zog sie weiter und weiter, bis es keine Möglichkeit mehr gab als hinüber auf das andere Dach zu springen, das bestimmt einige Meter unter dem ihren lag. Mit einem Stöhnen glitt Luna auf die Knie und legte sich dann flach hin, das Gesicht einfach auf die Ziegel gepresst.

»Was ist?«, flüsterte Aurora.

»Ich bin eben zusammengeschlagen worden«, sagte Luna, die Stimme klang dumpf. »Das ist unangenehm.«

Schwer atmend ließ sich auch Aurora auf ihre Knie sinken. »Wird er uns hier finden?«, fragte sie.

»Wenn du die Klappe hältst, dann nicht«, erklärte Luna.

Vorsichtig drehte sich Aurora so, dass sie sich neben Luna aufs Dach legen konnte. Plötzlich traute sie sich nicht mehr, sich auch nur einen Millimeter zu bewegen.

Über ihr schwebte der samtene Teppich des Himmels, unter ihr der glitzernde Teppich der Ewigen Stadt. Luna schien nicht mehr zu atmen, zumindest hörte Aurora keinen Ton neben sich, aber sie nahm deren warme, nackte Schulter an ihrer eigenen überdeutlich wahr. Genauso wie den metallischen Geruch von Blut.

»Kassiopeia«, sagte Luna plötzlich sanft. »Das Himmels-W.«

»Königin von Äthiopien, Gemahlin des Kepheus und Mutter der Andromeda«, flüsterte Aurora, »sie rühmte sich, schöner als andere Frauen zu sein.«

Eine Weile betrachtete Aurora Lunas Profil. Dann sagte sie: »Du suchst die Münzen, um über den Styx zu kommen.« Sie hörte, wie ihr Herz hämmerte. »Heißt das, du glaubst das alles wirklich?«

»Was?«, fragte Luna.

»Dass es den Styx gibt. Dass der Skipper der Fährmann war. Und dass … es das Totenreich gibt?«

Ihre eigenen Worte stießen etwas in ihrem Inneren an. Erinnerungsfetzen an Unterhaltungen zwischen ihrem Vater, ihrer Mutter und den beiden Professori. *Ich bin davon überzeugt*, hörte sie ihren Vater sagen, *dass es funktioniert. Man muss nur …*

»*Cretina*«, seufzte Luna, ohne Aurora dabei anzusehen. »Meinst du, ich würde diese Scheiße hier abziehen, wenn es nicht so wäre?«

Aurora sah wieder nach oben in den Sternenhimmel. In ihrem Bauch flatterte es. Der Styx. Das Totenreich. Hades.

Ihre Eltern. Wenn es das alles wirklich gab … Sie presste die Augen zusammen und versuchte, sich an weitere Gespräche ihrer Eltern zu erinnern, aber ihre Gedanken waren auf einmal wie leergefegt.

»Du kannst gehen, Signora Aurora Perrini«, sagte Luna plötzlich leise in die Weiten des Himmels hinein.

»Gehen?«, fragte Aurora erstaunt und drehte Luna wieder ihr Gesicht zu. »Hast du nicht gesagt, dass sie uns überall finden werden? Dass sie mich kennen? Dass ich ihnen nie entkommen werde?«

Sie legte eine kleine Pause ein, fasste in ihre Hosentasche, um sich zu vergewissern, dass er noch da war. Der Brief ihres Vaters an Jim Charon. »Und dass du mich überall findest …«

Luna seufzte.

»Du musst wissen …«, fing Aurora an.

»Du musst wissen …«, erklärte Luna. »Ich weiß, dass du nicht die bist, die mir helfen sollte.«

»Ach.«

»Ich habe keine Ahnung, wieso du dich nicht schon längst verdrückt hast.«

Ich auch nicht, dachte Aurora. »Seit wann weißt du das?«

»Seit ich bei Il Macellaio war«, antwortete Luna mit gelangweilter Stimme.

Eine Weile starrten sie gemeinsam in den Himmel.

»Er hat überhaupt niemanden geschickt. Auch nicht dich.«

Unter sich hörten sie die Feuertreppe schwanken und quietschen. Auroras Herz begann wieder zu hämmern, obwohl Luna neben ihr cool blieb.

Santiago fluchte, gleichzeitig hörte man das wütende Gebrüll von Kobalt Sky, der ganz offensichtlich Hilfe brauchte.

»Willst du mich verrecken lassen, *imbecille*!«, schrie er weit entfernt.

Die Feuertreppe hörte auf zu quietschen, ein Fenster donnerte gegen den Fensterrahmen.

»Also hau ab«, sagte Luna näselnd. »Ich komm alleine klar.«

Die Stille zwischen ihnen wurde durch keine anderen Geräusche gefüllt. Auch die letzten Nachtschwärmer Roms hatten ihren Weg nach Hause gefunden.

»Ich kann jetzt nicht gehen«, sagte Aurora schließlich, griff noch einmal nach dem Brief ihres Vaters und zeigte ihn Luna. »Nicht, bevor ich nicht weiß, was das bedeutet!«

»Ich kann kein Griechisch«, antwortete Luna nach einer Weile. Ihre Stimme klang undeutlich, als hätte sie Schwierigkeiten, mit ihren Lippen die Worte zu formen. Vielleicht war sie auch gerade dabei einzuschlafen.

»Er ist von meinem Vater. An Jim Charon.«

Luna setzte sich auf. »Signor Perrini ist dein Vater?«, fragte sie ungläubig.

»Du kennst meinen Vater?«, fragte Aurora genauso ungläubig zurück.

»Nein. Natürlich nicht«, fuhr Luna sie an. Sie drückte ihr den Brief in die Hand, als wäre er kurz davor, in Flammen aufzugehen.

»Was meinst du mit *Signor Perrini ist dein Vater?*«, fragte Aurora scharf und setzte sich auch auf.

»Ich habe eine Unterhaltung mitbekommen. Weiter nichts.«

»Von wem?«

»Santiago. Mit Kobalt Sky.«

»Über meinen Vater?«

»Ja.«

Auroras Herz schlug ihr im Hals. »Und?«

»Was, und?«, fragte Luna mürrisch und legte sich wieder auf den Rücken.

»Was. War. Der. Inhalt. Des. Gesprächs«, fauchte Aurora.

Luna zuckte mit den Schultern. »Ich habe das nicht alles so genau gehört. Es ging um das Problem mit dem Styx. Danach haben sie mich entdeckt.«

»Erinnere dich!«

»Santiago hat gesagt, dass es jemanden gibt, außer Angelo Pinotti und Il Macellaio, der sich für den Styx interessiert. Und der Name, den er genannt hat, war Perrini. Mattia Perrini.«

Kassiopeia schnappte sich die Ouzoflasche und ließ sich in die Kissen zurücksinken. Alles, was sie tat, jede Bewegung, war immer theatralisch. Als würden Mengen von

Zuschauern sie dabei beobachten. Sie drapierte ihr Haar um sich herum.

»War ja klar, dass das Vögelchen ausgeflogen ist«, sagte sie mit der Arroganz der Älteren, die alles schon hundertmal erlebt haben und deswegen ihre persönliche Erfahrung mit Weisheit verwechseln.

Wir hatten Aurora und Luna dabei zugesehen, wie sie leise, leise vom Dach gestiegen und sich in Leons dunkle Wohnung gehangelt hatten. Ich gebe zu, Auroras verletzter Gesichtsausdruck machte mich nachdenklich. Hatte sie sich in Leon verliebt, oder dachte sie nur an das lederne Notizbuch, das mitsamt Leon und dem Zwerg verschwunden war? War sie mehr von Leon oder von Tatramedes enttäuscht? Kurz sah sie aus, als würde sie in Tränen ausbrechen, doch dann gab sie sich einen Ruck. Sie überlegte, ob sie Luna von dem Notizbuch erzählen sollte.

Luna schleppte sich unterdessen zu Leons Bett und legte sich vorsichtig auf den Rücken »Bring mir was Kaltes. Mein Kopf platzt gleich«, sagte sie zu Aurora.

Aurora blieb einen Moment mit hängenden Armen neben ihr stehen. Sollte sie, oder sollte sie nicht? Sie hatte Angst, dass Luna komplett ausrasten würde, wenn sie davon erfuhr.

»Sie haben dich ja ganz schön zugerichtet«, sagte sie, ohne das Notizbuch zu erwähnen. »Dabei schlägt man doch keine Frauen«, fügte sie mit schiefem Lächeln hinzu, merkte aber selbst, wie kläglich ihr Scherz war.

»Man schneidet ihnen auch keine Finger ab, Herzchen.

Aber das ist das Geschäft. Entweder du frisst die anderen, oder die anderen fressen dich.«

»Und bis jetzt hast du die anderen gefressen?«

»Ach, Aurora Perrini«, seufzte Luna. Und mit diesem Seufzen kam ihre ganze Überzeugung zum Ausdruck, dass sie verschiedener nicht sein könnten. Ach was, dass sie aus Millionen von Kilometern voneinander entfernten Galaxien kamen. Und doch versteckten sie sich hier, zusammen, in dieser dunklen Junggesellenwohnung. Absurd. Eine Luna Laverna kam nie, niemals mit einer Aurora Perrini in Berührung.

Und was das Schicksal von ihnen wollte, war beiden völlig schleierhaft.

»Was ist jetzt?«, fragte Luna schroff. »Holst du mir was Kaltes, oder willst du mit mir Händchen halten?«

Aurora nickte ergeben und tappte zu Leons Kühlschrank hinüber. Sie öffnete die Tür und schlug sie mit einem unterdrückten Schrei wieder zu.

»Sitzt er im Kühlschrank, dein Leon? Sag ihm, er kann rauskommen, bevor er sich die Eier abfriert.«

»Nein. Es ist der Kopf.« Auroras Stimme klang nun doch weinerlich. »Vom Skipper. In der Tüte.«

Aus Richtung des Bettes kam nur ein undefinierbarer, genervter Laut, und Aurora öffnete noch einmal den Kühlschrank. Sie starrte kurz hinein und griff dann entschlossen nach einer abgelaufenen Packung Mozzarella di Bufala, dann knallte sie die Tür mit Nachdruck zu.

»Du machst dir Sorgen um die Kleine«, sagte Kassiopeia neben mir. »Und zwar zu Recht, um es mal in aller Deutlichkeit zu sagen.«

Ich runzelte die Stirn. Für diese Feststellung brauchte ich Kassiopeias Hilfe nicht. Überhaupt: Wäre es nicht an der Zeit, dass sie mich endlich wieder alleine ließ? Ich war es nicht gewohnt, Besuch zu haben. Es erschöpfte mich.

»Das Mädchen braucht unsere Hilfe«, sagte sie, und ich glaubte einen listigen Unterton aus ihrer Stimme herauszuhören. Ich konnte mich nicht erinnern, dass Kassiopeia jemals irgendwem geholfen hatte. Auch ich war mit den Jahren abgestumpft, und wenn ich mich früher mit Inbrunst für den einen oder anderen eingesetzt hatte, so blickte ich nun lieber träge aufs Meer hinaus oder strich über das flaumige Gefieder meiner Tauben. Jeder war selbst seines Glückes Schmied.

»Wahrscheinlich wird sie von diesen Männern kaltblütig ermordet. Die Arme.«

Ich tippte auf die Kugel, um zu sehen, was Santiago und Kobalt Sky trieben. Kobalt Sky lag immer noch mit schmerzverzerrtem Gesicht unter dem Lüster, und Santiago kam gerade zurück in die Wohnung geklettert. Geschmeidig wie ein Panther sprang er durch das Fenster. Man konnte sehen, wie ärgerlich es ihn machte, dass er die Mädchen nun ein zweites Mal verloren hatte.

»Sie erinnert mich übrigens an dich«, sagte Kassiopeia. »Als du jung warst.«

»Findest du.«

»Ja. Sehr.«

»Es ist das Haar«, sagte ich versonnen, nun doch bereit, mich mit Kassiopeia und ihrer spitzen Zunge zu versöhnen.

»Stimmt. Sehr schön, dieses Haar. Aber ich finde, deines war sogar noch …«, sie suchte nach Worten, »… leuchtender.«

Wir schwiegen, und Kassiopeia hielt mir die Flasche erneut an die Lippen. »Wir sollten ihr etwas unter die Arme greifen. Ausnahmsweise. Du weißt, ich bin kein Menschenfreund, aber ab und zu ein gutes Werk kann nicht schaden.«

»Ich weiß nicht.« Der Ouzo rieselte durch meine Kehle.

»Es müsste natürlich heimlich geschehen. Du weißt ja, wie die anderen sind. Humorlos und hartherzig.«

»Ich wüsste nicht, wie wir ihr helfen könnten.«

»Wir müssten natürlich hinuntergehen. Auf die Erde. Nach Rom.«

Abrupt setzte ich die Flasche ab und bekleckerte mein seidenes Nachthemd und die Silberkugel. Es zischte und dampfte, und das Bild sprang wieder zu Aurora, die gerade den Büffelmozzarella auf Lunas Nase drückte.

»Kommt nicht in Frage!«

»Pippa, jetzt überleg doch mal. Wir könnten ihr helfen und dabei jede Menge Spaß haben. Wie früher!«

»Wir hatten früher keinen Spaß. Du hattest Spaß.«

»Weil du Hades versprochen warst. Aber jetzt, meine Liebe, bist du vogelfrei.«

Aurora saß neben Luna auf dem Bett. Von oben waren Schleifgeräusche zu hören. Ganz offensichtlich war Santiago zu Kobalt Sky zurückgekehrt und versuchte, ihn von dem riesigen Lüster zu befreien.

Auroras Brust wurde eng, als sie an ihre Eltern dachte. Dass ihr Vater sich für den Styx interessierte, hatte sie schon lange gewusst. Aber sie hatte immer angenommen, sein Interesse gelte der Mythologie, etwas Phantastischem – und nicht etwas Realem. Wenn es aber den Styx wirklich gab und ihr Vater sich schon immer für die Münzen interessiert hatte … Nein. Nicht schon immer. Erst seit ihre Mutter verschwunden war.

Aurora hatte das Gefühl, vor einem großen Puzzle zu stehen, aber noch nicht wirklich zu kapieren, wie die Teile ineinanderzustecken waren.

Ihre Augen hatten sich nun an das Dämmerlicht gewöhnt, und sie ließ ihren Blick durchs Zimmer schweifen. Dort, über dem Stuhl, hing die blutige Hose, die Leon den ganzen Abend getragen hatte. Daneben lag aufgeklappt ein Verbandskasten, aus dem Mullbinden quollen. Tatramedes musste Leons Wunde dann doch noch versorgt haben. »Er hat seine Hose gewechselt«, sagte Aurora mehr zu sich selbst. Als ob es von Bedeutung wäre, mit welcher Hose Leon nun auf der Flucht war!

Luna brummte nur undeutlich etwas.

Seit sie in Leons leerer Wohnung waren, verspürte Aurora nicht mehr so sehr Angst, sondern vielmehr die riesige Enttäuschung, dass er verschwunden war. Ohne sie. Aber was hatte sie erwartet? Er hatte niemals gesagt, dass er sie auch nur ein wenig leiden konnte. Im Gegenteil. Er hatte ihr sogar gestanden, dass er nur nett zu ihr gewesen war und sie nicht gleich umgebracht hatte, weil Tatramedes es so von ihm verlangt hatte.

Frustriert presste sie ihre Lippen aufeinander und begann, in der Wohnung herumzuwandern. Sie verspürte solch eine Unruhe, sie konnte unmöglich neben Luna sitzen bleiben. Zuerst suchte sie nach einem Pflaster, fand es schließlich im Verbandskasten und klebte es über den Schnitt, den ihr ein Teil des Kristalllüsters zugefügt hatte. Sie wanderte weiter und nahm ein Buch aus dem Bücherregal. Griechische Mythologie. In ihrem Kopf rumorte es. Sie stellte es zurück und sah sich den Schreibtisch genauer an. Er war ungewöhnlich aufgeräumt dafür, dass der Rest der Wohnung so chaotisch war. Ein Computer stand darauf, ein leerer Notizblock, ein paar Stifte. Aurora tippte auf die Leertaste des Computers, und der Bildschirm wurde hell.

Wie konnte er sie so verraten! Wie konnte er nur mit dem Notizbuch verschwinden! Wie konnte sie so blöd sein, ihm zu trauen!

Sie biss sich auf die Lippen und scrollte mit der Maus nach unten.

»Na, was hat unser Leon noch so getrieben?«, fragte Luna, ohne sich vom Bett zu erheben.

»Er hat gegoogelt«, gab Aurora knapp zur Antwort.

Sie klickte auf den Verlauf, um sich die letzten Seiten anzusehen.

Luna setzte sich stöhnend auf. »Ich bring dich um, Kobalt Sky«, sagte sie grimmig mit einem Blick nach oben. »Ich schwör's, das wirst du noch bitter bereuen. Man schlägt Luna Laverna nicht. Außer man ist lebensmüde. Verdammter Idiot!«

»Man soll nicht Gleiches mit Gleichem vergelten«, flüsterte Aurora, und ihr Blick saugte sich an einem Namen und einer Adresse fest. Ihre Kehle war plötzlich staubtrocken.

»Aug um Aug. Zahn um Zahn. Was hast du gefunden?« Luna trat neben sie und legte den Mozzarella auf den Tisch.

»Er hat eine Adresse gesucht«, sagte Aurora vage und starrte immer noch auf den Bildschirm.

»Camillo Fernando. Wer ist das?«

Auroras Herzschlag begann zu rasen. Noch ein Puzzleteil, das darauf hinwies, dass nicht nur ihr Vater, sondern auch die anderen Professori an dieser Sache beteiligt waren. Sie ballte ihre Hände zu Fäusten, als könnte das ihre Gedanken zu einem gleichmäßigen Strom bündeln. Aber nichts geschah in ihrem Kopf, wieder drifteten die Puzzleteile voneinander weg.

In dem Moment schien der Computer zu implodieren. Das Bild wurde schwarz, dann wieder gleißend hell, ein Männchen mit herausgestreckter Zunge und Kreuzen als Augen erschien, und darunter stand in großen, endgültigen Buchstaben:

Jim ist tot.

Kassiopeia und ich sahen uns betroffen an. Ich gebe zu, selbst mich schockierte die erstaunliche Einsicht eines so mechanischen Dings.

»Tja«, sagte Kassiopeia. »Ich habe diesen komischen Computern noch nie getraut..«

Sie zog die Silberkugel zu sich heran, und wir beugten uns Kopf an Kopf darüber. Ich hatte mich zwar schon oft beschwert, dass die Kugel unzuverlässig war, aber bis jetzt hatte sie mir jedenfalls alles gezeigt, was ich wollte.

»Camillo Fernando«, flüsterte ich.

Ein Weg zog an uns vorbei, gepflastert schwang er sich durch den Garten eines römischen Stadthauses, vorbei an üppig duftenden Bougainvilleen in Rot und Violett, durchquerte einen schmalen Hinterhof, kreuzte einen wasserspeienden Drachenkopf, der aus unregelmäßigem Mauerwerk ragte, führte dann zu einer Treppe, an deren Ende eine Glastür den Blick in die Eingangshalle mit den schwebenden Sternbildern freigab.

Wir fanden Professore Fernando in der Küche sitzend über eine Tasse heiße Schokolade gebeugt. Anscheinend konnte auch er nicht schlafen, oder erwartete er noch jemanden? Vielleicht Besuch, der sich eben angekündigt hatte? Er drehte die Tasse zwischen den kurzen, kräftigen Fingern hin und her, als könnte er nicht die richtige Position dafür auf dem weißen Tischtuch finden, auch wenn es für eine richtige Position keinerlei Anhaltspunkt gab. Sein Rücken war gebeugt, er trug einen langen grüngestreiften Morgenmantel, der über dem kleinen Bauch spannte.

»Ach wie süß!«, sagte Kassiopeia begeistert. »Wäre der nichts für dich?«

»Wo denkst du hin, Kassiopeia!«, fuhr ich sie ärgerlich an.

»Warum nicht? Er sieht nett aus. Zuvorkommend. Und du müsstest nicht einmal das Wasser aus der Quelle der Jugend benutzen!«

»Danke schön. Aber ich habe kein Interesse.«

Der Professore fand endlich den passenden Platz für seine Tasse und stand auf. Er ging zum Küchenfenster und spähte in die Dunkelheit hinaus. Kassiopeia gähnte.

»War eine lange Nacht«, sagte sie und nahm einen letzten Schluck aus der Flasche, bevor sie mir diese reichte. »Da, trink, meine Schwester des Herzens, bald geht die Sonne auf.«

Ich trank und spürte, wie sich bleierne Müdigkeit über mich senkte. Lange, lange war ich nicht mehr derart müde gewesen. Und genauso lange hatte ich mir keine ganze Nacht mehr um die Ohren geschlagen. Das Gesicht des Professore verschwamm vor meinen Augen, noch immer stand er am Fenster und sah so sorgenvoll aus, als würde die ganze Last der Welt auf seinen Schultern ruhen. Hörte ich noch Schritte auf dem geschwungenen Weg? Das Quietschen eines Gartentors, das vorsichtig geöffnet und wieder geschlossen wurde?

Mein Kopf drehte sich, und die Kissen fühlten sich plötzlich so wunderbar weich an, dass ich mich darauf zusammenrollen wollte, wie eine Katze, die stundenlang auf der Jagd gewesen und nun endlich wieder zu Hause angekommen war.

»Und? Werden wir nun auf die Erde hinuntergehen?« Kassiopeias Stimme war so weit entfernt, dass mich ihre Worte nur noch sanft kitzelten, wie ein milder Lufthauch, der durch ein geöffnetes Fenster streift.

»Niemals«, antwortete ich schläfrig.

Vielleicht hatte ich aber auch nichts gesagt, und meine Antwort war nur Teil eines Traumes, der schon hinter meinen geschlossenen Augenlidern wartete.

»Bei der Gelegenheit könnten wir gleich etwas von dem Wasser besorgen«, flüsterte sie an meine runzelige Wange. Ihr Atem roch nach Veilchen und Eibischkraut.

»Niemals … niemals … niemals …«

Siebtes Kapitel

Achter November, der Tag, an dem Aurora bei strömendem Regen durch den nichtzugänglichen Teil des Parks der Villa Ada marschiert, schlecht gelaunt die Treppe der ägyptischen Botschaft berührt und dort vom Wachpersonal aufgegriffen wird.

Ein Sonnenstrahl kitzelte Aurora an der Nase. Draußen auf der Straße hupte ein Auto. Leicht flatterten ihre Augenlider, weigerten sich, sich ganz zu öffnen. Irgendetwas drückte auf ihren Kopf.

Ruckartig richtete sie sich auf, und der Arm von Luna, der sich über ihre Stirn gelegt hatte, rutschte weg.

»Jim ist tot«, flüsterte Aurora und starrte mit weitaufgerissenen Augen auf das Chaos vor sich, das von der Morgensonne beschienen wurde.

Leons Wohnung, dachte sie. Wir sind in Leons Wohnung und sind eingeschlafen. Und der Scheißkerl ist einfach mit dem Buch des Skippers abgehauen. Aurora kniff wieder die Augen zusammen. Mein Gott, wie konnte ich ihm überhaupt trauen? Wie konnte ich in seinen Blick so etwas wie Sympathie hineininterpretieren? Nein, du dumme Kuh, fügte sie gedanklich hinzu. Du hast sogar noch mehr hineininterpretiert. Du hast gedacht, dass er dich mag, dass er auf deiner Seite ist! So, als könnte man tatsächlich sehen, ob ein Blick tiefer geht, als wäre er in Sorge um dich!

Was tatsächlich alles Unsinn war, weil er mit Worten genau das Gegenteil behauptet hatte.

Und doch … Wenn sie an seine warme, dunkle Stimme dachte, an seine Augen, die ständig die ihren suchten, an das Lächeln, das nur ihr zu gelten schien, an seinen Atem, der über ihre Haut strich, an seine Hände, die sich um ihre Taille legten, um sie wegzuziehen …

Nein. Nein. Nein. Er hatte die ganze Zeit nur versucht, sie zur Flucht zu überreden. Nicht etwa, weil er mit ihr zusammen sein wollte oder sie irgendwie interessant fand. Sondern nur, weil er verständlicherweise mit der ganzen Sache nichts zu tun haben wollte.

»Wenn du ihn kennst, dann ist es doch kein Problem, hinzufahren und ihn zu fragen«, sagte Luna abrupt neben ihr. Ihre Stimme klang hellwach, als hätte sie nicht gerade eben geschlafen, als hätten sie ihre Unterhaltung nie unterbrochen.

»Wie bitte?«, fragte Aurora irritiert, da sie nicht sofort kapierte, was Luna meinte.

Diese streckte sich wie eine Katze, dabei verzog sich ihr Mund schmerzhaft. Sie sah einfach nur schrecklich aus, das Gesicht geschwollen und noch immer mit Blut verschmiert.

»Professore Fernando«, antwortete Luna, als könnte sie nicht verstehen, dass Aurora vergessen hatte, was Leon gegoogelt hatte. »Er ist ein Freund deines Vaters. Du weißt, wo er wohnt. Er hatte mit dem Skipper zu tun. Du kannst ihn fragen.« Mit einem Ächzen stand Luna auf und verschwand mit vorsichtigen Schritten im Bad.

Er war nicht nur ein Freund, dachte Aurora. Er war sein bester Freund, neben Professore Terenghi.

Professore Fernando war auch der Einzige gewesen, der ihr hin und wieder von ihrer Mutter erzählt und ihre Fragen beantwortet hatte. Und wieder schwappte die Erkenntnis in ihr Gehirn, dass beide Professoren den Skipper und den Styx für real gehalten hatten.

Im Bad plätscherte Wasser. Auroras Blick blieb an Leons Computer hängen, sie sah vor ihrem geistigen Auge den Zwerg Tatramedes davor sitzen und *World of Warcraft* spielen. Dann hörte sie in ihrer Erinnerung das Stimmengewirr der drei Professori. *Es muss möglich sein. Ich bin mir sicher. Man ist nicht tot. Man ist nicht tot. Es muss einen Weg hinein und einen Weg hinaus geben.* Wie oft hatten sie lautstark darüber diskutiert. Nie hatte sie als Kind gefragt, welchen Weg, welchen Ort sie meinten. Zusammengeringelt hatte sie dort gelegen, hatte halbwach den Diskussionen gelauscht. Wie ein Blitz durchfuhr sie jetzt die Erkenntnis, dass sich die drei damit beschäftigt haben mussten, wie es möglich wäre, als Lebender in das Totenreich zu kommen. In ihrem Kopf breitete sich eine riesige Angstblase aus.

Nach ein paar Sekunden erschien Luna wieder im Zimmer, trocknete sich mit einem blaugestreiften Handtuch das Gesicht ab und warf es dann auf den Sessel neben sich. Aurora schob den Gedanken an das Totenreich von sich.

Wenn sie jemanden fragen konnte, dann Professore Fernando. Im Gegensatz zu ihrem Vater und Terenghi hatte er ihren Wissensdurst schon immer gelobt.

»Du siehst schrecklich aus«, kommentierte Aurora.

Luna verzog nur das Gesicht. »Los geht's. Wir haben nicht unendlich Zeit. Genau genommen noch vierzehn Stunden.«

Auf dem Geländer der Feuerleiter saßen bestimmt drei Dutzend Tauben. Sie hatten den Kopf in ihr Gefieder gesteckt und schreckten auf, als Luna das Fenster aufriss. Die meisten waren die typischen graublauen Stadttauben Roms. Dazwischen saßen auch ein paar hellgraue und zwei weiße. Hektisch bewegten sie die Köpfe hin und her. Als Luna ihr Bein mit einem gequälten Laut über das Fensterbrett schwang, flogen sie alle mit lautem Flügelschlag los und fingen an, über dem Patio zu kreisen.

»Was machen wir, wenn die zwei Typen noch da sind?«, flüsterte Aurora und schielte vorsichtig nach oben. Es war alles still.

»Rennen«, schlug Luna vor und verdrehte die Augen. »Wenn du nicht zufällig in den letzten Stunden eine Kampfsportart gelernt hast.«

Die Feuerleiter quietschte unter ihren Schritten. Die Tauben kreisten noch immer mit flatternden Flügeln über ihnen und schienen sich nicht einigen zu können, wo sie landen sollten.

Plötzlich ging alles schnell. Jemand packte Aurora am

Arm, sie wirbelte herum, schrie auf. Direkt vor ihr stand Kobalt Sky. Während er sich aus dem offenen Fenster beugte, verzog er seine Gesichtszüge zu etwas, das einem Grinsen ähnelte. Er sah nicht viel besser aus als Luna, sein Gesicht war von Schnitten übersät. Hinter seinem breiten Rücken tauchte Santiago auf, und er schien zu denken, Gott, wie einfach. Wie verdammt einfach.

Verzweifelt versuchte Aurora, ihren Arm freizubekommen, aber der Typ hatte einen Griff wie ein Schraubstock. Ihre Haut begann zu brennen, als sie das Handgelenk heftig drehte und sich nach hinten warf. Die Tauben flatterten so dicht an ihr vorbei, dass sie den Luftzug im Gesicht spürte.

Aus dem Augenwinkel sah sie nur eine kleine Bewegung, dann taumelte sie nach hinten, als Kobalt Sky sie unvermittelt losließ. Mit voller Wucht torkelte sie gegen das metallene Gitter und schnappte nach Luft. Kobalt Sky stöhnte auf, als Luna ihm mit aller Kraft ins Gesicht schlug.

»Lauf!«, schrie sie dabei Aurora an, die noch immer keine Luft bekam.

Dann endlich gehorchten ihre Beine. Aurora fiel mehr die Treppe hinunter, als dass sie rannte. Ihr Rücken schien zu zerbrechen, ihre Lunge brannte, beim nächsten Stockwerk wurde sie von Luna überholt, die sie so heftig am Arm zog, dass sie wieder ins Taumeln geriet. Hinter ihnen begann die Feuerleiter zu dröhnen. Kobalt Sky war aus dem Fenster gesprungen. Mit einem wütenden Brüllen nahm er mehrere Stufen auf einmal.

Das Fenster im Erdgeschoss war offen. Ein heller Vorhang bauschte sich durch einen leichten Luftzug nach außen und winkte ihnen zu. Luna gab ihr einen so unvermittelten Stoß, dass sie gegen den Fensterrahmen knallte und dann kopfüber in den Raum fiel. Benommen rappelte sie sich auf und konnte im ersten Moment nichts sehen.

»Schätzchen«, sagte eine freundliche Stimme vor ihr. »Nicht so hastig.«

Eine ältere Dame in einem fast durchsichtigen weißen Morgenmantel lag wie hindrapiert auf einer weißen Jugendstil-Chaiselongue und nippte an einem Getränk in einem hohen, schlanken Glas. Trotz der frühen Morgenstunde sah sie perfekt frisiert aus, eher altertümlich, als wäre sie eine feine Dame aus der Regency-Zeit und ein Hausmädchen hätte ihr die Haare gekonnt hochgesteckt.

»Verzeihung«, murmelte Aurora und starrte als Erstes nur auf die ziemlich straffen Brüste der Dame, die man sehr deutlich durch den dünnen Stoff erkennen konnte. Verlegen setzte sie, sich an Leons Worte erinnernd, hinzu: »Signora Liccardi.«

Die Dame lachte mit glockenheller Stimme und hob nur ein wenig die Augenbrauen, als auch Luna durch das Fenster hechtete.

Es ist nicht fair, dieser armen alten Dame so einen Ärger zu machen, dachte Aurora panisch.

Signora Liccardi richtete sich auf, stellte das Glas auf dem kleinen weißen Tischchen vor sich ab und heftete ihren Blick auf das Fenster, das gerade durch die massige

Gestalt von Kobalt Sky verdunkelt wurde. Elegant sprang auch dieser in dem Raum, während Luna und Aurora langsam nach hinten auswichen.

»Wie unhöflich«, richtete Signora Liccardi mit eisiger Stimme ihr Wort an Kobalt Sky, während sie sich von der Chaiselongue erhob. »Ich bin mir sicher, wir sind uns noch nicht vorgestellt worden.«

Kobalt Sky, seine Augen eigentlich starr auf Luna gerichtet, stoppte kurz und sah die Dame verblüfft an. Vielleicht war auch er gerade etwas irritiert von den bemerkenswerten Brüsten hinter durchsichtigem Stoff.

Verschwörerisch zischte Signora Liccardi Aurora zu: »Nun verpisst euch schon. Ich halte sie auf.«

Aurora riss erstaunt die Augen auf, nicht nur wegen der Wortwahl, dann packte Luna sie an der Hand und schleppte sie, wie schon so oft seit gestern, mit sich fort. Aus dem Augenwinkel sah Aurora noch, wie Signora Liccardi eine Hand hob, um die zwei Männer zu stoppen.

»Gemach, gemach«, sagte sie, und mit ihrer Stimme hätte man Glas schneiden können.

Das Gartentor quietschte, als Aurora es aufschob. Der Weg war gepflastert und wand sich durch den schmalen Hinterhof. Die Morgenluft war erfüllt vom Duft der wunderschönen roten und violetten Bougainvilleen. »Jeden Dienstag und Donnerstag war ich hier. Früher«, erzählte Aurora. »*Wichtig ist die Routine. Etwas zu einer guten Angewohnheit werden zu lassen*«, zitierte sie den Professore.

»Und Lernen ist eine gute Angewohnheit. Wie schon Epikur sagt. Die schlechten Gewohnheiten wollen wir wie schlechte Menschen, die uns lange Zeit sehr geschadet haben, vollständig vertreiben.«

Luna schnaubte nur durch die Nase. Aurora kam sich blöd vor, sie hatte keine Lust, davon zu erzählen, dass er wie ein zweiter Vater für sie war. Dass es für sie nichts Schöneres gab, als sich von ihm von ihrer Mutter erzählen zu lassen. Von ihrer Schönheit, ihrer Klugheit. Ihrer guten Laune, ihrem einnehmenden Wesen. Niemand erzählte so mitreißend von ihrer Mutter, auch nicht ihr Vater. Gerade ihr Vater nicht.

»Er ist ein Wunder«, sagte sie schließlich doch.

»Ein Wunder war eher diese Signora«, entgegnete Luna mürrisch. »Dass die Alte die zwei Typen aufhalten konnte, ist fast schon mehr als ein Wunder.«

Abrupt blieb Aurora stehen. Etwas stimmte nicht. Sie ließ den Blick schweifen. Da war der Wasserspeier, der seine grässliche Fratze aus dem Mauerwerk erhob, und da die Glastür, durch die man die Eingangshalle sah. Ihr Finger schwebte schon vor der Klingel, da bemerkte sie, was ihr nicht gefiel: Die Tür war nicht geschlossen.

»Ich habe ein blödes Gefühl«, flüsterte sie, während sie die Tür antippte, die geräuschlos nach innen schwang. »Das ist nicht seine Art.«

Professore Fernando war eine einzige wandelnde Gewohnheit. Er versperrte die Haustür um exakt dreiundzwanzig Uhr. Danach schaltete er im gesamten Untergeschoss die Lichter aus und zog sich in seine oberen Gemächer zurück. Dort las er noch zwei oder drei Stunden in einem philosophischen Werk. Seine einzige schlechte Angewohnheit, wie er es manchmal im Spaß nannte, war sein langer Schlaf. Die Geister der Nacht durch das Aufwachen zu vertreiben sei nie seine Stärke gewesen, hatte er augenzwinkernd eingestanden.

Luna drückte ihren Zeigefinger auf die Lippen.

Professore Fernando war nie um neun Uhr wach, dachte Aurora. Niemals war um neun Uhr die Tür unabgesperrt, geschweige denn offen. Niemals brannte um diese Uhrzeit das Licht in der Eingangshalle mit den schwebenden Sternbildern.

Das Haus war totenstill. Aurora ging hinter Luna in die Küche. Eine Tasse Schokolade stand dort, es hatte sich eine Haut auf der Oberfläche gebildet. Das weiße Tischtuch war verrutscht und schlug Falten. Hatte er nicht schlafen können? War er ausnahmsweise schon so früh aufgestanden und hatte sich eine Tasse Kakao gemacht?

Langsam trat Aurora in den hell erleuchteten Gang. Die Tür zur Bibliothek stand sperrangelweit offen. Um Gottes willen, dachte sie und näherte sich mit pochendem Herzen. Auch die Bibliothek war hell erleuchtet. Mitten im Raum saß Professore Fernando auf einem Stuhl.

Er trug einen grün-schwarz gestreiften Morgenmantel, der sich über seinen Bauch spannte. Sein Kopf war nach vorne gekippt, als wäre er so auf dem unbequemen Holzstuhl eingeschlafen – wären da nicht die Fesseln gewesen, die mehrfach um seinen Bauch und den Stuhl gespannt waren. Und die dunkle Flüssigkeit, die sich über den Morgenmantel ergossen hatte, war sicherlich nicht der Kakao, den sie in der Küche gefunden hatte.

Luna stemmte die Arme in die Seite und starrte den Professore an.

Mit einem Schluchzen drehte sich Aurora weg und wollte davonlaufen.

»Stopp«, sagte Luna und packte hart ihr Handgelenk.

Folgsam blieb Aurora stehen und rang nach Luft.

»Du kannst jetzt nicht gehen«, sagte Luna ungeduldig. »Wir müssen wissen, weshalb er sterben musste. Du musst dich umsehen.«

Aurora sackte in sich zusammen.

»Das betrifft uns«, wisperte Luna ihr ins Ohr. »Das ist kein Zufall!«

Auch wenn Luna recht hatte, Aurora konnte das einfach nicht.

Epikur, hörte sie in ihrem Kopf die vertraute Stimme des Professore dozieren. *Was sagt uns Epikur über den Tod?*

Der Tod geht uns nichts an, hatte Aurora folgsam gesagt.

Denn was sich aufgelöst hat, hat keine Empfindung. Was aber keine Empfindung hat, geht uns nichts an, hatte er hinzugefügt.

Ihr Blick schweifte über die Einrichtung der Bibliothek. Sie wollte es nicht. Denn alles, alles hier in diesem Raum erinnerte sie an die Gespräche und die Zeit, die sie mit Professore Fernando verbracht hatte. Wie oft hatte sie in der Küche heiße Schokolade getrunken, während er liebevoll von ihrer Mutter erzählt hatte? Die süßen Biscotti gegessen, die Schokoladenbonbons mit den weißen Trüffeln, die schiffchenförmigen Gianduiotti? Wie oft hatte sie hier Vokabeln gelernt und darauf gewartet, dass ihr Vater sie abholte? Wie oft hatte er eine Decke über sie gebreitet, weil sie in dem großen Ohrensessel eingeschlafen war?

»Ich weiß nicht, ob etwas fehlt«, gab sie schließlich zu und versuchte, tief und gleichmäßig zu atmen.

Ihre Kindheit starb gerade. Genau in diesem Moment löste sich die schokoladensüße Sicherheit ihrer Jugend endgültig in Nichts auf, wurde mit Gewalt und Blut besudelt.

»Sieh dir das an«, sagte Luna. »Sagt dir das irgendetwas?«

Aurora trat neben Luna, die hinter dem Professore stand. Ihr Herz pochte in ihrem Hals, dröhnte in ihren Ohren. Seine Hände waren hinter seinem Rücken gefesselt worden. Sie erkannte die kleine Narbe an seinem Handgelenk.

»Die Narbe hat er schon immer«, sagte sie angestrengt.

»Die Finger?«

Es sah tatsächlich eigenartig aus. Es sah aus, als wollte er ein Zeichen machen. Daumen, Zeigefinger und Mittelfinger ausgestreckt, Ringfinger und kleiner Finger hingegen nicht.

»Als wollte er auf etwas zeigen«, sagte Aurora und sah nach unten. Aber dort war nichts.

»Oder er zeigt uns eine Drei.«

»Eine Drei«, wiederholte Aurora stirnrunzelnd.

Aber was sollte ihr das sagen? Drei Freunde? Ihr Vater, er und Professore Terenghi? Drei Uhr? Drei Mörder?

»Besonders genau ist das jedenfalls nicht«, meckerte Luna.

»Und wem will er das sagen?«

»Wer würde ihn denn finden?«, fragte Luna neugierig.

Er hatte keine Angestellten. Wenn ihn jemand fand, dann … Nun ja, sie selbst. Aurora. Aurora kam hin und wieder zu Besuch.

Ihr Blick fiel auf etwas Dunkles unter dem Schreibtisch, ihre Nackenhaare stellten sich auf, als sie erkannte, was dort lag. Einfach hingeworfen.

Die grüne Samttasche ihrer Mutter.

Achtes Kapitel

Vierzehnter Januar, der Tag, an dem Aurora über zwei Stunden brauchte, um John Keats' Grabstätte auf dem Cimitero Acattolico zu finden, und dort eine Rose niederlegte.

»Guten Morgen, Pippa!«, flötete eine Stimme neben mir, die ich meinem letzten furchtbaren Albtraum zuordnete. Ich war in einem Haus gewesen, nicht irgendeinem Haus, nein, es war das Haus des Todes, das Haus des Skippers, und Kassiopeia hatte mich hierhergebracht, ohne mich zu fragen. Was für ein Schrecken! Die Gewissheit, dass es nur ein Traum gewesen war, erzeugte ein wohlig-schauriges Gefühl in meinem Körper.

Ich drehte mich träge auf die andere Seite. Ein Sonnenstrahl strich über mein Gesicht, warm und weich, viel weicher als ich es in meinem Turm gewohnt war. Dort brach sich die Sonne im Meer, riss harte Schatten, und im Herbst, wenn es nebelig wurde, verbreitete sie ein diffuses graues Licht, das einen nicht zu wärmen vermochte.

Behaglich streckte ich mich, ohne die Augen zu öffnen. Die Luft schien die gleiche Temperatur wie mein Körper zu haben, ich schien mich geradezu darin aufzulösen, wie Butter in warmer Milch. Ich seufzte wohlig. Wie lange hatte ich mich nicht mehr so gut gefühlt! Es musste am Ouzo liegen. Er hatte mir seligen Schlaf beschert, und ich fragte mich, warum ich so selten ein Schlückchen trank. Ich glaube, ich habe sogar gelächelt. Zumindest innerlich.

»Pippa!«, flötete die Stimme erneut, und ich öffnete vorsichtig ein Auge.

Genau vor meinem Gesicht kauerte Kassiopeia. Sie trug ein durchsichtiges Negligé und hatte ein Cocktailglas in der Hand. Darin kreiste eine giftig aussehende rotorange Flüssigkeit. Sie kauerte da wie eine Katze, die gleich zum Sprung ansetzt.

»Der frühe Vogel fängt den Wurm!«, deklamierte sie fröhlich. »Und falls es dich interessiert: Unsere beiden Vögelchen habe ich schon gesehen. Sie sind eben hier durchmarschiert.«

Es roch nach Staub und Sommer und Abgasen. Wo war das Rauschen des Meeres? Das Gurren meiner Tauben? Warum roch es nicht nach Salz und Tang, wie es sich gehörte? Wo war das immerwährende Kreischen der Möwen, das mich in den Schlaf begleitete und morgens wieder zurückholte? Stattdessen hörte ich Motorengeräusche, jemand hupte, in der Ferne erklang die Sirene eines Polizeiwagens. Ich ahnte Schreckliches.

»Und die beiden Männer …«, Kassiopeia senkte ihre Stimme zu einem Flüstern, »… sind im Wohnzimmer.«

»Im Wohnzimmer«, wiederholte ich stupide.

»*Sì*, Pippa!«, sagte sie und sprang von meinem Bett, als wäre sie ein siebzehnjähriges Mädchen.

»Du hast das Wasser benutzt!«, rief ich ihr zornig hinterher. »Für deine Brüste!«

Ich konnte es nicht fassen! Wenn sie mir das Wasser schon stehlen musste, dann doch wohl für ihr Gesicht!

»Jawohl«, sie blickte mich kokett über die Schultern hinweg an, »man muss schließlich Prioritäten setzen.«

Sie knallte die Tür schwungvoll und gut gelaunt hinter sich zu, und ich setzte mich auf. In meinem Kopf drehte sich alles. Trotzdem nahm ich nun das Zimmer wahr, in dem ich lag. Lindgrüne Wände, an denen man noch zarte chinesische Tapetenreste erkennen konnte, ein schmales Bett und ein weißer Kleiderschrank mit ovalem Spiegel. Vor dem Fenster ein Schminktischchen und ein zierlicher schmiedeeiserner Stuhl. Ich stöhnte auf.

»Wo sind wir?«, brüllte ich, obwohl ich es wusste.

Ich schwang meine Beine aus dem Bett, doch als ich den Boden berührte, war es, als würden mich tausend Nadeln in die Fußsohlen stechen. Die Erde. Es war die Erde. Und die Erde zu berühren schmerzt. Das ist das Gesetz. Manchmal schmerzt es heftig, manchmal bitter, manchmal süß. Ich wünschte, ich wäre nicht aufgewacht, jeder erdenkliche Albtraum wäre mir lieber gewesen als diese Realität.

»In Rom!«

Rom! Ein Wort wie ein Paukenschlag. Nun brauchte ich gewiss nicht mehr zu fragen, in welchem Haus wir waren! In welchem Haus? In welcher verdorbenen Absteige! Mein Körper bebte vor Zorn. Wie konnte sie es wagen? Altes nichtsnutziges Weib! Verlogene Freundin! Verräterin!

Ich ignorierte das Brennen meiner Fußsohlen und sprang aus dem Bett. Zu meinem Entsetzen bemerkte ich, dass ich nackt war, mein Ebenbild in dem ovalen Spiegel ließ mich zusammenzucken. Auch das noch. Hatte ich nicht alle Spiegel gemieden, um mein junges, frisches Ebenbild in meiner Erinnerung zu bewahren?

»Wo ist meine Kleidung?«, brüllte ich wieder, obwohl ich die Antwort schon kannte.

Auf die Erde gelangt man nur nackt. Nichts kann man mitnehmen, weder beim Kommen noch beim Gehen. Ich war den Tränen nahe. Von Kassiopeia war nichts zu hören. Verzweifelt riss ich den Kleiderschrank auf: lauter gerüschter Plunder. Ich zog ein Kleid aus elfenbeinweißer Seide heraus und schlüpfte energisch hinein, es spannte um die Mitte herum, doch das beschloss ich zu ignorieren. Was ging mich Mode an – ich hatte wirklich andere Sorgen. Wütend stampfte ich ins Wohnzimmer. Das Kleid klebte raschelnd an meinen Schenkeln. Der Anblick, der sich mir bot, ließ mich vergessen, was ich meiner alten Freundin eigentlich an den Kopf werfen wollte.

Kobalt Sky, dessen Gesicht auf die übelste Weise zerschnitten war, und Santiago lagen nebeneinander auf einer Chaiselongue, als wären sie eben dort eingenickt. Ich atmete ein paarmal tief durch den Mund ein und aus.

»Keine Sorge, die beiden werden bald wieder aufwachen«, sagte Kassiopeia, die sich gerade konzentriert über meine Silberkugel beugte. »Die Ereignisse überschlagen sich«, kommentierte sie, »eine Leiche wurde schon gefunden, Camillo Fernando, und nun sind sie auf dem Weg zu Rahul Terenghi.«

Ich presste mir alle zehn Finger an die Schläfen und ließ mich neben Kassiopeia auf einen ramponierten Chesterfield-Sessel sinken.

Die Stadt erwachte. Auf den Vatikan strömten Tausende von Menschen zu, in langen Schlangen bewegten sie sich Schritt für Schritt an den Touristenläden mit Heiligenstatuen, T-Shirts mit Papstaufdruck, Marien in Schneekugeln und anderem Krempel vorbei. Luna trommelte ungeduldig mit den Fingern auf das Lenkrad. Die vielen Fußgänger zwangen sie, im Schritttempo zu fahren.

»Und du weißt noch nicht mal den Straßennamen«, sagte sie und warf Aurora einen schnellen Seitenblick zu. Aurora antwortete nicht. Sie schien vollkommen auf die pakistanischen Schirmchenverkäufer konzentriert zu sein, die jeden Touristen ohne Kopfbedeckung darauf hinwiesen, dass die Sonne in Bälde vom Himmel knallen und er dann schutzlos dem sofortigen Tod durch Hitzschlag ausgeliefert wäre. Seit sie gesehen hatte, dass ihre grüne Samttasche leer war, hatte sie sie nur noch an sich gedrückt und nicht mehr losgelassen. Sie versuchte, sich daran zu erinnern, was sie alles hineingestopft hatte und was nun verloren war. Nichts, was nicht zu ersetzen wäre, dachte sie in einem fort.

Nein, dein Tagebuch, flüsterte es in ihr. Dein Tagebuch ist unersetzlich. Unersetzlich …

»*Idioti!* Bewegt eure Touristenärsche von der Straße weg!« Luna lies das Seitenfenster hinuntersurren und den Motor des Fiats ein paarmal aufheulen, so dass ein paar ältere Frauen erschrocken zur Seite hüpften. »Weg da, ihr Schabracken! Habe ich schon erwähnt, dass ich Touristen hasse? Sie kommen in meine Stadt und meinen, sie könnten sie an einem Wochenende begreifen. Verstehst du, *cara*? Ein Wochenende für Rom? Sie fotografieren und fotografieren, aber sehen nichts!«

Wieder drückte sie das Gaspedal durch, und der Fiat schoss durch eine Lücke, die sich zwischen mehreren Passanten auftat.

»Sie verpesten die Lokale mit ihrem Gerede über Kultur und Kunst. Sie atmen meine Luft und trinken aus meinen Brunnen. Pfui Teufel! Sie pissen hinter das Kolosseum! Ihr Schweiß verdunstet unter meiner Sonne …«

»Da lang.« Aurora deutete auf eine Seitenstraße, die nun endlich von den Touristenmassen wegführte.

»Jeder stirbt mal«, sagte Luna unvermittelt, was, wie Aurora vermutete, als Trost gedacht sein sollte. »Dein Professore war ja auch nicht mehr der Jüngste.«

Sie fuhren an hochherrschaftlichen Gebäuden vorbei, bogen dann in eine winzige Gasse ein, in der neben alten, heruntergekommenen Häusern auch einige neuere mit grauer, unscheinbarer Fassade standen.

»Er wäre wahrscheinlich sowieso bald gestorben.«

»Hier ist es.«

»So ist es eben etwas früher passiert.«

»Schon gut.«

Sie stiegen aus dem Wagen. Die Sonne stand noch nicht so hoch, dass sie bis in diese Gasse gelangte. Erst mittags würde sie auf ihrem Weg über den Himmel für einen kurzen Moment das Haus von Rahul Terenghi erhellen. Trotzdem stand Aurora plötzlich der Schweiß auf der Stirn. Das Trottoir war mit Hundehaufen gepflastert, und an das Haus hatte jemand *Fuck Bush* gesprayt.

»Er ist mit Camillo der beste Freund meines Vaters. Aber ich mag ihn nicht besonders.«

Sie blieben vor der Eingangstüre stehen, und Aurora drückte auf die Klingel unter dem Schild mit der Aufschrift *R. T.*

»Er ist unbeherrscht und jähzornig«, sagte sie leise. »Ich bin froh, dass meine Studien bei Terenghi zu Ende sind. Ich hab ihn seit einem Jahr nicht mehr gesehen. Mein Vater war plötzlich der Meinung, er könne mir nichts mehr beibringen.«

»Hmm.« Luna drückte noch einmal auf den Klingelknopf. »Und konnte er nicht?«

»Doch. Er ist kein netter Mensch, aber unfassbar intelligent. Er ist ein Genie. Er kann unglaublich viele Sprachen sprechen, ist aber genauso bewandert in Mathematik und Physik. Aber ich habe meinem Vater nicht widersprochen.«

Sie hörten die Klingel schrillen, oben stand ein Fenster offen. Luna legte den Kopf in den Nacken.

»Er ist nicht zu Hause. Lass uns gehen und später wiederkommen.«

»Nichts da.« Luna zog ihre Geldbörse aus der Hosentasche und kramte darin herum, bis sie eine zerkratzte Kreditkarte fand. Sie zog sie durch den Türspalt, und die Tür sprang auf. »Bitte schön. Mein Schlüssel zu jeder Wohnung Roms.«

Aurora trat zögernd ein. Im Hausflur war es kühl, fast feucht, und es roch muffig, als wäre schon wochenlang niemand mehr hier ein und aus gegangen. Sie liefen den Gang entlang und dann eine kahle Treppe nach oben.

»Kannst du bitte …« Aurora ließ Luna den Vortritt. Terenghis Wohnungstür war verschlossen. Keine Einbruchsspuren. Nichts.

Wieder benutzte Luna die Kreditkarte, und wieder öffnete sich die Tür ohne Probleme.

»Signor Terenghi?«, rief Aurora in die Wohnung hinein, doch Luna hielt ihr den Mund zu. Mit der Pistole in der Hand betraten sie die Wohnung. Obwohl Aurora schon so lange nicht mehr hier gewesen war, stach ihr alles schmerzlich bekannt ins Auge. Professore Terenghi hielt nichts von Kunst und noch weniger von Dekoration. Kein einziges Bild hing an den Wänden, kein Teppich verlieh der kalten Atmosphäre eine wohnliche Note. Es gab nur drei Zimmer: eine minimalistisch eingerichtete Küche, ein Arbeitszimmer, in dem keinerlei Unterlagen zu finden waren, als behielte Rahul Terenghi alles im Kopf, und ein Schlafzimmer. Sie gingen von Raum zu Raum, wobei sie darauf achteten, dass sie nichts berührten. Das Bett im Schlafzimmer war peinlichst genau gemacht: eine Pritsche ohne Kissen, nur ein Leintuch, exakt Kante auf Kante gelegt. Ein Stuhl mit sehr gerader Lehne, über der ein dunkles Jackett hing, stand daneben.

»Von außen kalt«, sagte Aurora, »aber von innen unberechenbar. Ich hab ihn einmal nach meiner Mutter gefragt. Da ist er völlig ausgerastet.«

»Wahrscheinlich war er verknallt in sie.«

Aurora hob eine Augenbraue.

»Männer flippen immer aus, wenn sie verliebt sind.«

»Er war nicht in sie verliebt. Er hat gesagt, ich solle mir den Gedanken an sie aus dem Kopf schlagen. Weil sie für immer weg sei.«

»Und was hast du gesagt?«

»Nichts. Ich habe ihm geglaubt.«

»Du bist viel zu leicht zu beeindrucken, Aurora Perrini. Du musst lernen, auf den Tisch zu hauen. Lass dir nicht immer alles gefallen …«

Vorsichtig lief Aurora um die Pritsche herum, die nicht an der Wand, sondern mitten im Raum stand.

»Sieht nicht so aus, als wäre die Wohnung durchsucht worden«, stellte Luna fest, steckte die Waffe zurück in den Gürtel und zog ihr T-Shirt darüber. »Vielleicht ist er doch ausgegangen und kommt bald zurück. Wir sollten in der Küche auf ihn warten.«

Aurora nickte. »Ich geh auf Toilette«, sagte sie und öffnete die letzte Türe des Ganges, die zum Badezimmer führte. Sie hatte das Gefühl, sie müsste endlich alleine sein, und wollte sich kurz einsperren, auf dem Badewannenrand zusammensinken und ihren Kopf in den Armen vergraben.

Etwas blockierte die Tür von innen, etwas Schweres, dass sich kaum zur Seite schieben ließ. Mit aller Kraft stemmte sich Aurora gegen die Tür, bis sie einen schmalen Spalt freigab.

Dort lag Professore Terenghi unter dem offenen Fenster, auf das nun langsam die Sonne zukroch. Er lag auf der Seite, eingerollt, seine Arme waren auf dem Rücken gefesselt. Sein Blut klebte an den Wänden und an der Badewanne, das Wasser in der Toilette war rot. Ohne hinzusehen, wusste Aurora, was seine Hände ihr zeigen würden. Drei Finger der rechten Hand waren ausgestreckt, die anderen zur Faust geballt. Gegen jede Vernunft trat sie zu ihm und sank auf die Knie. War er tot? Sie legte ihre Hand auf seine Brust und spürte, dass er noch schwach atmete.

»Signor Terenghi!« Sie rüttelte ihn, und er schlug die Augen auf. Sie war sich nicht sicher, ob er sie wirklich wahrnahm oder auf etwas blickte, was über ihrem Kopf lag. »Was ist passiert?«

Sie machte sich eilig daran, seine Fesseln aufzuschnüren, doch er schüttelte nur abwehrend den Kopf.

»Dein Vater … du musst deinen Vater aufhalten …« Seine Stimme versagte, und er sog krampfhaft die Luft ein. »Er wird die größte Dummheit seines Lebens begehen und versuchen, Alessia zurückzuholen.«

Auroras Herz klopfte bis zum Hals. Ihre Mutter lebte!

Und ihr Vater war aufgebrochen, um sie zu suchen. Wie oft hatte sie davon geträumt, dass ihre Mutter nicht tot war, dass ihr Vater sie eines Tages zurückbringen würde! Wie oft hatte sie sich vorgestellt, ihren Kopf in ihre Halsbeuge zu schmiegen und sie zu fragen: *Wo bist du gewesen? Wo bist du nur die ganze Zeit gewesen?*

»Wo ist sie?«

»Sie ist auf der anderen Seite, und dein Vater ... wird versuchen ... den Skipper ...«, brachte er rasselnd hervor, und nun sah er doch Aurora an. »... und wenn er den Skipper nicht findet, wird er die Münzen ... Und es gibt andere, die auch die Münzen ...«

»Die auch die Münzen haben wollen«, beendete Aurora den Satz.

Sein Blick verlosch. Das Leben kroch aus seinen Augen. Aurora konnte sehen, wie seine Pupillen blank und stumpf wurden. Sein Gesicht war nun starr zur Decke gerichtet, und als Aurora den Kopf hob, sah sie das einzige Bild, das in der Wohnung zu finden war.

Es war die dreigeteilte Münze, mit eiligen Strichen an die Decke skizziert: das Symbol der Erde, des Mondes und der Sonne. Der Schlüssel zur Unterwelt.

»Wieso hat mir keiner erzählt, dass meine Mutter noch lebt?«, stieß Aurora hervor. »Und auf welcher anderen Seite ist sie?«

»Auf welcher anderen Seite wohl«, sagte Luna mürrisch. »Auf der anderen Seite des Styx.«

Ihre Mutter war auf der anderen Seite des Styx, in der Unterwelt? Was sollte das bedeuten? Und wieso hatte ihr keiner erzählt, wohin sie gegangen war, wenn doch alle davon wussten? Warum war sie dorthin gegangen? Und warum hatten die drei in den vergangen Jahren nichts getan, um sie zurückzuholen? Wieso erst jetzt, wo sie, Aurora, davongelaufen war?

In ihrer Brust saßen plötzlich Glück und Schmerz dicht nebeneinander. Ihre Mutter lebte. Man konnte sie vielleicht zurückholen. Doch Terenghi und Fernando waren tot. Und ihr Vater?

In ihren Kopf kreiselte der Schmerz, nistete sich hinter ihren Augen ein.

Die Sonne. Die Erde. Der Mond.

Drei.

Die Sonne. Die Erde. Der Mond.

Die Münzen, die ihr Vater gebraucht hätte, um auf die andere Seite des Styx zu kommen. In ihrem Kopf knisterte es, als wäre sie unter Wasser und das Meer würde den Sand zur Küste rollen und wieder mit sich in die Tiefe ziehen.

»Scheiße«, sagte Luna hinter ihr.

»Mein Vater hat sich vom Skipper hinüberfahren lassen«, flüsterte Aurora. Oder auch nicht. Wer sagte ihr, dass ihr Vater nicht zu Hause saß und dort auf sie wartete?

Die Sonne. Die Erde. Der Mond.

Terenghis Blutspritzer vor ihr auf den cremefarbenen Badezimmerkacheln.

Sie drehte sich zu Luna und packte sie am Oberarm.

»Mein Vater ist nicht hinübergefahren, oder?«, fragte sie flehend. »Er ist nicht tot. Sag, dass er nicht …«

Luna schüttelte ihre Hand ab. »Lass das Gewinsel«, sagte sie harsch. »Sonst muss ich dir ins Gesicht schlagen. Oder dir Wasser über den Kopf kippen.«

Mit wachsender Hysterie schob Aurora Luna zur Seite und floh aus dem Badezimmer. Wieso konnte Luna nicht ein einziges Mal nett und beruhigend sein, sie nicht mit diesem ungeduldigen Blick betrachten, als wäre klar, dass er tot sein müsse?

Ein Telefon. Sie brauchte ein Telefon. Wo stand das Telefon von Terenghi? Sie rannte von einem Zimmer zum nächsten, bis sie ins Arbeitszimmer kam. Auf dem Schreibtisch stand ein schlichtes schwarzes Telefon, sonst nichts. Kein Stift. Kein Zettel. Mit klopfendem Herzen hob sie den Telefonhörer ab, überlegte kurz, dann drückte sie auf Wahlwiederholung.

Auf dem Display erschien die Telefonnummer ihres Vaters.

O Gott.

Er hatte vermutlich versucht, ihn zu warnen. Sie klickte sich durch die Anrufliste des gestrigen Tages, um zu sehen, wen er noch gesprochen hatte. Ihren Vater. Ihren Vater. Camillo Fernando. Camillo Fernando. Wieder ihren Vater. Und wieder ihren Vater … Mit einem unterdrückten Stöhnen drückte sie die Anrufliste weg.

Bleib ruhig, befahl sie sich. Du rufst jetzt deinen Vater an. Es wird alles gut.

Luna erschien in der Tür und betrachtete sie mit gerunzelter Stirn.

Bedächtig, als könnte das an ihrem Schicksal etwas ändern, wählte Aurora ihre eigene Nummer. Das Freizeichen ertönte, fast meinte sie das Klingeln in ihrem Zuhause durch die leeren Zimmer hallen zu hören.

»*Sie sind verbunden mit dem Anschluss von …*« Aurora drückte das Gespräch weg und starrte eine Weile leer durch Luna hindurch. Wenn ihr Vater zu Hause war, musste er auf sie warten, sie mussten irgendwie an die drei Münzen herankommen und versuchen, ihre Mutter …

»Lass uns gehen«, sagte Luna.

Aurora drückte auf Wahlwiederholung.

»Was machst du?«

»*Sie sind verbunden mit dem Anschluss von Mattia Perrini und …*«, sagte die Stimme ihres Vaters. »*Aurora Perrini*«, hörte sie ihre eigene Stimme auf dem Anrufbeantworter. Sie klang jung und so, als würde sie gleich zu kichern anfangen. »*Momentan sind wir nicht zu Hause, aber Sie können uns eine Nachricht hinterlassen.*«

Piep.

»Papà«, fing sie atemlos an. »Du bist in Gefahr, geh …«

»Hör damit auf, *cretina*!«, fuhr Luna sie an.

»Geh nicht an die Tür! Versprich mir …«

»Mach uns nicht unglücklich, du Idiot!«

»Versprich mir, dass du niemanden in die Wohnung …«

Luna riss ihr den Hörer vom Ohr. »Wie dumm bist du eigentlich?« Sie drückte das Gespräch weg. »Willst du dir noch einen Zettel umhängen: *Bringt mich bitte um? Wenn ihr denkt, ich weiß von nichts, dann will ich euch heute unbedingt mitteilen, dass ich bestens informiert bin und dringend ausgeschaltet werden muss!* «

Plötzlich konnte Aurora das Weinen nicht mehr unterdrücken. »Er ist tot. Oder? Du glaubst auch, dass er tot ist?« Nicht eine Sekunde dachte sie an ihre eigene Sicherheit.

»Muss ich dich jetzt schlagen?«, fragte Luna böse und warf das Telefon zurück auf den Tisch.

»Wieso geht er nicht ans Telefon? Terenghi wollte ihn warnen.«

»Halt die Klappe!«, fuhr Luna sie an.

»Oder? Wollte er doch?«

»Dummes Huhn! Wir gehen! Es bringt Unglück, im Haus eines Toten herumzulungern.«

Schluchzend presste Aurora ihre grüne Samttasche an die Brust.

»Und hör mit dem Geflenne auf! Das macht mich nämlich richtig, richtig böse …«

Das Taubengeflatter vor dem offenen Fenster lenkte mich von meinem schweren Schicksal ab. Auf der Erde! Im Haus des Skippers! Mit einem Kleid, für das ich etwa zehn Kilo zu schwer war!

Kassiopeia hatte diese Probleme nicht, sie starrte fasziniert auf meine Kugel und wischte hin und her.

»Von wegen, ich bin süchtig«, fuhr ich sie an.

»Man wird schnell abhängig«, sagte sie, als sie aufsah. »Das ist alles so melodramatisch. Ich will dich nicht beunruhigen, aber ich sehe für das kleine Täubchen schwarz.«

Ich versuchte, sie von der Kugel wegzuschieben.

»Dunkelschwarz«, fügte sie hinzu und sah sich um, als sich einer der Kerle auf der Chaiselongue zu bewegen begann. »So wie ich das sehe, haben die drei Professori die drei Münzen … und leider, leider gibt es noch andere, die diese Münzen haben wollen …«

Ja, nämlich eine gewisse Kassiopeia, dachte ich böse.

»… und es gibt noch mehr als diese zwei *cretini* hier auf unserer Chaiselongue, die Böses im Sinn haben …«

Sie drehte sich noch einmal um und verschwendete einen ihrer Ohnmachtsblitze für den Dicken mit der scheußlichen Tätowierung.

»Man wird davon blöd im Kopf«, erklärte sie mir, als wüsste ich das nicht. »Wenn man zu viel davon abbekommt. Aber ich denke, bei dem Kerl ist nicht mehr viel zu verlieren.«

»Lass mich sehen!«, sagte ich mürrisch und beugte mich neben ihr über die Kugel. »Wo sind sie gerade?«

Bevor ich den Satz zu Ende gesprochen hatte, wusste ich es: Auroras Zuhause. Es wurde friedlich von der Morgensonne beschienen, auf dem Küchentisch stand eine Kaffeetasse, auf einem weißen Teller lagen ein angebissenes Cornetto und ein paar Krümel.

»Ich würde sie gerne beschützen. Aber leichter wäre

das, wenn ich etwas jünger wäre«, sagte Kassiopeia listig und schob kokett ein wenig die Hüfte vor, als sie sich vor mich stellte.

»Vergiss es«, fauchte ich sie an. »Dir geht es nur um deine Brüste.«

»Das ist ein angenehmer Nebeneffekt«, erklärte sie, unbeeindruckt davon, dass ich sie durchschaut hatte. »Lass es uns doch versuchen. Wir könnten den beiden wirklich helfen! Wir holen uns das Wasser, und danach hole ich das Mädchen da raus …«

Wieso sollte man sie aus ihrem Zuhause retten?

»Was hast du gesehen?«, wollte ich wissen und versuchte, mit meinem Zeigefinger die Kugel zu erwischen.

»Nichts Gutes«, sagte sie und streckte mir ihre Brüste entgegen. »Darum wäre es nicht schlecht …«

»Noch ein Wort, und ich werde nie mit dir hinuntersteigen!«, fuhr ich sie energisch an.

»Okay«, maulte sie unzufrieden und fuhr geschickt über die Oberfläche der Kugel, bis man den Eingang des Hauses des Signor Perrini erblickte.

Gerade fuhr das Auto von Luna Laverna vor. Selbst von hier aus konnte ich die Angst von Aurora spüren, und mein Herz verkrampfte sich, weil ich selbst auch nicht wusste, was sie vorfinden würde. Erstaunt sah ich, dass das Auto zwar langsamer wurde, aber nicht anhielt. Nein, es wurde sogar plötzlich schneller und bog in die nächste Straße ein.

»Was soll das?«, fauchte Aurora Luna an. »Lass mich raus!«

»Glaub mir, du willst da nicht aussteigen.«

»Du weißt etwas!«, warf Aurora ihr vor. »Steckst du mit ihnen unter einer Decke?«

»Ich sterbe ungern durch große Dummheit. Vorsicht ist die Mutter der …«

»Lass mich raus!«, schrie Aurora sie noch einmal an, als Luna erneut Gas gab und dann so abrupt bremste, dass sie beide fast durch die Windschutzscheibe flogen.

»Lass dir eins gesagt sein, *coccolina*«, sagte Luna drohend. »Du hast noch was gut bei mir, deswegen will ich nicht so sein. Aber wir machen das jetzt auf meine Tour und nicht auf deine. Sonst sind wir in den nächsten fünfzehn Minuten tot.«

Erschrocken verstummte Aurora.

»Wir werden in euer Haus gehen«, versprach Luna schließlich mit einem Seufzen. »Aber nicht durch die Vordertür, *capito?*«

Sie fuhr wieder los und parkte schließlich vor einem kleinen Fiesta, den sie mit ihrem Auto ins Parkverbot schob. Bevor sie ausstieg, beugte sie sich zum Handschuhfach und holte eine Walther PPK heraus. »Ich gebe dir die jetzt. Aber du wirst sie nicht benützen, solange ich lebe.«

»Sondern?«

»Wenn ich tot bin, Püppchen. Dann schießt du dir den Weg frei.«

Erschrocken starrte Aurora sie an. »Wieso solltest du jetzt sterben?«

»Euer Haus ist umstellt von Leuten, die aussehen, als hätten sie den gleichen Beruf wie ich«, erklärte Luna trocken und lehnte sich wieder zurück.

»Il Macellaios Leute?«

»Nein. Il Macellaios Leute werden mich erst in …«, Luna warf einen Blick auf die Uhr, »… acht Stunden erschießen«, erklärte sie locker. »Ich nehme mal an, dass wir es momentan mit den compagni unserer lieben Freunde von heute Morgen zu tun haben.«

Aurora sagte nichts dazu, schloss die Augen. Wie war sie nur in diese Situation hineingeraten? Und wie konnte zu allem Überfluss auch noch ihr Vater beteiligt sein?

»Versprich mir, kein Ton. Sonst geh ich nicht mit dir da rein.«

Aurora nickte.

Die Morgensonne schien durch das Fenster ihres Zimmers. Wie oft war sie hier schon eingestiegen – oder hinausgeklettert, auf der Suche nach dem *kleinen Abenteuer*, wie es Professore Fernando augenzwinkernd nannte. Es schien alles so normal zu sein, so wie immer, aber das Grauen, das sie seit heute Morgen begleitete, ließ sie nicht los, auch wenn sie in ihrem eigenen Haus war.

»Bleib hier«, sagte Luna ruppig.

»Danke«, sagte Aurora dankbar.

»Ich bin nicht nett«, erwiderte Luna mit eisiger Stimme.

Vermutlich nicht, dachte Aurora und setzte sich vorsichtig auf ihr gemachtes Bett. Jahre schien es her zu sein, dass sie hier geschlafen hatte. *Sie will nur vermeiden, dass ich beim Anblick meines toten Vaters losschreie und zusammenbreche*.

Aber schon nach wenigen Sekunden konnte sie nicht mehr sitzen bleiben und ging aus ihrem Zimmer. Ihr Herz hämmerte so stark in ihrer Brust, dass ihr ganz schwindelig wurde. Sie war sich sicher, dass irgendwo hier ihr toter Vater lag. Trotzdem öffnete sie als Erstes die Tür zum Zimmer ihrer Mutter. Es sah aus wie immer. Die Sonne malte Lichtstreifen auf den Fußboden.

Als wäre sie nie fortgegangen. Das Zimmer war genauso wie … Auroras Gedanken stotterten … als würde sie wiederkommen. Als hätte ihr Vater nie die Hoffnung aufgegeben, dass sie wiederkommen würde. Warum nur hatten ihr alle immer gesagt, ihre Mutter sei tot?

Für einen Moment meinte sie, die unregelmäßigen Schritte ihres Vaters zu hören. So, als würde er die Treppe in der Eingangshalle hinuntergehen, das Bein mit der Prothese weniger belastend als das andere. Mit klopfendem Herzen rannte sie aus dem Zimmer. Aber in der Eingangshalle stand nur Luna und starrte auf ein überlebensgroßes Bild von Auroras Mutter.

»Du siehst ihr verdammt ähnlich«, sagte sie mit schiefgelegtem Kopf.

»Wo ist er?«, stieß Aurora atemlos hervor.

»Dein Vater ist nicht da.«

Aurora rannte von einer Tür zur anderen und versuchte zu sehen, was geschehen war. Aber alle Zimmer sahen aus wie immer. Sie waren aufgeräumt. In der Küche stand noch das halbaufgegessene Frühstück ihres Vaters. Das angebissene Cornetto. Der Capuccino, nicht ausgetrunken. War das ein Hinweis darauf, dass ihr Vater noch lebte? Ungeduldig lief sie in die Bibliothek, wollte das Buch sehen, das er als Letztes gelesen hatte. Aber weder neben seinem Lehnsessel noch auf seinem Arbeitsplatz lagen Bücher. Verzweifelt rannte sie zurück in die Eingangshalle. Luna stand noch immer vor dem Bild ihrer Mutter.

»Ich hätte es dir schon gesagt, wenn ich ihn tot gefunden hätte«, sagte Luna gelangweilt, ohne sich umzudrehen. »Ich bin kein netter Mensch, der dich vor dem Leben bewahren will.«

»*Cretina*«, sagte Aurora scharf und war selbst verblüfft, was sie für Worte in den Mund nahm. Sie blieb neben dem Telefontischchen stehen und drückte auf den Anrufbeantworter. »*Sie haben sechs Nachrichten*«, sagte die blecherne Stimme.

»*Sie ist nicht zu mir gekommen, Mattia. Mach dir keine Sorgen, sie taucht wieder auf*«, ertönte Professore Fernandos Stimme, und die Tränen, die die ganze Zeit schon hinter Auroras Augen gewarteten hatten, begannen zu laufen.

»*Sie kann unmöglich auf der Suche nach ihrer Mutter sein. Sie hat keine Ahnung*«, hatte Professore Terenghi am vorigen Abend auf Band gesprochen. »*Und ich werde dir nicht dabei helfen, eine Dummheit zu machen! Hörst du?*«

Die nächsten zwei Anrufer hatten keine Nachricht hinterlassen. Dann zwei Nachrichten von Professore Fernando: *»Geh ans Telefon! Mattia!«*

Und die nächste: *»Du musst verschwinden. Du musst Aurora finden und ihr deine Arbeit geben! Ihr alles erklären!«*

»Arbeit?«, fragte Luna, die neben sie getreten war und nun begann, im Papierkorb neben dem Telefontischchen herumzustochern. Sie zog ein zusammengeknülltes Stück Papier heraus und faltete es auf.

Eine Einkaufsliste, von Aurora geschrieben.

Dann ertönte noch eine letzte Nachricht vom Band, wieder von Professore Fernando. Sie war fast nur gehaucht, aber Aurora erkannte trotzdem seine Stimme.

»Cucciola.«

Es rauschte, und Aurora hielt die Luft an.

»Cucciola«, wiederholte Luna, während sie durch das bunte Dielenfenster nach draußen starrte.

»Das bin ich«, flüsterte Aurora. »So nannte er mich immer, wenn er mich weckte, um mich nach Hause zu meinem Vater zu bringen. Es ist eine Nachricht für mich, nicht für Vater …«

»Wie rührend«, erwiderte Luna trocken.

Noch immer rauschte es in der Leitung.

»Wenn du das hörst … dann erinnere dich … zweiundzwanzigster Dezember … fünfter April … dreiundzwanzigster Juli.«

Dann war die Telefonverbindung abgebrochen.

Erinnere dich? Aurora runzelte die Stirn, weil sie die Nachricht nicht verstand.

»Aber ich glaube, ich muss dein Schwelgen unterbrechen, denn die Typen scheinen irgendwie in Aufregung zu geraten«, unterbrach Luna ihre Gedanken. »Und ich will nicht unbedingt da mittendrin stecken. Lösch das alles, und dann lass uns die Fliege machen!«

»Papà, du bist in Gefahr, geh …«, hörte Aurora nun ihre eigene atemlose Stimme auf dem Band. *»Geh nicht an die Tür! Versprich mir … Versprich mir, dass du niemanden …«*

Aurora drückte auf das Symbol für Löschen.

Zweiundzwanzigster Dezember. Fünfter April. Dreiundzwanzigster Juli, wiederholte sie für sich. Zweiundzwanzigster Dezember. Fünfter April. Dreiundzwanzigster Juli.

Dann splitterte Glas in der Bibliothek.

»Lauf«, flüsterte Luna und rannte die Treppe hinauf in den ersten Stock. Aurora folgte ihr, ihren eigenen Atem schwer in den Ohren. Zweiundzwanzigster Dezember. An was sollte sie das erinnern?

Luna rannte in Auroras Zimmer, aber als sie in den Hof hinabsah, prallte sie zurück und stieß dabei mit Aurora zusammen. Diesmal nahm Aurora Luna an der Hand und rannte ins Zimmer ihrer Mutter. Eine Doppeltür führte auf einen Balkon mit einem geschwungenen Eisengeländer. Seit ihre Mutter verschwunden war, hatte sie ihn nicht mehr betreten. Aber vielleicht würden die Typen hier nicht nachsehen. Sie schlüpften durch die Tür und drapierten hinter sich sorgfältig die durchsichtigen, weißen Vorhänge mit den weiß gestickten Röschen.

Fünfter April.

Aurora lehnte sich gegen die Hauswand. *Ich werde dir nicht dabei helfen, eine Dummheit zu begehen*, erinnerte sie sich an die Nachricht auf dem Anrufbeantworter. Die beiden Professori wollten bestimmt verhindern, dass ihr Vater hinüber in die Unterwelt ging. Oder war das jetzt nur eine ihrer verrückten Ideen?

»Wenn jemand hier herauskommt, wirst du *nicht* schießen«, zischte Luna ihr zu.

Aurora nickte nur, sie versuchte, sich darauf zu konzentrieren, die Zahlen zu behalten, die Professore Fernando ihr mitgeteilt hatte. Das Haus schien plötzlich erfüllt von tausend Schritten, dem Geräusch von aufgerissenen Schubladen, an die Wand geknallten Türen, quietschenden Schranktüren, fallenden Büchern. Langsam rutschte Aurora mit dem Rücken die Wand entlang nach unten, bis sie auf den Fersen saß.

In was war sie hineingeraten? Hatte es ihr Vater geschafft, den Skipper zu überzeugen?

Plötzlich knallten Schritte in dem Zimmer ihrer Mutter, und die Tür des Kleiderschranks wurde aufgerissen.

Nicht das.

Nicht das Zimmer ihrer Mutter. Nicht die Kleidung ihrer Mutter. Nicht der Schuhkarton mit den aufgedruckten Rosen. Nicht die sorgsam gefalteten Taschentücher mit den Spitzen … Sachte bewegte sich die Balkontür im Luftzug, schwang ein wenig nach innen. Ein kleines Stück Vorhang wehte heraus, klemmte zwischen den zwei Türen.

Sie biss sich auf die Lippen und presste die Augen zusammen.

»Nichts«, sagte eine unbekannte Stimme. »Schon wieder nichts.«

Schachteln polterten auf den Boden. Kleidung raschelte. Bücher fielen.

»Hab ich doch gesagt«, sagte eine zweite Stimme ungeduldig. »Keiner von ihnen hat die Münze zu Hause. Vielleicht hätte sich Giuseppe ein wenig beherrschen sollen. Der Idiot.«

»Halt die Klappe«, sagte eine dritte Stimme ungehalten.

»Wir sollten irgendetwas vorweisen können. Wenigstens eine Münze, verstehst du! Ich kann nicht wieder ergebnislos …«

»Vielleicht hat inzwischen Laverna …«

»Perrini hat eine Tochter«, sagte die erste Stimme. »Vielleicht hat sie die Münzen.«

Stille. Weitere Schachteln polterten auf den Boden.

»Wohl kaum alle drei«, antwortete die zweite Stimme. »So sorgsam, wie jeder sein Geheimnis hütete …«

»Aber zumindest die von Perrini.«

Es war mir ein Rätsel, wie Angelo Pinottis Leute Aurora und Luna auf dem Balkon übersehen konnten. Als Luna in Auroras Zimmer geklettert war, hatten wir uns ein Taxi gerufen. Ich hasste Kassiopeia dafür, dass sie mir so etwas antat. Ich hatte die Kugel in eine riesige geblümte Umhängetasche gestopft und mir ein Paar von den Schuhen angezogen, die aufgereiht im Flur standen. Sie waren mir zu klein, so wie mir auch das Kleid und die Unterwäsche zu klein waren.

»Wo sind sie überhaupt, diese Liccardis?«, hatte ich sie gefragt.

»An der Küste? Im Urlaub? Tot?« Sie wusste es einfach nicht. Und es war ihr auch egal. Sie hatte den Kleiderschrank der Signore Liccardi – die eine dick, die andere dünn, wie passend – durchwühlt und ein hautenges nachtblaues Kleid angezogen.

Und nun standen wir in der schmalen Gasse vor Mattia Perrinis Wohnung und sahen zu dem Balkon hinauf, auf dem sich Aurora und Luna zusammenkauerten. Pinottis Leute waren ganz offensichtlich noch immer damit beschäftigt, die Wohnung zu durchsuchen. Wir mussten sie stoppen. Ich mochte nicht daran denken, was geschehen würde, wenn sie die Münzen fänden.

Ich zog Kassiopeia zurück in den schattigen Durchgang zu einem Hinterhof.

»Was sollen wir nun tun?«

Wenn die Männer in der Wohnung auf die Idee kamen, auf den Balkon zu gehen, war es um Aurora geschehen. Außerdem lungerten auch vor dem Haus etliche von Pinottis Männern herum. Unangenehme Gestalten … Einer lehnte an Lunas rotem Fiat, und wenn er den Blick nur etwas heben würde … Ich wagte nicht, daran zu denken.

»Riechst du es?«, fragte Kassiopeia, und ich zog fragend die Augenbrauen nach oben.

»Rom! Dieser Geruch! Die Hitze! Die Menschen! Männer und Frauen, die sich nur nach einem sehnen.«

»Nach was?«, sagte ich ungeduldig, obwohl es mich keinen Deut interessierte. Ich konnte spüren, wie sich die Kugel in der geblümten Tasche auflud. Das Einzige, was wir bald riechen würden, war versengter Stoff, wenn die Kugel die Tasche in Brand setzte.

»Sex!« Kassiopeia verzog ihr Gesicht zu einem wissenden Lächeln. »In dieser Stadt, lass dir das gesagt sein, meine Liebe, denken alle nur an Sex!«

»Wie können wir ihnen helfen?«, fragte ich und wischte Kassiopeias Kommentar mit einer Handbewegung weg. Seitdem ich gehört hatte, was die Männer suchten, war mir klar, was Il Macellaio wollte. Es war so einfach. Er suchte fieberhaft nach einer Möglichkeit, auf die andere Seite des Styx zu kommen. Und wenn man sich den alten Mann genau ansah, war genauso klar, warum er hinüberwollte: Dieser Mann starb. Vielleicht hatte er noch eine Woche zu leben, vielleicht noch weniger. Und die Menschen hängen am Leben wie Ertrinkende an einem Stück Holz, das sie doch nur immer weiter aufs Meer hinauszieht. Il Macellaios Absicht war bitterernst. Er hatte keine Zeit zu verlieren.

»Aber zwischen den Welten kann nur die Geliebte des Hades hin und her. Sie und der Skipper. Und der Skipper ist tot«, überlegte ich laut. »Wenn Il Macellaio den Styx überquert, dann wird auch er sein Leben verlieren.«

»Wir könnten die Männer ablenken«, schlug Kassiopeia vor. »Hast du gesehen, wie sie mir nachgestarrt haben, als wir vorbeigegangen sind? Ich würde mich für die Sache opfern …«

Mit einem scharfen Blick brachte ich sie zum Schweigen. Ja, sie hatten uns nachgestarrt, aber das lag ausschließlich an unserer extravaganten Kleidung und nicht an Kassiopeias Schönheit. Ich brachte es nicht übers Herz, ihr das zu sagen.

»Ein Blitz!«, sagte Kassiopeia jetzt.

»Was meinst du damit?«

»Ein Blitz fällt nicht weiter auf, und in dem entstehenden Tumult könnten die Mädchen fliehen.«

Manchmal war Kassiopeia doch zu etwas zu gebrauchen. Wir beugten uns nach vorne und spähten zu dem schmalen Haus hinüber. Die Vorhänge waren zugezogen, doch dahinter konnte man schemenhaft erkennen, was im Inneren geschah. Ich hoffte von Herzen, dass Mattia Perrini so viel Verstand gehabt hatte, seine Münze nicht hier aufzubewahren. Soviel ich wusste, waren die drei Münzen vor vielen tausend Jahren verlorengegangen, als Hades sie im Zorn auf die Erde geschleuderte hatte. Wenn ich genauer darüber nachdenke, erscheint es mir, als wäre vielleicht ich der Grund seines Zornes gewesen, aber die Geschichte ist lange her, und mit Vergangenem soll man sich bekanntlich nicht belasten. Schließlich ist es vorbei und kehrt nicht wieder, ob man nun daran denkt oder nicht.

Noch immer kauerten die Mädchen wie erstarrt auf dem Balkon. Zwei der Männer, die vor dem Haus postiert waren, begannen nun, sich für Lunas Wagen zu interessieren.

Einer öffnete die Tür und nahm Auroras grüne Samttasche heraus. Das ging zu weit.

»Na warte, du Früchtchen!« Ich drückte Kassiopeia die Tasche mit der Kugel in die Hand und konzentrierte mich.

Den ersten Blitz schickte ich mit solcher Wucht in Richtung des Autos, dass dieses sofort Feuer fing. Eine Stichflamme schoss meterweit nach oben. Es krachte und donnerte, und ein Platzregen, der zufällige, entsetzte Passanten in Sekundenschnelle durchnässte, ging über Trastevere nieder. Der Himmel hatte sich verdunkelt, als hätte das letzte Stündchen für die Welt und ihre Bewohner geschlagen, Hagelkörner sprengten über das Kopfsteinpflaster wie Pistolenkugeln.

Ich strengte mich noch etwas an, spitzte meine Lippen, als wolle ich einen Kirschkern spucken, und ließ die Hagelkörner taubeneigroß werden. Prasselnd fegten sie über die Via Agostino Bertani, trieben aufgeregte, rennende Menschen vor sich her, schlugen die Scheiben aus parkenden Autos und bildeten schließlich einen bläulich schillernden Teppich auf dem Straßenpflaster. Was für ein Vergnügen zu sehen, wie die Männer unter meinem Beschuss flohen! Schützend hielten sie die Arme über ihre Köpfe und versuchten, sich in ihre Autos zu retten. Doch so einfach sollte es nicht sein!

»Keine halben Sachen!«, feuerte mich Kassiopeia begeistert an – schon in unserer Jugend hatte sie mich um diese Fähigkeit beneidet –, und ich ballte erneut meine Fäuste.

Lange, lange hatte ich dieses Werkzeug nicht mehr gebraucht. Mir war völlig entfallen, wie befriedigend Naturgewalten sein können. Wie es einen in der Magengegend kitzelt, wie die Druckwellen durch die Blutbahn pulsieren – phantastisch! Mit einem gewaltigen Streich ließ ich ein zweites Mal meine Fingerspitzen Richtung Haus schnellen. Es überraschte mich, wie zielsicher ich immer noch war. Schließlich war ich mittlerweile etwas aus der Übung. Doch die wirklich wichtigen Dinge verlernt man nicht. Ganz im Gegenteil, es kam mir vor, als hätte ich nie etwas anderes getan.

Zwei Blitze zertrümmerten die vordere Fensterfront der Perrinis, natürlich ohne die Mädchen zu verletzen, und der Sturm, den ich danach heraufbeschwor, zeichnete ein triumphierendes Lächeln in mein Gesicht. Der Mann, der sich an Auroras Samttasche vergriffen hatte, rannte schreiend die Gasse hinunter, seine Jacke stand in Flammen. Ich konnte sehen, wie Aurora und Luna hinter der Balkonbrüstung auftauchten und nach unten blickten.

Es ist zu hoch, dachte ich entsetzt, sie werden sich den Hals brechen!

Kurz tuschelten sie miteinander, dann schwang Luna ihr Bein über die Brüstung. Sie nutzten den Tumult und hangelten sich nun vom Balkon, ließen sich in die Markise des darunter gelegenen Cafés fallen und sprangen von dort auf die Straße. Wäre ich Christin, ich hätte mich bekreuzigt. Ohne bemerkt zu werden, schnappte Aurora sich ihre Samttasche, dann mischte sie sich mit Luna unter

Touristen, Händler, Hausfrauen, die allesamt versuchten, dem Unwetter zu entkommen. Binnen weniger Sekunden waren die beiden verschwunden.

Gerade wollte ich meine Arme noch einmal heben, da hielt mich Kassiopeia atemlos zurück.

»Du scheinst diese Mädchen ja wirklich zu mögen, aber ich glaube, das genügt. Es sei denn, du willst Trastevere dem Erdboden gleichmachen.«

Ich lehnte mich gegen die Steinwand hinter mir, und kurz wurde mir schwarz vor Augen, mein Herzschlag rauschte in meinen Ohren. Ich war schließlich keine junge Göttin mehr.

»Jetzt nicht schwächeln«, sagte Kassiopeia energisch, »die Kugel meldet sich.«

Um uns herum tauten die Hagelkörner, das Pflaster dampfte, mehrere Feuerwehrfahrzeuge rauschten in die Via Agostino Bertani, Feuerwehrmänner sprangen heraus und begannen, Lunas Fiat zu löschen. Kassiopeia nahm die Kugel aus der Tasche und hielt sie mir hin. Sie glühte erst hellrot, dann violett, dann konnte ich verschwommen ein Gesicht erkennen.

»Es ist *er*!«, zischte ich und schob schnell die Kugel zurück. »Ich bin nicht da!«

Wie lange hatte ich Hades nicht mehr gesehen? Und wie schaffte er es, immer noch so umwerfend auszusehen? Dieses herrische, kantige Gesicht mit dem strengen Zug um den Mund herum, der aber so weich und fordernd werden konnte, wenn er etwas erblickte, was er begehrte …

Aber natürlich. *Er* war schließlich Herr über den Quell der Jugend. *Er* alterte nicht, während ich Tag für Tag neue Falten zu beklagen hatte. Wie sehr hatte ich dieses Gesicht geliebt! Das Haar, das sich schwarz im Nacken ringelte, seine Brust, die sich langsam hob und senkte, wenn ich darauf einschlief. Wie hatte ich mich vor diesem Moment gefürchtet, davor, ihn wiederzusehen, seine Stimme zu hören und die gleiche Sehnsucht zu spüren wie damals, als wäre keine einzige Stunde verstrichen.

»Was willst du?«, Kassiopeia bemühte sich um einen möglichst gelangweilten, arroganten Tonfall. Sie hatte Hades noch nie gut leiden können, wahrscheinlich in erster Linie deswegen, weil er mein Geliebter war und nicht ihrer.

»Persephone.«

Der Klang meines Namens in seinem Mund ließ mich erschaudern. Hatte er diesen Namen nicht zärtlich ausgesprochen? Leidenschaftlich? Im Rausch? Hatte er diesen Namen nicht gefleht, ich möge ihn erlösen und die Qualen seiner Liebe mit einem Kuss lindern?

»Sie ist nicht hier!«

»Sei nicht albern, Kassiopeia! Wo seid ihr?«

Kassiopeia warf mir einen fragenden Blick zu, doch ich schüttelte nur heftig den Kopf.

»Das geht dich nichts an.«

»Was treibt ihr?«

»Wir amüsieren uns …«

Ich verdrehte die Augen.

»… prächtig«, vollendete Kassiopeia.

Mit ohrenbetäubender Sirene rauschten mehrere Polizeiwagen an uns vorbei. Wasser spritzte und verdampfte zischend auf der Kugel, und wir traten ein paar schnelle Schritte zurück in den Durchgang.

»Ich habe sie eben gesehen. Sag ihr das. Ihr weißes Haar war zerzaust und ihre Wangen gerötet. Sag ihr, ich kenne sie zu gut, um dies zu missdeuten. Also! Wo seid ihr?«

»In Rom.«

»Ach. Ich habe von einem großen Unwetter in Rom gehört. Blitzschlag, Hagel, alles, was dazugehört. Es soll eine Explosion gegeben und gebrannt haben.«

Neben uns schüttelte ein Passant seinen Regenschirm aus, und die Sonne brach endlich wieder durch die Wolken.

»Jupiter war es nicht.«

»Und da dachtest du sofort an uns. Wie schön.«

»Mach ihn weg!«, zischte ich erneut. Ich konnte seinen Anblick, seine Stimme nicht mehr ertragen. Es war schon schlimm genug, dass er mich so gesehen hatte, in Signorina Liccardis Kleid. Dick. Alt. Schon wieder breitete sich Schwärze vor meinen Augen aus.

»Wer war es dann?«, fragte er scharf.

Oh, wie war mir dieser Ton vertraut!

»Tut mir leid, Hades, wir haben gerade gar keine Zeit, um mit dir zu plaudern. Du verstehst bestimmt. Wir sind in Rom. Und die römischen Männer …«

»Wage es nicht, Kassiopeia! Es ist verboten, Naturgewalten zu entfachen. Allein Jupiter ist dazu berechtigt! Sag ihr das!«

»Sag ihm, ich bin nicht mehr unter seiner Herrschaft.«

»Sie ist nicht mehr unter deiner Herrschaft!«, sagte Kassiopeia theatralisch, während sich zu unseren Füßen Rinnsale bildeten, die zu Bächen anschwollen und die Gasse hinunterschossen. Das Auto war gelöscht, und allein der Gestank von verbranntem Gummi und die Rauchschwaden, die aus dem Wrack quollen, erinnerten daran, was noch vor wenigen Minuten hier stattgefunden hatte.

»Sag ihr, ich behalte sie genau im Auge!«

»Nur zu. Wenn du nichts Besseres zu tun hast!«

»Wenn ich erfahren sollte, dass ihr dahintersteckt, wird das Konsequenzen haben!«

Kassiopeia wischte über die Kugel, und für einen Moment verschwand Hades' Gesicht, dann leuchtete die Kugel noch einmal kurz auf, und wir konnten ihn sehen, wie er sich die Haare raufte.

»Dem haben wir es gegeben«, sagte Kassiopeia zufrieden und wischte noch einmal über die Kugel, damit er endgültig verschwand. »Du darfst nicht zulassen, dass er dich emotional so durcheinanderbringt. Was vorbei ist, ist vorbei.«

Kurz verbarg ich das Gesicht in meinen Händen, dann seufzte ich und nickte.

»Lass mich sehen.«

Neuntes Kapitel

Einundzwanzigster Mai, der Tag, an dem Aurora tausend Tode starb, als sie die Pietà von Michelangelo im Petersdom berührte, von der Polizei gefasst wurde und den restlichen Tag auf der Wache verbrachte.

»Es ist ganz einfach«, sagte Aurora, während sie sich den Riemen ihrer grünen Samttasche über den Kopf zog. »Ich kenne mich dort aus.«

Luna antwortete nicht, sondern starrte auf den roten Fiesta, den sie eben geklaut hatten, um zur Universität zu fahren. Fast hätte Aurora ihre Hand gehoben und ihr den Arm tröstend um die Schulter gelegt, weil sie so deprimiert wirkte. Aber Lunas finsterer Blick schreckte sie ab.

»Die Università La Sapienza ist die größte Universität Europas und die älteste der Stadt Rom. Sie wurde 1303 gegründet …«, dozierte Aurora, während sie sich durch die zahlreichen, chaotisch geparkten Roller in Richtung Eingang schlängelten.

»Lass uns einfach in diese Bücherei gehen«, sagte Luna mürrisch, die keine Lust auf Erläuterungen hatte. »Es war mein Auto. Da hängt man dran.«

»Es gibt nicht nur ›diese‹ Bibliothek«, widersprach Aurora, während sie vor ihr herlief. »Zur Universität gehören

155 Bibliotheken, die über die ganze Stadt Rom und auch im Umland verteilt …«

»Ich hatte auch meine Sachen drin«, unterbrach Luna den Redestrom, als hätte Aurora nichts gesagt. »Meine restlichen Waffen, verstehst du. Mit diesem …« Sie gestikulierte mit einem Stöhnen, »… Firlefanz kommen wir nicht weit.«

»Immerhin sind es zwei Pistolen«, versuchte Aurora zu trösten, die das überhaupt keinen Firlefanz fand.

»Ein Auftragskiller ohne Schalldämpfer«, sagte Luna depressiv, als hätte Aurora nichts gesagt. »Das ist so … wie ein Dirigent ohne Taktstock.«

»Ach Luna!«, erwiderte Aurora.

»Wir holen die Doktorarbeit deines Vaters, und dann verschwinden wir aus Rom. Wenn wir nicht bald den entscheidenden Hinweis bekommen … Scheiße. Scheiße. Scheiße. Und ich ohne *Waffen*! Meine Kalaschnikow … Wieso musste mein Auto abbrennen?«

Aurora beschloss, zu schweigen. Der Explosion nach zu schließen, mit der der Fiesta in die Luft gegangen war, war nicht nur eine Kalaschnikow drin gewesen.

Ihr Magen verkrampfte sich, als sie daran dachte, was in den letzten Stunden passiert war. Wo war ihr Vater? Tot, wie die anderen zwei Professori? Oder auf der Suche nach ihr? Um ihr *seine Arbeit* zu geben? Es konnte eigentlich nur seine Doktorarbeit gemeint sein. Es war die einzige, die ihr Vater ihr nie zu lesen angeboten hatte. Die nie bei ihm zu Hause im Arbeitszimmer gewesen war. Die er mit den Worten *dafür bist du noch zu jung* im hintersten Winkel seines Büros an der Universität versteckt hatte.

Wieso?

Und wieso sollte er sie ihr genau jetzt geben?

»Außerdem schlage ich vor, dass wir erst im Büro deines Vaters nachsehen«, entschied Luna. »Das ist einfacher, als vor all den Leuten ein Buch aus der Bücherei zu klauen.« Und ich ohne Kalaschnikow, schien sie zu denken, sagte aber nichts.

Aurora blieb stehen und kniff für einen Moment die Augen zusammen. »Gegenüber von seinem Büro ist aber die Kaffeeküche. Und es könnte seltsam aussehen, wenn ich ins Büro …«

Luna stöhnte.

»Die Doktorarbeit steht bestimmt in mehreren Ausgaben in der Bibliothek, und …«, sie traten zwischen den hohen Säulen in die riesige Vorhalle. Aurora senkte ihre Stimme. »Ich kenne den Bibliothekar. Okay, er ist ätzend, aber ich glaube …«, mit schnellen Schritten rannten sie die Marmortreppe in den ersten Stock, »… dass er nicht besonders gut sieht.«

Luna hob nur eine Augenbraue, als sie vor einer hohen braunen Tür stehen blieben, die reich mit Intarsien verziert war. Aurora beschloss, einfach unter den Tisch fallen zu lassen, dass der Typ aussah wie Mr Murdstone, der gerade David Copperfield verkloppen wollte. Das würde Luna ohnehin gleich sehen.

Mit erhobenem Haupt öffnete sie die Tür zur Bibliothek und ging an Signor di Valpecca vorbei. Er strahlte die gleiche verbissene Entschlossenheit aus wie immer. In sein schmales graues Gesicht hatten sich tiefe Falten gegraben. Unter seinen buschigen Brauen hervor richteten sich die kohlenschwarzen Augen erst auf Aurora, dann auf Luna, und plötzlich hatte Aurora Zweifel, dass man an ihm vorbei auch nur ein Kaugummipapier schmuggeln konnte. Unter dem alten Tisch, vor dem er saß, schoss ein Chihuahua hervor und kläffte Luna böse an. Seine Augen quollen aus dem kleinen Kopf, und sein Hinterteil hüpfte ständig in die Höhe, so erregt war er.

»Gazpacho«, herrschte di Valpecca den Hund an, und dieser verzog sich eilig unter den Tisch. »Signorina Perrini, ich bin mir sicher …«

Aurora lächelte ihn freundlich an und rannte einfach weiter. Nicht aufhalten lassen. Die Doktorarbeiten standen im hinteren Bereich der Bibliothek, das wusste sie, ohne im Katalog nachzusehen. Hinter sich hörte sie, dass Signor di Valpecca seinen Stuhl zurückschob, und sie beschleunigte ihren Schritt. Keine Diskussionen mit diesem Miesepeter!

Sie bog mit Karacho in den letzten Gang ein und prallte fast auf einen Mann, der dort stand.

»Leon!«, stieß sie hervor. »Tatramedes!«

Erstaunt drehten sich die zwei zu ihnen um.

»Aurora, Liebes!«, flüsterte der Zwerg und begann, strahlend zu lächeln. »Wie schön, euch wiederzusehen!«

Dem grimmigen Blick von Leon nach zu schließen, freute der sich überhaupt nicht. Er wirkte so, als wäre er gerade mit seiner Hand mehrfach durch seine dichten schwarzen Locken gefahren und wäre auch ohne Aurora und Luna furchtbar entnervt.

»Was tust du hier!«, fuhr Aurora Leon an.

Luna schubste sie zur Seite und drückte ihm die Pistole zwischen die Rippen.

»Junge, Junge«, sagte sie, plötzlich wieder ganz die Alte. »Wen haben wir denn hier!«

»Aber, aber, meine Herzchen!«, flüsterte der Zwerg aufgeregt und legte beruhigend seine Hand auf Auroras Arm. »Lasst uns das in aller Ruhe …«

Doch auch Aurora zog ihre Walther PKK aus ihrer grünen Samttasche. »Ich bin so enttäuscht von dir!«, fauchte sie Leon an, während sie erbost den Lauf der gesicherten Waffe in seinen Bauch drückte. »Ich kann dir gar nicht sagen, wie sehr!«

Vorsichtshalber ignorierte sie Luna, die etwas frustriert die Luft ausstieß.

»Du von mir?«, sagte er böse und hob leicht die Hände, um zu zeigen, dass er unbewaffnet war. »Wer hat mir denn das Knie weggeschossen? *Ich* müsste von *dir* enttäuscht sein, *principessa*!«

»Ich habe dir nicht das Knie zerschossen, aber ich hätte es tun sollen!«, zischte sie ihm zu und wandte sich dann an Tatramedes: »Hat er dir das Notizbuch gegeben? Hat er dir gesagt, dass du es für mich aufbewahren sollst?«

Tatramedes warf Leon einen finsteren Blick zu, dann

entspannten sich seine Gesichtszüge wieder: »Herzchen, alles halb so schlimm. Das haben wir in null Komma nichts alles geklärt ...«

Aurora entriss Leon einen dünnen dunkelbraunen Band. »Mattia Perrini«, las sie halblaut vor. Anklagend hob sie ihren Blick. »Ist das seine Doktorarbeit?«

»Nein«, gab er zu.

»Du hast sie gesucht«, warf sie ihm vor.

»Ja«, bestätigte er.

»Wir sollten das nicht hier besprechen«, flüsterte der Zwerg.

»Du bist ein widerlicher Lügner und Betrüger! Du hängst in der Sache mit drin, und ich war so blöd ...«

»Such diese beschissene Doktorarbeit und lass uns verschwinden, *piccioncina*!«, herrschte Luna sie im Flüsterton an.

»Wo ist sie?«, wisperte Aurora Leon zu und drückte den Lauf der Waffe noch etwas mehr an seinen Bauch.

Sein Blick senkte sich auf sie, seine Augen verengten sich ein wenig. Ihr Herz setzte für einen Moment aus, dann klopfte es wesentlich schneller als sonst weiter. Sie hatte den Eindruck, dass er ihr auf die Brüste sah, die sich im Rhythmus ihrer Atmung heftig hoben und senkten.

»Sie steht nicht hier«, sagte der Zwerg ruhig, während seine Augen mit den ihren Kontakt aufnahmen. »In dieser Bibliothek sollten zwei Bände stehen, und nach den Angaben des OPAC sind auch keine entliehen. Sie sind verschwunden.«

»Verschwunden!«, fauchte Aurora ihn viel zu laut an. »Wenn da nicht ein gewisser Leon dahintersteckt.«

»Pscht!«, zischten Leon, Tatramedes und Luna unisono.

»Wir müssen sie mitnehmen«, fügte Luna hinzu. »Das hast du jetzt davon, dass du ihn damals nicht erschossen hast. Ich habe es dir doch gleich gesagt: Mit diesen Kerlen hat man nur Ärger!«

»Pah«, erwiderte Aurora, die noch immer vollkommen auf Leon fokussiert war.

»Und hier kann ich es auch nicht erledigen …«, erklärte Luna mit deprimierter Stimme. »Ich habe schließlich keinen Schalldämpfer mehr.«

»Schade«, sagte Aurora eisig. »Ich habe meinen Schalldämpfer auch nicht dabei.«

»Prima«, sagte der Zwerg mit einer gewissen Erleichterung in der Stimme.

»Was ist denn hier los?«, donnerte hinter ihnen Signor di Valpecca.

Luna gab Aurora einen eiligen Schubs, damit sie gegen Leon fiel. Die kleine Abhandlung ihres Vaters rutschte aus ihren Fingern auf den Boden, während ihre Hand mit der Waffe an Leons Bauch gedrückt wurde. Die Waffe konnte sie jetzt unmöglich verschwinden lassen. Energisch zog sie Leons Kopf etwas näher zu sich und küsste ihn, ohne weiter darüber nachzudenken, auf die erstaunten Lippen.

»Unzucht in den heiligen Hallen der Bibliothek!«, stieß Signor di Valpecca entgeistert hervor. »Und das von Ihnen, Signorina! Wenn ich Ihren Vater demnächst …«

Er verstummte für einen Moment, und Auroras Gedanken fingen zu stottern an. Die Waffe verschwinden lassen. Im Bund der Jeans. Leon nicht mehr küssen, sich umdrehen und Signor di Valpecca in aller Ruhe sagen … in aller Ruhe sagen … in aller …

Die erstaunten, bewegungslosen Lippen von Leon wurden plötzlich weich, und sie spürte, dass seine rechte Hand nach unten rutschte und sich sein Arm wie selbstverständlich um ihre Taille schlang. Plötzlich war es nicht mehr sie, die ihn küsste, sondern er sie. Und plötzlich war es nicht mehr die unschuldige Berührung von Lippen, sondern etwas, was tiefer reichte. Was ihr einen heißen Schauder über den Rücken laufen ließ, die Haut erhitzte, die sich danach sehnte, sich an seinen Körper zu pressen. Als liefe nicht mehr Blut durch ihre Adern, sondern Lava, die vor sich hin köchelte und nur darauf wartete, einen heißen Strom der Leidenschaft tief in ihren Bauch zu pumpen, sie vergessen zu lassen, dass sie in der Bibliothek war, dass hinter ihr Luna und Signor di Valpecca standen. Sie atmete Leons männlichen Duft ein, inhalierte seine Küsse, schmiegte sich an seinen muskulösen Körper … Sie war nicht mehr in der Lage, die Waffe irgendwohin zu bewegen, sie konnte nur daran denken, wie sich seine harte Schulter unter ihrer linken Hand anfühlte. Seine langen, muskulösen Schenkel, die warm an ihren eigenen lagen.

Sein Griff um ihre Taille verstärkte sich.

Hinter ihnen räusperte sich Luna ungeduldig, und mit der letzten Willenskraft, die noch in ihr war, schaffte sie es schließlich doch, die Waffe unbemerkt vorne in den Hosenbund zu stecken und ihr T-Shirt darüberzuziehen.

Atemlos drückte sie sich von Leon weg, fühlte sich plötzlich der Wärme seines Körpers beraubt. Finster starrte er auf sie hinab. Verwirrt trat sie einen Schritt zurück, damit seine Hand von ihrer Hüfte rutschte. Während dieses heißen Kusses hatte sie beinahe vergessen, weswegen sie hier waren! Wie viel Zeit war vergangen? Ihr war schwindelig, und sie konnte nicht mehr klar denken. Vielleicht waren es nur ein paar Sekunden gewesen, aber der Blick in seine Augen weckte in ihr den Wunsch, wieder auf ihn zuzutreten und sich in seine Umarmung ziehen zu lassen.

Abrupt drehte sie sich um und sah als Erstes in das empörte Gesicht von Signor di Valpecca. Hoffentlich sieht er wirklich so unglaublich schlecht, dachte sie verzweifelt. Vielleicht hatte er es nicht mitbekommen, dass sie eben … Meine Güte! … Sie hatte sich Leon an den Hals geworfen und ihn einfach … O mein Gott …

Sie rang nach Luft.

»Unzucht in den heiligen Hallen«, wiederholte Signor di Valpecca krächzend, und ihr stieg das Blut in den Kopf, als ihr klarwurde, dass er wirklich alles bemerkt hatte.

»Haben Sie heute schon meinen Vater gesehen? Ich möchte ihn dringend sprechen!«, lenkte sie ab.

Signor di Valpecca schüttelte fassungslos den Kopf. »Nein. Das habe ich noch nicht! Aber wenn ich ihn sehe, kann ich Ihnen versprechen, dass ich ihm im Detail erzählen werde …«

Neben ihr grinste Leon, sie packte energisch seine Hand und zog ihn hinter sich her an Signor di Valpecca vorbei.

»Tun Sie das, tun Sie das!«, erklärte sie im Tonfall ihres Vaters, wenn er mit einem Handwerker sprach und keine Lust auf weitere Diskussionen hatte, und setzte bissig hinzu: »Und vergessen Sie nicht, Ihr reizendes Hündchen zu erwähnen!«

Signor di Valpecca lief knallrot an.

Als hätte sie den Hund damit herbeigerufen, kam der kleine Gazpacho den Mittelgang entlanggeschossen. Der Bibliothekar packte ihn mit hartem Griff und begann auf ihn einzureden.

»Gazpacho, du unartiger kleiner Junge!! Hör damit auf! Sofort!«

Die vier nutzten die Gunst des Augenblicks, um zu verschwinden.

»Wo ist das Notizbuch?«, wollte Aurora wissen. Ihre Stimme klang noch immer atemlos, was daran liegen mochte, dass sie sich im Laufschritt dem Büro ihres Vaters näherten. Oder auch daran, dass sie Leon noch immer an der Hand hinter sich herzog.

»Vielleicht müssen wir ihn foltern«, schlug Luna vor, die überhaupt nicht außer Atem war.

»Mit brennenden Zigaretten«, setzte Aurora noch eins drauf.

»Wir wollen jetzt nichts übertreiben«, warf der Zwerg

ein, der mit winzigen Schritten mal neben, mal vor ihnen hertänzelte. »Sag ihnen, wo das Büchlein ist, Leon.«

»In meiner Wohnung«, antwortete Leon folgsam, obwohl sein düsterer Blick eine andere Sprache sprach. Ob es an seinem Respekt dem Zwerg gegenüber lag oder Luna zu verdanken war, die mit ihrer *lächerlichen* Waffe direkt hinter ihnen war, konnte man nicht sagen.

Seine Hand schloss sich warm und stark um Auroras kalte Hand, so als würde nicht sie ihn, sondern er sie entführen. Unschlüssig blieb sie vor der Bürotür ihres Vaters stehen, klopfte dann an. Luna verdrehte die Augen und schob sie weg. Mit einer Kreditkarte hatte sie die Tür im Nu geöffnet, dann warf sie den beiden Männern einen unheilvollen Blick zu.

Aurora trat einen Schritt in das Zimmer, sofort überwältigt von den Erinnerungen an ihren Vater. Wo bist du?, dachte sie. Bist du noch am Leben? War da ein leichter Hauch des Aftershaves, das er benutzte?

»Du suchst die Doktorarbeit im Regal. Ich sehe auf dem PC nach«, sagte Aurora, um sich nicht weiter in die Erinnerung ziehen zu lassen.

»Er sucht im Regal«, sagte Luna mit gelangweilter Stimme, lehnte sich gegen das Fensterbrett und ließ Leon nicht aus den Augen.

»Du kannst Griechisch!«, unterstellte Aurora ihm, während sie den Rechner hochfuhr.

Langsam ging Leon an den Regalwänden vorbei, ließ seinen Blick darüberschweifen. »Kann sein«, sagte er.

»Natürlich kann er Griechisch«, warf der Zwerg ungehalten ein. »Zumindest sollte er das.«

»Was stand auf diesen Papieren?«, fragte sie.

Wortlos strich er mit seinen Fingern über die Buchrücken. Er hatte lange, schlanke Finger, und ohne dass sie es wollte, sah sie diese Finger auf ihrer Haut. Langsam drehte er sich zu ihr, ließ aber seine Hand auf dem letzten Buch, das er berührt hatte, liegen.

»Denk an die brennenden Zigaretten«, sagte sie scharf. Er sah so aus, als würde er an ganz andere Dinge denken, die aber alle mit Aurora zu tun hatten. Verlegen verscheuchte sie den Gedanken, dass seine Stimme dunkel und verführerisch klang, und schob den wohligen Schauer, der ihr über den Körper lief, auf den heißen Luftzug, der die nachmittägliche Hitze Roms ins Zimmer wehte. Er sah auf einen Punkt an ihrem Hals, als würde er sie am liebsten dort mit seinen Lippen liebkosen. Verlegen wandte sie den Blick ab.

Vielleicht dachte er auch nur daran, wie er sie am schnellsten um die Ecke bringen könnte.

»Such weiter«, sagte Luna mit ihrer Auftragskillerstimme.

Die Bücher waren zweireihig gestapelt, die Regale gingen bis unter die Decke. Der gesamte Schreibtisch war überhäuft mit Papieren, es konnte ewig dauern, bis man die Arbeit hier fand! Mit einem Piepsen bootete sich der PC, und Aurora versuchte, sich wieder auf ihre Aufgabe zu konzentrieren und nicht an Leon zu denken, der ihr hin und wieder einen Blick zuwarf. So, als hätte er jetzt bemerkt, dass sie eine Frau war und nicht ein kleines, dummes Schulmädchen.

»Und, was stand in den Briefen?«, wiederholte sie ihre Frage, während die Icons auf der Desktopoberfläche erschienen. Sie bemerkte ein Icon, das den Untertitel *Henichos und Phonios* trug.

Sie wusste, was das hieß. Es waren andere Namen für Hades.

Der Nächtliche und *Der Mörderische.*

Ihr Herz begann zu rasen, als sie dieses Icon anklickte.

»Es waren Anträge«, antwortete Leon. »Anträge auf eine Überfahrt.«

»Das hättest du mir sagen sollen, Leon!«, warf der Zwerg noch immer ungehalten ein.

»Anträge?«, fragte Aurora und drehte sich auf dem Bürostuhl in seine Richtung.

»Über den Styx«, erklärte er, während sie auf seinen breiten Rücken starrte. Das graue T-Shirt spannte sich zwischen seinen Schultern. Als er sich nach einem Buch reckte, konnte sie die glatte braune Haut über seinem muskulösen Bizeps sehen. Schnell presste sie die Augen zusammen.

Aurora. Reiß dich am Riemen.

»Über den Styx«, echote sie und drehte sich wieder zurück zum Computerbildschirm.

Mit einem Sirren wurde der Bildschirm blau, dann grau und grün. Dann erschien in zackiger dunkler Schrift: *Jim ist tot*, im nächsten Moment wurde der Bildschirm ganz schwarz. Aurora schrie auf.

Die Luft erschien ihr plötzlich stickig und abgestanden, als wäre in dem Raum schon sehr lange niemand gewesen und aller Sauerstoff aufgebraucht.

»Abgestürzt«, sagte sie erklärend und sprang zum Fenster. Sie riss es weit auf, sah hinab auf die vertrauten Pinien, horchte auf den wilden Verkehrslärm, das Hupen, das Quietschen der Bremsen.

»Herzchen«, sagte der Zwerg sanft und lächelte ihr zu.

»Ich habe die Doktorarbeit gefunden«, erklärte Leon hinter ihnen.

Auroras Blick blieb am nächsten Backsteingemäuer hängen. Ein Konvoi von schwarzen Autos hielt davor, scherte sich keinen Deut um Parkvorschriften. Sie drehte sich um und winkte Luna heran.

»Vielleicht sollten wir sehen, dass wir weiterkommen«, erklärte diese ruhig. »Ich befürchte, meine Kollegen sind eben angekommen.«

Und deren Waffen waren garantiert nicht zwei Stunden zuvor in einem kleinen Ford Fiesta explodiert.

Sie verließen die Universität durch den Hintereingang. Gerade schlug es zwölf Uhr mittags, und Hunderte von Studenten strömten zur Mensa. Sie ließen sich von ihnen wie in einem Fluss mittragen, während Il Macellaios Männer gegen den Strom anliefen, mal dieser Gruppe, mal jener auswichen und sich in die Bibliothek hochkämpften, nur um festzustellen, dass sich dort niemand aufhielt außer einem griesgrämigen Alten und seinem kleinen Hund. Sie fanden Perrinis Büro offen und ebenfalls leer vor, und als sie von der gleichen Stelle aus, an der vor wenigen Minuten noch Aurora und Luna gestanden hatte, hinunterblickten, sahen sie drei junge Leute und einen Zwerg in einen roten Fiat springen, die Fenster des überhitzten Wagen hinunterkurbeln und davonfahren. Beim Ausparken touchierte der Fiat einen ihrer schwarzen Mercedes-Benz, ob es Absicht gewesen war, konnte man von Perrinis Büro aus nicht erkennen.

Wir hatten uns in ein kleines Café an der Piazza di San Cosimato gesetzt. Die Mittagshitze brach über uns herein und ließ uns ermattet auf den Stühlen zusammensinken. Kassiopeia bestellte zwei Spritz und erklärte mir, das trinke man in Rom um die Mittagszeit, wenn man nicht unbedingt auffallen wolle. Ich sah niemanden außer uns, der orange Flüssigkeit aus hochstieligen Gläsern trank, aber ich war zu schwach, um zu protestieren. Das Getränk stieg mir unmittelbar zu Kopf, und ich glaubte plötzlich, ich könnte mich nie wieder von dieser Piazza wegbewegen, Hades hin oder her. Es gab doch Wichtigeres. Teer, der unter der Sonne flimmerte. Den Geruch von Abgasen, starkem Espresso und aufgeplatzten Melonen, die diese dicke Alte am Wochenmarkt gegenüber verkaufte. Scampi, die sich schillernd auf Eisblöcke ergossen. Und meinetwegen der bittersüße Geschmack des Getränks, das durch meine Kehle rann.

Mütter mit ihren Kindern liefen auf dem Weg nach Hause an uns vorbei, Römerinnen in hochhackigen Schuhen und knappen Röcken, mit Brüsten, die ihnen aus der Kleidung zu springen drohten. Ich schloss die Augen. War das nicht immer der Grund unseres Streites gewesen? Hades, der andere Frauen begehrte, junge und schöne Frauen, deren Körper noch makellos und nicht von der Zeit abgeschliffen, abgenutzt und zerstört waren. Ich erinnerte mich, dass er mich darauf hinwies, ich könne jederzeit vom Wasser des Quells der Jugend trinken. Aber welche Frau möchte nicht um ihrer selbst willen geliebt werden? Welche Frau möchte nicht, dass sie endlich so gesehen wird, wie sie wirklich ist, ohne die Reize der Jugend? Mittlerweile glaube ich, dass man Männern mit diesem einfachen Wunsch zu viel abverlangt. Sie sind nicht in der Lage, die äußere Schönheit von jenem innerem Strahlen zu unterscheiden, das Frauen zu eigen ist, die mehr von dieser Welt wissen und mehr von dieser Welt wollen. Mittlerweile glaube ich, es ist besser, man geht getrennte Wege, als sich zu verstellen und Teil dieses unsäglichen Spiels zu werden.

»Lass uns in der Kugel nachsehen, was Il Macellaio so treibt«, schlug Kassiopeia vor.

Sie wartete meine Antwort nicht ab, sondern holte die Kugel hervor und platzierte sie auf dem Tisch vor uns.

»Was soll er schon treiben. Er stirbt«, sagte ich mit einer rigorosen Handbewegung. Rauch wirbelte durch die Kugel und gab dann den Blick auf einen abgedunkelten

Raum frei. Ich kannte diesen Raum nicht, er befand sich nicht in der Wohnung des Skippers, war aber auch nicht das Zimmer, indem die Unterredung zwischen Luna und Il Macellaio stattgefunden hatte. Ein Bett war zu sehen, davor saß eine blonde Frau.

»Du wirst es nicht glauben!«, stieß Kassiopeia hervor. »Das ist sie!«

Sie schob die Kugel näher zu mir. »Die Frau, die hinter deinem … Du-weißt-schon-wem her ist.«

Gerade in diesem Moment war ich Kassiopeia für ihr Taktgefühl äußerst dankbar. Schließlich war ich nicht jeden Tag in der Ewigen Stadt und beschwor Unwetter herauf. Den Gedanken an Hades schob ich fort.

»Il Macellaios Tochter«, stellte ich fest.

Sie saß bewegungslos am Bett ihres Vaters. Einzelne Sonnenstrahlen strichen durchs Zimmer.

»Dottor Musiccio muss jeden Moment eintreffen.«

»Schon gut. Das interessiert mich nicht.« Il Macellaios Stimme war rau. »Wo sind meine Männer? Sind sie zurück?«

»Du sollst dich nicht aufregen, Vater.«

»Sind sie es, oder sind sie es nicht?«

»Nein.«

»Gibt es Neuigkeiten von Angelo Pinotti?«

»Seit sein Sohn tot ist …«

»Ich weiß, ich weiß! Seit sein Sohn tot ist, ist er nur von dem Gedanken beseelt, mich sterben zu sehen. Aber so weit wird es nicht kommen. Ich habe nicht viel Zeit, aber diese Zeit wird reichen. Was ist mit Luna Laverna?«

Die blonde Frau senkte den Blick und schwieg.

»Ist sie da gewesen?«

»Nein.«

»Du lügst.«

»Du sollst dich nicht aufregen, hat der Dottore gesagt. Und wir sollen keine unberechtigten Hoffnungen wecken.« Seine Tochter sah ihn nun doch an, kurz wirkte ihr Blick hart, dann zwinkerte sie, und der Ausdruck war verschwunden.

»Sie hat herausgefunden, was wir brauchen. Es sind drei Münzen. Aber wir wissen nicht, wo sie sind. Nur, dass die Professori ihre Finger im Spiel hatten.«

Sie brach ab, und die Stille, die nun zwischen ihnen stand, wurde von einem leisen Klopfen unterbrochen. Die Frau sprang eilig auf, um die Tür zu öffnen.

»Dottor Musiccio. Endlich! Vater hatte einen … einen Schwächeanfall. Wie gut, dass Sie hier sind.«

»Gloria übertreibt. Sie ist nur froh, dass sie nicht mit mir alleine sein muss.« Il Macellaio lachte ein Lachen, dass jeder Fröhlichkeit entbehrte.

Dottor Musiccio, ein schmächtiger, glatzköpfiger Mann mit weichen Gesichtszügen, nahm Glorias Hand und deutete einen Handkuss an.

»Es war richtig, mich zu rufen«, sagte er und war dann mit wenigen Schritten an Il Macellaios Bett. Er stellte seine Tasche auf dem kleinen Tischchen ab und öffnete sie.

»Das wissen Sie doch. Gloria will nur das Beste für Sie. Nicht wahr, Gloria?«

Gloria nickte eilig und setzte sich nun auf die andere Seite. Sie schlug die Beine übereinander und strich sich das Haar aus der Stirn. Sie war eine schöne Frau, doch das Leben an Il Macellaios Seite hatte einen harten Zug um ihren Mund herum gegraben. Einen Ausdruck, als hätte sie nicht oft gelacht und wäre selbst im Schlaf nicht frei gewesen, nicht frei, dorthin zu gehen, wohin sie wollte.

»Ja, Dottore. Für Vater würde ich alles tun. Das wissen Sie doch.«

»Nur wird der Wille allein nichts nützen, wenn ich vorher krepiere. Verstehen Sie das, Musiccio?«

»Ich verstehe.«

»Sorgen Sie dafür …«

»Das werde ich.«

Er schob Il Macellaios Ärmel zurück und zog eine Spritze auf. Jede Bewegung war, als hätte er sie schon Tausende Male ausgeführt. Seine Augen verengten sich, als er gegen die Spritze klopfte, um die Luftblasen zum Aufsteigen zu bewegen.

»Aber Sie sind nicht Gott«, stellte Il Macellaio fest.

Er blickte zum Fenster hinüber, als Musiccio die Spritze setzte.

»Wir tun alle unser Bestes«, sagte Gloria, biss sich dann aber auf die Lippen, als ihr Vater scharf die Luft durch die Nase einsog. Seine Augen wurden glasig.

»Es wird ihm gleich bessergehen. Gibt es denn Neuigkeiten?«

Gloria schüttelte den Kopf, und ihr Blick huschte wie unabsichtlich zur Tür.

»Wie lange wird er noch durchhalten?«, flüsterte sie.

»*Chiudi il becco!* Hinter meinem Rücken wird nicht über meinen Tod gesprochen!«

Gloria und Dottor Musiccio fuhren schuldbewusst zusammen, und Musiccio räusperte sich unbehaglich. Wieder klopfte es an der Tür.

»*Avanti!*«, sagte Il Macellaio böse. »Wir haben hier gerade ein erquickliches Zusammentreffen, nicht wahr?«

Die Türe öffnete sich, und zwei weitere Männer betraten den Raum.

»Giuseppe! Nero! Kommt zu mir!« Il Macellaio breitete die Arme aus und bedeutete den beiden, näher zu kommen. Sie trugen noch ihre Waffengürtel unter den dunklen Anzugjacken und sahen auf den ersten Blick aus wie Zwillinge: schwarzes, nach hinten gekämmtes Haar, dunkle Haut und eine bullige Statur.

»Boss.«

»Was gibt es Neues? Habt ihr den Skipper?« Il Macellaio setzte sich im Bett auf und schlug die Decke zurück. Seine Tochter wollte ihm zu Hilfe kommen, doch er bedeutete ihr mit einem ungeduldigen Handzeichen, sie solle sitzen bleiben.

Giuseppe und Nero schüttelten den Kopf. »Wir vermuten, dass der Skipper tot ist.«

»Tot. Ich höre immer nur tot. Habe ich nicht erwähnt, dass in meiner Gegenwart nicht vom Tod gesprochen wird?«

»Angelo und seine Leute haben ihn nicht. Er ist nicht in seiner Wohnung. Und in die sollte er in regelmäßigen Abständen zurückkehren. Wir vermuten, dass Luna Laverna ihn getötet hat.«

»Warum sollte sie das tun?«

»Vielleicht ist sie zum Pinotti-Clan übergelaufen. Sie wäre nicht die Erste, die die Seiten wechselt.«

Il Macellaio sah die beiden Männer ohne Regung an.

»Zu Angelo Pinotti. Glaubt ihr, ihr könnt mir jeden Blödsinn auftischen? Und das Mädchen, Perrinis Tochter – habt ihr sie?«

»Wir sind ihr in die Universität gefolgt. Sie war mit Luna Laverna zusammen. Was sie dort wollten, wissen wir nicht. Vermutlich wollten sie zu Perrini …« Nero brach ab, als er bemerkte, wie Il Macellaios Mund hart wurde.

Dottor Musiccio klappte beiläufig seinen Koffer zu. »Ich werde nun wohl nicht mehr gebraucht.«

»Bleiben Sie, Dottore.«

Musiccio nickte ergeben.

»Die Professori?«

»Tot.«

»Warum tot?« Il Macellaios Stimme blieb leise, und doch schien sie den ganzen Raum bedrohlich auszufüllen.

»Sie wollten nicht reden, Chef. Wir haben sie gefoltert. Dann ist die Sache eskaliert.«

»Ihr solltet herausfinden, wo die Münzen sind. Und was macht ihr Idioten? Habe ich gesagt, ihr sollt sie töten? Habe ich das gesagt?«

»Nein, Chef.«

»Wer hat sie getötet?«

»Ich war es.« Giuseppe hielt Il Macellaios Blick kurz stand, dann senkte er den Kopf. »Ich dachte, Terenghi redet, wenn Fernando tot ist.«

»Wir wollen aus der Sache kein Drama machen. Nicht wahr, Vater, Fehler passieren … Es wird schon nicht so schlimm sein, dass diese Professori …«

»Nicht so schlimm.« Il Macellaio wandte seinen Blick zur Decke, als würde er dort nach einer Antwort suchen. »Zum Glück kann ich mich wenigstens auf Signorina Laverna verlassen. Sie ist die Einzige, die etwas Brauchbares zustande bringt. Kann es vielleicht sein, dass die Professori die Einzigen sind, die wussten, wo die Münzen versteckt sind?«

Niemand antwortete.

»Könnte es sein, dass unsere Chancen, die Münzen zu finden, durch ihren Tod deutlich kleiner geworden sind?« Mit einiger Anstrengung stemmte er sich hoch und griff nach dem Gehstock aus dunkelpoliertem Olivenholz, der am Bettpfosten lehnte. Kurz schwankte er, dann fing er sich, straffte seinen Oberkörper und die Schultern. Sein Gesicht war von der Anstrengung gezeichnet. »Könnte es sein, dass mir nicht mehr viel Zeit bleibt, um den Styx zu überqueren? »

»Aber das Mädchen … Sie könnte wissen, wo die Münzen sind«, versuchte Gloria abzulenken. »Wir werden einfach die Männer losschicken, um sie zu suchen. So viele Menschen in Rom schulden uns einen … Gefallen. Sie kann nicht unentdeckt bleiben.«

»Dich habe ich nicht gefragt.«

»Entschuldige bitte.« Sie sank wieder auf ihrem Stuhl zusammen. Auf ihrer Stirn standen nun Schweißtropfen. Das perfekt frisierte blonde Haar ringelte sich an ihren Schläfen.

»Also, Giuseppe, was schlägst du nun vor?« Il Macellaio ging, schwer auf den Stock gestützt, um die Männer herum und stellte sich hinter Giuseppe. »Wie wirst du diesen Fehler wiedergutmachen? Ich habe nicht mein ganzes Leben hart gearbeitet, nur damit mein Imperium von Nichtsnutzen zerstört wird. Kannst du dir vorstellen, was das heißt: ein ganzes Leben?«

Giuseppe schüttelte den Kopf.

»Schon mein Vater hat mich gelehrt, was es bedeutet, der mächtigste Mann Roms zu sein. Wie wichtig es ist, dass man seinen Besitz mit eiserner Hand zusammenhält und mehrt. Dass man sich mit Menschen umgibt, die blind ausführen, was man ihnen aufträgt. Mit zwei Jahren habe ich öfter tote Männer gesehen als den Busen meiner Mutter. Verstehst du das?«

Giuseppe nickte. Auch auf seiner Stirn waren nun Schweißtropfen zu sehen.

»Wenn ich eines von meinem Vater gelernt habe, dann,

dass man keinen Fehler dulden darf. Dass ein Fehler das gesamte Konstrukt zerstören kann. Zerstören wird.«

Er atmete schwer, dann hob er mit einer erstaunlich kraftvollen Bewegung den Stock und legte ihn an Giuseppes Kehle. Das Knacken war überdeutlich zu hören.

»Er war wie ein Sohn für mich«, sagte Il Macellaio bedauernd an Dottor Musiccio gewandt, und Giuseppes schlaffer Körper rutschte nun langsam zu Boden. »Giuseppe und Nero waren beide wie Söhne für mich. Nicht wahr, Nero, mein Lieber?«

Sie fuhren hinaus aus Rom, immer Richtung Westen, die Autobahn umgehend auf schnurgeraden Straßen durch das platte Land. Die Luft wurde wieder salzhaltiger, die Weiten diesiger, und in Auroras Bauch grollte der Hunger. Sie war müde, und ihr war schlecht vom Lesen der Doktorarbeit auf der Rückbank des Autos.

Hin und wieder sah sie auf, begegnete Lunas Blick im Rückspiegel. Sie war offensichtlich auf der Hut vor möglichen Verfolgern. Waren sie in Sicherheit? Lunas mürrische Miene hielt sie davon ab zu fragen.

Leon und Tatramedes hatten während der ganzen Fahrt keinen Ton gesagt, Leon, weil er anscheinend nie das Bedürfnis hatte zu sprechen, und Tatramedes, weil er Autofahrten schlecht vertrug. Aurora hatte das ungute Gefühl, dass Leon kurz davor war, dem Ganzen ein Ende zu bereiten, und dass es nur der Anwesenheit des Zwerges zu verdanken war, dass Leon schweigend und ohne Gefühlsregung aus dem Fenster sah. Es war ihr nicht entgangen, dass der Zwerg hin und wieder seine Hand leicht auf Leons Unterarm legte und ihm damit wortlos signalisierte, nichts Unbedachtes zu tun.

Die Sträßchen wurden immer enger. Sie fuhren an Müllcontainern vorbei, an Pinien, Weiden und ummauerten Anwesen. Es wurde immer karger, verlassene Strandrestaurants und leere Parkplätze säumten den Weg. Mitten auf einer Kreuzung blieb Luna schließlich stehen und starrte auf das Feld direkt vor ihnen. Sie sah aus, als hätte sie aufgegeben.

Aurora hatte aufgehört zu lesen, die Doktorarbeit war zugeklappt, und man sah nur die Widmung.

Für Alessia. Auf der Suche nach der Wahrheit.

Alessia war ihre Mutter.

Alessia Perrini.

In ihrem Bauch pochte die Ungeduld, die Angst, dass es zu spät sein könnte. Ausgerechnet jetzt, wo sie langsam zu verstehen begann, was geschehen sein musste, damals vor zwölf Jahren. Ihre Mutter lebte noch, da war sie sich sicher. Sie war über den Styx gegangen – Aurora wusste nur noch nicht, warum –, und dann war irgendetwas schiefgegangen, und die Professori hatten keine Möglichkeit gesehen, sie zurückzuholen. Aber es gab eine Möglichkeit!

Sie versuchte, sich an das Gesicht ihrer Mutter zu erinnern, aber sie sah immer nur das Gemälde vor sich, das Gemälde von einer jungen Alessia Perrini. Darauf war ihre Mutter nur ein paar Jahre älter gewesen als sie jetzt, und sie hatten die gleichen Augen und die gleichen Haare. Und plötzlich sah Aurora nur noch ihr eigenes Gesicht gespiegelt im Autofenster.

Luna entschied sich dafür, nach rechts abzubiegen. Die asphaltierte Straße endete, war nur noch eine staubige Piste zwischen Spanischem Rohr, hin und wieder blitzte das Meer zwischen den trockenen Hügeln auf. Nach fünf Minuten endete die Fahrt auf einem riesigen Sandplatz, der vor einer blau gestrichenen Wellblechbaracke lag, umzäunt von einer weißen Mauer. Davor waren ein alter umgekippter Roller und ein Haufen Müllsäcke, die so aussahen, als würden sie hier schon ewig liegen. Aurora stieg aus und presste dabei sowohl die Doktorarbeit ihres Vaters als auch die Pistole an ihre Brust. Alle Fenster waren mit braunen Läden verschlossen, nur eines war mit blauen Müllsäcken verhängt.

War ihr von der Autofahrt so übel? Oder von dem Anblick des Mülls auf dem sandigen Platz? Eine Ratte huschte in den Schatten der Bougainvillea, die sich über einen Teil der Mauer ergoss.

»Was ist das?«, fragte Aurora.

Luna verdrehte die Augen und trat gegen den umgekippten Roller. »Das Schloss von Dornröschen. Jetzt hab dich nicht so, *bella*. Wir müssen irgendwo bleiben, während wir etwas suchen, das wir Il Macellaio als Tausch für den Skipper anbieten.«

In der Luft lag ein Geruch von verwesendem Tang und Fisch, der Aurora schon immer zuwider gewesen war. Sie hatte keine Lust, sich das Haus von innen anzusehen, sondern stiefelte schweigend den harten, sandigen Weg hinab zum Meer.

»Wir sind in Sicherheit. Das ist erst einmal das Wichtigste«, knurrte Luna von hinten, aber Aurora drehte sich nicht mehr um.

Das Meer tauchte vor ihr auf. Der milchige warme Dunst verschluckte die Weite, die Aurora immer als bedrückend empfand, und dämpfte die Schreie der Möwen. Entkräftet ließ sie sich in den Sand plumpsen, geblendet von der Sonne, die unerträglich grell war, obwohl sie hinter all dem Dunst nicht zu sehen war. Verzweifelt schloss Aurora die Augen und spürte die Helligkeit durch die geschlossenen Lider.

»Bei Athene!«, hörte sie den Zwerg ausrufen. »Wie lange war ich nicht am Meer. Diese Luft!«

Sie hörte, dass sich Leon neben sie plumpsen ließ, und frustriert bemerkte sie, dass sie vergessen hatte, ihn zu bedrohen und einzuschüchtern. Sie war für eine Kriminelle denkbar ungeeignet.

»Vergiss es einfach!«, empfahl sie ihm mit geschlossenen Augen. »Es war ein reines Ablenkungsmanöver.«

»Wie bitte?«, fragte er, und seine Stimme hörte sich erstaunt an.

»Der Kuss. Das war kein richtiger … Kuss. Wenn du verstehst, was ich meine.«

»Nein«, sagte er, und man hörte seiner Stimme nicht an, was er dachte.

»Nein? Was nein?«, fragte Aurora scharf und setzte sich auf.

»Ich verstehe nicht, was du meinst«, erklärte er ihr, und sie sah ihm einen Moment in die Augen, bevor sie wieder schnell über das Meer blickte.

»Der Kuss. Du darfst nicht denken, dass … also, dass ich das absichtlich …«

Er schwieg, und sie hätte sich am liebsten mit der flachen Hand auf die Stirn geklopft. Ihr Gehirn setzte für einen Moment aus, weil sie gerade nur an diesen Kuss denken konnte. Für ein Ablenkungsmanöver hätte es vollkommen gereicht, ihn zu umarmen, aber sie hätte ihn nicht küssen müssen. Und es war auch überhaupt nicht geplant gewesen, dass sie sich davon so überwältigen lassen würde. Noch immer überlief es sie heiß, wenn sie daran dachte, dass Luna, Tatramedes und der Bibliothekar dabei zugesehen hatten.

»Also, natürlich war es absichtlich«, verhedderte sie sich in ihrer Argumentation und versuchte, den Gedanken an den Kuss zu verscheuchen. »Aber nur, um die anderen davon abzulenken …«

Sie spürte seinen Blick, obwohl sie auf das Wasser starrte, und ihr wurde plötzlich heiß.

»Jedenfalls. Ein echter Kuss. Das wäre anders«, schloss sie mit gerunzelter Stirn und hob abwehrend die Hand, weil sie den Eindruck hatte, dass er sich auf sie zu bewegt hatte. »Bleib, wo du bist! Wir wollen nicht weiter darüber nachdenken.«

Wie blödsinnig, dachte sie und kniff sich in den Oberschenkel. Die Einzige, die jetzt seit fünf Minuten darüber redete, war sie selbst.

»Ach Herzchen«, sagte der Zwerg vor ihr und lächelte freundlich. Er war am Ufer bis zu ihnen gewatet. Seine Hosenbeine waren aufgekrempelt. »Natürlich war uns allen klar, dass es ein Ablenkungsmanöver war. Du würdest dich nie mit jemandem wie …«, er warf Leon einen warnenden Blick zu, »… wie ihm einlassen.«

Als sie sich zu Leon drehte, nickte dieser brav, und nicht zum ersten Mal musste sie denken, dass sein zurückhaltendes Verhalten nur der Anwesenheit des Zwerges zu verdanken war.

»Ich werde es mir merken«, sagte er. »Ich werde dich natürlich nicht küssen. Versprochen. Weder echt noch unecht. Du brauchst mich nicht mit der Waffe bedrohen.«

Der Zwerg nickte, als hätte Leon die richtige Antwort gegeben.

Aurora starrte auf die Waffe, die sie unabsichtlich auf ihn gerichtet hatte, dann legte sie sie innerlich stöhnend neben sich.

»Du musst verstehen«, sagte Tatramedes und setzte sich nun auch neben Aurora, »er ist zwar ein Rüpel, aber innerlich ein Goldstück.«

Leon stand auf und ging zum Wasser hinunter. An seinem Rücken konnte Aurora sehen, wie sehr er sich zusammenriss. Wie konnte er zulassen, dass der Zwerg so über ihn sprach?

»Er hat eben noch nie jemanden getroffen …«, der Zwerg suchte nach Worten, »… den er so richtig an sich herangelassen hätte.«

»So.«

»Er hatte viele Frauen, war aber noch nie verliebt.«

Aurora erwiderte nichts, sondern starrte auf ihre nackten Füße, die sie in den Sand grub.

»Aber dich mag er wirklich!« Der Zwerg setzte sein strahlendstes Lächeln auf.

»Er hasst mich.«

»Unsinn. Er kann nur seine Gefühle nicht richtig artikulieren. Das ist bei vielen jungen Männern so. Das musst du ihm nachsehen.« Der Zwerg senkte seine Stimme. »Vielleicht liegt es daran, dass er alleine bei seinem Vater aufgewachsen ist. Ein sehr despotischer Mann. Ständig Frauengeschichten. Kein gutes Vorbild für den Jungen.«

Aurora seufzte und ließ sich nach hinten in den Sand fallen. Sie sollte sich keine Gedanken über Leon machen. Er war das Unwichtigste in dieser ganzen Geschichte. Es ging um ihre Eltern. Darum, dass ihre Mutter noch lebte und dass ihr Vater gerade dabei war, eine riesengroße Dummheit zu begehen.

Und darum, dass sie ihm helfen musste. Dass sie die Münzen finden musste. Und zwar vor Luna. Vor irgendwelchen Mafiabossen.

Ihr wurde übel.

»Nicht traurig sein, Liebchen«, sagte der Zwerg. »Du

bist jung und hübsch. Man muss sich in dich verlieben. Außer man ist so eine Schwuchtel wie ich.«

Er lachte sein meckerndes Lachen, dann stand er auf und lief mit kleinen, trippelnden Schritten zur Baracke hinauf.

Leon war zum Wasser geschlendert und krempelte gerade die Hosenbeine hoch. Seine Schuhe standen noch neben ihr. Während er über das Meer blickte, spülten die leichten Wellen über seine nackten Füße. Sie versuchte, nicht auf seine muskulösen Schenkel zu sehen, um die sich eng seine Jeans schmiegte, und auch nicht auf seine nackten, muskulösen Waden und seine Knöchel, die hin und wieder vom Wasser verschluckt wurden.

Für einen winzigen Moment stellte sie sich vor, neben ihm zu stehen, genau wie er mit dem Füßen im Wasser … Ein Gräuel! Auf jeden Fall keine Entspannung für sie, die das Wasser verabscheute wie sonst nichts auf der Welt.

Sie sah wieder in die Doktorarbeit ihres Vaters, schließlich hatte sie Wichtigeres zu tun. Als sie hinter sich Schritte hörte, drehte sie sich erschrocken um. Aber es war nur Luna, die einen großen Becher Kaffee neben ihr abstellte.

Als sie an dem Kaffee nippte, hätte sie ihn am liebsten ausgespuckt. Es war keine Milch darin, und er schmeckte schwarz und bitter.

»Hilft uns die Doktorarbeit weiter?«, fragte Luna rau. Sie roch so, als hätte sie in den letzten zehn Minuten eine ganze Schachtel Zigaretten inhaliert.

»Bei was?«

»Um Il Macellaio zufriedenzustellen«, erklärte Luna mürrisch. »Komm mir jetzt mit keinen wissenschaftlichen Abhandlungen oder so einem Scheiß. Es geht hier um unseren Kragen, verstehst du? Und pass auf den Kerl auf. Er ist nicht der, der er zu sein vorgibt.«

»Leon?«

»Leon«, fauchte Luna. »Sind noch andere Kerle hier?«

Aurora senkte die Stimme: »Und wer, meinst du, ist er?«

Mit einer ungeduldigen Bewegung zuckte Luna mit den Schultern. »Jemand, der am Skipper und an der Arbeit deines Vater Interesse hat. Und er kennt Il Macellaio, da bin ich mir sicher.«

Beide blickten wieder zu Leon, der die Hände in die Hosentaschen gesteckt hatte und über das Wasser sah.

»Wir sollten ihn umlegen«, knurrte Luna. »Und komm jetzt nicht mit tausend Gegenargumenten, du Weichei.«

Wie ein fliehendes Pferd begann in Auroras Brust das Herz zu rasen.

»Nur ein Gegenargument«, sagte sie schließlich atemlos. »Er kann Griechisch. Und ich nicht.«

Luna verdrehte die Augen. »Meinst du, es fällt mir nicht auf, wie du ihn ansiehst? Na? Außerdem bin ich mir sicher, dass dieser Zwerg auch Griechisch kann …«

»Die Doktorarbeit ist eine Abhandlung über den Hades«, lenkte Aurora geschickt ab. »Und den Quell der Jugend, der sich dort befinden soll.«

Verlegen blickte sie auf die Widmung.

Ihre Mutter. Alessia. So voller Leben und voller Liebe. Nicht immer war ihr Vater so ein verbohrter Wissenschaftler gewesen. Die beiden waren durch das Haus getanzt, zu der Musik, die blechern von einem Plattenspieler in der Bibliothek schallte. Am Frühstückstisch hatte er sich oft die dunklen Locken ihrer Mutter um den Zeigefinger gewickelt, bis ihr Gesicht direkt vor seinem gewesen war, und hatte ihr mit einem Kuss etwas zugeraunt …

Für Alessia. Auf der Suche nach der Wahrheit, flimmerte die Widmung vor Auroras brennenden Augen.

Und dann war ihre Mutter einfach verschwunden.

Die Zeit danach war Aurora auf einmal klar im Gedächtnis. Die drei Professori hatten sich jeden Tag getroffen. Sie erinnerte sich an die gewisperten Unterhaltungen: *Es kann nicht sein … Sie muss es schaffen … Sie hat gesagt, sie weiß, was sie zu tun hat …* Aber jeder Tag hatte die gewisperten, aufgeregten Unterhaltungen ein Stückchen mehr verebben lassen. Hatte ein Schweigen über alles gebreitet, hatte ihnen die Tränen gestohlen.

Woher kam plötzlich diese Erinnerung?

»Er meint«, Aurora stockte ein wenig, »den Zugang zum Hades gefunden zu haben. In einem alten Dokument gibt es einen Hinweis darauf, dass … er in Rom ist.«

Allgemein wird davon ausgegangen, dass sich der Eingang am Ende der Welt am Ufer des Okeanos oder im Land der Kimmerier oder im Hain Persephones befindet. Dort sollen die schwarzen Fluten der Flüsse Pyriphlegeton und Kokytos in die

Tiefe stürzen. Diese Kluft in die Tiefe der Erde soll den Eingang zum Totenreich bilden.

Doch dies entspricht nicht der Wahrheit.

»Na, so was«, sagte Luna dumpf. »Das hätte ich ihm sagen können. Wieso sonst sollte hier der Skipper wohnen, diese Drecksau.«

»Luna«, warnte Aurora sie. »Sprich nicht so über einen … Toten.«

»Wir müssen nicht nur den Zugang finden«, erinnerte Luna sie, ohne auf ihren Tadel einzugehen. »Sondern auch den Weg hinüber.«

Aurora nickte, strich mit ihrem Finger über die Widmung. »Er schreibt, dass nur der Skipper einen hinüberbringen kann, wenn man ihn … dafür bezahlt.«

»Bezahlt«, sagte Luna ironisch und hob eine Augenbraue.

»Und dass man den Skipper nicht finden kann. Der Skipper findet dich.« Ihre Stimme verebbte zu einem Flüstern. »Und er findet lieber … Frauen.«

»Ach was«, Luna leerte die Kaffeetasse neben sich. »Wieso wundert mich das nicht?«

Sie zündete sich eine neue Zigarette an und inhalierte tief. »Und wo soll der Eingang nun genau sein?«

»Wenn man auf einer Karte die vier Papstbasiliken mit Linien verbindet, dann liegt der Eingang genau auf dem Schnittpunkt dieser Linien.«

»Papstbasiliken«, wiederholte Luna schon wieder. »Kennst du die?«

Bewacht wird der Hades durch den mehrköpfigen Hund Kerberos, ein Sohn von Typhon und Echidna.

Aurora seufzte. »Natürlich. Die kennt doch jeder. Das sind San Giovanni in Laterano, die Kathedrale, die von Konstantin dem Ersten als römische Hauptkirche errichtet wurde. Hier wurden bis zum neunzehnten Jahrhundert alle Päpste gekrönt.«

Luna sagte nichts.

»Natürlich der Petersdom, San Pietro im Vatikan, der über dem Grab des Apostels Petrus steht. Dann San Paolo fuori le Mura. Die Kirche steht über dem Grab des Apostels Paulus an der Straße nach Ostia. Und die vierte ist Santa Maria Maggiore, sie wurde von Papst Liberius errichtet …«

»Über welchem Grab?«, fragte Luna mit gelangweilter Stimme.

»Ähm. Kein Grab. Hier soll es am 4. August 352 geschneit haben …«

»Du bist ein wandelndes Lexikon.«

»Mein Vater … Na ja. Mein Vater hat mir das erzählt.« Nicht nur einmal. Und nicht nur ihr Vater.

Aurora blätterte ein paar Seiten weiter. »Da bin ich gerade. Es gibt die Sage von der dreiteiligen Münze. Mein Vater scheint sie für keine Sage gehalten zu haben.«

Luna verdrehte die Augen.

Hades, der König des Totenreiches, von jeher ohne Mitleid und voller Härte, ließ keinen mehr aus seinem modrigen Schattenreich zurückkehren auf die lichte Erde. Er entführte Persephone als seine Gemahlin. Doch ihre Mutter Demeter verhinderte das Erdwachstum, um ihrer Tochter zu helfen, und Zeus hatte ein Einsehen. Er gab ihr drei Münzen, mit denen sie den Styx anhalten konnte, um im Frühling, Sommer und Herbst auf Erden zu weilen. Nur den Winter verbrachte sie mit ihrem Gemahl.

Doch Persephone wurde älter und weiser, sie konnte das grimmige, unnachgiebige Verhalten ihres Gatten nicht mehr akzeptieren. Im Streit verließ sie das Totenreich, und Hades schleuderte im Zorn die drei Münzen zurück auf die Erde.

»Mit diesen Münzen konnte Persephone zu Hades hinüber. Und wieder zurück auf die Erde.«

»Erzähl mir was Neues«, brummte Luna, aber jetzt klang sie entspannt.

Leon drehte sich zu ihnen. Vor dem weiten Meer, den beständigen Wellen und dem aufkommenden Wind sah er wild und frei aus. Aurora konnte nicht anders, als seinen Blick zu suchen. Dieselbe Geschichte hatte auch er ihr erzählt.

Die Sonne. Der Mond. Die Erde.

»Ich glaube nicht, dass er sie gefunden hat. Zumindest wird dies in der Doktorarbeit so nicht formuliert …«, erklärte sie. *Wo sie gelandet sind, darüber wird noch gerätselt, aber vieles deutet darauf hin, dass es beim Ätna auf Sizilien sein muss. Was liegt näher für einen Gott wie Hades?*

Aurora blätterte noch einmal weiter. Ein Windhauch strich über ihre Haut, warf ihre schwarzen Locken über ihren Rücken. Die nächste Seite blätterte der Wind um, und Aurora stieß einen Schrei des Erstaunens aus.

»Die Münze …«, flüsterte sie und legte ihren Zeigefinger darauf, als könnte sie das Bild dadurch verschwinden lassen.

»Lass sehen«, sagte Luna.

Plötzlich verscheuchte der auffrischende Wind die diesige Luft, und die Sonne brannte auf den Strand.

Zögernd nahm Aurora den Finger weg.

Die Sonne. Der Mond. Die Erde.

»Ich kenne sie«, flüsterte sie fast unhörbar. »Vor drei Monaten habe ich eine davon gesehen. Es war Abend, und mein Vater saß in der Bibliothek. Er hörte mich nicht, denn er war so vertieft in diesen Anblick …«

Sie schluckte. Warum wurde ihr das erst jetzt klar?

»Mein Vater hat die Sonnenmünze.«

»Na, das sind ja mal gute Neuigkeiten«, sagte Luna, als würde es sich nicht um eine Münze handeln, mit der man den Styx überqueren konnte, sondern um etwas völlig Alltägliches, wie ein U-Bahn-Ticket zwischen Termini und Via Cavour. Dann fuhr sie unvermittelt fort: »Hör mal, Aurora. Ich habe ein blödes Gefühl. Ich sollte das Auto verschwinden lassen. Il Macellaio hat seine Augen überall.«

»Was meinst du damit?«, Aurora konnte den Blick nicht von den Münzen abwenden, ihr Mund fühlte sich wie ausgetrocknet an. Plötzlich war alles so real. Es war nicht nur eine Abbildung in irgendeinem Buch. Sie hatte die Münze gesehen, sie hatte gesehen, welche zwiespältigen Gefuhle sich im Gesicht ihres Vaters gespiegelt hatten. Wieso hatte er nicht versucht, ihre Mutter zurückzuholen, wenn er doch die Möglichkeit dazu hatte?

Weil ihn Fernando davon abgehalten hatte? Weil ihm die anderen Münzen fehlten? Weil er wusste, dass er bei diesem Versuch sterben könnte und eine Tochter allein in Rom zurücklassen würde? Was war der Grund? Und wo war er jetzt? Hatte er beschlossen, dass er es jetzt wagen konnte, jetzt, wo seine Tochter sowieso davongelaufen war?

»Dass er überall Informanten hat«, sagte Luna, und Aurora sah irritiert von der Abbildung auf. »Überall in Italien, nicht nur hier. Die sehen das Auto und wissen, wo wir sind. Es ist sicherer, wenn es nicht genau vor dem Ort steht, an dem wir schlafen wollen. Ich weiß, wo ich es verstecke, bis wir es wieder brauchen.«

Aurora versuchte, sich auf das Gespräch zu konzentrieren. »Bist du oft hier?« Sie wunderte sich etwas, warum sich Luna in diesem öden Landstrich so gut auskannte. Sie selbst war nicht oft aus Rom herausgekommen. Ihr Vater hatte nie Zeit, und ihre Mutter – sie wischte den Gedanken fort. Jetzt nicht mehr an ihre Eltern denken. Alles der Reihe nach.

»Ich war schon viele Jahre nicht mehr hier.« Luna machte eine Pause, als würde sie die Luft anhalten. »Ich bin hier aufgewachsen«, sagte sie dann kurz, als wäre das schon zu viel Information.

»Aufgewachsen?« Aurora blickte zurück zu der Baracke, sie konnte es nur als Baracke bezeichnen, auch wenn es vielleicht irgendwann mal ein Haus gewesen war. »Hier?«

»Warum nicht?«, blaffte Luna sie an.

»Entschuldige. Ich dachte ja nur.«

Aurora folgte Leon mit den Augen, der nun noch etwas weiter ins Meer hineinwatete und schließlich mit einem eleganten Kopfsprung unter Wasser verschwand. Er kraulte ein paar Meter, dann schüttelte er sein Haar, dass die Tropfen spritzten, und ließ sich treiben. Die Spiegelungen der Sonne glitzerten so stark in den Wellen, dass er für wenige Augenblicke verschwunden zu sein schien.

»Das würde ich nicht versuchen, *bello*«, brüllte Luna ihm nach, »in der Gegend gibt es verdammt viele Haie!« Sie rieb sich mit beiden Händen über die Augen, als könnte sie damit seinen Anblick aus ihrem Gesichtsfeld verbannen, und blieb dann mit aufgestütztem Kopf sitzen. »Früher war da ein kleiner Steg, wenn du da hinübersiehst«, sie deutete auf ein betoniertes, rissiges Plateau Richtung Norden, »da stand ein kleines Gebäude, mein Vater hatte dort ein Fischrestaurant. Als ich klein war.«

Sie verstummte, und Aurora versuchte sich vorzustellen, wie es hier ausgesehen haben mochte, doch es gelang ihr nicht. Das Einzige, was sie sah, waren Sand und Meer und die Helligkeit, die sie fast blind machte. Ein paar einsame Möwen hatten sich nebeneinander auf das Plateau gesetzt und äugten immer wieder wachsam zu den Mädchen, als trauten sie dem Frieden nicht.

»Und dann?«, hakte sie nach, obwohl sie fürchtete, Luna könne nun wieder böse auf sie werden.

»Wir wohnten in dem Haus, meine Mutter, meine zwei

Brüder, mein Vater und ich. Ich war die Jüngste. Meine Mutter bekam mich, da war sie schon weit über vierzig. Sie sagte immer …«

»Was?«

»Vergiss es.«

Leon drehte sich nun auf den Rücken und ließ die Wellen über sich spülen.

»Verdammter Idiot«, sagte Luna, als wäre Leon an allem Elend schuld. »Sie sagte immer, Neptun habe mich ihr zum Geschenk gemacht, als es für Kinder schon viel zu spät gewesen war. Ich stellte mir vor, dass er mich auf dem Bootssteg abgelegt hatte, nass und mit Gischt überzogen. So, und nun, *dolcezza*, sehe ich zu, dass uns hier niemand findet.«

Sie rappelte sich auf und klopfte sich den Sand von der Jeans. »Wo ist der Zwerg?«, fügte sie hinzu, doch Aurora zuckte nur mit den Schultern. Sie hatte sich so an Tatramedes gewöhnt, dass sie keinen Augenblick daran dachte, er könne sich davonmachen.

»Egal. Ich bin bald zurück.«

Wir kamen wieder zu dem unseligen Haus des Skippers. Ich hatte nur noch den Wunsch, mich in den Räumen der Liccardis auszuruhen, die Vorhänge zuzuziehen und meinen sorgenvollen Gedanken nachzuhängen. Kassiopeia hatte sich bei einem fliegenden Händler auf dem Viale di Trastevere einen unsäglichen Fummel gekauft. Nur einen Moment hatte ich sie aus den Augen gelassen, als ich nach einem Taxi Ausschau hielt, und schon hatte sie eine ihrer Goldmünzen gegen ein Kleid in Pink mit herzförmigem Rückenausschnitt und gegen hochhackige Plastiksandaletten mit Glitzersteinchen getauscht. Der Händler konnte seinen Stand nach diesem lukrativen Geschäft schließen, und Kassiopeia sprach die ganze Fahrt von nichts anderem mehr als davon, das Kleid anzuprobieren und die letzten Tropfen des Wassers für einen glanzvollen Auftritt zu opfern.

»Überleg dir das gut«, sagte ich böse, »wer weiß, ob wir jemals wieder von dem Wasser bekommen.«

Der Taxifahrer hielt vor dem Tor mit den grässlichen Totenfratzen, und Kassiopeia kramte aus dem kleinen, ledernen Beutelchen noch ein Goldstück hervor. Ich hielt sie zurück.

»Warte.« Wir duckten uns in unsere Sitze, das Tor ging auf und Santiago und Kobalt Sky traten heraus. Sie sahen reichlich mitgenommen aus.

»So lange hat mein Ohnmachtsblitz noch nie gewirkt«, sagte Kassiopeia erstaunt.

Die zwei Männer zuckten vor dem grellen Mittagslicht zurück und setzten sich eilig ihre Sonnenbrillen auf, bevor sie die Straßenseite wechselten und sich in ihren schwarzen Mercedes-Benz setzten.

Der Taxifahrer wurde ungeduldig. »Signore.«

»Folgen Sie diesem Wagen unauffällig«, raunte ihm Kassiopeia zu.

Der Fahrer sah uns im Rückspiegel ungläubig an.

»Na los, oder soll ich Ihnen Beine machen.«

»Das ist nicht nötig«, wehrte ich ab, »wir können genauso gut in der Kugel zusehen …«

»Mach dich locker, Pippa«, sagte Kassiopeia, und der Taxifahrer drückte aufs Gas, »du brauchst mehr reales Leben, nicht immer nur die Kugel. Das ist nicht gesund für dich.«

Ich hasste es, wenn Kassiopeia das Stadium erreichte, in dem sie wusste, was gesund für mich war. Wir folgten Santiago und Kobalt Sky die Via Cavour hinauf Richtung Termini und von dort aus durch den Viale Piero Gobetti zu den Fakultäten der Universität, und danach ging es, als wollten sie uns foppen, zurück über die Via Barberini zur Via del Corso und dann zur Piazza del Popolo. Vielleicht waren sie aber auch nur durcheinander und mussten sich nach der langen Ohnmacht wieder sortieren.

»Zu wem gehören eigentlich diese zwei Spaßvögel?«, wollte Kassiopeia wissen.

Ich zuckte mit den Schultern. »Du solltest die Blitze demnächst etwas vorsichtiger einsetzen«, riet ich ihr und wischte mir mit einem Zipfel von Signora Liccardis Kleid den Schweiß von der Stirn.

Natürlich war mir klar, dass Santiago und Kobalt Sky nicht zu Il Macellaio gehören konnten, aber weitere Gedanken hatte ich an die beiden nicht verschwendet.

Ich fächelte mir mit der Hand Luft zu. Das Taxi war nicht klimatisiert, und ich sehnte mich unendlich nach der kühlen Brise, die an solchen Tagen vom Meer her über meinen Turm strich. Ich sehnte mich sogar ein bisschen nach den Stufen der Unterwelt, nach dem feuchten Stein unter meinen Füßen und nach den Fluten des Styx, die sich kräuselnd und schäumend eiskalt über den felsigen Untergrund ergossen. Es war immer eine Wonne gewesen, durch Rom zu wandeln, die Hitze auf der Haut zu sammeln und dann in wohliger Vorfreude den Fluss zu durchqueren. Ich hatte den Skipper nie gebraucht, diesen scheußlichen Kerl. Ich war auf der anderen Seite den Fluten entstiegen, hinein in Hades' Arme. Lange ist es her.

Santiago und Kobalt Sky hielten vor einer hochfrequentierten Bar mit Blick auf den Park der Villa Borghese. Wir gaben ihnen etwas Vorsprung, dann verließen wir eilig das Taxi und folgten ihnen in das, meiner Meinung nach, etwas fragwürdige Etablissement. Aufgetakelte Römerinnen in den Fünfzigern, mit Goldschmuck bis an die Schneidezähne, beugten sich plaudernd über ihre Proseccogläser, Kellner eilten hin und her, und wir hatten Mühe, Kobalt Sky und Santiago in dem engen, überfüllten Lokal nicht zu verlieren. Möglichst unauffällig, so gut, wie das zwei älteren Damen in furchtbaren Gewändern möglich ist, tasteten wir uns an sie heran. Sie hatten sich in eine Nische gesetzt, in der schon ein anderer Mann gewartet hatte. Sein Gesicht konnte ich nicht erkennen, da er mit dem Rücken zum Raum saß, aber ich sah sein weißes, nach hinten gegeltes Haar und sein feistes Genick. Kassiopeia zog mich zu der Nische daneben, die gerade frei wurde, und drückte mich auf die rote Lederbank.

»Perrini wurde nicht gefunden«, sagte der Fremde gerade, und Kassiopeia stieß mich aufgeregt in die Seite. »Er ist mit seiner Münze verschwunden.«

»Terenghi und Fernando sind tot. Aber wir glauben nicht, dass Il Macellaio eine der Münzen hat. Zumindest jetzt noch nicht.« Santiagos Stimme klang etwas nasal, was bestimmt auf Kassiopeias Konto ging. »Was ist mit Laverna? Können wir ihr trauen?«, fügte er hinzu.

»Signore?«

Wir fuhren zusammen, ich hätte am liebsten geschrien, aber es war nur der Kellner, der die Bestellung aufnehmen wollte.

»Einen Prosecco.«

»Ein Wasser.«

»Die Speisekarte? Wir haben heute frische Garnelen in Austernsoße, Saltimbocca«, mir brach der Schweiß aus, »ein Parfait von der Gänsekeule in geschäumter …«

»*Grazie, grazie*. Nichts von alledem«, unterbrach ich ihn.

»… Tortellini mit geräuchertem Lachs …«, setzte er seine Aufzählung fort.

»Zieh Leine«, schnauzte ihn Kassiopeia an, »ich will mit meiner Freundin alleine sein. In unserem Alter hat man keine Zeit zu verlieren.«

Der Kellner warf ihr einen ungnädigen Blick zu, den Kassiopeia nur mit einer unwirschen Handbewegung kommentierte.

»… Laverna ist gut. Ich vermute, dass Il Macellaio sie

demnächst auf die Münzen ansetzt. Und mit dem Mädchen …«

»Welches Mädchen?«

»Ein Mädchen ist bei ihr. Wir können sie nicht einordnen …« Santiago brach ab, anscheinend, um etwas aus seiner Hosentasche zu holen. »… Hier. Das ist sie.«

»*Stronzo!* Du erkennst sie nicht? Sie ist ihr wie aus dem Gesicht geschnitten! Das ist Perrinis Tochter.«

»Perrinis Tochter?«

»Ja, ihr Klugscheißer. Das kann nur bedeuten, dass Perrini sich zurückgezogen hat und seine Tochter weiß, wo die Münzen sind. Sie warten den richtigen Zeitpunkt ab, und dann …«

Der Kellner knallte unsere Gläser auf den Tisch, und die letzten Worte des Fremden wurden von der Geräuschkulisse verschluckt. Langsam wurde ich ärgerlich. Ich stürzte das Wasser hinunter.

»Dann arbeitet Laverna nicht mehr für Il Macellaio.«

»Das meine ich auch, Angelo. Sie gehört zu uns.«

»Sie hat den Skipper ausgeschaltet. Das hätte sie nicht getan, wenn sie noch Il Macellaio beliefern würde.«

Kobalt Sky hatte sich bis jetzt zurückgehalten und das Sprechen Santiago überlassen.

»Ich wäre trotzdem vorsichtig«, sagte er nun. »So wie ich sie kenne, arbeitet sie ausschließlich für ihre eigene Tasche.«

»Ich habe ihr genug gegeben. Das könnt ihr mir glauben.« Der Mann, den ich nun als Angelo Pinotti erkannte, lehnte sich zurück. »Ich habe ein Konto in Monaco für sie eröffnet. Sobald Il Macellaio tot ist, wird sie Zugang dazu haben. Auf dem Konto liegen drei Millionen.«

Ich versuchte, unauffällig einen Blick über die Schulter zu werfen, doch ich konnte nur Kobalt Sky sehen. Aufmerksam behielt er das Lokal im Auge, als könnte jeden Moment jemand auftauchen, gegen den er sich zur Wehr setzen musste.

»Wenn Il Macellaio am Leben bleibt, ist das Geld weg. Es läuft wieder zurück in den Pinotti-Clan.«

»Das wissen wir.« Kobalt Sky hörte sich ungehalten an. »Und Laverna weiß das auch. Trotzdem …«

Kassiopeia warf mir einen fragenden Blick zu. Vielleicht war sie auch einfach nur betrunken.

»Gibt es irgendeinen Hinweis darauf, wo die Münzen jetzt sein könnten?«

»Nein. Nur Professore Fernando wusste es. Er hatte sie unter Verschluss. Wir sind uns sicher, dass auch Terenghi und Perrini ahnungslos waren.«

Die Männer schwiegen, und mein Kopf fühlte sich an wie der Strudel, in dem die zwei Flüsse zum Styx hinunterstürzten.

»Gut. Dann werden wir nun Laverna kontaktieren. Sie muss wissen, wo die Münzen sind.«

Stühle wurden zurückgeschoben. Wir senkten unsere Blicke, und als wir wieder aufsahen, waren die drei verschwunden.

Zehntes Kapitel

Dreißigster April, der Tag, an dem Aurora durch das Höllenmaul ging und sich durch das Max-Planck-Institut schlich, um ein verschollenes Manuskript des Meeresbiologen Jacques Cousteau zu suchen. Sie fand es nicht und musste Fernando zum ersten Mal enttäuschen.

Die Sonne wurde zu einer roten Kugel, die sich viel zu schnell dem Horizont näherte. Weit draußen tauchten Gewitterwolken auf, verfärbten den Himmel zu einer düsteren Walze, während an ihrer Oberkante die Sonne eintauchte, ihre Strahlen auffächerte und wie kilometerlange Leuchtbahnen über die Weiten des Meeres schickte.

Noch immer war Luna nicht da. Wo hatte sie das Auto nur hingebracht, dass es so lange dauerte?

Die unheimlichen blaugrauen Wolkentürme machten Aurora Angst, wie alles, was mit Wasser zu tun hatte. Sie waren von einer Krone gleißenden Lichts umgeben.

Oder hatte Luna nie vorgehabt, wiederzukommen?

Dann ergossen sich die letzten Sonnenstrahlen wie eine Blutlache über das Meer, und alles tauchte in Dämmerlicht.

Viel zu oft drehte sich Aurora zur Baracke um, in der Hoffnung, Tatramedes würde auftauchen und mit seiner fröhlichen Art die Stille zwischen ihr und Leon unterbrechen. Und vor allem mäßigend auf ihn einwirken. Nur zu sehr war sich Aurora bewusst, dass sie viel zu dicht neben Leon saß. Schweigend teilten sie sich ein Cornetto mit Vanillefüllung und eine Banane, während sich Aurora sehnlichst wünschte, die mürrische Luna wäre endlich wieder hier und würde eine blöde Bemerkung darüber machen, dass sie und Leon so einträchtig nebeneinander am Strand saßen, den Sonnenuntergang beobachteten und dem fernen Zirpen der Grillen lauschten. Um nichts in der Welt wollte sie die Nacht allein mit Leon in dieser Baracke verbringen.

»Wo ist Tatramedes?«, fragte Aurora schließlich, ihren Blick fest auf die weite Wasserfläche gerichtet, die in ständiger Bewegung die letzten Lichter auf den Wellenkämmen tanzen ließ. Die Pistole lag schwer in ihrer rechten Hand. Seit Luna fort war, hatte Aurora sie keine Sekunde beiseitegelegt.

»Weg«, antwortete Leon, lässig im Sand liegend. Aurora konnte sich blendend vorstellen, wie sich die Frauen um ihn rissen. Nicht irgendwelche Frauen. Schlanke, hochgewachsene Frauen mit großen Brüsten, blonden Haaren und einem lasziven Schlafzimmerblick. Nicht Mädchen wie sie, die von all dem keine Ahnung hatten.

»Weg?« Nicht auch noch das!

»Oder er schläft in der Baracke«, sagte er. »Ich glaube nicht, dass er mich alleine lässt.«

»Wieso eigentlich?«, bohrte sie weiter. »Wer ist er?«

Und wieso hat er so viel Macht über dich?, fragte sie sich. Es wirkte so lächerlich, dieser große starke Mann und der Zwerg. Aber ein einziger Blick, und Leon tat, wie ihm geheißen.

Leon zuckte mit den Schultern. »Wer ist Luna?«

Sie drehte ihr Gesicht zu seinem. »Stell mir keine Gegenfragen«, sagte sie mürrisch.

Trotz der Dunkelheit konnte sie seine kantigen Züge sehen. Er lächelte nicht, sondern ließ seine Augen über ihre Wangen und ihre Lippen wandern. Obwohl sie Angst vor dem hatte, was noch kommen konnte, erfüllte sie das Interesse, das Leon an ihr zeigte, seit sie ihn in der Bücherei so hemmungslos geküsst hatte, mit einem seltsam aufgeregten Gefühl. Er konnte mit seinem Blick dieses Ziehen im Bauch auslösen, ein Kribbeln über ihren ganzen Körper schicken und eine Atemlosigkeit erzeugen, die sie am Denken hinderte. Sie wandte ihr Gesicht ab, um nicht den Schwung seiner Lippen zu betrachten und die winzigen Grübchen in seinen Wangen, wenn er lächelte.

Was er so gut wie nie tat.

»Er ist mein Bewährungshelfer«, sagte er schließlich.

»Tatramedes?«, fragte Aurora ungläubig.

»Er soll mir bei der Eingliederung in die Gesellschaft helfen.«

»Unsinn.«

Er zuckte wieder mit den Schultern, als wäre ihm egal, was sie von seiner Antwort dachte. »Noch ein paar Tage, dann bin ich ihn wieder los.«

»Und wer bist du? Weshalb brauchst du einen Bewährungshelfer?«

»Solltest du dich nicht lieber fragen, wer du selbst bist?«, wollte er wissen.

Ich bin ich, dachte sie. Ich bin die Tochter von Mattia und Alessia Perrini. Und bis zum meinem fünften Lebensjahr war alles in Ordnung. Doch ich befürchte, ich kenne meinen Vater nicht wirklich. Und meine Mutter auch nicht. Denn es erscheint mir so, als würde ich vor einem Abgrund stehen. Einem Abgrund, in den ich springen muss, um meine Eltern wiederzubekommen. Oft schon habe ich mich allein gefühlt, allein, weil meine Mutter fort war, ohne mir zu sagen, wohin. Aber jetzt, ohne die Professori und ohne meinen Vater, erscheint es mir so, als gäbe es keine größere Einsamkeit. Und als wären alle gegen mich.

Er sah sie so intensiv an, dass ihr ganz flau im Magen wurde.

»Steh auf«, befahl Aurora, da sie diesen Blick nicht mehr aushielt. »Wir gehen in die Baracke und fragen Tatramedes selbst.«

Zu ihrer Überraschung stand Leon willig auf.

»Weshalb hast du die Doktorarbeit meines Vaters gesucht?«, fragte sie.

»Ich habe diese Anträge gelesen«, sagte er zögernd. »Die Anträge auf Überfahrt in den Hades. Ich kenne diese Geschichten – schließlich wohne ich jetzt schon seit fast einem Jahr im selben Haus wie ...«

»Der Skipper«, flüsterte Aurora. Hast du ihn gesucht, Papa? Und gefunden? Oder war das alles nur Zufall?

»Es war der zweite Antrag deines Vaters. Er hatte anscheinend vor zwölf Jahren schon einmal einen gestellt, der abgelehnt worden war.«

Vor zwölf Jahren ist deine Mutter verschwunden, wisperte es in Auroras Kopf, und wieder schien sich ein Puzzleteil ihrer Familiengeschichte hinzuzufügen.

»Er hat in dem zweiten Antrag auf seine Doktorarbeit Bezug genommen.«

»Mach auf«, befahl sie tonlos und deutete mit dem Kopf auf die Baracke.

Sie sahen sich in die Augen, dann drückte er die Tür auf.

Die Baracke war leer.

Die Nacht brachte nicht die erhoffte Kühle. Weder Luna noch Tatramedes waren wieder aufgetaucht, und Aurora fühlte die Hoffnungslosigkeit wie eine schwarze Hand auf ihrer Brust.

Er hatte viele Frauen, war aber noch nie verliebt, dachte Aurora an die Worte des Zwerges, vermied es aber, zu Leon hinüberzusehen. Dass er viele Frauengeschichten gehabt hatte, klang sehr plausibel. Er sah phantastisch aus. Und wenn sie an ihren Kuss zurückdachte – er war auch ein erfahrener Küsser.

Er kann nur seine Gefühle nicht artikulieren. Unsinn. Er hatte überhaupt kein Interesse an einem unbeholfenen kleinen Mädchen, wie sie es war. Er war erfahrene Frauen gewöhnt. Frauen, die keine lange Beziehung wollten, sondern One-Night-Stands.

Sie waren wieder zum Strand hinuntergegangen, weil Aurora es in der Baracke nicht aushielt. Es roch dort nach Moder und vergangener Zeit. Sie wollte sich nicht einmal darin umsehen, weil sie Angst davor hatte, was sie entdecken würde. Hinweise auf Lunas wahres Leben? Standen dort noch Schuhe, die ihrem Vater gehört hatten? Der kaputte Roller – hatte der einem ihrer Brüder gehört? Was war mit ihnen passiert?

Sie drehte sich auf die Seite und sah Leon an. Sein klassisches Profil, die gerade Nase, das markante Kinn. Gerne hätte sie sich eingeredet, dass er wirklich Interesse an ihr hatte, so wie der Zwerg es gesagt hatte. Aber zwischen ihnen war eine Kluft, die niemals schwinden würde.

»Was ist mit deiner Mutter?«, flüsterte sie.

Die einzige Gemeinsamkeit zwischen ihnen: aufgewachsen ohne die Mutter. Für einen Augenblick dachte sie, er würde ärgerlich werden, aber er starrte weiter ruhig in den Nachthimmel.

»Sie hat es mit meinem Vater nicht mehr ausgehalten«, erklärte er.

»Meine Mutter ist einfach verschwunden. Ich weiß nicht, weshalb. Warum. Wohin. Ob sie tot ist oder lebt.« Ihre Hand bohrte sich in den Sand, sie nahm eine Handvoll davon und ließ ihn durch die Finger rieseln. »Aber inzwischen habe ich das Gefühl, als wäre sie damals vielleicht mit dem Skipper …«

Sie unterbrach sich selbst, als er sich auf die Seite drehte und mit dunklem, feurigem Blick den ihren suchte.

»Mit dem Skipper«, sagte er.

»Auf die andere Seite«, flüsterte sie, und ihre Hand schloss sich fester um den Griff der Pistole.

Die Stille der Nacht wurde von Motorengeräusch unterbrochen. Das Zirpen der Grillen verstummte.

Zwei schwarze Limousinen hielten vor der Baracke, synchron wurden alle Türen geöffnet, aus jeder stiegen vier schwarzgekleidete Männer. Als die Lichter der Autos erloschen, sah man gar nichts mehr, aber den Geräuschen nach näherten sich die Typen im Laufschritt der Baracke und traten die Eingangstür ein. Es hörte sich an, als zerlegten sie gerade gründlich das Häuschen.

»Sie haben uns gefunden«, flüsterte Aurora. »Wir müssen hier weg, die werden auch den Strand absuchen.«

Aurora nahm Leons Hand, sie wusste nicht, wieso. Eigentlich sollte sie ihn mit der Pistole irgendwohin dirigieren. Aber wohin? »Steh auf, wir müssen weg!«

Widerstandslos ließ er sich von ihr hochziehen. »Und wohin?«, fragte er, ohne die Stimme zu senken. »Man kann sich hier nirgends verstecken.«

»Ich weiß nicht«, gestand sie, da begann er schon zu laufen, direkt auf das Wasser zu.

»Wohin willst du?«, flüsterte sie verzweifelt.

»Wir gehen ins Wasser, zwei dunkle Köpfe im Meer sieht man nicht so leicht …«

»Kommt nicht in Frage …«, stieß sie atemlos hervor und stemmte sich mit den Füßen in den Sand.

»Stell dich nicht so an, wieso nicht ins Wasser?«, fragte er brummig und zog sie weiter.

»Weil ich mir meine Frisur ruiniere«, zischte sie zurück, um irgendetwas zu sagen, das sie daran hinderte, mit dem Wasser in Kontakt zu kommen.

Er drehte sich so abrupt zu ihr um, dass sie gegen ihn geschleudert wurde. Für einen kurzen Moment spürte sie seine linke Hand an ihrer Hüfte, dann rückte sie von ihm ab.

»Knall mich bloß nicht ab. Sonst bist du allein mit diesen Typen«, warnte er sie. »Und die sehen alle so aus, als würden sie keinen Spaß verstehen …«

Energisch versuchte sie, ihm die Hand zu entziehen, aber er hielt sie mit eisernem Griff fest. In der Dunkelheit glitzerten seine Augen mit finsterer Entschlossenheit.

»Geh du ins Wasser. Ich lege mich … hier in den Sand.«

»Nein.«

»Doch.«

»Die Typen sind nicht blind. Und außerdem …«

»Kann dir doch egal sein, was mit mir ist.«

»Stimmt«, sagte er beipflichtend. »Aber keine Ahnung, was Tatramedes mit mir macht, wenn ich dich diesen Typen überlasse.«

Von einem plötzlichen Geräusch hinter sich aufgeschreckt, packte er Aurora einfach, hob sie hoch und schwang sie sich über die Schulter. Ungeachtet des Gewichts begann er zu laufen, auf das Meer zu. Aurora hätte am liebsten geschrien, aber da auch sie hörte, dass die ersten Männer die Baracke verließen, blieb sie in Schockstarre dort, wo sie gerade war. Unter ihren Hüften spürte sie seine Schultern. Sie stützte sich mit den Händen auf seinem Rücken ab, hin- und hergerissen zwischen dem Bedürfnis, ihn anzuschreien, dass er sie herunterlassen solle, und sich noch fester an ihn zu krallen, nur um nicht mit dem Wasser in Berührung zu geraten. Der erste Spritzer traf sie kalt und unvermutet, sie biss die Zähne zusammen, um das Wimmern zu unterdrücken.

Im nächsten Moment ließ sie Leon von seiner Schulter vor sich ins Wasser gleiten, ihr T-Shirt schob sich nach oben, an ihrem nackten Bauch spürte sie die nackte Haut seines Bauchs, die warmen, muskulösen Arme, die noch immer fest um ihrer Taille lagen. Das kühle Wasser schwappte zu ihrem Entsetzen bis zu ihren Brüsten. In dem Moment konnte sie einfach nicht anders, als sich mit Armen und Beinen an Leon festzuklammern. Trotz der zusammengebissenen Zähne konnte sie das Wimmern nicht mehr unterdrücken.

»Pscht!«, flüsterte er überrascht, während er seine Hände unter ihren Po schob. »Hey …«

»Ich kann nicht schwimmen«, brachte sie hervor. »Ich habe …« Atemlos rang sie nach Luft. »Ich habe panische Angst vor Wasser. Ich … kann … hier … nicht … bleiben.«

Gegen den hellen Sand sah man deutlich die vier Männer, die im Gleichtakt über den Weg zum Strand joggten. Leon zog Aurora noch fester in seine Arme.

»Stell dich nicht an«, sagte er brummig und ging rückwärts Schritt für Schritt tiefer ins Wasser hinein. Ihr T-Shirt saugte das Wasser auf, klebte an ihrem Bauch und an ihren Brüsten und an Leons nassem T-Shirt.

»O Gott«, stöhnte Aurora und umschlang mit ihren Beinen fest Leons Hüfte, als auch ihre Schultern von den Wellen überspült wurden und nur noch ihre Köpfe aus dem Wasser ragten. »O Gott.«

»Du kannst wirklich nicht schwimmen?«, fragte er etwas ruppig.

»Nein«, hauchte sie an seinen Hals und drückte sich fest an ihn.

Wasser schwappte an ihr Kinn, und sie brachte nur ein Stöhnen heraus.

»Ich halte dich fest«, sagte er schließlich gnädig, »versprochen. Ich lass dich schon nicht ertrinken«

»Danke.«

Hatte er eben gesagt: *Ich lass dich schon nicht ertrinken*?

Ihre Mutter hatte ihr das Schwimmen beibringen wollen, aber sie waren nie ans Meer gefahren. Ihr Vater hatte Schwimmen als etwas Nutzloses angesehen, etwas, das der Pöbel im Sommer machte, wenn die Stadt wie ein Backofen war und man dort nirgendwo der Hitze entrinnen konnte.

»Wenn du mich loslässt, muss ich dich erschießen«, warnte sie ihn.

»Mach einfach deine Augen zu. Vergiss, dass du im Wasser bist«, schlug er ihr vor.

Was für ein blödsinniger Vorschlag – zu vergessen, dass man im Wasser war, während man fast komplett davon umschlossen war. Mit weit aufgerissenen Augen sah sie zum Ufer hinüber. Die Typen sahen bullig aus, und sie waren definitiv schwer bewaffnet. Hatten sie Luna geschnappt?

»Ich verspreche dir, dass ich dich heil ans Ufer bringe«, wisperte er an ihrem Ohr, und sein Atem strich über ihren Hals. »Wieso hast du das nicht gesagt?«

»Was?«, flüsterte sie an seinem Hals.

Er roch nach Sand und Sonne, nach dem Salz des Meerwassers und auch ein klein wenig nach Leon. Sie blinzelte wieder hinüber zum Strand, wo inzwischen acht Männer intensiv die Gegend absuchten. Zugegebenerweise hatte er recht gehabt damit, dass sie dort entdeckt worden wäre.

»Dass du nicht schwimmen kannst.«

Seine Lippen berührten beim Sprechen ihre Wangen.

»Hab's vergessen«, log sie.

Sie spürte, dass sich seine Lippen zu einem Lächeln verzogen.

»Was ist mit Luna?«, fragte sie und versuchte, ihren Klammergriff um seinen Hals etwas zu lockern. Entspann dich, Aurora.

»Luna ist ein kluges Mädchen«, murmelte er. »Luna wird wissen, was zu tun ist, wenn sie die Typen sieht.«

Oder die Typen hatten sie schon längst geschnappt. Die

Männer suchten gründlich und langwierig den Strand und die Baracke ab. Keiner wollte Il Macellaio ohne Ergebnis unter die Augen treten. Je länger die beiden im Wasser standen, desto kühler spülte das Meer über ihre nackten Arme und Beine, und desto mehr wurde Aurora bewusst, wie warm Leon war. Und wie unangemessen es war, sich an ihn zu klammern.

»Das ist keine echte Umarmung«, sagte er plötzlich, als hätte er ihre Gedanken gespürt, und nun schien auch seine Stimme zu lächeln. »Eine echte Umarmung, das wäre anders.«

»Genau«, erwiderte sie und kniff nun endgültig die Augen zusammen. »Ganz anders.«

»Und erschieß mich nicht, auch nicht versehentlich«, erinnerte er sie. »Ich will auch nicht in unecht erschossen werden.«

»Idiot«, murmelte sie.

»Ich finde sie nicht«, sagte Kassiopeia.

Ärgerlich schob ich sie zur Seite. Wenn man sich die ganze Zeit nur im Spiegel begaffte, fand man auch niemanden, nicht mal mit meiner Kugel.

»Sieh doch bei Il Macellaio nach«, schlug sie mir vor, während sie sich mit herausgestreckten Brüsten vor dem Spiegel drehte.

Ich wischte auf der Kugel hin und her, aber es flimmerte nur. Wenn ich raten durfte, wer daran schuld war, dass nichts mehr so lief, wie es sollte, stand Hades an allererster

Stelle! Dieser elende, grimmige, gutaussehende Mistkerl! Was für einen Blick er in die Kugel geworfen hatte! Gerade so, als hätte er vor, mich bis auf mein letztes Seidenfetzchen auszuziehen! Mit aller Macht konzentrierte ich mich, doch das fiel mir zusehends schwerer, seit ich vor Perrinis Haus den Hagelsturm hatte niedergehen lassen. Auch das war garantiert diesem schrecklichen Macho im Totenreich zuzuschreiben! Mit einem Aufschrei stoppte ich das Wirbeln der Kugel, als ich Luna erkannte.

Il Macellaio war auch da.

Und seine unerquickliche und zugegebenerweise attraktive Tochter, diese blöde Schnepfe! Obwohl es mich ja nichts anging, mit wem *er* herummachte, fand ich die Vorstellung, Il Macellaios Tochter an seiner Seite zu sehen, mehr als widerlich. Es musste ihm doch klar sein, weshalb sie sich auf ihn einließ! Aber wie ich ihn kannte, war ihm das vollkommen egal.

»Wieso bist du geflohen?«, sagte Il Macellaio gerade, und seine Stimme klang eisig.

Meine Finger wischten geschwind über die Oberfläche der Kugel. Aurora war nicht in seinem Haus, gut. Aber wo war sie dann?

»Das war keine Flucht«, sagte Luna gedehnt. »Das war nur ein Zwischenstopp.«

Mit süffisant hochgezogenen Augenbrauen betrachtete er sie von oben bis unten. Die zwei bulligen Männer, die neben Luna Stellung bezogen hatten, sahen starr geradeaus.

»Du warst wie eine Tochter für mich, Luna«, sagte er schließlich. »Ich weiß nicht, wie du auf die Idee kommst, du könntest mir da draußen entgehen.«

Du warst ... Er sprach von ihr in der Vergangenheit. Er würde sie töten, und dann würde er sich auf die Suche nach Aurora machen und sie ebenfalls töten. Langsam schob er seine beige Armani-Brille nach vorne. »Ich bin enttäuscht. Sehr enttäuscht.«

»Dazu sehe ich keinen Anlass.«

»Der Skipper ist tot«, flüsterte er. Seine Stirn war plötzlich mit Schweißperlen bedeckt, und eine wächserne Bleiche ließ seine Gesichtsfarbe gelblich erscheinen. »Ich bin umgeben von Leuten, die die einfachsten Aufträge vermasseln.«

»Ich werde Ihre Tochter nach drüben bringen«, sagte Luna fest. Auch ihre Stirn war mit Schweißtropfen übersät, sie war sich ihrer aussichtslosen Lage bewusst.

»Du hattest deine Chance«, sagte er leise und klirrend.

»Meine vierundzwanzig Stunden sind gerade erst abgelaufen. Mir fehlt nur noch eine Münze, dann ...«

Il Macellaio hob seine Hand und unterbrach sie so. »Du hast die Münzen?«

»Ich weiß, wo die Erde und der Mond sind«, behauptete Luna. »Und ich weiß, wer die Sonne hat. Bis morgen Abend habe ich auch die.«

An ihrem Hals sah man das Pulsieren der Halsschlagader. »Dann werde ich Ihre Tochter hinüberbringen.« Sie drückte ihren Rücken durch und zog arrogant beide Augenbrauen nach oben. »Ich habe noch nie einen Auftrag vermasselt.«

»Du weißt nicht, wo der Zugang zum Hades ist«, wandte Il Macellaio ein, aber er wirkte plötzlich wieder interessiert.

»Doch«, sagte Luna. Ihr Herzschlag wurde ruhiger, ihr Blick war ohne einen Wimpernschlag auf Il Macellaio gerichtet. »Ich kenne Perrinis Arbeit«, ergänzte sie kühl.

»Vierundzwanzig Stunden. Mehr nicht«, sagte er und bedeutete seinen Bodyguards, Luna gehen zu lassen.

Aurora wusste nicht mehr, wie lange sie im Meer gewartet hatten, bis sie ganz sicher waren, dass die Männer weg waren und keiner hiergeblieben war, um ihnen im Dunklen aufzulauern. Ihr war eiskalt. Als sie endlich gemeinsam ans Ufer wateten, zitterte sie am ganzen Körper.

»Ich will da nicht rein«, sagte sie und meinte damit die Baracke, doch auch diesmal ließ ihr Leon keine Wahl. Er legte ihr seinen Zeigefinger auf die Lippen, zog sie dann einfach weiter, und Aurora war zu erschöpft, um sich zu wehren. Il Macellaios Männer hatten wirklich kurzen Prozess mit der Hütte gemacht, die Tür hing in den Angeln, drinnen lag das Unterste zuoberst.

»Warte.«

Aurora blieb an der Tür stehen und sah zu, wie Leon den Tisch wieder aufrichtete, die Matratze in das geschwungene schmiedeeiserne Bett zurückstopfte und dann in einem großen, klobigen Holzschrank zwei Wolldecken fand.

»Zieh dich aus.«

»Vergiss es.«

»Du erkältest dich.«

Sie verschränkte die Arme vor der Brust, musste sich aber eingestehen, dass es keine Option war, die ganze Nacht in den nassen Klamotten zu verbringen. Hatte ihr irgendjemand beigebracht, was in solch einer Situation zu tun war? Ihr Vater? Professore Terenghi? Ihr geliebter Fernando? Nein. Stattdessen hatte sie mathematische Formeln gelernt und war nachmittags durch Rom geirrt, die seltsamen Anweisungen Fernandos befolgend. Sie hatte keine blasse Ahnung, wie man sich verhielt, wenn man mit einem Mann alleine war. Sie wusste nur, dass sich etwas an Leon verändert hatte. Was es auch war, wahrscheinlich hatte es nichts mit ihr zu tun, sondern mit dem Meer und dieser seltsamen Nacht, die sie, zwei völlig Fremde, zusammenzuschmieden schien.

»Leg die Decke auf das Bett und dreh dich um.« Sie versuchte, ihre Stimme möglichst mürrisch klingen zu lassen, und Leon tat, was sie forderte. Er legte die eine Decke auf das Bett und drehte sich dann zum Fenster. Das silberne Licht des Mondes strich herein und nahm diesem Ort seine Schäbigkeit, es schien sich auf Leons Körper zu spiegeln. Langsam begann sich Aurora auszuziehen, die Kälte hielt sie fest umschlungen, sie wickelte sich in die Decke und setzte sich dann auf das Bett.

»Okay.«

»Du musst dich nicht umdrehen«, sagte Leon.

War ja klar. Sie schloss trotzdem die Augen, als er seine Hose und das T-Shirt abstreifte, und öffnete sie erst wieder, als er sich neben sie gesetzt hatte.

»Du zitterst ja.«

»Ist schon in Ordnung. Glaubst du, Luna ist etwas zugestoßen?«

Sie spürte, dass Leon nickte.

»Du glaubst also, sie haben sie geschnappt, und deshalb wussten sie auch, wo sie nach uns suchen mussten?«

Über ihren Körper liefen Kälteschauer. Sie musste sich zusammenreißen, um nicht mit den Zähnen zu klappern.

»Glaubst du, sie ist tot?«

»Du erfrierst, *principessa*. Und ich will nicht, dass du erfrierst.« Sie hatte plötzlich das Gefühl, dass sie sich sein Interesse nur eingebildet hatte, dass er nur einen Text abspulte, etwas, das er zu jeder Beliebigen sagen würde, die nun mit ihm im Bett lag. Sie forschte in seiner Mimik, doch sein Gesicht war verschlossen.

»Dann könntest du einfach abhauen.«

»Das könnte ich auch so. Sei nicht albern. Glaubst du tatsächlich, ich habe Angst vor dir? Vor allem, seit ich weiß, dass du Perrinis Tochter bist?«

»So. Und wieso hast du keine Angst vor Perrinis Tochter?«

»Weil sie weltfremd und vergeistigt ist. Weil sie von Professore Perrini von allem ferngehalten worden ist und ihre Tage mit sich selbst und den bedeutendsten Bauwerken Roms verbringt.«

»Dann bleibst du nur hier, weil Tatramedes es dir befohlen hat.«

»Stimmt. Wenn ich meine Bewährungsauflagen nicht erfülle, bekomme ich Ärger.«

Er zog Aurora an sich und breitete seine Decke über sie beide. Zuerst wollte sie protestieren, doch dann schien etwas in ihr nachzugeben, weich zu werden, etwas, das sie nicht kannte.

»Jedenfalls glaube ich nicht, dass du mich töten könntest. Ich habe nichts davon gehört, dass Perrini seine Tochter gelehrt hat zu schießen. Das wirklich nicht.«

»Ich weiß nicht, was ich überhaupt gelernt habe, was uns jetzt nützlich sein könnte.« Sie erschauderte, als Leon sie enger an sich zog und ihre Decke so verrutschte, dass sich ihre Schenkel berührten.

»Ich weiß nicht, was mir Fernando sagen wollte.«

Sein Atem strich über ihr Gesicht.

»Er hat mir drei Daten genannt. Mehr nicht. Was soll ich mit diesen Daten anfangen?«

»Vielleicht sind es bestimmte Daten in der Geschichte.«

»Aber hätte er mir dann nicht das Ereignis genannt? Und könnte das dann nicht jeder entschlüsseln? Nein. Es muss etwas mit mir zu tun haben. Nur mit mir.«

Fernando. Vermisste sie ihn mehr als ihren Vater? Mehr als ihre Mutter, an die sie kaum mehr Erinnerungen hatte?

»Dein Geburtstag?«

»Er hat mir Aufgaben gegeben. Jede Woche eine Aufgabe, und von der sollte ich ihm berichten. Ich sollte alles festhalten, detailliert beschreiben. Das wäre das Wichtigste, sagte er immer, nicht zu vergessen.«

Sie schwieg und lauschte nach draußen. Hörte sie wieder Motorengeräusche? War das Luna? Oder kamen die Männer zurück?

»Da ist nichts«, beruhigte er sie, »sie kommen nicht zurück.«

»Woher willst du das wissen?«

»Psst. Hab keine Angst mehr.«

Sie seufzte und verbarg ihr Gesicht an seiner Brust. Obwohl sie so lange im kalten Wasser gestanden hatten, roch er nach Sonne und einem heißen Tag in der Ewigen Stadt.

»Welche Aufgaben?«, hakte Leon nach.

»Es war ein Spiel zwischen uns. Es fing an, weil mir das Lernen so langweilig wurde. Ich schlief ein, und wenn ich nicht einschlief, zappelte ich herum …«

»Wie alt warst du da?«

»Zehn oder elf. Er sagte, wir machen das jetzt anders. Es sei Zeit, dass ich etwas Nützliches lerne. Geschicklichkeit. Abenteuerlust. Hingabe. Mut. Bereitschaft zum Risiko.«

Sehr langsam schob Leon seine Hand unter Auroras Decke und legte sie vorsichtig auf ihre Hüfte. Sie schien glühend heiß zu sein.

»Ich weiß noch, meine erste Aufgabe war der Mosesbrunnen auf der Piazza San Bernardo. Es war die einfachste Aufgabe, die er mir je gab. Ich musste nur über eine kleine

Brüstung klettern. Camillo sagte, ich solle mich zu Füßen des Moses setzen und die Menschen beobachten, sonst nichts. Der Mosesbrunnen war ein Klacks. Viel schwerer war es am Trevibrunnen, der bewacht ist, als wäre er eine einzige, riesige Mona Lisa.«

»Was ist passiert?« Leons Daumen kreiste sanft um ihren Hüftknochen, und Aurora hätte ihm alles erzählt, alles, was ihr gerade einfiel, nur damit keine Stille zwischen ihnen eintrat, eine Stille, die beiden den Ernst der Lage bewusst machen würde.

»Ich stand ewig vor dem Brunnen«, flüsterte sie, »es waren so viele Menschen da. Touristen, Händler, Diebe, Zwerge, Gaukler … Alles, was man sich vorstellen kann, und ich stand eingeschüchtert vor dem Brunnen und fragte mich, warum zum Teufel ich in Fernandos Stunden nicht stillhalten konnte. Er hatte mir ein kleines, grünes, liniertes Heft mitgegeben, darin sollte ich niederschreiben, was geschehen war.«

»Du hättest etwas erfinden können.«

»Das kam nicht in Frage. Daran hatte ich nie gedacht. Es war unmöglich, den Professore anzulügen. Meinen Vater, ja. Aber nicht Fernando.«

»Ist dir noch kalt?« Er umfasste ihre Hüfte fester, und als sie nickte, zog er sie näher zu sich heran, so nahe, dass sie seine Brust und seinen Bauch durch die Decke spüren konnte. Seine Hand glitt zu ihrem Rücken, federleicht, als hätte er immer noch Bedenken, sie könne sich plötzlich von ihm zurückziehen.

»Ich glaube, ich habe zwei Stunden gebraucht, bis ich mir ein Herz fasste und endlich über die Brüstung stieg. Es war unglaublich.«

Sie stockte, weil Leons Hand nun nach vorne wanderte und an ihrem Rippenbogen innehielt.

»Was war unglaublich?«, murmelte er in ihre Locken hinein.

»Dass mich niemand bemerkte. Niemand sah mich an. Keiner kam, um mich festzunehmen. Ich blieb einfach dort oben sitzen. Ich fühlte mich so frei und stark. Und unsichtbar.«

»Darf ich?«

Aurora wusste nicht, was sie antworten sollte, und er deutete das als ein Ja. Er zog sie zu sich unter seine Decke, sie zitterte noch immer und wusste plötzlich nicht mehr, ob vor Kälte oder vor Angst oder weil sie ihn so sehr begehrte. Vielleicht war es auch eine Mischung aus allem.

»Welche Daten hat dir der Professore genannt?« Sie spürte seine Lippen auf ihrer Stirn.

»Zweiundzwanzigster Dezember. Fünfter April. Dreiundzwanzigster Juli.«

Ihre Gedanken begannen sich zu überschlagen. Was hatte sie an diesen Tagen gemacht? Ihr Tagebuch. Sie brauchte ihr Tagebuch. Die grüne Samttasche. Wo war deren Inhalt? Wer hatte es genommen? Oder lag es immer noch bei Fernando? Sie versuchte, den Moment zurückzuholen, als sie die Samttasche in Fernandos Haus entdeckt hatte, doch alles war überlagert vom Anblick des toten Professore, von ihrem Entsetzen und der Angst, ihrem Vater könnte das Gleiche zugestoßen sein. Aber wenn der Inhalt ihrer Tasche dort verstreut gewesen war, wäre ihr dann nicht das Tagebuch sofort aufgefallen?

Sie setzte sich mit einem Ruck auf. Es war ihr egal, dass ihr die Decke von den Schultern rutschte und Leon ihren nackten Körper sehen konnte.

»Ich muss mich erinnern«, flüsterte sie.

Wieder trafen sich ihre Blicke. Hatte sich etwas verändert? Sie wusste es nicht, blieb aber einfach sitzen und streckte dann ihre Hand nach ihm aus. Kurz bevor sie ihn berührte, zuckte er zurück.

»Tu das nicht«, sagte er rau.

»Warum nicht?« Ihre Hand schwebte vor seinem Gesicht und legte sich dann sanft an seine Wange. Sie dachte daran, wie Tatramedes gesagt hatte, dass Leon keine Nähe zulassen würde. Nur Sex. Sonst nichts. Dass Leon nicht lieben konnte. Doch in all ihrer Unschuld fing sie ihn ein, wenn auch nur für einen flüchtigen Moment. Er schloss die Augen.

»Tu das nicht«, sagte er noch einmal.

»Ach, was sind die beiden ein schönes Paar.« Kassiopeia sah über meine Schulter. »Ich verstehe nur nicht, warum sich die jungen Frauen heutzutage so lange bitten lassen. Das war zu unseren Zeiten anders.«

»Zu deinen Zeiten, Kassiopeia«, betonte ich.

Leon und Aurora schwiegen. Er hatte sie zurück in seine

Arme gezogen, aber es war zu dunkel, um Genaueres sehen zu können.

»Ach, rede doch keinen Unsinn. Du warst auch kein Kind von Traurigkeit. Ich kann mich gut erinnern, dass du und Hades …«

»Pssst!« Ich fürchtete, alleine die Nennung seines Namens könne ihn heraufbeschwören. Schnell wollte ich die Kugel zurück in die Tasche stopfen, doch es war schon zu spät. Das Bild sprang.

»Wenn man vom Teufel spricht!«, zwitscherte Kassiopeia, und ich ließ mich abrupt nach hinten fallen, damit er mich nicht sehen konnte, und kroch, so gut es mir möglich war, unter den Wohnzimmertisch der Liccardis, auf dem wir die Kugel abgestellt hatten.

»Frag ihn, was mit Il Macellaios Tochter ist«, zischte ich Kassiopeia zu, und sie nickte, als wüsste sie ganz genau über meine Motive Bescheid. Wenn ich ehrlich bin, interessierte mich Hades' Gefühlsleben keinen Pfifferling. Mir ging es in diesem Moment alleine darum, größeres Unglück zu verhindern, und dieses Unglück schwebte schon gut sichtbar in Form einer blonden Frau über Rom. Einer blonden Frau und deren todkrankem Vater.

»Und? Seid ihr noch in Rom?«, ließ sich seine Stimme vernehmen.

Meine Nackenhaare stellten sich auf. Was interessierte er sich ständig dafür, wo ich mich befand? Es ging ihn nichts an! Aber so ist dieses unselige Geschlecht: herrschsüchtig, selbstgerecht, kontrollsüchtig. Mir wären noch unendlich viele negative Adjektive eingefallen, die auf Hades zutrafen, doch ich beschloss, mich zu mäßigen und einen kühlen Kopf zu bewahren.

»Und du, mein Lieber?« Kassiopeia ignorierte seine Frage. »Man hört so einiges über dich und eine gewisse …«

»Wieso sollte ich dir Auskunft über mein Liebesleben geben?«

»Weil du ein Mistkerl bist, der schon immer mit seinen Eroberungen geprahlt hat?«

Manchmal liebte ich Kassiopeia wirklich. Ich hätte sie am liebsten geküsst, so wahr waren ihre Worte.

»Weil du es mir sagen würdest, nur damit es Pippa auch erfährt?«

Hades' dröhnendes Lachen vibrierte in meinem Bauch. »Nun, dann erzähle Pippa doch, dass es sich um eine äußerst attraktive Frau handelt.«

»Wo hast du sie kennengelernt?«

»Charon hat mir ein Bild von ihr übermittelt.«

»O Hades, bist du so tief gesunken, dass du dir deine Partnerinnen nun schon vermitteln lässt?«

Kassiopeias mitleidiger Ton ließ Hades empört schnauben. »Vermitteln! Ich bin wählerischer geworden. Ich gebe mich nicht mehr mit jedem schönen Gesicht zufrieden. Sie sollte Stil haben, belesen sein …«

»Sie sollte dir intellektuell etwas bieten.« Kassiopeia brach in schallendes Gelächter aus. »Verzeih mir! Etwas Amüsanteres habe ich nie aus deinem Mund gehört. Das erzähle ich Pippa wirklich gerne.«

»Schweig! Ich wollte Persephone wegen etwas anderem sprechen.«

»Nur zu.«

»Ich vermisse Charon. Wo ist er? Habt ihr eure Finger im Spiel?«

»Wie kommst du denn darauf?«

Ich spürte die Hitze, die die Kugel nun ausstrahlte, durch das Holz des Tisches. So war es immer gewesen: Hades' Zorn auf sich zu ziehen war keine gute Idee. Wie oft waren wir aneinandergeraten! Wie oft hatte ich mit fliegenden Gewändern die Unterwelt verlassen, um dann am nächsten Tag wieder in seine Arme zu sinken! Ich hasste ihn mehr denn je.

»Seit ihr in Rom seid, ist nichts mehr so, wie es sein soll. Charon ist nicht mehr bei mir aufgetaucht, obwohl er …«

»… dir Il Macellaios Tochter bringen sollte.«

»So ist es.«

Ich starrte wütend auf den Orientteppich, auf dem ich zusammengekauert saß. So war es also. Er setzte aufs Spiel, dass sich menschliche Wesen an der Quelle gütlich taten, nur um seine Lust zu befriedigen. Ich hätte ihn am liebsten geohrfeigt, damit er wieder zur Besinnung kam. Dachte er, eine junge Frau ginge freiwillig in die Unterwelt, nur weil sie ihn liebte? Derartige Zuneigungen sind immer an Bedingungen geknüpft.

»Nun, Hades. Ich muss dich enttäuschen, ich habe nicht die geringste Ahnung, wo sich der Skipper befindet.«

Und wenn, dann würde sie es ihm nicht sagen. Ich

nahm mir vor, nicht mehr über Kassiopeias Kleidungs- und Männergeschmack zu urteilen. Im Grunde war sie mir doch eine gute Freundin.

»Dann ist ja gut. Sag Persephone, sie kann jetzt wieder hervorkommen. Und sag ihr, sie soll sich nicht benehmen wie ein albernes junges Ding.«

Ich fluchte innerlich und schwor bei meiner unsterblichen Seele, es ihm heimzuzahlen.

Elftes Kapitel

Zweiundzwanzigster Dezember, der Tag, an dem Aurora ihre Schuhe in der Lateranbasilika zurückließ, in jeder römischen Tageszeitung abgebildet war und auf Facebook eine Berühmtheit wurde.

Die Sonne kitzelte Aurora an den Augenlidern, holte sie sacht aus dem Tiefschlaf in diesen Dämmerzustand, in dem man schon so viel aufnimmt und doch gleich wieder vergisst. Möwen kreischten fern, und das dumpfe Geräusch der rollenden Wellen hing zusammen mit dem Geruch von Salz und alten Lumpen in der Luft.

Die Baracke, dachte Aurora und riss die Augen auf. Direkt vor ihr war das Gesicht von Leon. Ihre Wange lag auf seinem Arm, im Schlaf musste sie ihr Bein über das seine gelegt haben, als wären sie ein Liebespaar.

Sie schloss hastig wieder die Augen und blieb stocksteif, wo sie war, um den Zeitpunkt des Erwachens, diesen peinlichen Moment, in dem man die Gefühle vom Abend überhaupt nicht mehr verstand, noch ein kleines bisschen hinauszuschieben. Nach einer Weile öffnete sie doch ihre Augen, konnte nicht aufhören, ihn im Schlaf zu betrachten. Seine langen, dichten Wimpern. Die hohen Wangenknochen. Die aristokratische Nase. Er sah jünger aus, verletzlich, und weckte in ihr das Gefühl, ihn dringend küssen zu wollen.

Was um alles in der Welt war gestern Abend noch passiert? Mit geschlossenen Augen versuchte sie, sich zu erinnern.

Hatten sie sich geküsst? Oder, noch schlimmer, Sex gehabt?

Nein.

»Wenn du versuchst …«, hatte sie gesagt.

»Ja«, hatte er sie unterbrochen. »Ich weiß. Jetzt kommt die Stelle mit der zerschossenen Kniescheibe. Oder den brennenden Zigaretten. Ich werde nichts versuchen.«

Aber wie war sie dann wieder in seinen Armen gelandet? Weil sie halb umgekommen war vor Kälte? Weil sie sich eingeredet hatte, es wäre vernünftig und es läge nicht an ihrem Körper, der diese Berührung herbeisehnte?

Wieso hatte dieser Kerl so viel Hitze in sich, dass er sie mitwärmen konnte? Um sich davon abzulenken, wie angenehm diese Wärme war, hatte sie ihm von Professore Fernandos Aufgaben erzählt. Und während er ihr sanft den Nacken gekrault hatte … hatte er ihr tatsächlich den Nacken gekrault? Als wäre sie ein verängstigtes Kätzchen, das er beruhigen wollte!

Sie meinte, einen Blick auf sich zu spüren, aber als sie nachsah, waren Leons Augen noch immer geschlossen.

»Flittchen«, sagte Luna müde. Aurora fuhr zusammen.

So nah, als wollte sie mit auf das Bett fallen, hatte Luna sich einen Stuhl an die Matratze geschoben. Sie wirkte so, als würde sie hier schon eine ganze Weile sitzen. Direkt neben ihr stand Tatramedes, und seine Miene war höchst zufrieden.

»Wo kommst du auf einmal her?«, ätzte Aurora den Zwerg an.

»Nur eingeschlafen. Auf der Rückbank des Autos«, sagte er friedlich, noch immer lächelnd.

Hastig begann sich Aurora aus den Decken zu entwirren und weckte dabei Leon auf. Ungeschickt sprang sie auf und stolperte ungeachtet ihrer Nacktheit hinüber zu ihrer Kleidung.

»Halt dich da raus«, fuhr sie Luna etwas verspätet an.

»Mach nur. Wer weiß, wie lange du noch lebst, um noch einmal einen Mann zu vögeln. Mich wundert nur, wie schnell du vergisst, was du eigentlich tun solltest.«

Aurora warf ihr einen bitterbösen Blick zu, bemerkte dann, dass Leon aufgewacht war und ihr schläfrig beim Anziehen zusah. So schnell sie konnte, schlüpfte sie in ihren Slip und zog sich ihr T-Shirt über den Kopf.

»Lass das arme Kind in Ruhe! Du siehst doch, dass du sie in Verlegenheit bringst!«, maßregelte Tatramedes Luna.

»Ich habe Il Macellaio versprochen, seine Tochter über den Styx zu bringen«, sagte Luna, während sie auf ihrem Stuhl kippelte. Sie sah schlecht aus, dunkle Augenringe, die Haare strähnig, die Augen mutlos.

Ich brauche die Münzen, dachte Aurora trotzig, während sie das vom Salzwasser steife T-Shirt nach unten dehnte. Ich!

»Seine Tochter?«, fragte der Zwerg.

»Es ist mir egal, wen ich hinüberbringe. Scheiße nochmal. Hauptsache, ich krieg meinen Arsch aus der Sache da raus.«

Aurora sah sich suchend nach ihren restlichen Klamotten um.

»Wir brauchen die drei Münzen«, sagte Luna und betrachtete die weißen Ränder, die das Salzwasser auf Auroras Kleidung hinterlassen hatte.

»Wir«, sagte Aurora spöttisch.

Ihre Kleidung war noch nicht richtig trocken und fühlte sich klebrig an.

»Die Münzen hatten dein Vater und seine Kumpels«, sagte Luna, ohne Aurora anzusehen.

Leon setzte sich auf. Im Dämmerlicht der Baracke sah er geheimnisvoll aus, er hatte sich nur lässig die Decke um die Hüfte geschlungen und schien sich nicht daran zu stören, dass er darunter vollkommen nackt war.

»Du musst wissen, wo sie sind.«

Leon stützte die Ellbogen auf seine Oberschenkel und ließ seine Arme locker zwischen seinen Beinen hängen. Seine Augen suchten die von Aurora, so, als wäre nun etwas zwischen ihnen, das auch Luna mit ihrer Anwesenheit nicht zerstören konnte.

»Ich habe keine Ahnung. Vater hat alles, was damit zu tun hat, von mir ferngehalten.« Aurora wandte ihren Blick von Leon ab und sah Luna mit gerunzelter Stirn an. »Er hat mir ja nicht einmal seine Doktorarbeit zu lesen gegeben. Und über die Münzen hat er kein einziges Wort verloren.«

»Du hast die Sonnenmünze einmal gesehen.«

»Gesehen, ja. Aber ich weiß nicht, wo sie ist. Und die anderen Münzen habe ich noch nie gesehen.«

Luna stand so abrupt auf, dass der Stuhl umkippte, und hob Leons Kleidung auf.

»Zieh dich an. Sonst kann sich unser Schätzchen hier nicht konzentrieren«, sagte sie entnervt und warf ihm die Kleidung zu.

Aurora stöhnte. »Ich weiß auch dann nicht, wo die Münzen sind.«

»Habt ihr schon etwas gegessen?«, fragte der Zwerg. »Also ich persönlich …«

»Dann versuch, dich zu erinnern«, erwiderte Luna schroff.

»Ich habe die anderen Münzen nie gesehen, weder bei Professore Fernando noch bei Terenghi. Bis vor kurzem hatte ich ja noch nicht mal davon gehört.«

Leon stand auf und bückte sich nach seiner Kleidung. Dabei rutschte die Decke zu Boden, und Aurora starrte mit aufgerissenen Augen auf seinen muskulösen Hintern.

»Ihr braucht euch nicht umzudrehen«, sagte er etwas spöttisch.

»Ich steh nicht auf Männer, Schätzchen«, sagte Luna gelangweilt.

»Dann ist ja gut.«

Aurora presste sich die Zeigefinger auf die Schläfen und

drehte sich um. Dass sie nicht auf Männer stand, konnte sie wirklich nicht behaupten. Ihre Blicke wurden derzeit ständig magisch von diesem Kerl angezogen, als hätte sie keine anderen Sorgen!

»Versuch, dich zu erinnern. Hat dir dein Vater nie irgendetwas von der Sache erzählt? Vielleicht hat er es ja verschlüsselt ausgedrückt? Hat er dir nie gesagt, wo er die Dinge aufbewahrt, die ihm besonders wertvoll sind?«

Aurora schüttelte den Kopf, versuchte, die Gedanken an die letzte Nacht loszuwerden, indem sie sich auf die Münzen konzentrierte. »Mein Vater hat mir nie etwas erzählt. Aber wenn wir ihn finden, dann wissen wir zumindest, wo seine Münze ist …«

Vorausgesetzt, er lebt noch.

»Vorausgesetzt, er will uns das überhaupt verraten, Täubchen«, sagte Luna. »Und da wäre ich mir nicht sicher.«

»Aber er würde mich retten wollen. Also würde er es uns verraten«, beharrte Aurora.

Keiner antwortete.

»Dieser Fernando hat dir auch nie etwas erzählt?«

Doch. Diese letzte Nachricht von Professore Fernando auf dem Anrufbeantworter. *Cucciola, wenn du das hörst … dann erinnere dich … zweiundzwanzigster Dezember … fünfter April … dreiundzwanzigster Juli.*

»Fernando hat mir drei Daten genannt. Auf dem Anrufbeantworter.«

»Drei Daten.«

»Drei Professori.«

»Drei Münzen.«

»Er wollte, dass du die ganze Geschichte kennst«, sagte Luna. »Er wollte, dass du die Doktorarbeit deines Vaters liest und die Münzen findest.«

Er wusste, dass er nicht mehr lange zu leben hatte, dachte Aurora. Vielleicht vermutete er, dass sie alle drei nicht mehr lange zu leben hatten und dass ich die einzige Überlebende sein würde …

»Vielleicht sind die Münzen Teil deines Spiels«, sagte Leon ruhig, während er in seine Jeans schlüpfte. Gedankenverloren starrte sie auf seine schmalen Hüften, wie er sich die Jeans darüberzog und den Reißverschluss schloss. Sie konnte ihren Blick nicht von seinem Rücken abwenden. »Sie sind genau dort versteckt, wo du an den Tagen warst. Auf den Bauwerken. Den Altären. Den Brunnen.«

»Was weiß er, was ich nicht weiß?«, seufzte Luna ungeduldig. »Hattet ihr auch noch Zeit, um miteinander zu reden?«

»Halt die Klappe, Luna!«, sagte Aurora kraftlos.

»Nun ja. Sah nicht so aus, als hättet ihr Zeit verschwendet. Keine Sorgen, ich kann's ja verstehen, dass du dir so einen knackigen Kerl nicht durch die Lappen …«

Aurora glitt stöhnend auf einen der wackeligen Stühle und stützte ihren Kopf in ihre Hände. »Ich brauche dazu mein Tagebuch.«

»Zweiundzwanzigster Dezember. Das ist zwei Tage vor Weihnachten. Daran kannst du dich doch bestimmt auch ohne Protokoll erinnern«, ätzte Luna. »Wie alt bist du, *bella?*«

»O mein Gott …«, entfuhr es Aurora, »O nein. Das kann ich nicht noch mal machen.«

»Was?«

»Die schreckliche Geschichte mit dem Ziborium …«, jammerte Aurora. »Das war das erste Mal, dass ich etwas so Schwieriges machen musste. Mir war klar, dass es schiefgehen würde … Ich wäre beinahe gefasst worden! Die waren alle so in Rage …«

»Red nicht in Rätseln!«, fuhr Luna sie an.

»Ich war am nächsten Tag in jeder römischen Zeitung, im L'Osservatore Romano … der Vatikanzeitschrift … und in sämtlichen großen ausländischen Tageszeitungen …«, jammerte Aurora weiter.

Die drei sahen sie erstaunt an.

»Ich musste auf das Ziborium klettern«, erklärte Aurora geknickt. »Ich war zu feige, mitten in der Nacht einzubrechen, okay, ich hatte auch keine Ahnung, wie ich das hätte anstellen können … aber weil es eben Tag war, waren auch Unmengen von Touristen dort … deswegen gab es auch so viele Bilder von mir … von all den blöden Touristen«, verteidigte sie sich. »Die hatten alle ihre Smartphones dabei und drehten Filme, am nächsten Tag waren die alle auf Facebook hochgeladen, und ich kann wirklich …«

»Ziborium?«, unterbrach Luna harsch. »Wir haben nicht ewig Zeit!«

»Das ist ein Aufbau über dem Altar. Er sollte früher den

freistehenden Altar über dem Märtyrergrab schützen. Daran hing immer ein Gefäß mit dem geweihten Brot und …«

»Du bist da raufgeklettert?«, fragte der Zwerg belustigt.

»Das war schrecklich! Unter mir haben die Menschen geschrien, und ich sollte doch … also, die Geschichte ist die … dort befinden sich die Häupter von Petrus und Paulus. Das nimmt man jedenfalls an. Weil damals Urban V. sie aus ihrer Ruhestätte, dem Sancta Sanctorum, entfernt hat und in das neuerrichtete Ziborium …«

»Schnickschack«, unterbrach Luna sie wieder. »Bleib bei der Sache.«

»Nein. Das ist wichtig. Ich sollte jedenfalls …«

»… die Häupter von Petrus und Paulus berühren«, brachte der Zwerg ehrfurchtsvoll hervor.

»Quatsch!« Aurora runzelte die Stirn. »Dieses Ziborium ist irrsinnig hoch! Man kann nicht bis ganz oben klettern, jedenfalls nicht, wenn man so schlecht klettert wie ich …«

»Weiter«, sagte Luna düster.

»… Es war sowieso fast ein Ding der Unmöglichkeit, bis zu der kleinen Statue zu kommen, weil diese Säulen verdammt glatt sind … Ich musste meine Schuhe ausziehen und habe es auch erst nach mehreren Anläufen geschafft, hinaufzukommen und die Füße der Statue zu berühren …«

Sie sah in die erstaunten Gesichter.

»Ich habe meine Schuhe nie wiedergesehen, ja? Ich war einfach nur froh, dass ich es noch nach draußen schaffte. Hatte echt Bedenken, dass sie mich lynchen wollten! Die Stimmung war so aufgeheizt …«

»Die dachten, du willst Reliquien klauen«, meinte Leon.

Aurora räusperte sich schwach. »Na ja. Eigentlich dachten sie, ich wäre irre. In den Zeitungen stand, dass es eine schizophrene Frau war, die Stimmen gehört hat … Um sie mir vom Leib zu halten, habe ich immer geschrien: *Sie sprechen mit mir! Sie wollen mein Blut!*«

»*Sie wollen mein Blut*«, echoten Luna und Leon unisono und starrten sie fassungslos an.

»Wie auch immer«, unterbrach Luna dann das ehrfurchtsvolle Schweigen. »Wir haben keine Zeit für Anekdoten. Wo ist das?«

Verzweifelt hob Aurora ihren Blick zur Decke. »Ich mach das nie wieder!«

»Wo?«

»Du wirst es nicht glauben, aber das Ziborium befindet sich ausgerechnet in der Lateranbasilika, das ist eine der vier Papstbasiliken …«

»Okay. Auf geht's«, sagte Luna.

Aurora hob abwehrend die Hände. »San Giovanni in Laterano ist nicht irgendein kleines Kirchlein. Das ist die eigentliche Kathedrale von Rom …«

»Schätzchen, das hier, das ist mein Kopf, um den ich bald kürzer sein werde, wenn ich diese Münzen nicht beischaffe. Deswegen mach dir mal keine Gedanken darüber, wer uns bei der Aktion filmt und das Ganze dann bei Facebook einstellt. Okay?«

»Ich hatte eine Wollmütze auf«, flüsterte Aurora noch.

»Und was wollte Ihre Nonna auf dem Ziborium?«, fragte der Carabiniere, der uns nun schon seit geraumer Zeit gegenübersaß und auf die Papiere starrte, die vor ihm lagen. Sein Dienstraum war muffig, unaufgeräumt und völlig unangemessen. Durch das vergitterte Fenster konnte man ein winziges blitzblaues Stück Sommerhimmel sehen, das einem ein vor Hitze kochendes Rom versprach. Der Colonello hatte tellergroße Schweißflecken unter den Armen und versuchte hin und wieder, einen kleinen Ventilator besser auf seinen Körper auszurichten, was allerdings nicht viel nützte.

»Wenn ich das nur wüsste, Tenente Colonello, ich kann Ihnen versichern, ich würde es Ihnen sagen, aber seit sie so …«, Kassiopeia beugte sich vertraulich nach vorne, »… verwirrt ist, weiß niemand mehr, was in ihr vorgeht.«

Ich kochte innerlich vor Zorn. Ich hatte das Gefühl, meine Schädeldecke würde gleich zerspringen, weil sie dem Ausmaß meiner Aggressionen nicht mehr standhielt. *Nonna!* Ich sollte Kassiopeias Großmutter sein! Sie hatte sich, als die Polizeibeamten die Kathedrale stürmten, geistesgegenwärtig etwas von dem Wasser aus dem fast leeren Fläschchen auf die Zunge geträufelt und sah seither aus, wie … wie, sagen wir, fünfundzwanzig. Ihr langes blondes Haar fiel ihr in sanften Wellen über die schmalen Schultern und den üppigen Busen. Lange hatte ich sie nicht mehr so gesehen, nicht von Angesicht zu Angesicht, und mein Herz schmerzte, wenn ich an meinen eigenen jugendlichen Körper zurückdachte. Alles nur Lug und Trug. Die

Augen des Colonello blieben kurz an ihrem Ausschnitt hängen.

»Aber was *denken* Sie, was sie dort wollte?«

»Sie hat die heilige Mutter gesehen.«

»Die heilige Mutter. Auf dem Ziborium.«

»Ich habe *nicht* die heilige Mutter gesehen«, betonte ich, und der Colonello schüttelte bedenklich den Kopf.

»Halt den Mund«, zischte Kassiopeia, »es ist schlimm genug, was du angerichtet hast. Du Dickkopf!«

Ich gebe zu, vielleicht war es eine etwas übereilte Idee, selbst die Münze aus dem Ziborium zu holen, und ich war nicht auf die Massen an Menschen gefasst, die auch in die Basilika wollten. Kassiopeia hatte gehofft, dass ich von meinem Entschluss Abstand nehmen würde, während wir uns in der Schlange langsam auf die Basilika zubewegten, doch es erschien mir als die einzige Möglichkeit, das Ruder jetzt noch herumzureißen. Ich musste die Münzen in Sicherheit bringen und verhindern, dass Hades sich mit Gloria vermählte und so Il Macellaio Zugang zu der Quelle verschaffte. Ich hatte daran gedacht, die Münzen in meinem Turm zu verwahren, ich gebe es zu, mit dem leisen Hintergedanken, doch selbst noch einmal die Überfahrt zu wagen. Auch Göttinnen sind nicht frei von Lastern.

»Du hast selbst gesagt, dass ein Unglück passiert, wenn Gloria …«, fauchte ich zurück.

Il Macellaio würde sich nicht mit Rom zufriedengeben, hatte Kassiopeia gesagt, *Männer wie Il Macellaio wollen die ganze Welt, also hüte dich davor, ihnen etwas so Endgültiges wie die*

Unsterblichkeit in die Hand zu geben. Dieser Satz hatte sich in mein Gehirn gebrannt, denn Kassiopeia hatte recht. Ich wagte nicht daran zu denken, was Il Macellaio mit dieser Gabe für Unheil anrichten würde.

»Also, fassen wir zusammen«, unterbrach mich der Colonello, »Ihre Nonna betrat die Basilika um elf Uhr fünfunddreißig. Vor den Augen der Aufseher eilte sie zum Altar, legte ihre Schuhe ab, stieg über die Absperrungen und begann, auf das Ziborium zu klettern. Entspricht das der Wahrheit?«

Kassiopeia nickte.

»Sie stürzte und verstauchte sich das Handgelenk.«

»Ich bin nicht gestürzt, ein Aufseher hat mich heruntergezogen«, stellte ich richtig. Ich wurde jetzt noch ärgerlich, wenn ich daran dachte. Der ungehobelte Kerl hatte mich an den Fesseln gepackt und vom Ziborium gezerrt.

»Der Aufseher berichtet von einem hellen Blitz, der ihn zu Boden schlug.«

Wir zuckten beide mit den Schultern.

»Daraufhin begann ihre Nonna wieder, auf das Ziborium zu klettern.« Der Colonello hob seinen Blick und sah uns beide streng an. Mich zugegebenerweise etwas strenger. Was sollten wir darauf erwidern?

»Der Aufseher wurde ins Ospedale San Gallicano gebracht.«

»Sie werden doch nicht behaupten, dass meine Nonna ...«

Der Colonello schüttelte den Kopf und seufzte. Der

Ventilator stotterte und gab mit einem komischen, surrenden Geräusch den Geist auf. Der Colonello schüttelte ihn und stopfte ihn dann frustriert in den Mülleimer.

»Was soll ich nun mit Ihnen beiden anfangen? Sie können sich nicht ausweisen und behaupten, ihre Papiere wurden gestohlen. Ich muss sie eigentlich hierbehalten, bis wir ihre Identität geklärt haben.«

Nichts da. Ich war zu allem bereit. Noch so ein Blitz, und der Colonello könnte schon mal seine Überfahrt in die Unterwelt buchen. Kassiopeia legte mir beruhigend ihre Hand auf den Unterarm.

»Colonello, wie kann ich das je wiedergutmachen, ich weiß, es ist unverzeihlich! Aber können sie nicht einmal eine Ausnahme machen?«

Wir würden uns an die Fersen von Aurora, Leon und Luna heften müssen, um ihnen die Münzen dann wegzunehmen. Eine andere Möglichkeit blieb nicht. Zu allem Übel bemerkte ich nun, dass die Kugel wieder in meiner Tasche zu glühen begann. Verdammter Hades. Kannst du nicht einmal die Klappe halten? Die Tasche vibrierte so stark, dass selbst der Colonello darauf aufmerksam wurde.

»Was befindet sich in dieser Tasche?«, sagte er, und seine Stimme wurde noch eine Spur strenger. Er kam um den Tisch herum und bedeutete, ich solle die Tasche öffnen. Ich tat es widerstrebend.

»*Dio mio!* Was soll das sein?«, rief er aus, als er die Kugel erblickte, in deren Inneren Hades' Gesicht zu schweben schien.

»Nun, das hat doch jetzt alle Welt. Ist für Senioren. Extragroß und sehr plastisch«, erklärte Kassiopeia.

»Pippa!«, begrüßte mich Hades vorwurfsvoll, und ich lief über und über rot an. »Ich versuche es schon seit Stunden!«

Dem Colonello blieb der Mund offen stehen.

»Ich war beschäftigt.«

»Du gehst mir aus dem Weg. Nun gut. So soll es anscheinend sein. Ich wollte nur sagen: Charon ist immer noch nicht zurückgekehrt.«

»Das kümmert mich nicht.«

Hades' Stirn umwölkte sich, und der Colonello lockerte seine Krawatte.

»Das hat dich zu kümmern. Ihr seid in Rom, und Charon ist verschwunden. Ebenso die Münzen. Das ist ein Problem.«

»Dein Problem.«

»So würde ich es nicht sagen.«

»Ich bin nicht dafür zuständig, dass deine neue Gespielin zu dir kommen kann«, fauchte ich Hades an.

»Du bist eifersüchtig«, stellte er erfreut fest.

Männer! Als würde sich alles nur um sie und ihre Gelüste drehen. »Weißt du denn nicht, wessen Tochter Gloria ist?«

Hades antwortete nicht auf meine Frage, er winkte nur ab, als wäre das völlig nebensächlich. Natürlich. Für ihn waren andere Dinge wichtiger.

»Wer ist dieser Mann?«, wollte der Colonello wissen.

»Ihr Ex«, sagte Kassiopeia und zog den Colonello zur Seite. Ihm standen Schweißperlen auf der Stirn. »Sie hatten eine äußerst schwierige Beziehung.«

Ich versuchte, die Kugel zurück in die Tasche zu stopfen, damit Hades endlich verschwand.

»Jedenfalls werde ich den Zerberus schicken, wenn Charon nicht zurückkehrt! Der Zerberus spürt den Skipper überall auf. Er riecht ihn über Kilometer!«, schrie Hades erzürnt.

Kassiopeia entflammte einen winzigen Ohnmachtsblitz, und der Colonello sank auf seinem Stuhl zusammen.

»Das nur, um euch zu warnen«, konnten wir Hades noch dumpf hören, dann klemmte ich mir die Tasche energisch unter den Arm.

»Colonello«, sagte ich zu dem Bewusstlosen, »Sie müssen uns nun entschuldigen.«

Wir verließen eilig die Polizeiwache, bevor der Colonello zu sich kommen konnte, stiegen in die Tram und legten einige Haltestellen, an die verschwitzten Leiber anderer Fahrgäste gepresst, zurück, nur um unsere Spur zu verwischen. Kassiopeia sah mich einige Male amüsiert an, was ich ihr bis heute nicht verzeihe. An der Piazza Venezia stiegen wir um und fuhren noch einige Stationen Richtung Trastevere, dann liefen wir am Ufer des Tibers entlang, bis wir eine ruhige Bank im Schatten einer Platane fanden. Wir konnten den Vatikan sehen, meine Füße brannten, genau wie mein Gesicht, dass ich nie so lange der prallen

Sonne aussetze. Erst da, als wir ganz sicher waren, dass uns niemand gefolgt war, wagten wir anzuhalten und erneut die Kugel hervorzuholen.

»Wie lange müssen wir noch hier warten?«, flüsterte Aurora. Sie war zwischen Luna, Leon und dem Zwerg eingeklemmt, und allmählich schliefen ihr die Füße ein. Die Füße, die Arme, Beine, der Hintern. Alles. »Ich glaube, es sind schon längst alle weg.«

»Kannst du nicht einmal einfach nicht reden?«, fragte Luna ungewöhnlich freundlich.

»Nein. Ich bin aufgeregt. Da muss ich reden.«

Sie saßen nun schon seit über einer Stunde zusammen in einem winzigen Beichtstuhl, der im Raum eines Nebenaltars stand.

»Was, wenn uns doch jemand entdeckt?«

»Du sollst dir nicht so viele Gedanken machen, mein Liebchen«, sagte Tatramedes. »Die Menschen sehen nur das, was sie sehen wollen.«

Aurora spürte Leons Hand an ihrem Oberschenkel, dann suchte er ihre Hand und drückte sie.

Das Stimmengewirr hatte langsam nachgelassen. Die Aufseher hatten die Kathedrale um achtzehn Uhr geschlossen. Aurora hatte keine Ahnung, wie lange sie noch ausharren sollten.

»Wisst ihr, was ich mich schon die ganze Zeit frage? Also nicht nur heute, sondern schon länger?«, fragte sie und erwiderte vorsichtig Leons Händedruck.

»Hmmm.«

»Also, der Professore, ich meine Professore Fernando, hat mir immer eingeschärft, ich solle meinem Vater nichts von unserem Spiel erzählen.«

»Hmm. Ist dein Vater ein alter Sack, der keinen Spaß versteht?«, flüsterte Luna.

»Vielleicht.«

In der Ferne hörten sie das Klackern von Absätzen auf dem Steinfußboden der Kathedrale.

»Das wird ein Aufseher sein, der noch einmal alles kontrolliert«, sagte Leon an Auroras Ohr. »Danach sollten wir loslegen.«

»Warum wollte er nicht, dass mein Vater meine Mutter zurückholt?«, überlegte Aurora weiter.

»Die Überfahrt über den Styx ist kein Spaziergang«, warf der Zwerg flüsternd ein. »Anscheinend haben sie es schon einmal versucht und sind gescheitert. Der Skipper war ein Lügner und Betrüger. Er hat sich einen Spaß daraus gemacht, die Leute hinters Licht zu führen. Und zur Not umzubringen. Allein am Zerberus vorbeizukommen ist für einen Sterblichen ein Ding der Unmöglichkeit. Ein einziger Biss … » Er machte eine wegwerfende Handbewegung, als würde das alles sagen.

Das Bein ihres Vaters. Terenghis Verletzungen.

»Vielleicht wollte Fernando nicht, dass du ohne Vater aufwächst, wenn du schon keine Mutter mehr hast.« Leon verlagerte etwas sein Gewicht, damit sie sich an seine Brust lehnen konnte.

»Hört auf zu fummeln, ihr beiden«, sagte Luna, aber Aurora konnte an ihrem Profil sehen, dass sie lächelte.

Durch das kleine mit Holz vergitterte Fensterchen fiel das weiche, verschwommene Licht der Abendsonne. Aurora schloss die Augen und dachte an einen Abend vor nur wenigen Wochen, als Professore Fernando plötzlich vor ihrer Tür gestanden hatte. Sie war schon im Bett gelegen und hatte nicht schlafen können, die Hitze ließ sie immer wieder von der einen Seite des Bettes zur anderen rollen und das Leintuch über ihren verschwitzten Körper ziehen, um es nur Minuten später wieder abzustrampeln. Sie hatte Fernandos Stimme erkannt und sich über den harschen Tonfall ihres Vaters gewundert. Sie stritten über etwas, ein Umstand, den sie vorher nicht oft erlebt hatte.

Es ist besser, niemand weiß …, hörte sie Fernando sagen, der rüde von ihrem Vater unterbrochen wurde.

Camillo, du musst auch an sie denken. Wir können sie nicht einfach aufgeben.

Uns war das Risiko klar, als wir sie schickten. Aber sie wollte es. Ihr war die Wissenschaft wichtiger als alles andere. Es muss ihr klar gewesen sein, dass es schiefgehen kann.

Wir haben versprochen, sie zurückzuholen.

Wir haben es versucht.

Aber damals hatten wir die Münzen noch nicht.

So ging es eine Weile hin und her, bis Aurora in einen unruhigen Schlaf fiel, aus dem sie mit einem Ruck aufschreckte, als die Wohnungstür mit einem Knall ins Schloss fiel. Professore Fernando war gegangen. Als sie nach unten getappt war, hatte sie ihren Vater versunken am Küchentisch sitzen sehen, den Kopf in seine Hände gestützt und auf etwas starrend, das vor ihm auf dem Tisch lag.

Die Sonnenmünze, dachte sie nun, was kann es anderes als die Sonnenmünze gewesen sein.

Die Strahlen der untergehenden Sonne hatten einen schmalen bunten Lichtpunkt über Lunas Kopf gemalt, der erglühte, schließlich verglühte und alles in Düsternis hüllte. Während Aurora die Lichterscheinungen beobachtete, konnte sie den Gedanken an ihren Vater und die Sonnenmünze nicht verscheuchen. Wo war ihr Vater jetzt? Sie wollte ihm so gerne tausend Fragen stellen. Aber vieles konnte sie sich nun selbst zusammenreimen. Ihre Mutter war eine rebellische junge Frau gewesen, eine Gelehrte, die der Welt beweisen wollte, was in ihr steckte. Dann hatte sie, gemeinsam mit Perrini, Fernando und Terenghi, etwas absolut Unvorstellbares entdeckt: Die Unterwelt gab es tatsächlich, und der Eingang dazu, der Styx, befand sich in Rom. Einen Beweis für diese tollkühne These erbringen zu können wäre eine Sensation gewesen. Deshalb war sie hinübergegangen – und nicht zurückgekommen. Sie hatte die Gefahr unterschätzt.

Als Aurora den Kopf aus dem Beichtstuhl reckte, kribbelten ihre Beine schmerzhaft. Selbst im Dunkeln sah man, dass mächtige Pfeiler die Arkadenbögen des Mittelschiffs trugen. Magnetisch wurde ihre Aufmerksamkeit von dem raumbeherrschenden Ziborium auf dem Hauptaltar angezogen. Sie hatte Angst davor, sich diesem heiligen Ort wieder zu nähern, wieder etwas zu tun, was man nicht tat. Obwohl die Sonne bereits untergegangen war, funkelte noch immer die mit Gold verkleidete Holzdecke der Basilika.

»Also los«, sagte Luna. »Wir haben nicht ewig Zeit.«

In der Vierung stand der Papstaltar aus weißem Marmor. Der gesamte Bereich war für die Touristen gesperrt und mit einem dicken Seil von den öffentlichen Bereichen abgetrennt.

Zögernd ging Aurora darauf zu und schwang ein Bein über das Seil.

»Früher soll hier ein hölzerner Altar gestanden haben. Es ist ein wahnsinnig ergreifender Ort … hier soll einst Petrus die Eucharistie gefeiert haben«, erklärte Aurora flüsternd. »Deswegen wurden auch im 14. Jahrhundert die Häupter von Petrus und Paulus …« Sie unterbrach sich selbst, weil sie sich plötzlich an das Haupt des Skippers erinnerte.

»Mit Häuptern hab ich's nicht so«, brummte Luna, hob aber auch den Blick.

Das gesamte Ziborium schien geheimnisvoll golden zu glitzern, die blau und rot bemalten Flächen verschwanden in der Dunkelheit. Zögernd zog Aurora ihre Schuhe aus.

»Es war die rechte Säule«, flüsterte sie.

Sie spürte die Wärme von Leon hinter sich, als seine Brust ihren Rücken berührte.

»Räuberleiter«, schlug er vor, aber sie bemerkte seine Hände an ihrer Taille.

»Okay.«

Sie drehte sich zu ihm, er verschränkte seine Hände, und sie stellte ihren nackten Fuß hinein. Vorsichtig hielt sie sich an seinen Schultern fest.

»Was hast du angestellt, dass du einen Bewährungshelfer brauchst, Leon?«, flüsterte sie so leise, dass sie meinte, er hätte es nicht gehört.

»Frag ihn, wenn es dich so sehr interessiert«, flüsterte er mit einem Kopfnicken in Richtung des Zwerges zurück.

»Hat es mit Mord zu tun?«, fragte Aurora.

Er verdrehte die Augen. Unter ihren Händen fühlten sich die kräftigen Schultern von Leon warm und sicher an. Ermutigend lächelte er ihr kurz zu, sie starrte ihm in die Augen. Seine Finger lagen warm unter ihren Füßen.

»Was soll das Getuschel«, sagte Luna laut.

Etwas verlegen stemmte Aurora sich vom Boden weg.

»Ihr macht das phantastisch«, flötete Tatramedes.

»Wird's bald? Hol die Münze, und wir verschwinden von hier!«

»Was meinst du, was ich gerade mache?«, zischte Aurora und stützte sich mit der rechten Hand an der Ziboriumssäule, mit der anderen auf dem Kopf von Leon ab.

»Lass es sie in ihrem Tempo machen!«, maßregelte Tatramedes Luna.

»Du musst auf meine Schultern steigen«, raunte ihr Leon zu.

»Vor allen Dingen *avanti*«, sagte Luna.

Vorsichtig stieg Aurora auf seine Schultern, hielt sich an der Säule fest und streckte sich nach oben.

»Der fünfte April ist eine Woche vor meinem Geburtstag«, sagte sie plötzlich, während sie sich an die Säule klammerte.

»Schon gut«, zischte Luna. »Für eine Party haben wir gerade keine Zeit.«

Sehr langsam stellte sich Aurora auf ihre Zehenspitzen und glitt mit ausgestreckten Fingern noch ein Stückchen höher, tastete sich an den goldenen Ornamenten weiter nach oben bis zu dem kleinen Absatz, auf der die Statue stand.

»Vielleicht etwas weiter links«, schlug Tatramedes vor.

Fernando hatte ihr damals gesagt, sie solle die Zehenspitzen der Statue kitzeln und dann wieder verschwinden.

Wieso?, hatte sie damals gefragt.

Es ist ein guter Ort, hatte er geantwortet. *Ein sehr guter Ort. Sehr exponiert, sehr öffentlich und sehr ergreifend.*

Er hatte ihr über das Haar gestreichelt. *Ich weiß, dass du solche Orte liebst.*

»Es reicht nicht«, flüsterte Aurora nach unten und verscheuchte den Gedanken an Professore Fernando. Er hatte die Münze nie erwähnt. Vielleicht hatte er ihr damit etwas ganz anderes sagen wollen, und es gab hier gar keine Münze. Oder es war ihnen jemand zuvorgekommen.

Leon schlang seine warmen Finger um ihre Knöchel.

»Seid nicht so laut …«, flüsterte Luna und entsicherte

behutsam ihre Waffe, aber in Auroras Ohren dröhnte das leise Klicken.

»Ich kann mich nur noch auf die Zehenspitzen stellen«, bot er an.

»Ich habe was gehört, beeilt euch«, fauchte Luna.

Mit geschlossenen Augen tastete Aurora den schmalen Absatz zu Füßen der Statue auf der Säule ab. »Mir ist eingefallen, was ich am fünften April gemacht habe.«

Im selben Moment spürte sie eine kleine Münzen zwischen ihren Fingen.

»Yep!«, schrie sie auf und geriet ins Schwanken. Schnell klammerte sie sich wieder an die Säule.

»*Delinquenti!*«, schrie gleichzeitig eine raue Männerstimme.

»Scheiße«, sagte Luna. »Jetzt aber schnell.«

»*Ladri!*«, hörte Aurora den Mann rufen und wurde vom Lichtkegel einer Taschenlampe erfasst.

»Kommt jetzt runter«, zischte Luna. »Lauf. Lauft, ich halte ihn auf …«

Mit einem Ächzen rutschte Aurora an der Säule hinab in Leons Arme.

»*Al ladro!*«

Der alte Mann fummelte ein Handy und einen riesigen Schlüsselbund aus der Tasche seiner braunen Jacke heraus.

»Ich brauche Hilfe!«, schrie er ins Telefon, und im selben Moment fiel sein Schlüsselbund klirrend zu Boden. »Eine riesige Bande versucht gerade, das heilige Haupt des heiligen Petrus aus dem heiligen Ziborium zu stehlen!«

»Lauft endlich!«

»Bring ihn nicht um«, bat Aurora und schlüpfte in ihre Schuhe. »Bitte …«

»Weichei«, erwiderte Luna.

Leon nahm Auroras Hand und rannte los. Beide sprangen über das dicke Seil, während der Zwerg darunter hindurchschlüpfte. Behände liefen sie an den großen Marmorsäulen vorbei.

»Wir können da gar nicht raus …«, keuchte Aurora.

Ihre Schuhe klapperten laut auf dem farbigen Marmorboden, während sie auf den Hauptausgang zuliefen.

»Da ist doch überall zugesperrt.«

Die Münze in ihrer Hand schien sich zu erwärmen, während sie bei einem Seitenalter abbogen und hinter einer Säule stehen blieben.

Im selben Moment stand Luna vor ihnen.

»Worauf wartet ihr?« Sie lief an ihnen vorbei zum Hauptausgang.

»Was ist mit ihm?«, fragte Aurora atemlos.

»Er ist nicht tot«, sagte sie brummig, als würde sie sich selbst dafür verachten, und begann, die Schlüssel durchzuprobieren. »Ich habe ihn nur ein wenig außer Gefecht gesetzt.«

Sie ließen den Schlüssel im Schloss stecken und sprangen durch die Tür nach draußen.

»Das wird uns wahrscheinlich noch zum Verhängnis. Deine scheißblöde Angewohnheit, Leute nicht ausschalten zu wollen.«

»Unsinn. Die Götter werden es dir danken, dass du Unschuldige verschonst«, widersprach Aurora.

Sirenen näherten sich San Giovanni in Laterano, und Luna schob sie beide zu dem uralten hellblauen Fiat 500, der einsam vor der Basilika parkte.

»Der gehört bestimmt dem Alten«, sagte Aurora missbilligend. »Vermutlich …«

»Klappe, wir leihen ihn uns schließlich nur aus. Du fährst. Lächle den Polizisten nett zu …«

Aurora ließ den kleinen Fiat mit heulendem Motor über die Via dell'Amba Aradam schießen, während Luna Worte murmelte, die ein Gebet hätten sein können oder ein Fluch.

»Ich habe keinen Führerschein«, informierte Aurora die beiden auf der Rückbank.

»Das musst du nicht extra sagen«, erklärte Luna dumpf. »Wenn wir diese Fahrt überleben, liegt das garantiert nicht an dir.«

»Dann fahr du!«, schrie Aurora und schrammte haarscharf an einem anderen Auto vorbei.

»Fahr weiter«, sagte Leon.

»Vielleicht ein klein wenig langsamer«, schlug Tatramedes neben ihr mit sehr vorsichtiger Stimme vor, die kurzen Beine an das Armaturenbrett gestemmt.

Mit quietschenden Bremsen hielt Aurora am Straßenrand und legte ihre Stirn auf das Lenkrad. Das Auto machte noch einen letzten Satz, das Motorengeräusch verstummte. Neben ihnen hörte man die vorbeihuschenden Hupen der anderen Autos. Kopfschüttelnd stieg Luna aus und riss die Fahrertür auf.

»Lass mal sehen.«

»Was?«

»Die Münze.«

Aurora suchte in ihrer Hosentasche, zeigte dann die ungleichmäßig geformte goldene Münze, die in ihrer Handfläche glitzerte.

»Der Mond«, flüsterte Luna andächtig.

»An dieser Seite stößt er auf die Sonne. Und auf dieser auf die Erde …«, erklärte Aurora, und ihr rechter Zeigefinger rutschte über die glatten Kanten der Münzen. Ein seltsames Gefühl rieselte von ihrem Kopf in den Bauch.

»Es gibt sie wirklich«, sagte sie dann plötzlich und schloss ihre Hand zu einer Faust. »O Gott, es gibt sie wirklich!«

»Was dachtest du denn. Wieso sonst sollten wir sie suchen?«, erkundigte sich Luna.

»O Gott. Dann … ist das alles keine Sage. Dann ist das Wirklichkeit …«

Sie bemerkte, dass Tatramedes bedächtig nickte und sich den Schweiß von der Stirn wischte.

»Rutsch auf die Rückbank. Wenn wir noch länger hier stehen, haben uns die Bullen gleich …«

»Du hast nicht daran geglaubt?«, wollte Leon wissen.

Keine Ahnung, wollte Aurora sagen. Irgendwie schon. Aber irgendwie auch nicht wirklich. Mehr so, als würde ich in einer Sage leben, in einem seltsamen Spiel. Ein Traum. Etwas, das es nicht wirklich gab.

»Was ist unsere nächste Station?«, fragte Luna und fädelte sich wieder in den Verkehr ein, während Aurora etwas ungeschickt versuchte, in dem kleinen Auto nach hinten zu Leon zu klettern.

»Der Vierströmebrunnen.« Sie versuchte, zwischen den zwei Sitzen nach hinten zu kommen, steckte aber irgendwie fest. Galant nahm Leon ihre Hände und erbot sich, daran zu ziehen.

»Lass nur«, lehnte Aurora ab und versuchte, sich so zu drehen, dass sie nach hinten rutschte.

»Schön, da weiß ich ja, wo wir hinmüssen«, brummte Luna.

Die nächste Kurve schleuderte Aurora so weit nach hinten, dass sie mit dem Kopf auf Leons Oberschenkel lag.

»Kannst du nicht etwas vorsichtiger abbiegen … Dummerweise ist der Vierströmebrunnen nicht beleuchtet.«

»Hast du keine Taschenlampen-App auf deinem iPhone?«, fragte Luna, und bei der nächsten Kurve landete Aurora ganz auf der Rückbank auf Leons Schoß.

»Verzeihung«, sagte Aurora, während sich ihre Nase in Leons Brust bohrte.

»Macht nichts.«

»Das ist keine Absicht.«

»Das nervt!«, fuhr Luna die beiden an.

»Ich habe kein Telefon dabei«, sagte Aurora und versuchte, sich aufzurichten. »Wir bräuchten eine Taschenlampe. Denn … die Aufgabe war nicht ganz so einfach …«

Energisch wand sie sich aus Leons Armen und rutschte neben ihn.

»Ich dachte, du weißt, was du tun musst«, erwiderte Luna bissig.

Aurora lehnte ihren Kopf nach hinten, erinnerte sich an den fünften April.

Der Vierströmebrunnen wurde in der Mitte der Piazza Navona erbaut. Vier Männerfiguren versinnbildlichen die Flüsse, die für je einen der vier damals bekannten Kontinente stehen, hörte sie Professore Fernandos Stimme in ihren Kopf. *Donau, Ganges, Nil und Rio de la Plata. Der Brunnen zeigt so nicht nur die damals bekannte Welt, sondern auch den Herrschaftsanspruch des Papstes.*

Sie erinnerte sich noch so gut an die laue Nacht, es war eine Woche vor ihrem siebzehnten Geburtstag gewesen, ihr Vater hatte sich wie immer am Abend zum Studium zurückgezogen. Es hatte nicht einmal heimlich geschehen müssen. Sie war hinausmarschiert in die laue Nacht, war mit dem Rad bis zum Brunnen gefahren und einfach hineingestiegen. Ohne die Hose auszuziehen oder hochzukrempeln.

Das Wasser hatte ihre Jeans durchnässt, während sie durch den Brunnen gewatet war. Wie gewaltig war diese Brunnenanlage, wie gewaltig die Flussgötter! Und sie war tatsächlich von einem zum anderen geklettert. Der letzte war der Flussgott des Ganges gewesen, der sich, muskulös und riesig, bequem zurückgelehnt hatte. Und sie hatte sich auf seinen Schoß gesetzt, hatte in den Himmel geblickt, hinauf zu dem riesigen Obelisken, und hatte an ihren Geburtstag gedacht.

Er wird ihn vergessen. Ich wette mit mir selbst, dass Papa ihn vergisst, hatte sie gedacht, während sie dem fernen Hupen der Autos und dem Knattern der Vespas lauschte. Seltsamerweise schien sie keiner wahrzunehmen mitten in diesem Brunnen. Die Pärchen waren vorbeimarschiert. Die Polizisten. Die alten Weiblein. Und die Eheleute mit ihren kleinen, greinenden Kindern.

Ich bin unsichtbar, hatte sie damals gedacht. So wie in meinem wirklichen Leben. Ich bin für meinen Vater so unsichtbar, wie ich es für diese Menschen bin.

»Ich weiß auch, was ich tun muss. Ich muss von einem Flussgott zum nächsten klettern. Aber wo genau die Münze ist, weiß ich nicht.«

Vor allen Dingen konnte sie sich nicht vorstellen, wo man eine Münze in einem Brunnen deponieren konnte, ohne dass sie auf kurz oder lang vom Wasser weggeschwemmt wurde.

»Wir könnten bei mir zu Hause vorbeifahren. Ich habe eine Taschenlampe«, bot Leon an.

»Deswegen haben wir das Schätzchen auch nicht ermordet«, sagte Luna in Märchenerzählton. »Weil er uns so irrsinnig nützlich ist. Er kann Griechisch. Und er besitzt Taschenlampen.«

»Klappe«, antwortete Aurora in Lunas Tonfall.

»Vielleicht ist er auch gut im Bett«, schlug Luna vor. »Und er sieht phantastisch aus. Für einen Mann.«

»Dann könntet ihr auch endlich den Kopf des Skippers aus dem Kühlschrank entsorgen«, mischte sich der Zwerg ein, als hätte Luna nichts gesagt.

»Vielleicht ist uns der auch noch nützlich, was, Schätzchen?«, fragte Luna ironisch bei Aurora nach. »Vielleicht kann der auch irgendetwas, was eine Frau nicht kann. Leute erschrecken beispielsweise, das sollte ihm in seinem Zustand besonders leicht fallen.«

»Aber was soll es bringen, nun zum Eingang der Unterwelt zu gehen?«

Ich kannte diesen quengeligen Tonfall. Kassiopeia hing an meinem Arm und ließ sich durch die Via dei Fori Imperiali schleifen. Zu unserer Linken tat sich das Forum Romanum auf, beleuchtet lag es da wie der löchrige, aufgerissene Mund eines Titanen. Vor uns das Kolosseum mit seinen Tausenden von Rundbögen. Wie viele hatte ich darin sterben sehen, zerrissen von wilden Tieren, über den staubigen Boden gezerrt unter dem Johlen und Lachen der Massen, der Schaulustigen, die sich am Tod berauschen, am Leid der anderen, es lässt sie selbst lebendiger werden, pulsierend, voller Kraft. Doch wie schnell schwingt das Pendel zurück, und sie wünschten sich, durch den barmherzigen Biss des Löwen zu sterben, anstatt dahinzusiechen und dem eigenen Verfall zu lauschen, dem niemand applaudiert.

Kassiopeia hatte keinen Blick für die Schönheit des Moments, den heißen Wind, der trotz der vorgerückten Stunde durch unsere Gewänder strich, den Geruch der Pinien, die immer noch das Forum Romanum säumten wie eine Karawane uralter, träge dahinmarschierender Elefanten, hintereinander, die Zeit vergessend.

»Was willst du da? Wenn du schon nicht hinuntergehen willst?«, jammerte Kassiopeia.

Berechtigte Frage.

»Ich will sehen, ob der Eingang noch dort ist, wo er immer war.«

»Blödsinn.«

»Wir sollten auf alles gefasst sein. Und da kann es nicht schaden, für den Notfall den Weg hinunter zu kennen.«

»Stattdessen könnten wir uns in ein Straßencafé setzen. Meine Schönheit ist vergeudet, wenn ich keinen Mann finde, der mich ansieht.«

»Oberflächliches Stück.«

»Finde ich nicht. Das Fläschchen ist beinahe leer. Vielleicht ist es das letzte Mal, dass ich begehrt werde.« Sie machte ein Gesicht, als würde sie gleich in Tränen ausbrechen. Schauspielerin!

»Dir tun nur die Füße weh.« Meine schmerzten inzwischen grässlich.

»Das auch. Ach komm, Pippa. Lass uns wenigstens ein paar Armbändchen kaufen. Sieh! Ein Stand nach dem anderen, und wir hetzen vorbei.«

Sie machte sich von meinem Arm los und blieb trotzig

stehen. Ich seufzte. Nun gut. Eine kleine Pause konnte nicht schaden. Während sich Kassiopeia in die Auslage der Händler vertiefte, setzte ich mich auf eine niedrige Steinmauer und befreite meine Füße von Signora Liccardis unsäglichem Schuhwerk. Ich verbot mir den Gedanken daran, was ich wirklich wollte, denn wenn ich ehrlich war, wollte ich Hades sehen. Ich wollte ihm die geblümte Tasche mit der Silberkugel über den Kopf ziehen, bis er ohnmächtig wurde. So die Erde in Unfrieden zu stürzen! Ich wollte ihn schlagen und danach küssen. Oder umgekehrt? Ich öffnete den obersten Knopf von Signora Liccardis Kleid und spähte in die Tasche. Vielleicht war Il Macellaio inzwischen gestorben? Dann könnten wir uns die Aufregung sparen.

Kassiopeia verschwand zwischen Tüchern mit Totenköpfen und Nachbildungen der Geburt der Venus und Michelangelos David. Ich tippte auf die Kugel, und die Villa erschien. Nur zwei Fenster waren spärlich erleuchtet. Ich konnte kurz Il Macellaio erkennen, der sehr aufrecht in seinem Bett saß. Dottor Musiccio sprach leise mit ihm, und Gloria verließ gerade das Zimmer.

Gloria schloss leise die Tür. Dottor Musiccio hatte sie weggeschickt. Ihr Vater war erschöpft, er musste seine Kräfte schonen. Sie blieb kurz stehen und strich sich mit beiden Händen über das Gesicht, dann drehte sie sich um und lief den Gang zum Arbeitszimmer ihres Vaters hinunter. Es war der einzige Raum, der nicht abgehört wurde und videoüberwacht war. Ihre hohen Absätze klackerten über das Parkett, sie war es gewohnt den ganzen Tag Haltung zu bewahren, gut auszusehen und den Mund zu halten. Schon als kleines Mädchen war sie als hübsches Beiwerk immer an der Seite ihres Vaters gewesen.

Sie schlüpfte durch die Türe und lehnte sich kurz von innen dagegen. Ihr Blick fiel auf die unzähligen Bilder, dunkelgerahmte Schwarzweißaufnahmen von ihrer Familie. Ihr Großvater, streng und despotisch, hatte denselben Zug um den Mund wie ihr Vater. Ihre Mutter, dunkelhaarig und rundlich, sah ihr nicht besonders ähnlich. Sie kam aus Neapel, und ihre Heirat sollte dem Verschmelzen zweier wichtiger Clans dienen: dem Clan von Angelo Pinotti, der Neapel und ganz Süditalien dominierte, und von Il Macellaio, der bis dahin Norditalien, Umbrien, die Toskana und Latium unter seiner Macht vereinte. Es war keine Liebesheirat gewesen, und Gloria hatte ihre Mutter nur unglücklich gesehen. Minerva Pinotti sehnte sich nach Neapel, nach dieser schmutzigen, lauten Stadt, die ihre Heimat gewesen war, nach den kargen, von Hitze versengten Stränden, nach dem türkisblauen Meer und der Zeit, die sie dort in Freiheit aufwuchs, bis Il Macellaio kam und sie fortbrachte. Glorias Mutter war damals siebzehn gewesen, Il Macellaio Ende dreißig. Gloria konnte sich erinnern, dass ihre Mutter ihr versprochen hatte, mit ihr gemeinsam nach Neapel zurückzukehren. Doch dazu sollte es nicht kommen, denn Minerva starb mit fünfundzwanzig. Sie ertrank in Ostia an einem stürmischen Oktobertag.

Gloria dachte immer, es wäre Absicht gewesen, und sie sah sich selbst am Ufer stehen, meinte, den Kopf ihrer Mutter zwischen den Wellen zu erblicken und dann nur noch Wellen, eine graue aufgewühlte Brandung. Minerva Pinotti wurde nie gefunden.

Gloria eilte zum Telefon und wählte eine Nummer. Die Sekunden verstrichen, sie biss sich auf die sorgfältig geschminkten Lippen, dann endlich wurden ihre Gebete erhört, und jemand war am anderen Ende der Leitung.

»Ich musste deine Stimme hören …«, sie hielt kurz den Atem an und lauschte. »Ich musste wissen, ob du noch da bist.«

»Natürlich, Gloria. Alles ist unter Kontrolle.« Die Stimme am anderen Ende war nicht mehr als ein Flüstern. »Wir haben es bald geschafft.«

»Ich halte es nicht mehr lange aus.« Tränen begannen über Glorias Wangen zu laufen. Sie zogen Spuren durch das helle, fast weiße Make-up. Darunter konnte man erkennen, dass Glorias Wurzeln süditalienisch waren und dass die Sonne über Neapel in ihren Genen schlief.

»Beruhige dich, *cara*. Ich lasse dich nicht im Stich.«

»Ich will zu dir. Ich will, dass du mich festhältst.«

»Das will ich auch.«

»Ich will, dass wir zusammen einschlafen und zusammen aufwachen.«

»Wo ist dein Vater?«

»Er spricht mit Dottor Musiccio. Können wir nicht einfach fliehen?«

»Darüber haben wir doch schon tausend Mal gesprochen. Sie würden uns finden, *cara*. Sie würden uns umbringen, noch ehe die Sonne aufgeht.«

Gloria sank hinter dem Schreibtisch zusammen und schlang ihre Arme um die Knie. Das Schluchzen, das in ihr aufstieg, schluckte sie hinunter. Blonde Strähnen hatten sich aus ihrer Hochsteckfrisur gelöst und hingen nun lockig um ihr schmales Gesicht.

»Ich habe solche Angst«, flüsterte sie.

»Du musst durchhalten. Versprich, dass du durchhältst. Versprich es mir.«

»Ich verspreche es.«

»Wir werden zusammen sein können. Niemand wird uns auseinanderbringen.«

»Wir gehen nach Neapel.«

»In ein Haus am Meer.«

»Wir küssen uns, wenn wir einschlafen …«

»Und wenn wir aufwachen …«

Ein Geräusch ließ Gloria aufschrecken. Rasch drückte sie das Gespräch weg. Die Tür wurde aufgerissen, und ihr Vater stand hager, aber aufrecht vor ihr.

»Mit wem hast du gesprochen?«, fragte er drohend.

»Sieh her, sind die nicht zauberhaft?« Kassiopeia wedelte mit ihrem rechten Arm vor meinem Gesicht herum. Es klimperte und klingelte, so viele Bändchen und Kettchen hatte sie erstanden.

»Lass uns weitergehen«, sagte ich und stand auf. Ich

hatte keine Ahnung, wie ich das beobachtete Telefongespräch einordnen sollte. Hatte Gloria einen Liebhaber, von dem ihr Vater nichts wusste? Und opferte Il Macellaio seine Tochter gegen ihren Willen, um für sich das ewige Leben zu erlangen? Ich nahm Kassiopeia an der Hand und legte einen Zahn zu. Die Schuhe hielt ich in der anderen Hand, nicht für viel Geld konnte mich heute jemand dazu bewegen, sie noch einmal anzuziehen. Mein Ziel war ein Park in der Nähe des Kolosseums. Womit ich nicht gerechnet hatte, war, dass der Park um diese Uhrzeit – es musste schon auf Mitternacht zugehen – immer noch von Menschen übersät war. Sie lagerten überall auf Decken, lehnten sich aneinander, rauchten, tranken Wein, von überallher war Lachen und Gemurmel zu hören. Ich fluchte innerlich.

Wir gingen die Via della Domus Aurea entlang, überquerten schließlich ein Stück Wiese, die so trocken und von der Sonne ausgebrannt war, dass die Grashalme unter unseren Füßen knisterten und stachen. Mein Herz begann aufgeregt zu klopfen, als ich in der Ferne leises Plätschern hörte, das den Brunnen ankündigte – den Brunnen, der so unscheinbar in seiner gemauerten, viereckigen Form war und doch so bedeutsam, wenn man seine wahre Funktion kannte.

Sosehr ich diesen Eingang auch anfangs gehasst hatte, als Hades mich geraubt und hierherverschleppt hatte, wusste ich ihn später doch zu schätzen. Wobei damals natürlich kein Brunnen dort gewesen war. Erst später war er um die Quelle gebaut worden, um den Eingang unkenntlich zu machen. Damals, ach damals, da war es nur ein karges Stück Land gewesen, in dessen Nähe sich irgendwann Häuser ballten, die die Menschen Rom nannten. Was wussten sie von den Grillen, die hier ihr Lied sangen, von den wilden Ziegenherden, die sich durch die Felsen schlängelten! Nichts wussten sie. Der Mensch denkt, es sei alles schon immer so gewesen, und basta! Ich atmete tief durch.

»Keine Sentimentalitäten, bitte!«, sagte Kassiopeia hinter mir. »Denk daran, was dir der Dreckskerl angetan hat. Will sich ein anderes Weib ins Haus holen, nur weil du …«

»Schweig!«

Ich ging vorsichtig näher. Der Brunnen war nicht beleuchtet, was mich wunderte, denn Menschen neigen dazu, alles zu beleuchten, nur um ihre Angst vor dem Unergründlichen zu lindern. Auch wagten sich keine Liebenden näher heran, als würde der Brunnen Gefahr oder zumindest den schwachen Geruch von Tod und Untergang ausströmen.

»Ich habe doch recht. Jetzt, wo wir hier sind, sollten wir hinuntergehen, unsere Flasche füllen und uns danach amüsieren.«

»Du vergisst, dass auch ich den Styx nicht ohne den Fährmann oder die Münzen überqueren kann. Schließlich bin ich nicht mehr seine Geliebte.«

Den Göttern sei Dank!

»Dann warten wir, bis die kleine Aurora Perrini mit den Münzen hier aufkreuzt.«

Ich runzelte die Stirn. Wie hatte der Mechanismus funktioniert? Der Brunnen, der eher an ein flaches Becken erinnerte, war mit einem Steingeländer umfasst. Wir umrundeten ihn und kletterten dann hinüber. Wo war der Stein mit der Mondsichel, auf den man einen Kuss hauchen musste?

So abgeschliffen war der Boden von den vielen Füßen, die vorbeischlenderten, dass ich ihn nicht finden konnte. Ich wusste, er war an der kurzen Seite. Mittig. Ich kniete mich hin und strich mit meinen Händen über die raue Oberfläche.

Ein kurzes Beben ließ mich innehalten.

»War der Eingang nicht in der Mitte des Beckens?«, fragte Kassiopeia überflüssigerweise. Sie kniete am Beckenrand und spiegelte sich in der klaren Wasseroberfläche, drehte ihren Kopf hin und her und zupfte sich ihr Haar zurecht. Ich fragte mich, wann die Wirkung des Wassers aus dem Quell der Jugend nachlassen würde.

Ich richtete mich auf und setzte mich auf meine Fersen. Warum hatte ich das Gefühl, der Boden vibriere unter meinem Körper? War es Einbildung? Hatte es damals nicht erst vibriert, wenn ich die entsprechenden Sätze gesprochen hatte? Ein stärkeres Beben ließ mich aufspringen. Kassiopeia taumelte zurück und suchte an mir Halt, die Wasseroberfläche geriet in Bewegung, Wellen kräuselten sich, und es sah aus, als würde in der Mitte des Beckens ein starker Sog entstehen, ein Wirbel, von dem man nicht wusste, ob man selbst hineingesogen oder ob etwas herausgespuckt wurde, etwas, dem man in seinen schlimmsten Träumen nicht begegnen will. Eine Fontäne sprühte in den Nachthimmel, meterhoch, wir klammerten uns aneinander, weniger aus Angst als vor Überraschung und weil wir uns der Erdbewegung entgegenstemmen mussten. Das Wasser ging auf uns nieder und durchnässte uns bis auf die Haut, ich duckte mich unter dem harten Strahl und schloss kurz die Augen, und als ich sie wieder öffnete, sah ich mich der scheußlichsten Ausgeburt der Unterwelt gegenüber. Mit einem Satz sprang der Zerberus vor uns, dreiköpfig, geifernd, die weißen Zahnreihen so scharf wie das Gebiss eines Haifischs. Hades machte also Ernst! Das Fell des Zerberus schimmerte bläulich, die Halsbänder um jeden seiner drei Köpfe waren von den Ketten befreit. Er fletschte die Zähne, als er uns sah, als wolle er mir drohen, mir, Persephone, die Jahr um Jahr an ihm vorbeigegangen war, ohne ihn zu wecken. Seine Augen glimmten, als wären sie auf etwas gerichtet, das weit entfernt war, dann stieß er sein monströses Heulen aus – wer es einmal gehört hat, wird es nie mehr vergessen – und schoss davon, hinein in die Dunkelheit. Sein Weg wurde vom Kreischen der Leute begleitet, die fluchtartig den Park verließen.

Die Wellen klatschten noch immer gegen den Beckenrand, und ich riss die geblümte Tasche auf.

»Hades!«, brüllte ich in die Kugel hinein.

»Beruhige dich!«, mahnte Kassiopeia, doch ich stieß sie einfach weg.

»Hades, du Mistkerl! Zeig dich!«

Aus den Augenwinkeln nahm ich wahr, dass Kassiopeia etwas unter ihrem Kleid hervorzog, und als ich mich kurz zu ihr wandte, sprühte sie mir etwas mitten ins Gesicht.

»Verräterin!«

»Es ist nur zu deinem Besten!«

Ich spürte, wie sich mein Antlitz, mein Körper veränderten, ich hätte weinen können. Meine Hände, die die Kugel umfassten, waren schlank und jung, mein volles, schwarzes Haar bauschte sich in meinem Nacken wie eine Gewitterfront. Doch die Jugend schmerzt. Sie zieht mit ihren Sehnsüchten an jeder Faser unseres Körpers, und auch wenn sie uns mit Schönheit segnet, schlägt sie uns doch gleichzeitig mit ihrem Leid ins Gesicht. Oh, nie hatte ich so inbrünstig gelitten wie in meiner Jugend. Und jetzt das!

»Na, mein Täubchen!« Hades erschien in der Kugel.

Ich spuckte auf sein Bild.

»Wie kannst du es wagen, Hades, wirklich den Zerberus loszulassen!«

»Entzückendes Kleid!«, antwortete er, ohne auf meine zornige Frage einzugehen. Ich sah an mir hinunter und bemerkte, dass sich meine Brust voll und rund unter dem Kleid wölbte.

»Ich könnte es dir vom Leib reißen!«

»Halt den Mund!«, fuhr ich ihn an. »Du nichtsnutziger Gott! Du elender Lüstling! Erst raubst du mich meiner Mutter, und jetzt willst du dasselbe Spiel mit einer Neuen vollziehen …«

»… und hast du es nicht genossen?« Er verzog sein Gesicht zu einem schelmischen Grinsen. »Gut, den ersten Winter warst du widerspenstig. Ich musste dich zähmen, du wildes Ding. Doch dann gefiel es dir ganz gut …«

»Lügner! Ich hielt es nur aus mit dir, weil ich drei Jahreszeiten auf der Erde verbringen durfte, weil ich kommen und gehen konnte, wie es mir gefiel!« Das war nicht ganz die Wahrheit, aber es erschien mir richtig, ihm Kontra zu geben. »Ruf den Zerberus zurück! Sofort!«

»Das geht nicht.«

»Natürlich geht es.«

»Ich brauche den Skipper.«

»Wozu?!«, schrie ich ihn an. Ich war noch nie die Geduldigste gewesen.

»Er bringt mir Nachricht. Wichtige Nachricht.«

»Von wem?«

»Von Leonidas.«

Das Schweigen, das sich nun über uns senkte, nahm mir den Atem. Ich hörte überdeutlich das Geräusch des Wassers, spürte den Boden unter meinen Füßen, dann verschwamm Hades' Bild vor meinen Augen, und ich sank ohnmächtig in Kassiopeias Arme.

Zwölftes Kapitel

Fünfter April, der Tag, an dem Aurora im Vierströmebrunnen auf den Schoß des Flussgottes des Ganges kletterte, sich unsichtbar fühlte und mit nasser und zerrissener Hose in ihr Zimmer zurückkehrte.

Das Handy von Luna dudelte den Anfang der Filmmusik von *Thelma und Louise*, und sie drückte das Gespräch weg, ohne dranzugehen.

»Wartet«, sagte sie, und ihre Stimme klang anders als sonst.

Aurora drehte sich zu ihr um. Sie hatte keine Lust darauf, zu warten. Nicht hier, nicht direkt vor dem Haus des Skippers, vor diesem grässlichen dunklen Tor mit den Fratzen, Totenköpfen und Gebeinen. Nicht mit Leon neben sich, der ganz leger den Kopf des Skippers in dem Rucksack auf dem Rücken trug. Auch wenn es keiner wahrhaben wollte, es roch verdammt schlecht. Es roch nach Leiche, nach verwesendem Fleisch und Tod.

»Ihr wisst, was ihr zu tun habt.«

»Du willst dich absetzen?«, fragte Aurora panisch und packte Luna am Arm.

»Nein.« Luna rollte mit den Augen. »Ich muss etwas erledigen. Etwas, das keinen Aufschub erlaubt. Und ihr wisst, was ihr tun müsst. Ihr braucht mich nicht. In zwei Stunden treffen wir uns wieder und überlegen, wo die dritte …«

»Was, wenn wir uns nie wiedersehen?«, unterbrach Aurora sie flüsternd, während sie sich aus Lunas Griff befreite.

»Dann wollten das die Götter so«, erklärte Luna ihr und hob die Hand, um sich mit ihr abzuklatschen. »Hab dich nicht so!«

Als Aurora ihre Hand nicht hob, zuckte sie nur mit den Schultern und drehte sich um. »In zwei Stunden. Vor dem Pantheon.«

»Moment mal, du willst, dass wir zu Fuß gehen? Lass uns das Auto!«, schrie Aurora ihr nach.

»Ich habe den weiteren Weg«, erwiderte Luna nur, und im selben Moment fiel die Autotür schon zu, und der hellblaue Fiat 500 schoss mit überhöhter Geschwindigkeit über das Kopfsteinpflaster davon.

Schweigend gingen Leon und Aurora nebeneinanderher in Richtung des Parks, der an das Kolosseum anschloss. Schon jetzt vermisste sie die Anwesenheit des Zwerges, der sich beharrlich geweigert hatte mitzukommen.

Ihr seid schneller ohne mich, hatte er nur gesagt. *Ich muss den Kühlschrank saubermachen. Und tretet mir nie wieder mit diesem grässlichen Kopf unter die Augen!*

Sie kannte diesen Eingang des Parks. In der Dunkelheit leuchteten die zwei weißen Torbögen, zwischen ihnen glänzten die verschlossenen Tore im nächtlichen Schein der Laternen.

»Dein Vater hat seine Münze auch nicht mehr, wenn es stimmt, was Fernando dir auf Band gesprochen hat«, sagte Leon neben ihr. »Schließlich waren es drei Daten und nicht nur zwei.«

Das seitliche Tor war noch geöffnet, der Park war so dunkel, als hätte jemand schwarze Tinte ausgegossen. Nein, mit den Münzen war ihr Vater garantiert nicht über den Styx gefahren. Er musste letztendlich doch den Fährmann überzeugt haben – wie auch immer –, vermutlich kurz vor dessen Tod. In Auroras Brust sammelte sich ein Druck, den sie am liebsten herausgeschrien hätte. Wieso hatte er Hals über Kopf etwas so Gefährliches gemacht, nachdem schon der letzte Versuch, über den Styx zu kommen, ihn fast das Leben gekostet hatte? Er dabei sein Bein verloren hatte? Nicht nur er, sondern auch Terenghi wochenlang schwerverletzt im Krankenhaus verbracht hatten?

»Ich habe keine Ahnung mehr, was am dreiundzwanzigsten Juli passiert ist«, wich Aurora aus.

»Das kann ich nicht glauben. Der dreiundzwanzigste Juli war doch erst.«

Erstaunt blieb sie kurz stehen, dann ging sie mit gerunzelter Stirn weiter, den Blick auf den Boden gesenkt. Im Juli hatte der Professore keine Zeit für sie gehabt, er war viel im Ausland gewesen. Sie versuchte, sich an die warmen Nächte zu erinnern, in denen kein Lufthauch in ihrem Zimmer Erfrischung brachte.

In einiger Entfernung plätscherte ein Brunnen, und als hätte das Geräusch des Wassers die Erinnerung in Gang gesetzt, wusste sie plötzlich wieder, was sie gemacht hatte. Nicht am dreiundzwanzigsten Juli diesen Jahres. Es war im letzten Juli gewesen, eine laue Nacht, in der sie sich aus dem Haus geschlichen hatte, wohlwissend, dass sie diesen Auftrag niemals erfüllen können würde. Aber sie hatte es versucht, wenigstens den ersten Teil davon, war in das antike römische Bad eingebrochen, das Zentrum des schillernden Lebens der High Society. Man konnte keine Eintrittskarte kaufen, man kam nicht uneingeladen. Nur die Schönsten und Reichsten badeten hier, mitten in Rom, exklusiv, dekadent.

Hineinzukommen war nicht das Problem gewesen, Aurora war gut geworden im Umgehen von offiziellen Eingängen. Sie hatte gelernt, sich unsichtbar zu machen, so zu tun, als würde sie dazugehören. Niemand traute einem Mädchen wie Aurora zu, dass es irgendwo einbrach, etwas tat, was nicht erlaubt war.

Aber der Auftrag hatte gelautet: *Schwimme vom Nordufer zum Südufer, in der Mitte lege dich auf den Rücken und sieh in den Himmel. Das glitzernde Lächeln der Aphrodite wird dich leiten.*

Sie war zu feige gewesen, Professore Fernando von ihrer Angst vor dem Wasser zu erzählen.

Ist das ein Problem für dich?, hatte er gefragt.

Nein, hatte sie gelogen. *Überhaupt nicht.*

Ich habe lange überlegt. Sehr lange. Und es sollte etwas Be-

sonderes sein, hatte er ihr lächelnd gestanden, aber seine Augen waren ernst geblieben, fragend, als wüsste er genau, was sie gerade bewegte.

Sag es ihm, hatte sie sich gedacht. Sag es einfach.

Aber sie hatte es nicht ausgesprochen.

Dann war sie tatsächlich in das Bad eingestiegen. Man konnte von drei Seiten über weiße Marmorstufen in das Becken hineinwaten. Als sie hinabgestiegen war in das kühle Wasser, hatte sie die Wellen beobachtet, die bis zum anderen Ufer rannten, sich überkreuzten, sich auslöschten. Der gesamte Boden des Beckens war mit einem blauen Mosaik bedeckt, der alles mögliche Seegetier zeigte: Fische, Tintenfische und Muscheln, die sich wild am Boden schlängelten. Als die Wellen an ihren Knien leckten, hatte ihr Mut nicht mehr gereicht, ihr Herz hatte gerast, das Atmen war ihr schwergefallen. Denn sie konnte nicht schwimmen. Nicht zwei Meter. Nicht zwei Schritte. Und auch nicht auf dem Rücken. Sie hatte gewartet und gewartet, dass sich ihr Herzschlag beruhigte, hatte mit ihren Blicken die Säulen abgesucht, die Statuen auf den Säulen, die Mosaiken an den Wänden. Aber sie hatte keine Aphrodite gefunden. Die untergehende Sonne hatte alles glitzern und erstrahlen lassen, aber das Lächeln der Aphrodite hatte sie nicht erkannt.

»Ich kann mich nicht mehr erinnern«, log sie, an Leon gewandt.

Das Plätschern des Brunnens wurde lauter, je mehr sie sich vom Eingang des Parks entfernten. Aurora schien es so, als würden sie sich Schritt für Schritt dem dunkelsten Teil des Parks nähern. Dem Teil, wo niemand mehr seine Decken ausbreiten wollte, wo man keine Gespräche, kein Gelächter mehr hörte.

»Es war dieses Bad. In der Via Paolo Emilio«, hörte sie sich schließlich doch sagen.

»Hades!«, meinte sie plötzlich eine Frauenstimme schreien zu hören.

»Beruhige dich!«, rief eine andere Stimme.

»Hades, du Mistkerl! Zeig dich!«, hörte sie es jetzt ganz deutlich, und Leon packte Aurora am Oberarm.

»Warte!«, murmelte er.

»Was ist?«

»Ich kenne …« Mit einer heftigen Bewegung riss er sie in die Dunkelheit zwischen den Büschen.

»Du kennst wen?«, fragte sie atemlos.

»Ich kenne eine Abkürzung«, flüsterte er beschwörend.

Bevor sich Aurora beschweren konnte, sah sie ein riesiges Tier über die ausgedörrte Rasenfläche laufen. Es war so groß wie ein Pony, sah aber aus wie ein Hund. Es rannte federnd bis in die Mitte der Lichtung, blieb dann auf der mondbeschienenen Wiese stehen und hob den Kopf.

Hob die drei Köpfe.

Die drei Köpfe? Aurora sah genauer hin, die Augen des seltsamen Tieres glitzerten im fahlen Mondlicht, aus allen drei Mäulern tropfte der Geifer in breiten Bahnen und fiel zischend ins Gras. Roch es etwa angebrannt?

»Was ist das?«, stieß sie hervor.

»Er hat ihn losgelassen«, meinte sie Leon murmeln zu hören, dann zog er sie hinter sich her. »Du musst jetzt laufen«, erklärte er ihr, während er immer mehr an Tempo zulegte. »Denk nicht darüber nach, lauf einfach!«

Die Zweige der Bäume und Büsche peitschten ihnen ins Gesicht, schlugen gegen ihre nackten Beine und Arme.

Aurora konnte nicht aufhören nachzudenken. Denn es gab keine Hunde, die so groß waren und drei Köpfe hatten. Außer … Außer es gab ihn wirklich. Den dreiköpfigen Höllenhund. Zerberus, der den Ausgang der Unterwelt bewachte. Höllisch aufpasste, dass kein Toter wieder zurück ins Reich der Lebenden kam.

Sie rannten aus dem Park heraus, hinter sich hörte sie das Kreischen der Leute, Hupen und quietschende Bremsen. Natürlich waren sie viel langsamer als dieses Untier. Abrupt riss Leon sie weg von der Straße. Sie kauerten sich keuchend zwischen zwei Kleinlaster auf den Boden.

»Was tut der da? Er darf doch bestimmt nicht … nach oben?«, jammerte Aurora, während sie sich an der Hand von Leon festklammerte.

»Nur mit Auftrag«, sagte Leon geistesabwesend und spähte auf die Straße hinaus.

Mit Auftrag? Der Höllenhund rannte an ihnen vorbei, die Krallen schlugen Funken auf der Asphaltdecke. Dort, wo sein Geifer hingefallen war, schien der Straßenbelag zu schmelzen.

»Kannst du die Laute spielen?«, keuchte Leon neben ihr.

»Idiot«, keuchte Aurora zurück, den Tränen nahe. Orpheus hatte zwar mit seinem Lautenspiel den gesamten Hades bezaubert, aber gewonnen hatte er dadurch auch nichts.

»Singen?«

Niemand konnte den Zerberus überlisten. Einer der Köpfe war immer wachsam, auch wenn der andere abgelenkt war. Und wenn diese zwei Köpfe nicht genug waren, schlug der dritte zu. Kaum war der Zerberus um die Ecke geschlittert, riss Leon sie nach oben und rannte durch einen schmalen Gang weiter in die andere Richtung.

»Vielleicht haben wir ihn abgehängt!«, zischte Aurora atemlos.

»Den Zerberus hängt man nicht ab«, erklärte Leon ihr, und gleichzeitig hörten sie wieder das metallische Geräusch von Krallen auf dem Asphalt. »Er hat seinen Auftrag, und den wird er ausführen.«

Es war ihr egal, was für einen Auftrag das Vieh hatte. Im nächsten Moment spürte sie Leons Hände an ihren Hüften, mit Leichtigkeit hob er sie an einer Mauer nach oben, und sie schwang ihr rechtes Bein hinauf. Gleichzeitig zog sich auch Leon an der Mauer hoch, und synchron fielen sie auf der anderen Seite in die Büsche. Stöhnend versuchte sie den Fall abzumildern, aber das dichte Gebüsch zerkratzte ihr die Arme und das Gesicht.

»Welchen Auftrag?«, fragte sie nun doch.

»Vermutlich sucht er jemanden.«

»Wen?«

»Dich. Oder mich?«, erwiderte Leon. »Dabei fällt mir ein, er liebt Honigkuchen.«

»Ich dachte, er hat den Auftrag, den Eingang zum Hades zu bewachen«, flüsterte sie, während Leon sie schon wieder hochzog und mit ihr durch den Garten rannte. Die Kratzer auf der Haut brannten wie Feuer.

Vor ihnen trieb das schmutzige Wasser des Tibers durch Rom. Hinter ihnen wurde das wütende Keuchen des Hundes immer lauter. Sie hatten keine Chance mehr: Entweder sie sprangen in den Tiber und ertranken, oder sie wurden vom Höllenhund zerfetzt. Leon riss sich den Rucksack vom Rücken und drehte sich um.

»Ich kann nicht schwimmen«, stieß Aurora hervor und klammerte sich an Leon. »Ich. Kann. Nicht …«

Schlitternd kam der Höllenhund vor ihnen zu stehen, paralysiert starrte Aurora in die rotunterlaufenen Augen des mittleren Kopfes. Der Geifer tropfte in langen Fäden aus dem aufgerissenen Maul, die riesigen Zähne blitzten im fahlen Mondlicht.

»Ninna nanna, coccolo della mamma«, begann Aurora mit klarer heller Stimme zu singen, während ihr das Herz im Hals schlug. *»Ninna, nanna, coccolo del papà.«* Sie spürte den Arm von Leon, der sich um ihre Taille schlang. *»Ninna nanna, coccolo della nonna …«*

Das war's, dachte Aurora, während sie stur weitersang. Sie wusste nicht, welcher Gedanke schlimmer war: zu ertrinken oder vom Höllenhund aufgefressen zu werden. Mit geblähten Nüstern fixierten die Augen der drei Köpfe das

Mädchen vor sich, der Körper des Zerberus bebte noch von dem Lauf. Trotz des düsteren Lichts sah man bei jedem Atemzug die rotgeäderte Schleimhaut der Nasenlöcher. Der Zerberus schnaubte, wie eine Marionette pendelten plötzlich seine drei Köpfe von der einen zur anderen Richtung. Sie fokussierten sich inzwischen nicht mehr auf Aurora, sondern ganz offensichtlich auf Leons Rucksack.

»Ninna, Nanna, ninnaò, questo amore a chi lo do«, wechselte Aurora zu einem anderen Wiegenlied, *»lo do a te finché vivrò, solo te io amerò …«*

Dann schleuderte Leon den Rucksack von sich, dieser landete mit einem dumpfen Klatschen im Tiber, und im nächsten Moment sprang der Höllenhund hinterher.

Sprachlos und mit hämmerndem Herzen sah Aurora hinunter in die trüben Fluten des Tibers. Der mittlere Kopf des Hundes hatte sich den Rucksack geschnappt, und das Tier paddelte jetzt den Tiber entlang flussab. Leon zog Aurora in seine Arme und drückte sie an sich. Das Keuchen des Höllenhundes wurde leiser.

»Na gut«, sagte Leon schließlich mit Erleichterung in der Stimme. »Er wollte den Skipper. Nicht dich.«

Aurora wischte sich verlegen die Tränen aus den Augen, während sie ihre Nase an die Brust von Leon drückte.

»Du singst so schön«, flüsterte er in ihre Haare. »Ich hatte ja keine Ahnung, wie schön du singen kannst …«

»Hör damit auf«, erwiderte sie erschöpft. »Wir müssen weiter.«

Schweigend gingen sie nebeneinanderher. Leon ließ ihre Hand einfach nicht mehr los. Seine Hand fühlte sich warm und sicher an, während sich ihre Gedanken eisig und kalt in ihren Kopf bohrten. Der Höllenhund.

Es war ein Hund, hatte ihr Vater gesagt. Die Verletzung, die er sich damals zugezogen und die mit der Amputation seines Beins geendet hatte. Also hatte ihr Vater versucht, hinüber in den Hades zu kommen! Wieso? Ihr Vater hatte so viele Anträge geschrieben, um sich vom Skipper hinüberfahren zu lassen. Waren sie alle abgelehnt worden? Hatte er danach die Münzen gesucht und es so versucht?

Je näher sie der Piazza Navona mit dem Vierströmebrunnen kamen, desto mehr drehten sich ihre Gedanken nur noch darum, wer Leon in Wirklichkeit war. Er war weder verblüfft darüber gewesen, dass es den Zerberus wirklich gab, noch darüber, dass er Interesse an Aurora oder ihm haben könnte. Er hatte gewusst, dass er nur mit Auftrag aus der Unterwelt auftauchen konnte. Und er hatte sofort die richtige Schlussfolgerung gezogen – dass er den Skipper zurückbringen sollte.

Noch immer war der Platz belebt, die Leute saßen in den Straßencafés, die Touristen schlenderten an den vielen Malern vorbei, die Porträts oder Rombilder ausgestellt hatten. Langsam gingen sie am Neptunbrunnen vorbei auf den Vierströmebrunnen zu. Leon legte ihr den Arm um die Schulter als sie vor dem Brunnen ankamen und ihren Blick zu dem hohen Obelisken hoben, der direkt auf der Felsgruppe stand, auf der sich die vier Götter räkelten.

»Donau, Ganges, Nil und Rio de la Plata«, sagte Leon neben ihr. »Ich habe meine Taschenlampe in den Tiber geworfen, fällt mir gerade ein.«

Die überdimensionalen Figuren aus weißem Marmor schienen sogar in der Dunkelheit zu leuchten. Die Turmuhr der Kirche hinter ihnen begann monoton zu schlagen. Sie hatten keine Zeit mehr, darauf zu warten, dass sich der Platz leerte.

»Morgen bin ich auf Facebook eine Berühmtheit«, sagte sie ärgerlich.

»Vielleicht solltest du die Stelle mit dem *Sie wollen mein Blut* weglassen«, schlug Leon vor, und sie konnte sich des Verdachts nicht erwehren, dass er gerade lächelte.

Sie stellte sich auf die Umrandung des Brunnens und watete dann zügig durch das Wasserbassin.

Ihr Herzschlag wurde wieder langsamer, als sie vor dem riesigen Pferd stand, das durch die Felsformation sprang. Sie kletterte hinauf zum Rio de la Plata, der seinen linken Arm abwehrend erhoben hatte, und tastete vorsichtig die Figur ab. Hinter ihr wurden die Menschen unruhig, in den verschiedensten Sprachen wunderten oder ärgerten sie sich über ihr Treiben. Als sie zur Gestalt der Donau weiterkletterte, hörte sie hin und wieder die Stimme von Leon, der irgendetwas von einem Junggesellinnenabschied erzählte.

Der Ganges fläzte lässig auf dem Gestein. Die Münze war einfach zu klein, war vielleicht schon längst ins Wasser hinabgerutscht und für immer verloren. Sie rutschte auf den

Schoß des Ganges, und die Menschen um den Brunnen begannen zu applaudieren. Etwas verzweifelt suchte sie Leons Blick. Im Hintergrund hörte man eine Polizeisirene, die schnell näher kam.

Leon nickte ihr zu, schien ihr zu bedeuten, dass sie etwas Gas geben sollte. Auf der Seite mit dem Mohrenbrunnen bemerkte sie plötzlich das zuckende Blaulicht eines Polizeiwagens, der sich langsam durch die Menge kämpfte.

Sie klammerte sich an den Ganges und zog sich wieder nach oben. Im selben Moment spürte sie etwas zwischen ihren Fingern. Genau dort, wo die Hand der Statue den breiten Stock umschloss, war eine kleine Kuhle, und darin lag die Münze. Aurora nahm sie und glitt hastig wieder ins Wasser, watete spritzend bis zur Umfassung des Bassins, wo ihr Leon schon die Hand entgegenstreckte.

»Du musst zum Pantheon«, flüsterte er. »Ich halte sie auf.«

Ich öffnete die Augen. Jemand leuchtete mir grell ins Gesicht. Ich dachte, es wäre Hades, der mich mit dem Licht blendete, das er in der Dunkelheit der Unterwelt oft entfacht hatte, um mir eine Freude zu machen. Doch es war nur die Taschenlampe des Colonello. Ich stöhnte und schirmte meine Augen ab, mein Kopf summte.

»Wie kommt es, dass ich Sie immer im Zusammenhang mit seltsamen Vorkommnissen treffe?«, fragte der Colonello. »Und wer ist das nun wieder? Und wo ist ihre Nonna?«

»Das ist meine beste Freundin Pippa«, hörte ich Kassiopeias Stimme, »und die Nonna ist … zurück im Seniorenheim.«

Ich setzte mich auf, die Grillen zirpten viel zu laut. Ein seltsamer Geruch von Blut, faulendem Fleisch und Abwasser hing in der Luft, den ich sofort als den Atem des Zerberus erkannte. Oft genug war ich an ihm vorbeigeschlichen, hatte seine im Traum zuckenden Pfoten gesehen und den Brustkorb seines massigen Körpers, der sich im Schlaf langsam hob und senkte. Ich hatte auch gesehen, wie er Flüchtende mit einem Sprung erlegte, auf Hades' Befehl hin, ohne zu zögern, tötete. Er war ein absolut mörderisches Geschöpf. Ich hielt mir den Kopf.

»Wurde sie von dem … Hund angegriffen?« Der Colonello sprach das Wort *Hund* aus, als müsste er würgen, was vermutlich am Gestank lag.

Ich blickte mich um. Der Brunnen war mit rotweißem Band abgesperrt. Polizeiwagen parkten davor, ihr Blaulicht beleuchtete zuckend den Park und die Menschen, die tuschelnd hinter dem Absperrband standen.

»Haben sie gesehen, dass der Hund drei Köpfe hatte? Die Anrufer behaupten alle …«

»Seien sie nicht albern«, unterbrach ich den Colonello ärgerlich. Kassiopeia half mir hoch. »Sie sehen doch, was hier in diesem Park vor sich geht. Alkohol und Drogen. Dreiköpfige Hunde gibt es nicht.«

Er sah mich scharf an.

»Warum trägt sie das Kleid Ihrer Nonna?«, wandte er sich an Kassiopeia. »Warum hat sie deren Tasche dabei?«

»Das Kleid steht ihr besser als meiner Nonna.«

Kassiopeia und ich sahen uns an. Das hier war nicht mehr lustig. Den Zerberus auf die Erde zu schicken war zu viel des Guten gewesen. Und dann Leonidas! Wenn ich die Augen schloss, sah ich sein Gesicht vor mir, das ich in der Kugel gesehen hatte, und ich schämte mich, dass ich ihn nicht erkannt hatte, wenn selbst Kassiopeia sich an ihn erinnerte.

»Signorine, wir werden Sie wieder mit auf die Polizeiwache nehmen müssen, um Ihre Personalien zu klären. Warten Sie hier einen Moment.« Der Colonello drehte sich um und ging zu den Carabinieri hinüber, die immer noch das Gelände um den Brunnen herum absuchten.

»Hast du mit ihm geschlafen?«, zischte ich Kassiopeia zu.

»Mit dem Colonello? Wann hätte ich denn das tun sollen?«, zischte sie zurück »Alles ist voll von Menschen! Ich hatte gar keine Möglichkeit, obwohl er wirklich gut aussieht, und ich hatte schon so lange keinen Mann mehr, dass ich auch daran gedacht habe …«

»Mit Leonidas!«

Kassiopeia wand sich. Eine Antwort konnte sie sich eigentlich sparen. »Das tut doch jetzt nichts zur Sache.«

»Dann also ja.«

»Vielleicht.«

Ich verschränkte die Arme vor der Brust und drehte mich von ihr weg. Hure! Nicht einmal von ihm konnte sie ihre Finger lassen.

»Es ist schon ewig her! Er war längst erwachsen!«

Ich antwortete nicht, sondern strafte sie mit meinem berüchtigten Blick, der mir nun wieder ohne Probleme gelang. Etwas Gutes musste meine neugewonnene Jugend ja haben.

»Er wollte es auch!«

Wir atmeten beide tief durch und sahen uns böse an. Der Colonello hatte anscheinend seine Unterredung beendet und wollte wieder zu uns kommen, da hörten wir ein sich schnell näherndes Geräusch, ein Donnern, als würde die Erde beben. Unterholz brach. Kassiopeia und ich sprangen zur Seite, gerade noch rechtzeitig, um den Zerberus durchzulassen. Der mittlere Kopf trug etwas im Maul, einen Rucksack, der den unverwechselbaren Geruch von Tod ausströmte, vielleicht war es aber auch der Zerberus selbst, der so roch. Sein kurzes schwarzes Fell glänzte vor Nässe, triefte, als er kurz stehen blieb und ein dumpfes Grollen hören ließ. Ich gestehe, ich habe seinen Anblick nicht vermisst.

Ein Kreischen ging durch die Menge, alle begannen zu flüchten, stoben in die vier Himmelsrichtungen davon, ohne auf den Weg zu achten. Nur Kassiopeia und ich standen da wie erstarrt. Dann schüttelte sich der Zerberus und ging gemessenen Schrittes auf den Brunnen zu. Der Colonello flüchtete mit den anderen Carabinieri in ein Polizeiauto – ein sinnloses Unterfangen, wenn man dem Zerberus gegenübersteht, denn sein Gebiss könnte das Dach eines Autos zerfetzen wie der Dosenöffner eine Sardinenbüchse.

Doch der Zerberus hatte seinen Auftrag erledigt. Seine anderen zwei Köpfe spähten zu uns herüber, dann ließ er sich in den Brunnen gleiten. Wir konnten nicht mehr sehen, wie sich das Tor zur Unterwelt öffnete, doch ein Zischen und Dampfen zeigte an, dass genau dies nun passierte, und wir lösten uns aus unserer Erstarrung, bewegten uns langsam rückwärts, bis wir nicht mehr vom Lichtkegel der Polizeifahrzeuge erfasst wurden, und rannten los.

Wir beschlossen, zuerst in die Wohnung der Liccardis zurückzukehren, um der Polizei zu entkommen, und von dort aus mit der Kugel nach Aurora und Leon zu fahnden. Dann würden wir ihnen auflauern, das Haus des Skippers lag ja nicht weit vom Parco del Colle Oppio entfernt, wir wären also rechtzeitig zur Stelle. Wir würden ihnen die Münzen entwenden, und damit hätte das Spiel ein Ende. Niemand würde dann mehr hinüber in Hades' Reich kommen, ein Umstand, den ich ohnehin schon seit jeher als unnötige Schikane empfand. Wozu die Menschen quälen? Was gab uns Göttern das Recht dazu?

Das Haus erwartete uns mit seiner unnachgiebigen Düsternis. Wir drückten die Türe auf und gingen die paar Stufen hinauf in die Wohnung der Liccardis. Ich hätte alles dafür gegeben, ein paar Stündchen zu schlafen, das Gurren meiner Tauben im Ohr, doch wie es aussah, würde es eine lange Nacht werden. Das Haus knackte und knirschte, als wäre der Skipper noch am Leben und würde über uns in seiner Wohnung herumgehen, seine Stiefel abstreifen und eine Zigarette rauchen. Ich glaubte sogar einen feinen Rauchgeruch wahrzunehmen, schob es aber auf meine verwirrten Sinne. Schließlich musste etwas auf der Strecke bleiben, wenn man in wenigen Sekunden um Tausende von Jahren jünger wurde.

»Ich werde mir zuerst ein anderes Kleid suchen«, sagte Kassiopeia gerade und tastete nach dem Lichtschalter, »und dann ein Bad nehmen. Diese Hitze bringt mich um den …«

Ihr letzter Satz wurde abrupt abgewürgt, sie gab einen dumpfen gurgelnden Ton von sich, im selben Moment spürte ich, wie meine Arme nach hinten gerissen wurden, ein dünnes Seil wand sich um meine Handgelenke und wurde so fest zugezurrt, dass es schmerzte, ich schrie und bekam einen heftigen Schlag ins Gesicht, dann flammte das Licht auf.

»Das sind sie nicht.« Kobalt Sky warf uns auf das grüne samtene Sofa der Liccardis, das unter dem düsteren Blumengemälde stand – Pfingstrosen und Tulpen auf einem schwarzgedeckten Tisch –, er warf uns auf das Sofa, neben den zusammengeschnürten Zwerg. Dieser machte ein sehr niedergeschlagenes Gesicht.

»Tut mir leid, meine Göttlichkeit«, sagte er zerknirscht. »Ich wollte sie aufhalten, aber dieser Kerl hat beinahe unmenschliche Kräfte. Er hat mich überwältigt und gefesselt …«

»Schon gut.«

»Die anderen waren viel älter«, bemerkte Kobalt Sky.

»Was fällt ihnen ein, uns so grob zu behandeln!« Kassiopeias Brust bebte. Der Stoff ihres Kleides war zerrissen und legte ihren Oberkörper bis zum Bauchnabel frei. Sie sah nicht aus, als wäre ihr das unangenehm.

»Was habt ihr hier zu suchen?«, fragte Santiago. Tatramedes versuchte, etwas zur Seite zu rücken, damit wir Platz hatten. Er war mir, Persephone, äußersten Respekt schuldig. Aber in dieser misslichen Lage konnte ich natürlich nicht auf die Etikette bestehen.

»Wir wohnen hier«, entgegnete ich eisig. Mit Entsetzen hatte ich bemerkt, dass die Kugel während des Kampfes aus der Tasche gerollt war und nun hinter Santiago auf dem Boden lag. In ihrem Inneren wirbelte und tobte es, die Erschütterung hatte ihr nicht gutgetan, und ein bisschen hoffte ich, sie würde nun endgültig verglimmen, nur damit Santiago nicht bemerkte, was es mit ihr auf sich hatte. Ich konnte erkennen, wie das Bild allmählich klarer wurde und sich auf Il Macellaios Villa fokussierte. O nein!

Santiago sah uns nachdenklich an. Er zog sich einen Korbstuhl heran, setzte sich und zündete sich eine Zigarette an. Hätte ich nur auf meine Eingebung gehört und den Geruch als Warnung interpretiert, dann wären wir nicht in ihre Hände geraten.

»Töte sie«, raunte mir Kassiopeia zu, »sie haben es nicht anders verdient.«

Aber das konnte ich nicht. Dazu hätte ich meine Hände gebraucht, und die waren hinter meinem Rücken verschnürt, so fest, dass sie sich taub anfühlten.

»Was haben zwei junge Damen im Haus des Skippers zu suchen?«, sinnierte Santiago.

Wie ich diesen überlegenen Tonfall hasste! Sich zweier Frauen bemächtigen, ihnen ihre Waffen nehmen und sich dann stark fühlen – das können Männer, darin sind sie absolute Profis. Ich hatte nicht vor, darauf zu antworten, erst recht nicht, da ich wusste, dass diese Männer keinen Deut besser waren als Il Macellaio oder Angelo Pinotti.

»Was wollt ihr von Laverna?«, fragte ich stattdessen. Wieso nicht den Stier bei den Hörnern packen?

»Sagt dir der Name Angelo Pinotti etwas?«

«Er will Il Macellaios Clan stürzen«, stellte ich fest. »Und den Tod seiner Tochter Minerva rächen.«

»Bravo.«

»Und Luna Laverna hat Pinotti versprochen, Il Macellaio auszuliefern«, riet ich weiter.

»Du siehst nicht nur entzückend aus, du hast auch noch Köpfchen.« Santiago beugte sich nach vorne und legte mir seine Hände auf die Oberschenkel. Ich hätte ihn am liebsten angespuckt, so unangenehm war mir seine Berührung. »Ich frage mich nur, was ihr beide in diesem Spiel zu schaffen habt und was ich nun mit euch anstellen soll.«

Mein Blick zuckte kurz zur Kugel. Nur die zwei Männer nicht auf sie aufmerksam machen! Sie vibrierte etwas, dann wurde das Bild klar, so klar, dass man jedes Detail überdeutlich erkennen konnte. Eine junge Frau kletterte über die Mauer, die sich rings um Il Macellaios Anwesen zog. Federnd landete sie auf der anderen Seite. Hunde bellten, und keine drei Sekunden später schossen drei Dobermänner vom Haus auf das Mädchen zu.

»Pst, Ringo, Brutus, Kehob«, flüsterte sie, »alles gut. Alles gut.«

Die Hunde hielten inne, als sie ihre Stimme erkannten, dann sprangen sie winselnd an ihr hoch, doch Luna hatte keine Zeit, sie streichelte jeden nur kurz, dann lief sie in geduckter Haltung auf das Haus zu. In ihrem Kopf rumorte es. Sie drückte sich an die raue Hauswand. Ihr Herz hämmerte in ihrer Brust, und sie wartete einen Moment, um sich zu vergewissern, dass sich die Hunde zurück in ihren Zwinger trollten. Dann schlich sie weiter, vorbei an den Rosenranken und an einem kleinen Sitzplatz, den Il Macellaio an sonnigen Tagen aufsuchte. Wie oft hatte sie hier mit Il Macellaio und Gloria gesessen! Il Macellaio hatte ihr Limoncello nachgegossen. Einmal hatte er gesagt, sie wäre die Tochter, die er sich immer gewünscht hatte, wenn er schon keinen Sohn haben konnte. Es war der Morgen gewesen, an dem sie ihm den Kopf von Angelo Pinottis Sohn auf einem Silbertablett serviert hatte. Natürlich nicht in Wirklichkeit. In Wirklichkeit war sein Kopf in einem Bilora-Alukoffer gewesen. Er war ihre Eintrittskarte in Il Macellaios Welt, der letzte Schritt, um sein volles Vertrauen zu erlangen.

»Du bist mir Sohn und Tochter«, hatte er gesagt und sie kurz an seine hagere Brust gedrückt, und Luna hatte gedacht: Wie recht du hast.

Nun hatte sie die Rückseite des Hauses erreicht, die Nordseite, die nicht ohne Grund verwildert und zugewuchert war. Hier befand sich der Kellereingang, der Eingang zu den Räumlichkeiten, in denen unliebsame Menschen spurlos verschwinden konnten, in denen man ihre Schreie nicht hörte und abgetrennte Gliedmaßen nicht weiter auffielen. Wer Il Macellaios Vertrauen missbrauchte, landete hier. Luna griff in die Taschen ihrer engen Lederjacke und zog einen Schlüssel hervor. Sie steckte ihn ins Schloss, und die Tür sprang auf.

Gleißendes Licht ließ Luna zurückschrecken. Sie blieb kurz in der Tür stehen. Der Gang war gefliest, so wie alle Kellerräume, die Wände und Fenster schallgedämpft. Luna war oft hier unten gewesen. Als Zuschauer. Als Zeuge. In all den Jahren hatte sie sich an den Anblick der Toten gewöhnt, die später von Nero und Giuseppe entsorgt wurden. Il Macellaio wurde nicht umsonst *Der Schlächter* genannt. Il Macellaio schreckte vor nichts zurück.

Luna legte ihre Hand auf den Griff ihrer Waffe, ging den Gang hinunter und bog um eine Ecke. Vor der letzten Tür standen zwei Männer, Il Macellaios Leibwächter. Sie nickten ihr kurz zu. Ein Schuss knallte, und der dumpfe Laut eines fallenden Körpers ließ Luna innehalten. Sie hörte das Jammern einer Frau, und die kleinen Härchen in ihrem Nacken richteten sich auf. Sie riss die Tür auf.

»Was ist hier los?«, fragte sie scharf.

Il Macellaio ließ den Rollstuhl, in dem er saß, herumschwenken.

»Luna!« Seine Stimme klang entspannt, aber sie wusste, dass dem nicht so war. Alles strengte Il Macellaio an, brachte ihn an seine Grenzen. Vor ihm lagen Nero und ein weiterer Mann in einer immer größer werdenden Blutlache, Gloria stand neben Dottor Musiccio mit dem Rücken zur Wand, sie war bleich, ihr Haar hatte sich gelöst und hing in wirren Strähnen um ihr Gesicht.

»Gut, dass du hier bist. Ich werde hintergangen.«

»Was meinst du damit?« Luna und Glorias Blicke trafen sich, dann senkte Gloria ihren Kopf und starrte auf einen Punkt zwischen sich und den beiden Männern. Sie sah aus, als würde sie jeden Moment in Ohnmacht fallen. Il Macellaio hatte gesagt, Gloria sei nicht gemacht für das große Geschäft. Sie sei wie ihre Mutter: weich, nachgiebig, kein Charakter. Womit er meinte, dass sie nicht über Leichen ging wie er.

»Unser Täubchen hier will davonfliegen. Mit einem anderen. Ich weiß nur noch nicht, wer es ist. Aber es wird nicht mehr lange dauern, bis sie einknickt.«

»Woher weißt du das?« Luna ging um die beiden Toten herum, Nero kannte sie gut, den anderen hatte sie ein paarmal gesehen. Einer von Glorias Bodyguards. Er hatte sie und Gloria nach Ostia begleitet, am Anfang des Sommers, als Il Macellaio meinte, Gloria müsse ein bisschen frische Luft bekommen. In Wahrheit hatte er begonnen, Angelo Pinottis Clan zu zerschlagen, und wollte nicht, dass Gloria ihm im Weg war.

»Ich habe sie mit ihm reden hören. Nicht wahr, Gloria?

Liebesgesäusel. Ekelhaft. Jetzt sind wir schon bei Nummer zwei. Wenn sie nicht redet, mache ich die ganze Nacht weiter. Meine Tochter als Richterin über Leben und Tod. Wie viele wird sie opfern, bis sie seinen Namen preisgibt?«

»Es könnte jeder sein. Es muss keiner von deinen Männern sein«, wandte Luna ein.

»Sie hat recht«, pflichtete ihr Dottor Musiccio bei.

»So. Hat sie das.« Il Macellaio rollte auf Dottor Musiccio zu. Luna konnte sehen, dass Gloria am ganzen Körper zitterte. »Da fällt mir ein, Dottor Musiccio – wer sagt mir, dass nicht Sie es sind?«

»Vater!«

»Sie haben am weitaus häufigsten Kontakt zu meiner Tochter.«

»Ich bin verheiratet. Ich bin auf Ihrer Seite.« Schweißperlen bildeten sich auf Dottor Musiccios Stirn.

»Soso.«

»Ich würde Sie niemals hintergehen.«

»Weshalb sollte ich Ihnen glauben?«, fragte Il Macellaio und richtete seine Waffe auf den Dottore.

»Sie brauchen mich. Ohne mich hätten Sie die letzte Woche nicht überlebt.«

»Außerdem ist es unerheblich.« Luna zog sich einen Stuhl heran, der neben Gloria an der Wand stand, und setzte sich darauf. Ihre Beine fühlten sich an, als würden sie sie nicht mehr länger tragen wollen. »Wir haben es bald geschafft. Wir dürfen nur jetzt nicht die Nerven verlieren.«

Sie wühlte in ihrer Jackentasche, bis sie ihre Zigarettenschachtel fand, zog eine Zigarette heraus, zündete sie an und nahm einen tiefen Zug. Ihr Herzschlag beruhigte sich langsam. Durchhalten. Weitermachen. Nicht jetzt zusammenbrechen, wo sie so kurz vorm Ziel waren.

»Wir haben die Münzen. Aurora Perrini holt in diesem Moment die beiden letzten.«

Il Macellaios Miene hellte sich auf.

»Wir müssen nur dafür sorgen, dass Gloria nicht mit ihrem Geliebten durchbrennt«, sagte sie hart. »Ich nehme Signorina Perrini die Münzen ab, und wir treffen uns in …«, sie blickte überlegend auf ihre Armbanduhr, die Zigarette glimmte in ihrem Mundwinkel, »… genau zwei Stunden am Brunnen im Parco del Colle Oppio.«

»Luna Laverna, was sollte ich nur ohne dich tun?«

»Chef!« Kobalt Skys alarmierter Tonfall ließ Santiago herumfahren. Auch wir zuckten zusammen, und der Zwerg stieß einen kurzen, spitzen Schrei aus. Kobalt Sky deutete auf die Kugel, die nun mitten im Wohnzimmer der Liccardis lag.

O nein!

Er bückte sich nach ihr und hob sie auf. Die Erschütterung ließ kurzzeitig das Bild verschwimmen, dann wurde es wieder klar.

Das Pantheon. Die mächtige Fassade des Pantheon.

Für einen kurzen Moment war ich dankbar, dass man keinen Menschen darauf sehen konnte. Dann flimmerte das Bild wieder, und man sah überdeutlich Aurora Perrini, die sich gerade auf die Stufen des Brunnens setzte und ihren Blick über den Platz schweifen ließ.

»Na, so was«, sagte Santiago mit sanfter Stimme. »Wenn das mal nicht Perrinis Tochter ist …«

Dreizehntes Kapitel

Dreiundzwanzigster Juli, der Tag, an dem Aurora sich an einem schmierigen Schönling vorbei in ein antikes römisches Bad der High Society schlich, sich zum ersten und einzigen Mal nicht an die Vorgaben von Professore Fernando hielt und sich nichts mehr wünschte, als ihrer Mutter noch eine einzige Frage stellen zu können.

Der Mond lag wie eine milchweiße Kugel auf dem dunklen Samtteppich des Nachthimmels. Eine kleine Wolke hatte ihre dünnen Fäden darüber gesponnen, ließ ihn über der schlafenden Ewigen Stadt sanft verschwimmen. Längst waren die letzten Bummler von der Piazza della Rotonda verschwunden, das Hufgeklapper der Kutschpferde in den Gassen verhallt. Aurora fror, obwohl sich bestimmt die Hitze zwischen den Hausmauern staute. Denn sie hatte unendlich Angst. Irgendetwas schien zu lauern. Sie wagte es nicht, sich vom Brunnen zu entfernen, aber sie ahnte, dass dort in der Dunkelheit zwischen den Häusern etwas wartete. Der Zerberus? Il Macellaio? Irgendetwas, was noch schlimmer war als diese beiden?

Weder Leon noch Luna waren zum verabredeten Zeitpunkt erschienen.

Die Münzen. In ihrem Kopf drehten sich die Bilder wie

ein Karussell. Langsam schlüpften ihre Finger in die grüne Samttasche ihrer Mutter auf der Suche nach den zwei Münzen, die sie bereits gefunden hatte. Sie fühlten sich anders an, als hätten sie sich gegenseitig erhitzt, weil sie so nah nebeneinander im dunklen Samt lagen.

Es hatte alles keinen Sinn mehr. Ohne Luna und Leon. Ohne ihren Vater. Ihr Blick huschte wieder über den einsamen Platz. Hörte sie Stimmen? Der Geruch von Zigarren? Ein Zischeln?

Reg dich ab, Täubchen, dachte sie mit der Stimme von Luna, und plötzlich saßen Tränen hinter ihren Augenlidern. Irgendetwas musste geschehen sein, wenn Luna nicht erschien. Bei Leon konnte sie es verstehen, er hatte gewiss die Lust verloren. Welcher Mann hatte schon Interesse daran, von der Mafia und dem Zerberus verfolgt zu werden? Wenn er nicht gerade mit einer Pistole dazu gezwungen wurde … Ihre Hand tastete nach der Pistole.

Leon.

Er wohnte im Haus des Skippers, wusste von den Münzen, wusste, dass der Zerberus Honigkuchen liebte und nur mit Auftrag auf die Erde kam.

Er sucht dich oder mich, hatte er gesagt.

»Aurora«, flüsterte es irgendwo.

Wieder glitt ihr Blick über den gepflasterten Platz. Eine Sinnestäuschung? Seit wann waren diese zwei Typen dort, direkt neben der rechten Säule des Pantheon? Sie standen völlig reglos, als würden sie nur darauf warten, was Aurora machte.

»Aurora«, flüsterte es schon wieder. Oder war es nur der Wind, der durch die Gassen strich?

Waren da etwa noch mehr als diese zwei Männer? Ihr Herzschlag beschleunigte sich, während ihr Blick weiterwanderte, von Säule zu Säule, ohne dass sich ihr Kopf mitbewegte. Hinter der nächsten Säule standen auch mindestens zwei Typen. Und wenn sie sich nicht irrte …

»Aurora«, wisperte es. Hinter ihr? Neben ihr? »Bei drei läufst du los. Vom Pantheon weg.«

Luna? Leon?

Sie verdrehte die Augen so weit es möglich war. Neben den Kübelpflanzen stand auch jemand.

»Eins. Zwei.«

Es war Leons Stimme. Aber wo war er? Sie zog ihre Beine so unter sich, dass sie aufspringen konnte. Hinter der dritten Säule bewegten sich weitere Gestalten.

»Drei!«

Sie sprang auf und rannte los. Als sie den halben Platz überquert hatte, hörte sie, dass auch die anderen zu sprinten begannen, ihr nach.

Kurz bevor sie eine kleine Gasse erreichte, packte sie jemand bei der Hand und zog sie mit sich.

Leon!

Er drückte sie mit einem lauten Krach gegen die nächste Tür, die nach innen schwang und sie in einen muffigen Hausgang schleuderte. Schritte hetzten an der Tür vorbei, Befehle wurden gebellt.

»Leon«, flüsterte sie, an seinen Arm geklammert.

»Wir haben keine Zeit«, sagte seine Stimme nah an ihrem Ohr. »Spätestens an der nächsten Ecke wissen sie, dass wir uns hier irgendwo verstecken. Wir müssen wieder raus und auf die andere Seite des Platzes.« Er riss die Tür auf, und sie liefen wieder los.

Kopfsteinpflaster. Kleine Gasse. Eine Ecke. Tausend Roller. Eine Trattoria. Kübelpflanzen. Besprühte Wände.

Obwohl alles so bekannt erschien, machte die Nacht es fremd. Hinter ihnen ertönten Schritte, militärisch, schnell, viel zu schnell. Auroras Blut rauschte in ihren Ohren, die Samttasche hüpfte auf ihrer Hüfte, die Pistole darin schlug im Takt gegen ihren Oberschenkel. Wieder eine Gasse. Noch eine Gasse. Und noch eine.

Eine Sackgasse. Vor ihnen eine steinerne Brüstung.

»Da rüber«, sagte Leon und schwang schon ein Bein über die Brüstung. Geschmeidig glitt sein Körper darüber, kurz sah sie noch seine großen Hände auf den Steinen liegen, dann folgte ein dumpfer Aufschlag. Sie beugte sich hastig nach vorne, erleichtert sah sie, dass er stand und sich die Hände abklopfte. »Los jetzt!«, wisperte er.

Auch sie schwang ihre Beine über die Brüstung. Schon hörte sie die Schritte hinter sich. Aber es war viel zu tief. Es war viel, viel, viel zu tief. Sie stand noch immer oben, drehte sich mit dem Rücken zum Abgrund und ging ein wenig in die Knie.

»Ich fang dich auf«, versprach er von unten. »Lass einfach los.«

»Klar«, flüsterte sie von oben und holte noch einmal

tief Luft. Dann rutschte sie mit den Füßen ein wenig nach unten. »Ich kann das.«

Natürlich konnte sie das. Sie war schon tausendmal irgendwo hinabgesprungen. Aber nie so … ins Leere. Sie hatte immer vorher gewusst, wie sie fliehen würde. Sie hatte immer gewusst, wo sie landen würde.

Die Schritte über ihr kamen immer näher, ihre Beine rutschen weg und baumelten in der Luft, versuchten verzweifelt, irgendwo Halt zu finden. Ihre Finger krallten sich in das raue Gestein, aber mit jeder Sekunde rutschten sie näher an die Kante.

»Lass einfach los.«

»Du siehst mich doch gar nicht«, flüsterte sie, während sie nach unten schielte. In der Dunkelheit sah sie Leons weiße Zähne aufblitzen. Wie viele Meter waren das?

»Principessa«, sagte er so sanft, dass sich Wärme in ihrem Bauch sammelte. »Wir haben keine Zeit. Ich sehe dich. Ich fange dich auf. Vertrau mir.«

Ihre Arme begannen zu zittern, dann ließ sie tatsächlich los und spürte schon im nächsten Moment seine warmen Hände an ihren Oberschenkeln. Er taumelte ein wenig nach hinten, dann stand er wieder sicher. Langsam glitt sie in seine Umschlingung. Er presste sie an sich, blickte hinauf in ihr Gesicht. Über sich hörte Aurora die Schritte bis zur Brüstung nach vorne kommen. Wortlos drückte Leon sie gegen die Wand, gemeinsam lauschten sie auf die aufgeregte Unterhaltung zwischen den Männern oben, dann entfernten sich die Schritte wieder. Doch Leon und

Aurora blieben so stehen, obwohl die Männer schon längst weg waren, er ließ sie hinunterrutschen, bis sie wieder Boden unter den Füßen hatte, sie sahen sich an, ein sanfter Wind strich durch die Palmen.

»Ich konnte nicht zu dir hinübergehen«, sagte er schließlich, seine warme Hand umschlang ihren Nacken und bewegte sich sanft an ihrem Haaransatz. »Du hast sie nicht gesehen? Es waren mindestens fünfzehn Männer.«

»Von Il Macellaio?«, flüsterte Aurora und schlang jetzt auch ihre Arme um seinen Nacken.

»Ich weiß nicht, von wem sie geschickt wurden – sie wollen sowieso alle nur das eine.«

»Was?«

Sie spürte seine Lippen unter ihrem Kinn, schnappte nach Luft.

»Die Münzen«, murmelte er an ihrem Hals. »Was sonst?«

Bedächtig sog sie die Luft in ihre Lungen, vergaß, weshalb sie hier war, was er ihr gerade erzählte.

»Ich habe dich nur angesehen«, murmelte er, und dabei kitzelten seine Lippen an ihrem Hals. »Du sahst so verloren aus. So einsam. Und ich konnte nur an eines denken …«

Sie lauschte ihrem eigenen Atem, der ihr zu sagen schien, dass sie angekommen war. Egal, wie brenzlig die Situation war, egal, wie grässlich sich ihre salzige Kleidung auf der Haut anfühlte.

»An was?«, fragte sie schließlich doch.

Er zuckte mit den Schultern. »Vergiss es.«

»Sag schon.«

»Ich wollte dich küssen. Ich wollte, dass wir … dass wir keine Münzen suchen. Sondern Hand in Hand …«

Langsam lehnte sie ihre Stirn gegen seine Brust.

»Verzeih mir.«

»Du musst sie nicht suchen«, sagte sie. »Du bist nur durch mich hineingeraten.«

Er schüttelte den Kopf. Strich sanft über ihr Haar. »Nein, Aurora. *Principessa*«, sagte er vorsichtig und drückte seine Lippen auf ihren Scheitel.

»Was nein?«

»Du hast mich nicht hineingezogen.«

Aurora erstarrte in der Umarmung. »Was meinst du damit?«

»Ich hätte es dir gleich sagen sollen. Aber ich … ich wollte dich nicht verlieren. Ich wollte nicht, dass du gehst. Ich bin der, der die Münzen suchen soll.«

»Was meinst du mit: *Ich bin der, der die Münzen suchen soll?*«, bohrte sie weiter.

»Der, der sie zurückbringen soll. Dorthin, wo sie keinen Schaden anrichten können.«

Das Wasser lag so ruhig vor ihnen, dass es wie eine blankgeputzte Scheibe über dem blauen Mosaik lag. Das Seegetier im Untergrund schlief friedlich.

Schwimme von Nordufer zum Südufer, in der Mitte lege dich auf den Rücken und sieh in den Himmel. Das glitzernde

Lächeln der Aphrodite wird dich leiten, dachte Aurora und tauchte ihren nackten Zeh in das Becken. Plötzlich schienen all die Fische, Tintenfische und Muscheln zum Leben erweckt zu werden und schlängelten sich am Boden. Ruckartig zog sie ihren Zeh wieder zurück und drehte sich zu Leon um, der sie beobachtete.

»Dein Job«, sagte sie und setzte sich auf die letzte Marmorstufe.

»Es ist ganz einfach, sich auf dem Rücken treiben zu lassen«, erwiderte er hinter ihr, ohne sich zu bewegen.

»Hör damit auf.«

Tatsächlich sagte er nichts mehr, an dem Rascheln seiner Kleidung merkte sie, dass er diese ablegte. Verlegen starrte sie auf die andere Seite des Beckens, auf die Säulen, auf die Brüstung im ersten Stock mit den steinernen Rosetten und den kriegerischen Statuen. Als sie seine nackten Füße neben sich auf der Treppe sah, stand sie auf.

»Du musst nur bis zur Mitte schwimmen und … dich dann auf den Rücken legen«, sagte sie.

Er stieg Schritt für Schritt die Stufen hinab in das Becken. Da er mit dem Rücken zu ihr stand, konnte sie ihn beobachten. Fasziniert sah sie ihn an, er erinnerte sie an die Athleten, deren Statuen die Brüstung säumten. Sie beobachtete, wie sich sein Bizeps bewegte, als er sich bückte und die Wassertemperatur prüfte. Als er sich umdrehte, sah man das perfekte Sixpack. Er war nicht irrsinnig muskulös wie ein Bodybuilder, sondern mehr wie jemand, der mit diesem Körper gesegnet war und sich nicht abschwitzen musste. Rückwärts watete er weiter in das Becken hinein, seinen Blick unverwandt auf Aurora gerichtet.

»Du solltest schwimmen lernen«, sagte er. Seine Stimme hallte viel zu laut über die Wasseroberfläche.

»Mag sein«, wich sie aus. »Du musst zur Mitte schwimmen.«

»Du siehst mich gerne an«, sagte er, und seine Zähne blitzten wieder auf, als er lächelte.

»Ich will mir nur den Ort merken, an dem du untergehst«, erwiderte sie kühl. »Damit ich morgen dem Bademeister sagen kannst, wo du liegst.«

»Ich mag es, wenn du mich ansiehst«, antwortete er und zwinkerte ihr zu. Im nächsten Moment drehte er sich wieder um und tauchte elegant ins Wasser, zischte über den Boden des Beckens, als wäre er ein Fisch und dies sein Element. In der Mitte des Bassins tauchte er auf und schüttelte seine nassen Haare nach hinten, dass die Tropfen sprühten.

»Und?«, fragte sie. »Du musst dich auf den Rücken legen.«

Gehorsam legte sich Leon auf den Rücken und sah in den Himmel.

»Ich vermute, es ist eine der Statuen«, sagte sie und ging am Rand des Beckens entlang. »Auf der Südseite vielleicht. Sieh doch mal dorthin …«

Kleine Wellen plätscherten an den Rand des Beckens.

»Ich sehe nichts.«

»Vielleicht bist du nicht in der Mitte.«

»Ich bin in der Mitte.«

»Du bist zu nah am Nordufer.« Aurora ging in die Hocke.

»Bin ich nicht.«

Müde setzte sich Aurora mit angezogenen Beinen auf die Umfassung des Beckens. »*Das Lächeln der Aphrodite*. Es muss mit diesen Statuen zu tun haben. Vielleicht müssen wir nur die Statuen absuchen.«

»Vielleicht musst du nur ins Wasser kommen«, schlug Leon vor und trieb langsam auf sie zu.

»Du hast auch zwei Augen.«

»Er hat die Münze für dich versteckt.«

»Ich werde nicht ins Wasser gehen«, antwortete sie und presste ihre Beine an ihre Brust. Niemals. Niemals.

Inzwischen war Leon direkt vor ihr, legte seine Arme rechts und links vor ihrem Körper ab. »Er muss gewusst haben, dass nur du das Versteck finden kannst.«

Sanft berührte er mit seinem Daumen die Außenseite ihres Schenkels. »Ich helfe dir.«

»Du hast es nicht richtig versucht«, meckerte sie.

»Du hast es auch nicht richtig versucht.«

Ein sanftes Kribbeln überlief ihren gesamten Körper, als sein Daumen schon wieder an ihrem Oberschenkel entlangstrich.

»Ich bin mir sicher, dass nur du sie finden kannst.«

Unentschlossen starrte sie in seine tiefblauen Augen. »Unsinn! Ich bin mir sicher, jeder kann sie finden, der das Lächeln der Aphrodite sehen kann«, widersprach sie trotzig.

Aphrodite. Göttin der Liebe, der Schönheit und der sinnlichen Begierde.

Angestrengt kniff Aurora die Lippen aufeinander, versuchte, nicht daran zu denken, was für Gefühle Leons Berührung an ihrem Schenkel in ihr auslöste. Energisch schüttelte sie den Kopf.

»Du kannst es«, wisperte er, und sie spürte seine Finger an ihrem Knöchel. Langsam zog er sie zu sich, bis ihre Füße vom Wasser benetzt wurden.

Aphrodite. Die Schaumgeborene.

Ihre Gedanken setzten aus. Sie musste die letzte Münze finden. Professore Fernando hatte es so gewollt. Es musste einen Grund geben, wieso er ihr diese Nachricht hinterlassen hatte – ihr, und nicht ihrem Vater. *Cucciola, wenn du das hörst …* Wieso hatte er ihr das ganze Geheimnis anvertraut und sich darauf verlassen, dass sie das Rätsel entwirren, die Münzen finden würde?

Wieso nicht ihrem Vater? Hatte er ihm nicht vertraut? Oder hatte er angenommen, dass er zu dem Zeitpunkt schon tot sein würde? Vor allen Dingen, was genau sollte sie mit diesen Münzen dann machen?

»Ich versuch es«, sagte sie angestrengt. »Wenn du mich … ertrinken lässt … dann …«

»Dann bist du tot«, sagte er heiter. »Los jetzt.«

Langsam stand Aurora auf, zog den Gurt ihrer Tasche über ihren Kopf und legte sie auf die Basis der Säule hinter ihr. Ohne einen Blick auf Leon zu werfen, der sie sicherlich beobachtete, streifte sie ihre Jeans ab. Mit angestrengt gerunzelter Stirn setzte sie sich auf die Marmorumfassung und tauchte langsam mit ihren nackten Beinen in das Wasser. Sie spürte Leons Brust an ihren Schienbeinen und das kühle Nass an ihren Kniekehlen. Ihr Herz begann zu hämmern.

»Ich kann das nicht«, jammerte sie und wollte ihre Beine wieder herausziehen. Mit einem schnellen Griff hatte er ihre Knie umfasst und trat zwischen ihre Schenkel.

»Nur die Ruhe«, raunte er. »Alles halb so schlimm.«

Sein warmer Körper zwischen ihren Oberschenkeln und sein fester Griff lenkten sie tatsächlich so weit ab, dass sie einfach sitzen blieb.

»Lass es langsam angehen«, erklärte er ihr und suchte ihren Blick. »Du musst nicht ins Becken springen, weißt du.«

»Wenn ich Wasser ins Gesicht bekomme, sterbe ich …«, verriet sie ihm und packte seine Hände, um ihn davon abzuhalten, sie hineinzuziehen.

»Schwimmen ist wie fliegen. Du gehst nicht unter, wenn du keine Angst vor dem Wasser hast und dich ihm überlässt.«

Natürlich spürte sie, dass er sie mit behutsamem Druck näher an den Rand zog. Sie starrte über seinen Kopf hinweg auf die andere Seite des Beckens.

»Ich bin immer untergegangen. Wie ein Stein«, flüsterte sie.

Sanft strich er über die Seiten ihrer Oberschenkel, die jetzt seinen Oberkörper berührten.

»Aber jetzt bin ich da. Mit mir gehst du nicht unter.« Er legte seine großen Hände an ihre Hüften und zog sie noch näher zu sich. »Denk nicht an das Wasser. Denk ans Fliegen.«

»Wozu brauchst du die Münzen?«, fragte sie, während sie ihren Blick auf sein Gesicht senkte. Selbst in der Dunkelheit sah sie die unglaubliche Farbe seiner Augen, dieses unfassbare Blau.

»Ich brauche die Münzen nicht«, erklärte er.

Er verstärkte den Druck seiner Hände an ihren Hüften, und mit einem leisen Plätschern glitt sie zu ihm ins Wasser. Mit einem Zischen holte sie Luft und klammerte sich an seinen Hals.

»Wem sollst du sie bringen?«, flüsterte sie an seinem Ohr.

»Dem Besitzer.«

Sie war sich sicher, dass sie nicht wissen wollte, wem diese Münzen in Wirklichkeit gehörten.

»Lass mich jetzt los«, sagte er sanft und trat einen Schritt auf der Treppe nach unten, bis das kühle Nass über ihre Brüste schwappte.

»Ich kann das«, sagte sie mit weit aufgerissenen Augen. Vorsichtig lockerte sie ihren Griff, jederzeit bereit, wieder fester zuzugreifen.

»Ich weiß«, antwortete er ernst.

Sie atmete tief ein, das nasse T-Shirt schmiegte sich an ihren Körper.

»Du legst dich auf den Rücken«, sagte er, als würde er

mit einem kleinen Kind sprechen. »Breite deine Arme aus und sieh in den Himmel. Ich bin hinter dir und halte dich. Versprochen.«

Die Unendlichkeit des Himmels lag über ihnen. Gemeinsam trieben sie im Wasser, sein Körper direkt unter ihrem, warm, sicher, beschützend. Seine Lippen waren an ihrem Ohr, und ganz leise hörte sie, dass er das Schlaflied summte: *»Ninna nanna …«* Die Sterne glitzerten über ihnen wie Diamanten, die jemand auf dunklem Stoff ausgeschüttet hatte.

Leon bewegte leicht seine Beine, und sie trieben vom Ufer weg in die Mitte des Beckens. Als Erstes raste ihr Herz, aber wie versprochen ließ er sie nicht los. Ein tiefer Friede erfasste sie, das sanfte Plätschern wiegte sie noch mehr in Leons Umarmung.

»Es ist wie fliegen«, flüsterte sie.

An Leons Lippen konnte sie spüren, dass er lächelte.

Schließlich hatten sie die Mitte erreicht, Aurora hatte längst vergessen, weshalb sie hier war. Träge glitt ihr Blick über den Himmel, der sich wie ein kostbares Dach über das Schwimmbad spannte, bis hin zu der Brüstung mit den Statuen.

Aphrodite? Soweit sie es erkennen konnte, standen dort oben nur Männer.

Und dann sah sie es.

Ein Teil des Geländers war anders, vielleicht war dort ein anderes Gestein benutzt worden, oder es hatte sich dort zufällig Glimmer angesammelt, und wenn man nicht suchte, sah es aus, als ob es Lippen wären. Lippen, die sich zu einem freundlichen Lächeln verzogen.

Über diesem Lächeln blinkte es, als wäre das dazugehörige Gesicht in der Dunkelheit versunken, und nur das eine Auge zwinkerte einem zu.

Die Münze.

»Das hast du doch schon vorher gesehen …«, murmelte sie.

Er antwortete nicht, sondern drehte sie zu sich um.

»Sicher«, wisperte er und verschloss ihre Lippen mit seinem Mund.

Vielleicht wunderte er sich etwas, dass sie sich ihm nicht entzog, sondern seinen Kuss erwiderte und die Arme sogar fester um ihn schlang.

»Willst du sie nicht holen?«, fragte er, als sie sich endlich von ihm löste.

»Wir haben noch Zeit.« Aurora strich durchs Wasser und genoss das Kribbeln, das in ihrem Bauch entstand, genoss das Gefühl der bevorstehenden Gefahr und Leons Umarmung.

»Wer bist du?«, fragte sie erneut, so wie sie ihn schon am Meer gefragt hatte, und die Wahrheit zu erfahren erschien ihr nun noch dringender, noch unausweichlicher. Jetzt, wo sie wusste, dass er die Münzen brauchte, so wie sie die Münzen brauchte, und Luna und auch Il Macellaio. Die halbe Welt war hinter diesen drei goldenen, grob behauenen Münzen her. Jeder wollte sie zu seinem Vorteil nutzen.

»Ich bin jemand, der von weither gekommen ist«, sagte Leon vage.

»Woher?«

»Mein Vater hat mich geschickt.«

»Und ihm sollst du die Münzen bringen? Gehörst du auch zur Mafia? Zu einem anderen Clan?«

»Nein.« Leon zog sie durchs Wasser, und Aurora breitete die Arme aus. Sie fühlte, wie ihr eigener Körper vom Wasser getragen wurde, wenn sie sich entspannte und keine Angst hatte unterzugehen. Einen Moment lang hörte sie nichts anderes mehr als ihren dumpfen Herzschlag und spürte Leons Körper an ihrem. Er ließ sich mit ihr wieder in die Mitte des Beckens treiben.

»Ich gehöre zu niemandem. Ich werde die Münzen dorthin zurückbringen, wo sie hergekommen sind und wo niemand Schaden damit anrichten kann. Ich suche sie schon lange.«

»Dann hat sie mein Vater gefunden. Und wollte damit meine Mutter zurückholen.«

»Doch Fernando versteckte sie, um zu verhindern, dass dein Vater über den Styx ging und dich elternlos zurückließ. Aber er wurde ermordet, bevor er deinem Vater sagen konnte, wo sie sind. Was wirst du jetzt tun?«

Aurora zog Leon näher an sich und küsste ihn. Er schmeckte salzig und ein bisschen nach einem heißen Tag an der Küste. Sie glaubte Möwen schreien zu hören und das raue Klatschen der Brandung gegen die Felsen.

»Ich werde die letzte Münze holen.«

»Und dann?«

Sie antwortete nicht, sondern sah Leon nur fest in die Augen. »Du hältst zu mir? Immer?«

»Ja. Das werde ich.«

»Dann ist ja gut.« Sie ertastete mit den Zehen, ob sie stehen konnte, und als sie festen Untergrund spürte, ließ sie Leon los. »Du musst mich leiten. Von draußen kann ich die Münze nicht sehen. Bleib hier.«

Sie watete ans Ufer und stemmte sich aus dem Becken, zog sich ihre Jeans an, sie klebte an ihren Schenkeln und Aurora konnte kaum hineinschlüpfen, dann stieg sie in ihre Ballerinas und hängte sich die Samttasche über die Schultern.

»Und?«, fragte sie.

»Bezaubernd.«

»Das meine ich nicht«, ihr Lachen war weich und dunkel. Sie konnte sehen, wie sich Leon im Wasser auf den Rücken drehte, und ging zur Brüstung hinüber.

»Weiter links«, dirigierte er sie.

»Hier?«

»Nein, noch weiter.«

Sie kletterte auf die Brüstung und setzte behutsam einen Fuß vor den anderen. Dort lag Leons Kleidung, sie stieg darüber und ging dann in die Hocke.

»Wirst du mir die Münzen wegnehmen?«, fragte sie, während sie den Stein abtastete.

Leon antwortete nicht.

»Du weißt, dass ich die Münzen brauche. Meine Mutter

ist vor langer Zeit verschwunden. Ich vermisse sie sehr, auch wenn ich kaum noch eine Erinnerung an sie habe. Und ich glaube, ich weiß, wo sie ist. Ich werde versuchen, sie zurückzuholen.«

»Und deinen Vater.«

Auroras Finger fanden die Münze, aber sie tat so, als hätte sie sie noch nicht entdeckt. Sie konnte Leons Miene nicht deuten, er sah ruhig und entspannt aus.

»Du musst eines wissen, Leon«, sagte sie, »ich habe noch nie für jemanden empfunden wie für dich.«

Sie setzte sich auf die Brüstung und ließ die Beine hinunterbaumeln. Die Münze hielt sie nun in ihrer geschlossenen Faust. »Ich …«

»Was, Aurora?«, fragte er.

Doch sie antwortete nicht.

Was Aurora dann tat, überraschte uns alle. Kassiopeia, Tatramedes und ich hatten uns, so weit es ging, nach vorne gebeugt, um besser sehen zu können. Kobalt Sky und Santiago waren verstummt. Wir starrten wie gebannt auf die Kugel.

Aurora ließ die Münze in ihre Tasche gleiten, dann sprang sie geschmeidig auf, schnappte sich Leons Kleidung und begann zu laufen.

»Verzeih mir!«, rief sie über die Schulter zurück.

»Flittchen!«, sagten Santiago und Kobalt Sky wie aus einem Mund.

Tatramedes schüttelte nur fassungslos den Kopf.

»Kluges Mädchen«, sagte Kassiopeia zufrieden, »hätte ich nicht besser machen können.«

Ich will nicht behaupten, dass es mich überraschte, als es an der Tür Sturm klingelte. Mehr wohl, wer der nächtliche Besucher war, der uns mit seiner Anwesenheit beehrte.

Denn es war Luna Laverna.

Zwar hatte ich nicht mit ungeteilter Aufmerksamkeit ihrem Gespräch mit Il Macellaio folgen können, aber es war klar, auf welcher Seite sie stand.

Meine Gedanken hingen noch bei Leon und Aurora fest – war es Liebe gewesen, das ich in seinen Augen gesehen hatte? Begierde? Zu meinem eigenen Erstaunen musste ich feststellen, dass ich mehr zu Aurora hielt, die jetzt bestimmt allein und einsam durch die Stadt irrte, auf der Suche nach dem Eingang zur Unterwelt, um dort ihre Eltern zu retten.

Das konnte nur schiefgehen. Auch wenn sie die Münzen hatte, auch wenn sie es schaffen würde, bis zum Styx vorzudringen, auch wenn sie den Styx anhalten könnte – es gab noch den Zerberus, es gab die vermaledeiten Erinnyen, von denen ich bis heute nicht wusste, ob sie nur Befehlen folgten oder von ihrer eigenen Gehässigkeit geleitet wurden, und es gab natürlich Hades, der nichts mit Wohlwollen verfolgte, der grässlichste, selbstbezogenste und attraktivste … *hatte ich eben attraktivste gedacht?* … Kerl … Ich hatte mir seit Jahren jeden Gedanken an Hades verboten, und plötzlich dachte ich in Adjektiven wie *attraktiv?*

Ich wich Kassiopeias Blick aus und konnte plötzlich nur noch an diesen verräterischen Kerl denken. Gut, es hatte glückliche Momente zwischen uns gegeben, in denen es geknistert hatte und ich mir nichts mehr gewünscht hatte, als dass er mich schleunigst wieder in seine Arme zöge, aber …

Kassiopeia stieß mich unauffällig an, und ich versuchte, mich auf das Gespräch zu konzentrieren. Trotzdem konnte ich nur mit größter Mühe dem folgen, was Luna Laverna gerade sagte. Mich beschäftigte viel mehr der Gedanke, wie ich diesen zwei unseligen Gestalten Santiago und Kobalt Sky entkommen könnte, um Aurora zu helfen. Ich erwog es sogar, der Kugel mit dem Fuß einen Schubs zu geben und damit Hades auf den Plan zu rufen, um ihn zu beschwören, seinem Zerberus ein Schlaflied zu singen. Oder am besten gleich die Eltern von Aurora Perrini wieder auf die Erde zu schicken, um das Mädchen von seinem aussichtslosen Unterfangen abzuhalten.

Bevor ich dies in die Tat umsetzen konnte, wurde ich doch wieder auf das Gespräch zwischen Kobalt Sky, Santiago und Luna aufmerksam. Hatte Luna eben gesagt: *Wir haben die Münzen. Aurora Perrini holt in diesem Moment die beiden letzten?* Und waren das nicht genau die Worte gewesen, die sie zuvor schon zu Il Macellaio gesagt hatte?

Santiagos Miene hellte sich auf. Noch immer brannte der Zorn darüber, dass so ein Verbrecher wie er von den Münzen wusste, wie Feuer in meinem Magen.

»Ich nehme Signorina Perrini die Münzen ab, und wir

treffen uns in …«, sie blickte überlegend auf ihre Armbanduhr, »… genau eineinhalb Stunden am Brunnen im Parco del Colle Oppio.«

Ich öffnete den Mund. Kassiopeia rempelte mich an, und ich schloss ihn wieder. Lug und Trug sind bei Göttern und Menschen wohlbekannt, was Luna gerade bezweckte, war mir aber ein großes Rätsel. Die Münzen waren nicht dafür geeignet, mehrere Personen über den Styx zu bringen.

»Aurora Perrini hat die Münzen bereits geholt«, sagte Santiago, und Luna sah mit dem Staunen der Menschen, die noch nie eine Kugel gesehen haben, in diese hinein.

Aber Hut ab, sie vergaß sich keine Sekunde in ihrem Erstaunen. Hochkonzentriert schien sie die Umgebung von Aurora zu analysieren. Diese bewegte sich zu Fuß in westlicher Richtung vom Bad in der Via Paolo Emilio fort.

Luna war es egal, dass Aurora weinte. Mir nicht.

»Okay«, sagte Luna schroff. »Verspätet euch nicht.«

Kassiopeia sah mich schon wieder so vorwurfsvoll an, als wäre ich daran schuld, dass wir hier gefesselt saßen.

»Verspäte du dich nicht«, sagte Santiago sanft. »Du weißt, dass für dich viel auf dem Spiel steht.«

Kobalt Sky setzte sich bequem auf die Chaiselongue, die Beine weit gespreizt, und grinste sie an. »Wenn es schiefgeht, erwischt dich sicherlich irgendjemand. Il Macellaio. Oder wir.«

Luna grinste auch, aber ihre Augen funkelten hasserfüllt. »Tja«, sagte sie nur und zuckte mit den Schultern.

Aurora bog in die kleine Straße ein, die direkt zum Park führte, umschlang ihren Oberkörper mit ihren Armen und ließ sich auf die Knie nieder. Kein Laut kam über ihre Lippen, als sie sich vor und zurück wiegte.

Es ging nicht anders, dachte sie und richtete sich wieder auf. Sie musste ihre Eltern retten, auch wenn sie die Liebe ihres Lebens dafür opfern musste. Der Gedanke an den Zerberus erfüllte sie mit einer so starken inneren Unruhe, dass sie am liebsten wieder umgekehrt wäre. Verlegen starrte sie für einen kleinen Moment auf die Kleidung von Leon, die sie noch immer an ihre Brust drückte, als wäre sie ein Schatz. Ärgerlich begann sie, seine Hose und sein T-Shirt in einen Abfalleimer zu stopfen, der vor den Toren des Parks aufgestellt war. Sie versuchte, sich dabei nicht vorzustellen, was passieren würde, wenn sie Leon jemals wieder über den Weg liefe – geschweige denn einem halbnackten Leon, der vermutlich vor Wut schäumte.

Alles ganz einfach, dachte sie sich und lenkte sich von dem Problem mit Leon ab. Der Eingang zum Hades ist der Brunnen, aus dem der Zerberus kam. Ich klettere hinunter und biete ihm ein Snickers an. Vielleicht schläft er auch schon wieder.

Der Zerberus schläft nie, sagte eine Stimme in ihrem Hinterkopf.

Sie wusste nicht, wieso sie die Wege mied, denn der Park war menschenleer. Doch der Mond schien zu hell zu sein, sie fühlte sich als Schatten nahe der Gebüsche sicherer. Endlich tauchte mitten auf der weiten Rasenfläche die

Brunnenanlage auf, die mit einem Steingeländer umfasst war. Schutzlos überquerte Aurora die Wiese und umrundete mit hämmerndem Herzen den Brunnen, der an ein flaches Becken erinnerte. Der Boden war abgeschliffen, als wären schon Tausende von Füßen darüber geschlendert.

Das sollte der Eingang sein?

Was deine Eltern geschafft haben, kannst auch du schaffen, dachte sie sich. Jedoch waren ihre Eltern nicht alleine hier gewesen. Sie hatten den Skipper dabeigehabt, den sie, wie auch immer, davon überzeugt hatten, sie hinunterzubringen. Sie, die Lebenden, zu den Toten zu bringen.

Sie umrundete den Brunnen noch einmal, frustriert und in wachsender Panik. Daran hatte sie gar nicht gedacht: dass man nicht einfach hinuntersteigen konnte, dass man Hilfe brauchte, um den Eingang zu öffnen. Mit Tränen in den Augen setzte sie sich auf das Steingeländer und starrte in das Becken hinein, auf der Suche nach irgendeinem Hinweis. Eine Inschrift vielleicht. Oder gab es einen Mechanismus, der den Boden verschwinden ließ? Das Wasser schimmerte glatt und klar in dem Bassin, als hätte sich hier noch nie irgendetwas anderes befunden als ein Brunnen.

Waren vielleicht irgendwo die Steine besonders abgewetzt? War nicht der Skipper Tag für Tag hinuntergestiegen und mit schlammbedeckten Stiefeln zurückgekehrt, hatte er nicht Tag für Tag den Brunnen dazu gebracht, den Eingang zum Hades preiszugeben? Sie entdeckte einen Stein, der anders schien als die anderen. War dies eine

Mondsichel? Sie ging hinüber und strich vorsichtig über die raue Oberfläche.

Ein kurzes Beben ließ sie innehalten, die Wasseroberfläche kräuselte sich ein wenig. Dann strich sie noch einmal über den Stein, und das Grollen klang jetzt so, als würde sich eine Lawine nähern. Der Boden vibrierte so stark, dass das Wasser im Becken zu kreisen begann. Es sah wie ein riesiger Abfluss aus, das Wasser wurde in die Mitte des Beckens gesogen, und dann sprühte eine Fontäne heraus. Im letzten Moment drehte sich Aurora um und rannte voller Panik zu der einzelnen Palme, die auf dem Rasen wuchs, um sich dahinter zu verstecken.

Hatte sie mit der Berührung des Steins den Mechanismus ausgelöst?

Meterhoch zischte das Wasser in den Nachthimmel, und das Grollen schien einen Luftzug in die Welt zu schicken, der die Bäume und Büsche zerraufte. Dann trat eine unheilvolle Stille ein, die nur von einem heiseren Keuchen begleitet wurde, und der Zerberus sprang heraus. Diesmal waren klirrende Ketten an jeden seiner drei Halsbänder eingehakt. Sein schimmerndes schwarzblaues Fell sträubte sich, als er in alle Richtungen sah, die Nüstern blähte und Witterung aufnahm.

Sicher war er nicht mehr auf der Suche nach dem Skipper. Jetzt würde er Aurora suchen und auch gleich finden, denn sie bezweifelte, dass sie ihn noch einmal abschütteln konnte.

»Gemach, gemach«, sagte eine grollende Männerstimme, und mit mehr Würde als irgendjemand sonst auf dieser Welt stieg ein muskulöser Mann mit schwarzem Haar über die Brunneneinfassung.

Der Zerberus wandte einen Kopf zu ihm, aber er war noch immer aufgeregt und kaum zu bändigen.

Mit großen Augen starrte Aurora auf den Mann mit dem nackten Oberkörper. Es war Hades, kein Zweifel, er sah genauso aus wie die Statue in der Wohnung des Skippers. Er schien vor Kraft zu bersten, sein schwarzes Haar ließ ihn wild und unbändig erscheinen. Als er die Ketten etwas straffer nahm, sah man, wie sich sein gewaltiger Bizeps spannte. Angestrengt hielt sie sich die Hand vor den Mund, um das Wimmern, das ihr in der Kehle saß, zu unterdrücken.

»Und leise«, befahl er. Dann schritten die zwei über die mondbeschienene Lichtung, aus dem Park hinaus in die dunkle Nacht. Aurora starrte ihnen hinterher. Die gewaltigen Rückenmuskeln des Mannes bewegten sich harmonisch, als er den Zerberus hinausführte, als wäre er ein Schoßhund. Die beiden waren so unglaublich schön, aber auch so unglaublich furchteinflößend! Aurora lehnte sich mit geschlossenen Augen gegen die Palme und versuchte, wieder ruhig zu atmen.

Sie suchen nicht mich … Das ist meine Chance, dachte sie. Der Zerberus und Hades waren irgendwo auf der Erde unterwegs, aus welchem Grund auch immer. Der Brunnen war geöffnet, der Styx unbewacht.

Du musst es tun. Jetzt.

Sie löste sich aus ihrer Erstarrung und versuchte, nicht daran zu denken, was alles schiefgehen konnte. Mit zusammengebissenen Zähnen kletterte sie über das steinerne Geländer und ging über die jetzt staubtrockene Fläche zu den vor ihr liegenden Stufen.

Würde sie je wieder das Licht der Welt erblicken? Sie drehte sich noch einmal um und warf einen letzten Blick auf den glitzernden Sternenhimmel und den Mond, der sich bald verabschieden und die Sonne einen neuen Tag begrüßen lassen würde.

Ich muss es versuchen, dachte sie und stieg Schritt für Schritt hinunter. Hinunter in das schwarze Loch.

Zuerst konnte sie sich nur mühsam vorantasten, es fühlte sich an, als hätte sie die Augen geschlossen. Nach einer Biegung jedoch erkannte sie tief unter sich das flackernde Licht einer Fackel, die rußige Schatten auf die grobbehauenen Stufen und die unregelmäßigen Wände warf. Ihr wurde schwindelig, als sie sah, wie tief es hinunterging, von ihrem Standpunkt aus konnte sie das Ende nicht sehen. Hin und wieder blieb sie stehen, horchte nach oben, aber das einzige Geräusch, das sie begleitete, waren die eigenen Tritte auf den Felsstufen.

»Aurora«, meinte sie zu hören, oder war es der Hall von tropfendem Wasser? »Aurora, warte …«

Wieder blieb sie stehen, drehte sich um. Waren es Worte gewesen? Oder war es nur ihre Angst, die sie zur Umkehr bewegen wollte? Als sie weiterging, teilte sich der Weg urplötzlich in einen schmaleren Gang und einen breiteren, auf dem man deutlich die Krallenspuren des Zerberus erkennen konnte. Sie wählte den Weg mit den Krallenspuren, denn sie war sich sicher, dass es hier zum Styx ging. Doch kaum ein paar Minuten später musste man wieder zwischen zwei Wegen wählen, und diesmal konnte sie nicht entscheiden, welcher der richtige war. Sie nahm den linken. Noch immer ging es steil bergab. Das Herz pochte ihr im Hals, als ihr klarwurde, dass sie sich mit Leichtigkeit verirren konnte. Der Weg gabelte sich immer wieder, wurde immer enger, und die Gewissheit, dass sie sich verlaufen hatte, wurde immer größer. Du musst nur umkehren, dachte sie sich zur Beruhigung, als es finsterer wurde und keine Fackel mehr den Gang erhellte.

Der Weg endete an einer blanken Felswand.

»Na gut«, sagte Santiago abrupt und stellte die Kugel auf dem Tisch ab, »wir müssen los. Signorine, wir müssen Sie nun verlassen, ich hoffe, Sie kommen alleine zurecht.«

Er verbeugte sich galant, während Kobalt Sky unbeholfen an seinem Waffengürtel herumfingerte. Kassiopeia versuchte, ihren Knebel loszuwerden, doch es gelang ihr nicht, und die Laute, die sie von sich gab, waren mehr als undeutlich. Es war zum Heulen. Eine gefesselte Göttin, eine gefesselte Unsterbliche und ein Zwerg! Fange eine Fee in der hohlen Hand, und sie wird sich nicht befreien können und dir jeden Wunsch erfüllen. Das ist das Gesetz der Magie, und genau aus diesem Grund sind diese Wesen äußerst flüchtig, flink und meist unsichtbar. Fessle und kneble eine Göttin, und sie ist all ihrer Macht beraubt. Wann war mir das zuletzt zugestoßen? Ja, richtig. Es war Hades gewesen, der mich geraubt hatte. Der nur zu gut gewusst hatte, dass ich ihm dann hilflos ausgeliefert war.

Wir konnten nur dabei zusehen, wie Santiago die Kugel vorsichtig in einen ledernen Koffer steckte. »Die wird uns noch nützlich sein.« Er ließ die Verschlüsse zuschnappen. Ein seltsamer Geruch strömte plötzlich zum geöffneten Fenster herein und ließ ihn schnuppernd innehalten.

»Dass es hier immer noch nach Kanalisation stinkt, selbst wenn der Alte tot ist«, sagte Kobalt kopfschüttelnd und legte sich angewidert den Arm über die Nase. »Das stinkt, als würde der Skipper hier irgendwo vergammeln. Scheußlich.«

Ich wusste sofort, dass es nicht der Skipper war, und ich würde jetzt gerne sagen, ich hätte die beiden gewarnt, hätte in meinem Mund nicht irgendein alter Lumpen gesteckt, den Kobalt Sky in der Küche der Liccardis gefunden hatte. Aber natürlich hätte ich es nicht getan. Vielmehr wartete ich mit diebischer Vorfreude auf das, was nun kommen würde. Kassiopeia stieß mir ihren Ellenbogen in die Seiten. Sie zwinkerte mir zu. Tatramedes zog den Kopf ein und machte sich so klein es ging.

Santiago nahm gerade den Griff des Lederkoffers in die Hand, da wurde die Tür aufgetreten. Ich sage: aufgetreten, aber in Wahrheit flog die Tür aus den Angeln, sie flog in hohem Bogen durch den Raum und landete krachend auf dem Wohnzimmertisch der Liccardis, zertrümmerte ihn und blieb vor meinen Füßen liegen. Tatramedes stieß einen spitzen Schrei aus, Santiago und Kobalt Sky zogen gleichzeitig ihre Waffen und richteten sie auf die Gestalt, die nun im Türrahmen stand und diesen vollkommen ausfüllte. Ja, auf Hades war Verlass. Er machte keine halben Sachen. Wo er auftauchte, wuchs kein Gras mehr. So war es schon immer gewesen. Nur meine Sanftmut konnte ihn davon abbringen, größeren Schaden auf Erden anzurichten.

In der einen Hand hielt er eine Kette, an die der Zerberus gebunden war. In der anderen hielt er den widerwärtigen Kopf des Skippers.

»Wer war das!«, brüllte er los, und Santiago und Kobalt Sky stolperten rückwärts bis an die Wand.

»Wer hat Jim Charon getötet! Meinen Skipper!« Mit einer theatralischen Geste ließ er den Kopf mit einem platschenden Geräusch auf den Teppich fallen. Er war in keinem wirklich guten Zustand mehr und verströmte einen absolut widerwärtigen Gestank. Er rollte etwa einen halben Meter und blieb dann liegen. Neben mir würgte Kassiopeia, und Santiago und Kobalt Sky entsicherten ihre Waffen. Ich verbot es mir, den Kopf genauer anzusehen, der zahnlose Mund war schlimm genug, schließlich war ich eine alleinstehende Göttin und konnte keine Albträume gebrauchen. Selbst der Zerberus sah angeekelt aus. Er zerrte an seiner Kette, und Geifer troff ihm aus dem Maul, doch Hades hielt ihn mühelos. Er war der Einzige, der den Zerberus beherrschte.

»Wer hat es gewagt, dem Skipper den Kopf abzuschlagen, ohne mein Wissen?«, donnerte er weiter, während Tatramedes schon wieder einen erstickten Schrei ausstieß. »Und wer hat meinen Zwerg verschnürt?«

Er war ja ein so imposanter Mann! Und von der alten Schule. Wer hatte heute noch ein so herrisches Wesen und einschüchterndes Auftreten! Selbst Diktatoren waren mittlerweile zu Witzfiguren geworden. Nein, Hades war absolut einzigartig. Furchteinflößend. Sein nackter Oberkörper schrie danach, dass man seine Fingernägel im Rausch hineingrub, der Anblick seiner schmalen Hüften ließ heiße Schauer durch meine Schenkel rieseln. Als er mich und Kassiopeia auf der Couch entdeckte, verdüsterten sich seine Augen, wenn das überhaupt noch möglich war.

»Und wer wagt es, Persephone und Kassiopeia zu fesseln?«

Diese Frage fand ich persönlich viel wichtiger. Sie hatten ihre gerechte Strafe verdient! Sie hatten uns behandelt wie irgendwelche Mädchen von der Straße. Ich suchte Hades' Blick, doch der starrte immer noch zornig die beiden Männer an. In dem Moment gingen Kobalt Sky die Nerven durch, er umfasste die Waffe mit beiden Händen und begann zu schießen. Die Schüsse peitschten durch die Wohnung, durchschlugen die Wände, Putz rieselte herunter, es staubte, und der Lärm war ohrenbetäubend, doch Hades blieb einfach stehen.

Einen Gott kann man nicht töten.

Santiago und Kobalt Sky ergriffen die Flucht, hechteten durch das geöffnete Fenster und waren verschwunden.

Behutsam befreite mich Hades von meinen Fesseln, während Tatramedes mit sich überschlagender Stimme von den Ereignissen der letzten Stunden erzählte. Hades knotete die Stricke auf, die in meine Handgelenke schnitten, wickelte sie ab und ließ sie auf die Couch fallen. Jede Bewegung vollführte er voller Zärtlichkeit, so als hätte er mich während des Liebesspiels gefesselt, und nicht Kobalt Sky. Ach Hades! Mein Herz schmerzte. Liebeskummer ist der Kummer, der dem Himmel am nächsten ist. Ich spürte, wie seine Berührungen mein Blut in Wallung brachten, wie ich dahinschmolz, nur weil er mir einen dreckigen Lumpen aus dem Mund zog und mit vernichtendem Blick auf den Boden warf. Aber ich durfte mich nicht hingeben. Zu sehr hatte er mich mit seinen Seitensprüngen gedemütigt.

»Ich werde sie töten, diese Barbaren!«, sagte er streng und half mir auf. Kurz zog er mich an seine Brust, doch ich wand mich aus seinem Griff. Es war schlimm genug, dass ich mich wie Wachs in seinen Händen fühlte, dass ich mich an seinen Hals werfen wollte. Ihm so nahe zu sein, tat mir nicht gut. Hütet euch vor euren Exmännern, Frauen dieser Welt!

»Ach was, Hades, so schlimm war es gar nicht.« Kassiopeia strich sich das Haar glatt und suchte nach einem neuen Kleid, da ihr altes zerrissen war. Sie entschied sich für den Fummel, den sie bei den Händlern gekauft hatte.

»Nichts da, ich werde euch rächen. Ich werde sie aufspüren und dem Zerberus zum Fraß vorwerfen. Komm her, Zerberus!« Der Dreiköpfige setzte sich hechelnd neben ihn. Er war immer hungrig und bereit, jeden bei lebendigem Leib zu zerreißen. »Nie wieder werden sie euch ein Leid zufügen!«

»Deine Reaktionen waren schon immer übertrieben. Was ist schon passiert. Nichts!« Kassiopeia winkte mich zu sich. »Das ist jetzt deine Aufgabe«, zischte sie, während sie sich das Kleid über den Kopf zog.

»Welche?«, flüsterte ich zurück.

Tatramedes stemmte seine kurzen Hände in die Hüfte.

Ich spürte Hades' Blick auf meinem Rücken. So hatte er mich immer angesehen: voller Leidenschaft. Und sobald ich weg war, hatte er alles verführt, was nicht bei drei über den Styx war. Ich hasste ihn. Und liebte ihn.

»Du musst ihn ablenken, wenn du Aurora helfen willst. Er darf nicht hinunter zum Styx. Das weißt du doch!«

»Und wie? Wie soll ich ihn ablenken?«

Natürlich wusste ich, woran Kassiopeia dachte. Aber ich weigerte mich, das Gleiche zu denken.

Sie drehte sich zu mir herum und sah mir tief in die Augen. Das Glitzern in ihrer Iris war überirdisch. So wie früher, wenn wir zusammen alle möglichen Schandtaten ausgeheckt hatten. »Du kümmerst dich um Hades, und wir kümmern uns um den Rest.«

Sie packte Tatramedes energisch an der Hand.

Aurora stützte sich mit den Händen an der Felswand ab und schloss die Augen. Eingesperrt, dachte sie. Ich bin eingesperrt.

»Hör damit auf«, sagte sie laut, so ungefähr, wie es Professore Fernando immer getan hatte. »Man sollte mehr handeln als überlegen und sich nicht selbst beim Leben zusehen.«

Also drehte sie sich um und stieg die Stufen wieder hinauf, eine Abzweigung nach der anderen. In weiter Entfernung schien etwas zu rauschen. Ein Fluss? Ein Wasserfall? Alle Vorsicht vergessend folgte sie diesem Geräusch, ohne darauf zu achten, welche Abzweigung sie nahm. Die Luft wurde so schwer, dass man sie kaum in die Lungen saugen konnte, fast so schwer, als könnte man sie mit den Händen fassen. Konzentriert ging sie weiter, der Modergeruch wurde stärker, das Rauschen jedoch auch, und plötzlich wurde die Luft tatsächlich ein wenig kühler.

Erschrocken blieb sie stehen und lauschte, als Stimmen dieses Rauschen überlagerten.

»*Cretina*«, hörte sie von Fernen eine männliche Stimme. »*Es geht um mehr*. Liebe, pah! Dieses Gesäusel! Ich habe es schon bei deiner Mutter nicht ertragen, und jetzt fängst du auch noch damit an!«

»Ich will nicht, zwing mich nicht!«, schrie eine Frau.

»Dieser Kerl, der dir diese Flausen in den Kopf gesetzt hat …«

Aurora ging behutsam weiter, folgte den Stimmen des streitenden Pärchens.

»Ich habe keinen Kerl, wie oft soll ich dir das sagen. Ich schwöre bei allem, was mir heilig ist! Aber lass mich auf dieser Welt, ich will nicht …«

»Schluss jetzt mit diesem Unsinn!«

Nach einer letzten Biegung endete der Gang in einer riesigen Halle. Erschrocken blieb Aurora stehen, drückte sich an die feuchte Wand. Natürlich hatte sie nicht damit gerechnet, hier auf Menschen zu stoßen – noch weniger auf einen ganzen Haufen Menschen, die eindeutig nicht tot waren und auf den Skipper warteten. Denn dort stand ein quicklebendiger Il Macellaio mit seiner Tochter und mindestens dreißig Männern, die auf den herumliegenden Steinen lagerten.

»Du weißt, was ausgemacht ist. Und du wirst dich daran halten!« Il Macellaio ließ sich gerade vorsichtig auf einen der riesigen Steine nieder und wischte sich den Schweiß von der Stirn. »Hast gedacht, dass es sowieso nicht dazu kommt, was? Dass ich vorher krepiere und du lachend und feixend an meinem Totenbett stehst! Dich mit deinem Kerl aus dem Staub machen kannst! Mit dem Kerl und mit meinem Geld!«

Ächzend drückte er sich ein Taschentuch vor den Mund und knickte ein wenig ein. Aurora glitt hinter einen großen Felsen. Gloria hatte ein bauschiges Brautkleid an, selbst von hier aus konnte man erkennen, dass sie rotgeweinte Augen hatte.

Hinter ihnen trieb nachtschwarz das Wasser im Styx. War es der Styx? Er war an dieser Stelle so breit, dass man das andere Ufer nicht sehen konnte. Die Ränder des Flusses waren lehmbraun, das Wasser sah tief aus, es trieb auf dem Weg ins Nirgendwo vorbei, gurgelte und rauschte über die Steine. Angestrengt kniff Aurora die Augen zusammen, versuchte zu erkennen, wo sich das Boot befand, das Boot des Skippers. Direkt davor standen vier bullige Typen, die anscheinend darauf warteten, dass es endlich losging.

Langsam und konzentriert betrachtete Aurora die riesige Höhle, wie eine Kathedrale wölbte sich die von Hunderten von Stalaktiten geformte Decke über Il Macellaio. An einer Stelle war die Decke eingestürzt, ein riesiger Schuttkegel ergoss sich fast bis zum Ufer des Styx.

Was hatte sie erwartet? Dass sie ihre Eltern sehen würde? Am anderen Ufer stehend, mit glücklichen Gesichtern, weil sie erkannten, dass ihre Tochter mit den Münzen gekommen war? Hatte sie allen Ernstes erwartet, dass ihr Vater ihr Anweisungen zurufen würde? *Ein Schritt nach links, nimm die Ruder, leg die Münzen vor dich auf den Boden?*

Angenommen, Il Macellaio würde verschwinden, was sollte sie dann tun? Das Boot losmachen und in diese Schwärze hineinrudern, in der man das Ziel nicht erkennen konnte?

Plötzlich meinte Aurora, hinter sich ein Geräusch zu hören, ein Scharren, als würde ein Hund die Treppen hinunterlaufen. Oder bildete sie sich das nur ein?

»Sie kommt nicht«, stieß Gloria hervor. »Ich bin mir sicher, dass sie nicht kommt!«

»*Bellezza*«, sagte Il Macellaio ruhig. »Sie fürchtet meinen Zorn mehr als die Unterwelt. Sie wird kommen.«

»Du kennst sie überhaupt nicht«, antwortete Gloria und sank auf einen Stein, als würden ihre Beine sie nicht mehr tragen.

Wie schön sie ist, dachte Aurora. Wie wenig sie zu den schwerbewaffneten dunklen Männern passt, zu dem geheimnisvollen und unheimlichen Fluss. Sie ist wie ein Opferlamm, das der Vater in seinem eigenen Interesse den Göttern darbringt.

»Da bist du ja«, sagte Luna dicht an Auroras Ohr.

»O Gott!«, stieß Aurora erschrocken hervor und fuhr herum.

»Hast du sie?«

»Was?«

»Die Münzen«, sagte Luna und sah sie bewegungslos an.

Irgendetwas war anders an Luna. Sie standen so dicht voreinander, dass sie die blaugrünen Stellen unterhalb des Auges sehen konnte, wo Kobalt Sky ihr ins Gesicht geschlagen hatte. Ihre Nase war etwas angeschwollen und schien schief zu sein. Ihre Augen waren so dunkel wie die Nacht. So dunkel wie der Styx. So undurchschaubar wie alles hier unten.

Du kennst sie überhaupt nicht, hörte sie Glorias Stimme in ihrem Kopf.

»Ich brauche die Münzen selbst«, erwiderte Aurora. »Es tut mir leid.«

»Gib mir die Münzen«, sagte Luna, und es klang freundlich.

»Meine Eltern sind lebend auf der anderen Seite dieses großen Wassers und warten auf mich«, flüsterte sie. »Ich muss sie holen.«

Luna sah auf die Uhr, dann wieder in Auroras Augen. »Mädchen, wir werden deine Eltern holen, aber du alleine …«

Mit pochenden Herzen steckte Aurora ihre Hand in die Hosentasche und umschloss die Münzen krampfhaft mit der Faust.

»… du alleine kannst es nicht schaffen. Nicht ohne mich.«

»Du wirst seine Tochter hinüberbringen. Zu Hades«, sagte Aurora tonlos.

»Das kann dir egal sein.«

»Sie weint sich die Augen aus, aber keiner will ihr helfen.«

»Das Leben ist ungerecht.«

»Du wirst sie hinüberbringen. Danach bist du frei und kannst auf Nimmerwiedersehen verschwinden. Ich werde dir die Münzen nicht geben.«

Luna zuckte mit den Schultern und sah wieder auf die Uhr. »Schätzchen, du weißt, dass du es nicht alleine durchziehen kannst. Also gib her.«

Aurora schüttelte den Kopf.

»Vertrau mir, Aurora Perrini. Ich habe bis jetzt immer Wort gehalten. Gib mir die Münzen und versteck dich.«

Lunas Worte klangen so sanft, dass Aurora automatisch die Faust hervorholte und sie öffnete. Die Münzen verbreiteten einen sanften gelblichen Schimmer, wie von selbst hatten sie sich zu einer dreigeteilten Münze zusammengefunden, man sah kaum einen Ritz zwischen ihnen.

»Vertrau mir einfach.« Lunas Augen glitzerten.

Etwas in Aurora wollte die Münzen zurückhalten. Aber etwas anderes gab sie freiwillig her, als hätte sie Angst davor, was geschehen könnte, wenn sie dies nicht tat.

Kurz standen sie voreinander, Auroras Herz klopfte ihr bis zum Hals, dann umarmte Luna Aurora genauso flüchtig, wie alle ihre Gefühlsbekundungen waren. »Halte Abstand vom Styx, und lass es mich auf meine Art machen«, flüsterte sie ihr ins Ohr, dann drückte sie sich von ihr weg.

Sie trat hinter den Felsen hervor und lief flink über das Geröll nach unten, ihre Bewegungen waren so geschmeidig, so unbekümmert, als könnte ihr nichts Angst machen.

Welcher Teufel hat mich geritten, den Worten einer Auftragskillerin Glauben zu schenken?, fragte sich Aurora. Die Angst war ihr ein schlechter Ratgeber gewesen.

»Da ist sie ja«, hörte sie Il Macellaios Stimme durch das riesige Felsgewölbe hallen. »Was habe ich dir gesagt, *bellezza?*«

»Auf Luna ist Verlass«, sagte Luna, und ihre Stimme klang hart.

Vierzehntes Kapitel

Zweiundzwanzigster April, der Tag, an dem Aurora von einem Engel der Engelsbrücke aus einen Stein in den Tiber schleuderte und von einer älteren Dame so lange mit eisernem Griff festgehalten wurde, bis ein Carabiniere kam und sie nach Hause brachte. Sie überlebte das Donnerwetter ihres Vaters und sprach danach eine Woche lang kein Wort mehr mit Professore Fernando.

Ich hatte das Gefühl, zum ersten Mal vor Hades zu stehen. Hinter mir schlüpften Kassiopeia und der Zwerg durch die Wohnungstür hinaus. Verzweiflung machte sich in mir breit, und ich fragte mich, was mich Aurora Perrinis Sorgen und Probleme überhaupt angingen. Gut, sie hatte sich in meinen Sohn Leonidas verliebt, doch Götter pflegen kein besonders inniges Verhältnis zu ihren Kindern. Das würden die Menschen auch nicht tun, wenn ihnen der Nachwuchs über Jahrhunderte und Jahrtausende am Rockzipfel hängen würde. Irgendwann war es auch mal gut. Ich hatte meinen Sohn nicht einmal wiedererkannt, so lange hatte ich ihn nicht mehr gesehen. Ich konnte nicht behaupten, dass mir seine Belange gleichgültig waren, aber dafür wieder etwas mit Hades zu beginnen ging eindeutig zu weit.

Sein Blick saugte sich an meinen Augen fest, glitt über meine Lippen, das Kinn, meinen Hals bis hinunter zu meinem Dekolleté.

»Wirst du hier auf mich warten?«, fragte er, und seine Hände umschlossen meine Oberarme. Wie oft hatte ich diesen Satz aus seinem Mund gehört!

»Was hast du vor?«

»Ich werde diese Nichtsnutze töten und dann zu dir zurückkehren.«

Herrgott, was hatten diese Männer nur im Kopf? Glaubten sie wirklich, dass man mit Töten und Morden einer Frau imponiert? Eine Frau will geliebt werden und nicht Leichen von ihrer Türschwelle entfernen.

»Ich will nicht, dass du gehst.« Ich hob mein Kinn, um seine Aufmerksamkeit wieder auf meine Lippen zu lenken. »Was kümmern dich diese beiden Männer?«

Natürlich konnte ich nicht dafür garantieren, dass ich Hades ablenken konnte, bis alles vorbei war, doch ich war bereit, mein Bestes zu geben. Wirklich. Mir lag dieses Mädchen nun schon zu sehr am Herzen.

»Sie haben Schande über euch gebracht!«

Ich seufzte innerlich. »Das ist mir egal. Ich will nicht, dass du gehst.«

»Ist das wahr?«

Ich nickte, und Hades ließ seine Hände nach oben wandern, bis sie meine Wangen berührten. Seine Fingerspitzen verursachten ein hitziges Gefühl auf meiner Haut, und ich atmete tief ein und aus, um mich nicht an seine Brust zu werfen. Wenn er auch etwas schlicht gestrickt war, so wie alle Männer, konnte doch niemand solch ein Feuer in mir entfachen wie er. Niemand. Und, ich gebe es zu, als ich noch jünger war, hatte ich es versucht. Aber keiner konnte an ihn heranreichen. Ihre Bemühungen waren vergeblich, ihr Streicheln zu plump, die Küsse zu feucht und ihre Technik … mir fiel kein passendes Wort dazu ein.

»Dann werde ich den Zerberus schicken. Während wir … andere Dinge tun.«

»Tu das nicht! Rom ist nicht mehr das, was es vor langer Zeit war.«

»Was meinst du damit?«

»Er könnte überfahren werden.«

»Unsinn!«

»Die Römer fahren ohne Sinn und Verstand!«

»Seit wann liegt dir etwas am Zerberus?«

Wir blickten beide zu ihm hinüber. Er hatte es sich mit dem Kopf des Skippers vor der grünen Couch bequem gemacht. Zwei seiner Köpfe ruhten entspannt auf dem Brokatteppich, der mittlere leckte seine Pfoten und hin und wieder auch die Wangen des Skippers.

»Ich habe ihn mittlerweile ins Herz geschlossen«, gab ich zögernd zu.

Hades schlang gerührt seine Arme um mich. Hatte ich Tränen in seinen Augen gesehen? Er wusste, dass mir der Zerberus immer ein Dorn im Auge gewesen war. Er war schlecht erzogen, stank und schleppte ständig Kadaver mit sich herum. Er war nun mal kein nettes Schoßhündchen, aber jetzt, wo er so friedlich im Wohnzimmer der Liccardis lag, konnte ich meine einstige Abscheu nicht mehr so ganz nachvollziehen. Er war ein Monster mit drei Köpfen, aber wollte nicht auch er nur ein wenig Zuneigung? Ich erwiderte Hades' Umarmung und legte nun endlich meinen Kopf an seine Brust.

»Ich habe dich vermisst, Pippa«, raunte er an mein Ohr. »Wie lange ist es her, dass wir unser letztes Stelldichein in diesem Haus hatten?«

»Zweihundertfünfzig Jahre«, flüsterte ich zurück. Daran wollte ich jetzt nicht denken.

»Mir kommt es vor, als wäre kein einziger Tag vergangen.« Er strich mir eine widerspenstige Haarsträhne aus der Stirn. »Du bist so schön, so begehrenswert, so aufregend …«

»Du bist verlobt.«

»Nur weil ich dich nicht mehr haben konnte.«

»Wollte.«

»So ist es nicht. Du hast dich von mir getrennt.«

»Du hast mich betrogen.«

Darauf sagte er nichts, sondern legte seine Finger unter mein Kinn, damit ich zu ihm hochblicken musste. Ich dachte an Aurora Perrini und an Kassiopeia und hoffte von Herzen, dass mein Einsatz nicht umsonst war, dass sie taten, was zu tun war, Auroras Eltern retteten und die Münzen ein für alle Mal in den Styx warfen, damit dies ein Ende hatte. Mistkerl! Niemals würde ich mich unter normalen Umständen dazu herablassen …

Er küsste mich sanft, dann immer heftiger, seine Zunge strich über meine Lippen, er schmeckte nach Goldrute, Räucherwerk und Ringelblumen, ein Zauber, den er immer auflegte, wenn er eine Frau begehrte. Dann war er also schon mit dieser Absicht auf die Erde gekommen! Trotzdem legte ich meinen Kopf in den Nacken, seine Hände umfassten meine Taille, und er hob mich mühelos hoch.

»Welches Zimmer?«

»Warum willst du Gloria zur Frau nehmen?«, fragte ich streng.

»Der Skipper hat sie ausgesucht.«

»Der Skipper.«

»Ich war frustriert. Die Frauen sind heute nicht mehr wie früher. Sie wollen ihr eigenes Ding machen.«

»Und da hat dir Charon ein williges Mädchen organisiert.«

Wieder küsste er mich, diesmal eindeutig, um mich von diesem leidigen Thema abzulenken. Ich wollte gar nicht wissen, wie sich der Skipper für solche Vermittlungen bezahlen ließ. Aber anscheinend war er damit und mit ähnlichen Dingen hier oben sehr gut über die Runden gekommen.

»Das ist doch jetzt nicht von Bedeutung, Liebste. Ich will nur dich.«

»Wenn ich jung und knackig bin, so wie jetzt.«

»Du weißt, wo das Wasser zu finden ist, du musst dich nur aus der Quelle bedienen.«

»Nicht das schon wieder!« Ich strampelte wütend mit den Beinen, bis er mich zähneknirschend absetzte. »Du hast nichts verstanden! Gar nichts!«

»Pippa …«

»Pippa, Pippa!«, äffte ich ihn nach. »So bekommst du mich nicht! Vergiss es einfach. Es war dumm von mir zu glauben, dass du dich geändert hast.«

In Wirklichkeit hatte ich keine Sekunde geglaubt, dass Hades sich ändern konnte. Solche Männer sind wie Dinosaurier – komplett unflexibel. Sie sterben eher aus, als sich anzupassen. Nur dass Hades nicht sterben konnte. Ich setzte mein hochmütigstes Gesicht auf und lief an ihm vorbei, durch den leeren Türrahmen in den Flur hinaus, und stieg in den Aufzug. Ich drückte alle Knöpfe, doch im letzten Moment hechtete Hades hinterher, der Aufzug setzte sich schwankend nach oben in Bewegung, und Hades presste mich mit dem Rücken an die Wand.

»Ich liebe es, wenn du wütend bist. Immer dann bist du am schönsten.« Er griff meine Handgelenke und fixierte sie mit nur einer Hand über meinem Kopf. »Aber ich warne dich, reiz mich nicht zu sehr. Ich hatte schon seit Jahren kein Weib mehr.«

Der Aufzug ruckelte und blieb dann bockig zwischen der zweiten und dritten Etage hängen.

»Ich weiß nicht, wie lange ich mich noch beherrschen kann.«

Das wusste ich auch nicht. Ich spürte seine Schenkel an meinen Schenkeln, sein Atem strich über meinen Hals, und Hades platzierte einige brennende Küsse auf meinen Schultern.

»Du hast mich auch vermisst«, mutmaßte er.

»Geringfügig.«

»Hattest du andere Männer?«

»Hunderte.«

Sein Griff wurde fester, und wieder hob er mich hoch und drückte mich mit solcher Gewalt an die Wand, dass ich Angst bekam, der Aufzug würde gleich krachend mit uns in die Tiefe stürzen.

»Du lügst.«

»Warum sollte ich? Ich hatte jede Menge Spaß in den Jahren, in denen du alleine in der Unterwelt geschmort hast.« Ich schlug meine Augenlider lasziv nieder und leckte mir die Lippen.

Leide, du Mistkerl! Leide, so wie ich gelitten habe!

»Wie viele?«

»Das willst du nicht wissen.«

Stöhnend vergrub er sein Gesicht in mein Haar, biss mich voller Leidenschaft in den Nacken, bis ich aufschrie.

»Hast du einen von ihnen so geliebt wie mich?«

»Einige.« Im schummrigen Licht, das in den Schacht fiel, konnte ich nun sein Gesicht sehen. Schmerzerfüllt. Ich musste mich wirklich zusammenreißen, um ihm nicht tröstend über den Kopf zu streichen.

»Wer war es? Ich werde sie …«

»… alle töten!«

»Genau! Woher weißt du das?«

»Ich kenne dich so gut, mein Lieber.« Zusammen sanken wir auf den Boden des Aufzugs, und Hades bedeckte meinen Körper mit Küssen. Mit einem Ruck riss er mein Kleid auseinander, streifte mir Signora Liccardis fadenscheinige Unterwäsche ab. Jetzt, wo sich unsere Körper berührten, nackt, Haut auf Haut, verflog mein Zorn. Ich schlang meine Beine um ihn, und der Aufzug schwang in seinen Seilen. Ich verfluchte Rom und Aurora Perrini, ich verfluchte meine Nachgiebigkeit, und ich verfluchte Kassiopeia. Hades schnippte mit den Fingern, der Aufzug setzte sich wieder in Bewegung und spuckte uns vor Jim Charons Etage aus. Hades schulterte mich, ohne auf meine Proteste zu achten, mein Kleid blieb einfach liegen wie die Haut einer Schlange, gehäutet nach Jahren der Einsamkeit.

Ja, auf Luna ist Verlass, dachte Aurora empört. Und ich glaubte, wir seien so etwas wie Freundinnen geworden. Aber nein, sie nimmt mir die Münzen ab und gibt sie Il Macellaio! Alles, was wir zusammen erlebt haben, hat nichts, aber auch gar nichts zu bedeuten!

Alle Vorsicht vergessend, trat Aurora aus dem Felsgang hinaus, sie wollte hinabspringen, alles auf eine Karte setzen, Luna die Münzen abknöpfen und ins Boot steigen. Sie wollte irgendetwas tun, um zu verhindern, dass Il Macellaio mit seiner Tochter übersetzte und nicht sie, Aurora.

Aber kaum hatte sie einen Fuß in die Höhle gesetzt,

wurde sie von zwei starken Armen gepackt und festgehalten. Ihr war schwindelig von dem Druck eines Ellbogens auf ihrem Hals, sie konnte nicht schreien.

»Was tun die Hackfressen hier?«, rief der Mann, der sie festhielt, laut in die Felshalle hinein.

Santiago!

Luna schnellte ebenfalls herum und zeigte mit einer Hand den hinter sich Stehenden an, sie sollten dort bleiben, wo sie waren.

»Angelo Pinotti!«, schrie Il Macellaio wutentbrannt und schob Luna zur Seite. »Du Aasgeier! Wenn du denkst, du kannst jetzt meinen Plan vereiteln, dann täuschst du dich!«

»Ich glaube, du hast nichts durchschaut!«, sagte Angelo Pinotti ruhig, und seine eiskalten Augen schienen in der dunklen Höhle zu leuchten.

Voller Angst huschte Auroras Blick über den großen Höhlensaal. Überall standen Angelo Pinottis Männer. Luna und Il Macellaios Leute waren eingekesselt. Noch dazu hatten Pinottis Männer das Glück, sich hinter Felsformationen verstecken und geschützt von oben auf die anderen schießen zu können.

»*Fatti fottere!*«, schrie Il Macellaio mit sich überschlagender Stimme. »Fahr zur Hölle!«

»Überleg dir, mit wem du sprichst!«, dröhnte Pinottis Stimme durch die Felsenhalle.

Luna packte Gloria beim Oberarm und schob sie Richtung Styx.

»Niemand wird mich mehr aufhalten! Niemand, auch du nicht, *stronzo*!«

Santiagos Griff um Auroras Hals wurde fester, der Mann neben ihm entsicherte seine Waffe.

»Macht sie fertig!«, befahl er.

Luna gab Gloria einen Stoß, damit diese hinter einem Felsblock landete, und packte Il Macellaio am Arm.

»Cazzo!«, schrie der zu seinem Schwiegervater hinauf.

»Ruhig«, zischte Luna ihm zu. Im nächsten Moment begannen Il Macellaios Leute zu schießen. Aurora sah die Mündungsfeuer aufblitzen, direkt hinter ihr begann nun auch Santiago, mit einer Halbautomatik zu schießen, Aurora als menschliches Schutzschild vor sich haltend. Das Rattern der Maschinengewehre erfüllte die Höhle, der Widerhall verstärkte das Geräusch und schien in weiter Ferne ein dumpfes Rumpeln auszulösen.

Ich werde sterben, dachte Aurora, ihren Blick starr in die Dunkelheit gerichtet, die sich über dem Styx verdichtete. Am anderen Ufer sind meine Eltern, doch ich werde sie nie wieder sehen.

Santiago zerrte sie hinter einen großen Felsen und lud nach. Ein schwerverletzter Mann taumelte direkt vor ihre Füße und brach zusammen, ein dunkelroter Fleck breitete sich rasend schnell auf seinem Hemd aus. Aurora schlug die Hand vor den Mund, um nicht zu schreien, Santiago hingegen beachtete den Mann überhaupt nicht.

»Was für ein Spiel spielt ihr hier eigentlich?«, fuhr er sie rau an und drückte ihr die Pistole an die Schläfe. »Du wirst

Luna sagen, dass sie mit den Münzen zu uns kommt. Und erzähl nicht wieder die Geschichte von Skippers Hure … du gehörst zu Luna!«

Plötzlich war Aurora frei, so plötzlich, dass sie ins Taumeln geriet und auf die Knie fiel. Jemand packte sie beim Handgelenk und zerrte sie zum nächsten Tunneleingang. Wie in Trance ließ sie sich widerstandslos mitziehen bis hinter die nächste Kurve, wo die Schüsse gedämpfter waren.

»Leon!«, stieß sie hervor und starrte ihn mit großen Augen an.

»Schätzchen«, sagte er eisig und verstärkte seinen Griff um ihre rechte Hand.

Verlegen huschte ihr Blick über seinen nackten Oberkörper hinab zu seiner Boxershorts.

»Dachtest du, das würde mich aufhalten?«, wollte er wissen, seine Augen zornig verengt.

»Ähm«, erwiderte sie, blinzelte gegen die Tränen an, die ihr schon seit geraumer Zeit hinter den Augenlidern klebten.

»Dachtest du, dass ich mir das gefallen lassen würde?«

Aurora zwinkerte zweimal. »Vielleicht solltest du lieber von hier abhauen. Es ist zu gefährlich für dich.«

Mit einem Aufstöhnen schüttelte er den Kopf. *»Principessa.«*

»Ich bin schließlich die Auftragskillerin. Ich bin das gewöhnt.«

Ängstlich sah sie in Richtung der Felsenhalle. Auch wenn man das Kampfgetümmel nur noch gedämpft hörte – das Stöhnen der Verwundeten hallte noch immer in ihren Ohren.

»Du bist die Tochter der Perrinis, Täubchen, und als Auftragskillerin bist du denkbar ungeeignet.«

»Ich hätte dich erschossen, damals«, widersprach sie trotzig. »Aber ich habe gefühlt …« Sie verstummte, weil sie ihm das, was sie bei seinem Anblick fühlte, lieber nicht so ausdrücklich sagen wollte.

»Das wäre lustig geworden«, murmelte er und packte jetzt auch ihr anderes Handgelenk.

Verlegen versuchte sie, sich seinem Griff zu entziehen.

»Was wäre lustig …«, murmelte sie. Irgendwie wurde gerade die Luft knapp. Vielleicht war es auch die Angst, denn die Schüsse wurden weniger, und sie war sich sicher, dass sie beide verloren waren, sobald eine der Gruppen gewonnen hatte.

»Die Münzen«, sagte er und sah ihr jetzt in die Augen.

»Ich habe die Münzen nicht mehr. Du brauchst mich nicht …« Sie schnappte nach Luft, als er sie Schritt für Schritt näher an die Felswand drängte. »Es ist absolut nicht notwendig, dass du dich bei mir einschleimst.«

»Vielleicht solltest du das aber machen«, schlug er mit liebenswürdiger Stimme vor.

»Was?«

»Dich bei mir einschleimen. Denn ich werde derjenige sein, der dich hier heil herausbekommt.«

»Angeber«, murmelte sie und wich seinem Blick aus.

»Wie?«

»Auch wenn ich die Münzen nicht habe?«, fragte sie stattdessen und sah ihm wieder in die Augen, um das Wort *Angeber* nicht mehr wiederholen zu müssen.

»Wem hast du sie gegeben? Doch wohl nicht Il Macellaio?«

Sie stieß jetzt mit dem Rücken an die Felswand.

»Nein«, brachte sie hervor.

»Na, jetzt lass dich nicht dreimal bitten«, sagte er. »Wem also hast du sie gegeben?«

»Ich brauche die Münzen«, entgegnete sie und starrte ihm ins Gesicht. »Du weißt, weshalb. Und ich werde sie dir nicht geben.«

»Ach ja«, sagte er spöttisch. »Und wie gedenkst du das zu verhindern?«

»Verhindern?«, fragte sie erstaunt.

»Wie du es verhindern wirst, dass ich sie finde?«, lächelte er und verzog dabei sehr amüsiert seine Lippen. »In null Komma nichts …«

Mit einem schnellen Griff drehte er sie mit dem Gesicht zur Wand.

»Lass mich sofort los, dann finden wir bestimmt eine Lösung …«

Sie spürte, wie er ihre Handgelenke zusammendrückte und sie mit einer Hand festhielt.

»Ich denke, ich finde selbst eine Lösung«, erwiderte er selbstgefällig und schien dabei breit zu grinsen.

»Was tust du?«, fauchte sie ihn an.

»Rate mal«, murmelte er an ihrem Ohr. Obwohl er sie mit seinen Lippen nicht berührte, begann ihre Haut unterhalb des Ohres wie verrückt zu kribbeln. »Ich kenne nur wenige Orte an deinem Körper, wo sich drei so kleine Münzen sicher aufbewahren lassen.«

»Lass mich los!«

»Einer dieser Orte …«

Seine Hand kroch unter ihrem T-Shirt über ihren Bauch. Ein heißer Schauer durchfuhr sie von den Brüsten bis hinab ins Becken.

»Hör damit auf. Ich habe sie nicht«, keuchte sie.

»Ach ja? Gerade hat sich das aber anders angehört.«

»Ich wollte Zeit gewinnen.«

»Ach?«

Für einen langen Moment kreisten seine Finger um ihren Bauchnabel.

»Ich habe alle Zeit der Welt, um die netten kleinen Münzchen bei dir zu finden.«

Aurora wand sich wie ein Aal, versuchte ihre Hände freizubekommen, aber Leon hielt sie wie mit einem Schraubstock zusammen.

»Es tut mir leid wegen deiner Kleidung. Ich besorge sie dir auch wieder!«, jammerte sie.

Langsam schob er seine Hand unter ihrem T-Shirt etwas höher. Hitzewellen liefen über ihren Körper und setzten sich wie ein Feuerball in ihrem Becken fest.

»Ich habe mir den Abfalleimer gemerkt. Es ist der gleich

am Eingang des Parks«, versuchte sie ihn abzulenken. »Wenn du mich loslässt …«

»Ich fühle mich ohne Kleidung pudelwohl«, erklärte er grinsend. »Besonders, wenn du in der Nähe bist!«

»Hör damit auf!«, schimpfte sie. »Ich habe dir doch gesagt, dass ich sie nicht habe!«

Mit sanftem Druck strichen seine Finger über ihre beiden Brüste, malten sanfte Kreise, als könnte er so den Abdruck der Münzen herausfinden.

»Bitte«, stöhnte Aurora.

»Ja, *principessa*?«, raunte er.

»Ich sage dir, wer sie hat«, bettelte sie, während sie atemlos Luft holte.

Zärtlich legte er ihr die Hand über die rechte Brust und brachte seine Lippen direkt an ihr Ohr.

»Und? Wem willst du sie denn gegeben haben?«

»Luna. Ich habe sie Luna gegeben«, stieß sie hervor.

»Wann?«

»Gerade eben.«

Sie holte zischend Luft, während seine Finger nun zu ihrer linken Brust wanderten.

»Wann soll das gewesen sein? Du bist doch erst vor kurzem nach hier unten gestiegen.«

»Sie … hat … mich …« Verwirrt schloss sie die Augen. Sie konnte nicht nachdenken, wenn er sie so festhielt. Wenn sich sein warmer Oberkörper an ihren Rücken schmiegte, wenn sie spüren konnte, wie sich seine Brust bei jedem Atemzug sanft hob und senkte.

»Ja?«

»Sie hat mich hier gefunden. Hier unten«, brachte sie hervor und presste die Augen noch mehr zusammen.

»Ach was!«

Sehr langsam und zielsicher suchten sich seine Finger den Weg in das linke BH-Körbchen. Erst rutschte nur sein Zeigefinger hinein, dann spürte sie seine warme Hand auf ihrer gesamten Brust, während er nach der Münze suchte. Stoßartig atmete sie aus.

»Hör damit auf. Das ist alles, was ich dir dazu sagen kann.«

»Soll ich dir dazu was sagen, *principessa?*«, murmelte er, und seine Atmung schien sich auch beschleunigt zu haben. »Du würdest Luna nie die Münzen geben. Freiwillig.«

»Es ist die Wahrheit.«

Er drückte sie mit seinem Becken etwas mehr an die Felswand.

»Au. Hör. Damit. Auf.«

»Du hättest was anderes erfinden sollen, Schätzchen«, erwiderte er. »Dass Il Macellaio dir eine Pistole an den Kopf gesetzt hat. Dass er damit gedroht hat, Luna hinzurichten. Alles hätte ich dir geglaubt, aber doch nicht, dass du freiwillig der Auftragskillerin deine wertvollen Münzen gibst, die du dazu brauchst, um deine Eltern zu retten.«

Seine Finger hatten den Weg in das rechte BH-Körbchen gefunden und kreisten viel zu lange auf der vergeblichen Suche nach der Münze.

»Sie hat mir versprochen …« Ihr gesamter Körper schien zu glühen, und sie vergaß, was Luna ihr versprochen hatte. Sie konnte an nichts anderes mehr als an Leon denken. Leon mit seinen zärtlichen Händen. Leon mit seinen sanften Lippen. Leon, den sie nicht lieben sollte, von dem sie nichts wusste, als dass er die Münzen brauchte, und in den sie sich trotzdem verliebt hatte.

»Da sind sie nicht«, sagte er, und sie seufzte.

»Sag ich doch«, erwiderte sie und war beruhigt, wie normal ihre Stimme klang, obwohl sie sich alles andere als normal fühlte.

»Dachte ich mir schon«, sagte er in amüsiertem Tonfall, und sie stieß ein erbostes Schnauben hervor.

»Lass mich jetzt los.«

»Ich habe noch nicht überall gesucht«, grinste er.

»Du willst mich nur betatschen!«, fauchte sie ihn an.

Wie von selbst glitt seine Hand in den Bund ihrer Hose.

»Wage es nicht«, flüsterte sie.

Als sie sein Grinsen an ihrer Wange spürte, rieselte plötzlich heißer Zorn durch ihre Adern.

»Du suchst gar keine Münzen, du Mistkerl! Du weißt genau, dass ich nicht gelogen habe.«

»Natürlich weiß ich das«, antwortete er ungerührt. »Du kannst nicht lügen, Täubchen. Sobald du die Unwahrheit sprichst, wirst du rot wie eine Tomate …«

Mit einem heftigen Tritt an sein Schienbein versuchte sie seinem Griff zu entkommen. »Du elender, verfluchter Lügner!«

»Ich war mir nicht hundertprozentig sicher …«

Mit einem zweiten Tritt traf sie ihn nur schmerzhaft auf dem Fuß. Er drehte sie mit einem schnellen Griff zu sich um und begann sie wortlos zu küssen. Sie wich ihm nicht mehr aus. Es war plötzlich nichts mehr Zartes zwischen ihnen. Es war kein sanftes Erkunden der Lippen, er küsste sie so wild, verzweifelt und leidenschaftlich, dass sie das Gefühl hatte, nach Luft schnappen zu müssen. Und doch wollte sie nicht, dass es jemals wieder aufhörte. Es löschte alles um sie herum aus, sie vergaß sogar, wo sie war und was nur wenige Meter von ihnen entfernt geschah.

Selbst das plötzliche Beben der Erde schien ihr das Natürlichste der Welt zu sein, das Echo ihrer eigenen Emotionen, das alles in ihrer Nähe mit einem donnernden Rauschen erfüllen musste.

Erst als Leon seine Lippen von den ihren löste, ihren Körper noch immer fest an den seinen gepresst, wachte sie aus diesem Taumel auf.

Erst jetzt wurde ihr bewusst, dass die Erde tatsächlich bebte. Geröll schien mit tausendfachem Echo einen Abhang hinunterzupoltern, und etwas, das sich wie das ferne Brausen einer Flutwelle anhörte, erfüllte das Höhlensystem mit einem dumpfen Dröhnen.

Die Fackel neben ihnen begann wild zu flackern.

Die Schüsse waren verstummt.

Ermattet lagen wir auf dem Bett, auf dem wir auch zuletzt gelegen hatten. Hades hatte sein Bein über meine Hüfte gelegt, seine Hand ruhte besitzergreifend auf meiner nackten Brust.

»So schön war es noch nie«, murmelte er.

»Hmmm.«

»Findest du nicht?«

»Doch. Doch.«

»Was hast du dann?«

Ich spürte, wie Tränen in mir hochstiegen. Männer. So einfach war das alles für sie. Man hatte Sex. Und danach? Sie dachten nie weiter. Nicht einen einzigen Schritt.

Die weißen Vorhänge bauschten sich im Nachtwind. Die Stadt war verebbt. Nur noch leise pulsierte sie durch unsere Körper. Ich sah den weißen Tauben zu, die sich auf dem Fenstersims niedergelassen hatten und aufgeregt hin und her trippelten. Meine treuen Freunde.

»Bist du nicht glücklich?« Er nahm meine Hand und küsste zärtlich die Innenseiten meiner Handgelenke.

»Doch«, sagte ich wieder. »Doch.«

Ich wollte ihm nicht sagen, dass ich schon jetzt wusste, dass ich ihn wieder verlieren würde. Männer wollten keine Beziehung. Alles, was sie uns in dieser Richtung vormachten, war gelogen. Sie taten so, als wäre es kein Problem, treu zu sein, doch in Wahrheit verliebten sie sich in jedes Mädchen, das vorüberging, nur weil es neu und frisch war und sie es noch nicht so in- und auswendig kannten wie uns. Sie logen, wenn sie behaupteten, sie würden sich eine Hochzeit genauso wünschen wie wir. Unsinn! Alles Unsinn! Sie heirateten nur uns zuliebe und verführten unsere Brautjungfern, sobald wir einen Moment abgelenkt waren. Sie sagten, es wäre wunderbar, ihre Zeit mit uns zu verbringen, aber in Wirklichkeit langweilten sie sich und schmiedeten Pläne zum Ausbruch, noch während sie uns ewige Liebe schworen.

Ich schluckte meine Tränen hinunter. »Warum hast du Leonidas auf die Erde geschickt?«, fragte ich.

Hades zog mich an sich, drehte mich herum und schmiegte sich an meinen Rücken. Die Hitze, die von ihm ausging, ließ mich wohlig seufzen, trotz der deprimierenden Gedanken, die noch immer in meinem Kopf herumschwirrten.

»Der Skipper hatte krumme Geschäfte laufen. Ich wollte, dass ihn jemand im Blick behält.«

Ich horchte auf. »Was für Geschäfte?«

»Er war habgierig geworden. Er versprach Menschen, dass er sie für bestimmte Gegenleistungen über den Styx brachte.«

»Und was wollte er dafür?«

»Geld. Sex.«

»Das wusstest du und hast es nicht verhindert?«

»Ich wusste es lange nicht.« Hades legte seine Hände auf meine Hüften und zog mich noch ein Stückchen näher. Ich konnte spüren, dass für ihn die Nacht noch lange nicht zu Ende war. »Und als ich es wusste, schickte ich Leonidas. Ich fand, das wäre ein guter Job für ihn. Junge Götter müssen sich beweisen.«

»Und junge Mädchen ins Unglück stürzen …«

Hades antwortete nicht, woraus ich entnahm, dass er durchaus von Aurora Perrini wusste.

»Du kanntest also die drei Professori.«

»Natürlich.«

»Und hattest kein Mitleid.«

»Natürlich nicht. Ich bin ein Gott.«

Das war wieder typisch. Sich auf der Göttlichkeit auszuruhen. In der Welt ging es drunter und drüber. Aber eingreifen? Nein, nein. Schließlich sind wir Götter. Ich versuchte, mich aus seinem Griff zu winden, doch Hades hielt mich an den Hüften fest.

»Als sie die Frau über den Styx schickten, aus reiner wissenschaftlicher Neugierde und um an das Wasser der Jugend zu kommen, da musste ich sie strafen. Ich hatte keine Lust mich einzumischen und dachte, der Skipper wird es schon regeln.«

»Das verstehe ich. Aber das arme Mädchen ist ohne Mutter groß geworden.«

»So ist die Welt.«

»Mistkerl!«

Hades schob mein Haar zur Seite und biss mich in den Nacken. »Die Professori wollten sie zurückholen, aber der Skipper fährt nur Frauen hinüber.«

»Ach.«

»Nicht meinetwegen.« Seine Stimme hörte sich verlegen an. »Er wollte eben auch ein bisschen Spaß haben.«

»Und da haben die Professori angefangen, die Münzen zu suchen.«

»Das konnte ich nicht zulassen.«

»Woher wussten sie überhaupt von den Münzen?«

»Vom Skipper. Er war ein …«, Hades suchte nach einem passenden Wort, aber es fiel ihm nichts ein. »Er dachte, sie finden sie sowieso nicht. Die Münzen waren schließlich seit Jahrtausenden verschollen.«

»Aber sie haben sie gefunden, und Fernando hat sie versteckt.« Mehr brauchte ich gar nicht zu wissen. Die Professori wollten Alessia aus der Unterwelt befreien, doch Il Macellaio erfuhr durch Luna von den Münzen und versuchte nun auch, sie zu finden. Schließlich benötigte er dringend das Wasser der Jugend. Das alles machte mich wirklich sehr, sehr ärgerlich. Warum konnte Hades nicht einmal ein Machtwort sprechen und alles wieder geraderücken?

»Genug geredet«, raunte er an meinem Ohr. Seine Hände schienen plötzlich wieder überall zu sein. Sie glitten zwischen meine Schenkel und öffneten sie.

»Wir sollten noch ein Kind machen«, flüsterte er, »Leonidas ist schon so groß und erwachsen geworden.«

Ein Kind? Ich wollte etwas Unwirsches erwidern, doch Hades' Finger ließen mich so weich werden, dass mir nichts mehr einfiel, was ihn treffen könnte. Ich musste daran denken, dass sich Hades vielleicht doch ändern könnte, dass ein Kind, eine Tochter vielleicht, sein Herz erobern würde und wir wieder eine Familie werden könnten. Ich sah uns zusammen durch Rom wandeln und das Mädchen an den Zerberus geschmiegt Murmeln spielen. Wir könnten uns hier treffen und in meinem Turm. Aber nur, wenn ich es wollte …

»Was hältst du davon, Pippa?«

»Ich weiß nicht …«, entgegnete ich zögernd.

»Lass es uns versuchen«, murmelte er beschwörend, und seine Berührungen wurden härter und fordernder. Er drehte mich herum und küsste mich, und ich dachte, dass ich unser Mädchen doch Aurora nennen könnte. Aurora Alessia, vielleicht. Oder Aurora Luna. Ach was, der passende Name würde mir schon einfallen …

Fünfzehntes Kapitel

Zwölfter August, der Tag, an dem Aurora Perrini im Pantheon an den Aufsehern vorbei unter der roten Kordel hindurchschlüpfte, dabei fast ihr Tagebuch verlor, von einer Göttin beobachtet wurde und sich danach Riesenärger mit ihrem Vater einhandelte.

Das dumpfe Grollen verhallte. Leon packte sie bei der Hand.

»Was war das?«, flüsterte Aurora, und ihre Worte schienen tausendfach als Wispern durch die unterirdischen Gänge zu huschen.

Schritte kamen auf sie zu, schwere, langsame Schritte. Ein Luftzug blies einen modrigen Schwefelgeruch in den Gang. Im nächsten Moment torkelte Santiago um die Ecke, schwer an die Wand gestützt. Seine blutunterlaufenen Augen saugten sich an Aurora fest. Leon stellte sich vor sie.

»Guter Plan«, brachte Santiago hervor und holte rasselnd Luft. »Sehr guter Plan.«

Dann fiel er auf die Knie, seine Augen waren in die Ferne gerichtet, auf etwas, das keiner außer ihm sehen konnte, bis er schließlich nach vorne kippte und so liegen blieb.

Guter Plan?

Leon zog sie an dem toten Santiago vorbei Richtung Höhle.

»Sie sind alle tot …«, wisperte Aurora.

Obwohl sie es nicht wollte, huschte ihr Blick über die leblosen Körper, die überall lagen. Ein kleiner Felssturz schien die letzten Männer von Il Macellaio ausgelöscht zu haben. Das große steinerne Plateau vor der Anlegestelle beim Styx hatte sich deutlich verkleinert.

»Nicht alle«, erwiderte Leon finster. »Luna scheint es ernst zu meinen.«

Erstaunt riss Aurora die Augen auf. Tatsächlich: Luna half gerade Il Macellaio dabei aufzustehen. Gloria stand neben ihr, die Arme vor der Brust verschränkt, das Kleid grau vom Staub der Felsen, der Saum lehmbraun vom Ufer.

»Das wird sie nicht tun. Sie hat mir versprochen …«, sagte Aurora mehr zu sich selbst als zu Leon.

Vertrau mir, hatte sie gesagt.

Aber jetzt stemmte sie sich gegen das Boot, um es vom Ufer ins Wasser zu befördern.

»Sie wird mit den Münzen den Styx anhalten …«

Mit einem Aufschrei begann Aurora zu laufen. »Luna!«

Luna hob den Blick, drehte sich aber gleich wieder von Aurora weg und arbeitete noch energischer daran, das Boot ins Wasser zu bekommen.

»Du hast es mir versprochen!«, kreischte Aurora. »Du hast gesagt, *Vertrau mir*!«

Noch immer reagierte Luna nicht. Gloria sah auf, sie war kalkweiß im Gesicht, in ihren großen dunklen Augen schwammen Tränen.

»Bleib stehen!«, schrie Aurora, während sie versuchte, über ein Geröllfeld zu laufen. »Nimm mich mit! Verdammt noch eins!!«

Polternd gerieten die Steine ins Rutschen.

»Nimm mich mit!«

Sie landete auf den Knien, der Schmerz ließ Tränen in ihre Augen schießen. Als sie sich aufgerappelt hatte, waren Il Macellaio und Gloria schon im Boot, und Luna schob es die letzten Zentimeter in den Styx.

Obwohl sie schon ahnte, dass sie es nicht rechtzeitig erreichen konnte, sprang Aurora mit einem riesigen Satz über die letzten Geröllbrocken und spurtete über das Felsplateau zur Anlegestelle. Luna sprang ins Boot, und die nachtschwarzen Wellen des Styx ließen es herumhüpfen wie eine Nussschale im Meer.

»Warte, nimm mich mit!«

Mit einer schnellen Bewegung tauchte Luna ihre rechte Hand ins Wasser, und als hätte sie Zauberkräfte, wurde es strahlend klar. Außer Atem blieb Aurora stehen. Der Styx war nicht mehr das unheimliche, dunkle, lehmige Meer, sondern ein spiegelglatter heller See. Als hätte jemand Licht auf die Oberfläche gegossen, begann sie zu funkeln.

Luna sagte nichts. Gleichmäßig tauchten die Ruder in das ruhige Wasser, und das Boot nahm Fahrt auf, vom Ufer weg, immer weiter hinaus.

Keuchend knickte Aurora nach vorne, pumpte Sauerstoff in ihre Lungen, die sich anfühlten, als würden sie im nächsten Moment zerplatzen. Als sie sich wieder aufrichtete, rieselte die Erkenntnis wie Säure in ihr Gehirn. Fassungslos starrte Aurora den dreien nach. Il Macellaio drehte sich noch einmal zu ihr um, sein Gesicht war grau vor Anstrengung, aber er konnte sich ein triumphierendes Lächeln nicht verkneifen. Luna trieb das Boot mit gleichmäßigen Ruderschlägen voran. Ihr Blick war auf Aurora gerichtet, und sie sah genauso aus, wie sie immer ausgesehen hatte, wenn alles so lief, wie es richtig war.

Richtig für dich, dachte Aurora bitter. Wie hatte sie je etwas anderes glauben können?

Plötzlich schien man das gegenüberliegende Ufer sehen zu können. Ein Streifen am Horizont. Waren dort Menschen?

Zwei Menschen vielleicht? Die auf Aurora warteten?

Aufschluchzend fiel sie auf die Knie und begann lautlos zu weinen. Obwohl sie die Augen zusammenpresste, konnte sie das Funkeln des Wassers kaum ertragen. Es war wie ein Hohn.

»Aurora«, sagte hinter ihr Leon mit rauer Stimme.

»Geh weg«, wisperte sie. »Lass mich!«

»*Principessa* …«, antwortete er ruhig, ohne sich zu bewegen.

»Ich habe versagt«, brachte sie nur hervor.

»*Principessa,* du hast nicht versagt«, flüsterte er und ging neben ihr auf die Knie. »Du hast alles getan …«

Sacht strich er ihr über den rechten Oberarm. Mit Tränen in den Augen hob sie ihren Blick zu ihm. »Sie wusste doch, dass ich meine Eltern retten muss! Und sie hat mir versprochen …«

Selbst in ihren Ohren klang es lächerlich, dass sie von einer Auftragskillerin angenommen hatte, dass sie ihre Freundin war.

Freundin!

Natürlich waren sie keine Freundinnen.

»Sieh mich an … Wir finden eine Lösung«, versprach Leon.

Aurora hob ihren Blick, tauchte in seinen ein, der inzwischen so vertraut war. So vertraut wie der Blick ihres Vaters … nein, sogar vertrauter als der ihres Vaters! Wann war das geschehen? Wann war er von dem Unbekannten zu dem Leon geworden, den sie jetzt vor sich hatte?

»Ich verspreche dir …«

»Versprich nichts«, bat Aurora.

Nein, sie wollte keine Versprechen mehr. Sie wollte die Zeit mit Luna vergessen. Vergessen, dass sie angenommen hatte, sie wären jetzt irgendwie Freunde. Und am besten gleich mitvergessen, dass sie meinte, ohne Leon nicht mehr leben zu können.

Erschrocken hielt sie den Atem an. Was hatte sie da gedacht? Natürlich konnte sie ohne Leon leben! Was für ein Unsinn! Sie war nicht … Noch immer sah sie in Leons Augen, der ernst ihren Blick erwiderte. Reglos knieten sie voreinander, er hatte ihre Hand ergriffen und hielt sie fest.

Lüg dich nicht an, dachte sie. Natürlich bist du in ihn verliebt.

»Ich habe noch nie eine Frau wie dich kennengelernt«, sagte er, und seine Stimme schien noch rauer zu werden. »Bis jetzt waren alle wie eine und eine wie alle …«

Stumm schüttelte sie den Kopf. *Sag jetzt nichts*, flehten ihre Augen.

»Aber du bist vollkommen anders«, seine Stimme verebbte, als könnte er die Worte nicht aussprechen. »Ich könnte dich immer ansehen und finde doch immer etwas Neues an dir. Etwas Neues, was mir noch besser gefällt.«

Zart erfasste er auch ihre zweite Hand. »Ich kann mich nie an dir sattsehen. Ich möchte dir zu Füßen liegen und deinem Gesang lauschen, oder deinem Lachen … Noch nie mochte ich das schrille Lachen der Frauen …«

Sein Daumen streichelte sanft über ihr Handgelenk. »Doch deines ist wie Champagner. Es kitzelt mich, bringt mich ebenfalls zum Lachen.«

»Sag das nicht«, erwiderte sie flehentlich.

»Es weckt in mir den Wunsch, dich zu umarmen und zu küssen …«

Er verstummte kurz, wischte mit seinem rechten Daumen eine Träne unter ihrem Augenlid weg.

»Wenn ich deine Stimme höre, werde ich fröhlich, auch wenn du mich Narr nennst und einen Mistkerl schimpfst …«, zählte er mit zärtlicher Stimme auf.

»Lass das …«, wehrte sie seine Hand ab, nur um nicht weiter in seinen Bann zu geraten.

»Bei jedem Schimpfwort, das dir über die Lippen kommt, könnte ich lachen vor Glück, denn ich weiß, dass du nie Schimpfwörter benutzt, nur bei mir … und deswegen glaube ich einfach zu wissen …«

»Du weißt nichts«, unterbrach sie ihn.

»Deswegen wage ich es, dir zu gestehen …«, machte er unverdrossen weiter.

»Sag nichts, was du nicht wirklich und wahrhaftig …«

»Ich lüge dich nicht an«, flüsterte er. »Was ich dir jetzt sage, habe ich noch keiner Frau vor dir gesagt.«

Ihr Herz schlug ihr in den Ohren.

»Ich liebe dich.«

Er horchte auf seine Worte, als würde er auf ein Echo warten, ein Echo in seinem Inneren. »Ich liebe dich … Ich hatte immer Angst, diese Worte auszusprechen, sie wirkten wie tonnenschwerer Ballast.«

Das Rauschen in ihren Ohren wurde lauter.

»Aber ich habe mich geirrt. Es gibt keinen schöneren Satz als *Ich liebe dich* …«

Sein Blick auf ihr Gesicht wurde etwas verlegen, vielleicht auch ängstlich, und er schien auf etwas zu warten. Ihr wurde gerade so schwach vor Glück, dass sie kaum reagieren konnte. Und gleichzeitig hatte sie Angst davor, die nächste Enttäuschung zu erleben.

Wirf dein Herz über das Hindernis und spring ihm nach!

»Leon«, flüsterte Aurora, und ihre Stimme versagte fast. »Ich liebe dich auch.«

Ja, vielleicht war ich kurz weggedöst, unser erneutes Liebesspiel hatte mich erschöpft. Ich musste im Traum gelächelt haben, denn als ich die Augen aufschlug, lag dieses Lächeln immer noch sanft auf meinem Gesicht. Vor meinem Bett stand Hades. Nackt. Er hielt meine Kugel in der linken Hand und starrte hinein. O nein. Schnell rappelte ich mich auf und versuchte sie ihm zu entwenden, doch Hades hielt mich mühelos mit der anderen Hand zurück.

»Ich denke, Persephone, du bist mir eine Erklärung schuldig.« Immer wenn er meinen vollen Namen aussprach, war Gefahr in Verzug. Ich erwog, zum Gegenangriff überzugehen, doch ausnahmsweise fehlte mir dafür die Argumentation. Ich hielt die Luft an.

Hätte Santiago doch die Kugel zerstört, dachte ich.

Schon immer hatte ich geahnt, dass dieses teuflische Ding Unglück über mich bringen würde, und jetzt war es so weit. Hades runzelte die Stirn. Die Kugel hatte durch den Aufprall zwar etwas gelitten, aber noch funktionierte sie. Sie war verkratzt und an einigen Stellen eingedellt. Auch konnte man nicht mehr hören, was gesprochen wurde, doch der Lederkoffer hatte verhindert, dass sie ganz zerbrochen war. Wir konnten die riesige Felsenhalle vor dem Styx sehen. Es sah aus, als hätte ein Erdrutsch einigen Schaden angerichtet. Wo sonst eine ebene Steinfläche war, von der aus Jim Charon mit seinem Boot ablegte, lag nun überall Schutt und Geröll. Es war ein Bild der Verwüstung. Selbst ich erschrak, wo mir doch am Styx und der Unterwelt nichts lag – kein Wunder also, dass Hades außer sich war. Überall lagen Männer, ich konnte nicht genau erkennen, ob tot oder schwer verwundet. Und wo zum Teufel war Kassiopeia? Ich konnte sie nirgends entdecken. Hatte sie nicht gesagt, sie würde sich um alles kümmern? Ich spürte, wie ich hektische Flecken im Gesicht bekam.

»Wer ist das?«

»Aurora Perrini.«

»Natürlich.«

Leonidas und sie saßen engumschlungen am Ufer, wie ein zu Stein gewordenes Liebespaar. Sie bewegten sich nicht. Hinter ihnen lag der Styx, und das silberne Funkeln des Wassers zeigte an, dass gerade jemand hinüberfuhr.

»Und wer ist auf meinem Styx?«, grollte Hades, »wer hat ihn angehalten?«

»Ich weiß es nicht«, hauchte ich, obwohl ich ahnte, dass es Luna Laverna war, aber ich dachte, es wäre besser, ihm diese Information vorzuenthalten. Er war sowieso schon aufgebracht genug.

»Wo ist unsere Freundin Kassiopeia?«

»Ich weiß es nicht, Liebster, sie hat mir versprochen, alles zu regeln, wenn ich …« Ich biss mir auf die Lippen.

»Wenn du was?!« Achtlos ließ Hades nun die Kugel auf das zerwühlte Bett fallen.

Ach, wie kurz war unsere Zweisamkeit gewesen, unser Vergnügen, der Rausch, in dem wir das Verlangen füreinander stillten! Ich schielte zur Kugel und sah nun Kassiopeia in fliegender Hast die Stufen zum Styx hinabrennen. Auch Hades sah sie. Tatramedes konnte kaum mit ihr

Schritt halten. Sie hatte ihre Schuhe ausgezogen, damit sie besser laufen konnte, und in jeder Hand trug sie einen riesigen Plastikkanister, in dem sonst Wein abgefüllt wurde. Ihr Gesicht war vor Anstrengung rot angelaufen, und auch der Zwerg schleppte zwei Kanister, die ihm fast bis zur Hüfte reichten. Ich konnte es nicht fassen. Während ich mich opferte, war das Einzige, was Kassiopeia zustande brachte, Kanister für das Wasser aus dem Quell der Jugend zu organisieren! Ein beispielloser Beweis ihrer Selbstsucht. Ich nahm mir vor, nie wieder ein Wort mit ihr zu reden. Nun hatte sie es endgültig geschafft, unsere Freundschaft zu zerstören.

Sie hielt an einer Kreuzung an und stellte kurz die Kanister ab, um sich ihr Haar im Nacken zusammenzubinden. Auf den Kanistern war ein Etikett: *Trattoria Da Michele, Via della Montagnola*. War sie dort eingebrochen, um an die Kanister zu kommen? Wir starrten sprachlos in die Kugel. Und warum hatte sie dazu so lange gebraucht? Ihr derangiertes Äußeres gab uns die Antwort. Auf ihrem Hals befanden sich Flecke, die ich als Liebesbisse enttarnte.

»Was solltest du tun?«, fragte Hades nun drohend und packte mich hart an beiden Oberarmen. Seine Augen glühten vor Zorn. Ich brauchte nichts zu sagen, denn er kannte die Antwort schon.

»Du solltest mich verführen, mich ablenken, hab ich recht?«

»Das schon, aber …«

»Nur deshalb bist du bei mir geblieben.«

»Das ist nicht wahr!«

»Wessen Idee war das?«

Ich schluckte. Meine Brust bebte. »Kassiopeias.«

Hades ließ mich so abrupt los, dass ich rückwärts zurück aufs Bett taumelte. Wie oft hatte ich solche Szenen erlebt. Ich hatte geweint, Hades hatte geschrien. Wie oft waren wir im Zorn auseinandergegangen. Unsere Liebe war nicht stark genug, jedenfalls nicht so stark wie unser Verlangen. Aber nie war ich der Grund für unsere Auseinandersetzungen gewesen. Ich fühlte mich unendlich schuldig. Wie konnte ich ihn so an der Nase herumführen? Und obwohl er es verdient hatte, konnte ich mich nicht an meinem Triumph freuen. Ich hatte es ihm gründlich heimgezahlt, doch jetzt wünschte ich, ich hätte es nicht getan.

»Nur deswegen, nur deswegen …« Hades rang nach Worten. Noch nie hatte ich ihn so zerstört gesehen. So verletzt, so gebrochen. »Und ich dachte, wir hätten eine neue Chance.«

»Das haben wir«, sagte ich schnell. »Zugegeben, zuerst hab ich es Kassiopeias wegen getan, doch dann, doch dann …« Ich wollte ihm sagen, dass ich ihn liebte und immer geliebt hatte, in all den schmerzlichen, einsamen Jahren in meinem Turm. Stets hatte ich mich nach ihm gesehnt, hatte den Tag herbeigefleht, an dem wir uns wiedersehen würden, wenn ich es auch niemals, niemals zugegeben hätte – und wenn ich darüber sprach, was wirklich selten vorkam, dann flüsterte ich diesen Wunsch nur meinen Tauben ins Ohr. Betrunken. Nachts. Niemals hätte ich das Universum darum gebeten, niemals meine Macht dazu verwendet, ihn zurückzugewinnen.

»Vergiss es.« Er riss seine Kleidung an sich und sprang hinein.

»Was wirst du nun tun?«, fragte ich alarmiert, doch Hades wandte sich ohne ein Wort zum Gehen. Nach einer Schrecksekunde sprang ich auf und wickelte mir eilig ein Leintuch um den Leib. Unten hörte ich Hades nach dem Zerberus rufen. Das konnte nicht gutgehen. Immer mehrere Stufen auf einmal nehmend, rannte ich mit nackten Füßen die Treppen hinunter. Mein Haar hatte sich gelöst und wehte wie eine rauchschwarze Wolke hinter mir her. Es war mir gleichgültig, dass ich halb nackt war und der nächste Tag sich draußen langsam ankündigte.

Unten riss ich das Tor auf. Am Ende der Straße konnte ich Hades noch erkennen. Kurz zögerte ich, dann raffte ich das Tuch um meine Mitte und eilte ihm hinterher, vorbei an gähnenden Straßenarbeitern, die den Abfall mit Schläuchen in den Rinnstein spülten und mir verwundert hinterherblickten, als wäre ich Teil eines seltsamen Traumes.

Am Eingang des Parks hatte ich ihn fast eingeholt, doch dann blieb ich mit dem Leintuch in einer Dornenranke hängen, und Hades vergrößerte wieder seinen Vorsprung.

»Warte auf mich!«, schrie ich ihm nach, meinen ganzen Stolz vergessend. »Was hast du nun vor?«

Der Zerberus wandte einen seiner Köpfe zu mir, während er zusammen mit Hades auf den Brunnen zuschritt.

»Du wirst nichts Unüberlegtes tun!«, schrie ich weiter,

krampfhaft das zerrissene Leintuch vor meinen Brüsten raffend. »Er ist dein Sohn! Sie ist das Mädchen, das er liebt! Kassiopeia ist meine Freundin!« Wenn auch eine schlechte.

Kurz blieb er stehen und drehte sich zu mir um. Sein glühender Blick ließ mich stoppen. »Wer hat denn dafür gesorgt, dass unser Sohn endlich das lernt, was für ihn wichtig ist?«, spie er mir die Worte vor die Füße. »Während du deine Tauben gefüttert hast?«

Ich starrte auf seinen muskulösen Rücken, dann eilte ich ihm wieder hinterher, holte ihn ein. Zusammen kletterten wir in den Brunnen, die dreiköpfige Bestie zwischen uns, als wären wir eine nette Familie. Noch immer kannte ich den Weg wie im Schlaf. Schon von weitem sah ich das Glitzern des Styx, das seinen goldenen Schein in die Gänge warf. Und wenn ich mich nicht irrte, hörte man auch den Gesang der Erinnyen, die irgendwo weit draußen nach einer armen Seele suchten, der sie die Erinnerungen rauben konnten.

»Sieh sie dir doch an«, flüsterte ich.

Ich wusste nicht, was mich momentan mehr bewegte: die katastrophalen Zustände hier unten, die vielen Toten, oder das Liebesglück von Leonidas und Aurora.

»Kommt zurück!«, hörte ich Kassiopeias Rufe, die am Ufer des Styx entlangkletterte und versuchte, Luna auf sich aufmerksam zu machen.

»Die zwei Täubchen«, sagte Hades schroff und so laut, dass die beiden auseinanderfuhren.

Aurora wurde totenbleich, konnte ihre Augen nicht vom Zerberus abwenden, der mit federnden Schritten neben seinem Herrn und Meister ging. Es war mir nicht unrecht, dass das von meiner eigenen Erscheinung ablenkte.

»Mutter«, sagte Leonidas höflich und packte sehr energisch die Hand von Aurora. »Vater.«

Er nickte uns grüßend zu.

»Wie siehst du aus?«, stieß ich hervor. »Du bist quasi nackt!«

Mit einem leichten Lächeln hob er die Augenbrauen. »Mutter, ich will nicht unhöflich sein, aber auch du …«

»Ich weiß, ich weiß«, winkte ich energisch ab. »Die Ereignisse haben sich überschlagen. Darum wollen wir kein Wort darüber verlieren.«

»Ich möchte die Münzen haben«, mischte sich Hades ein und baute sich vor Aurora auf.

Mit einem Ächzen holte Aurora Luft. Sie wurde noch eine Nuance bleicher, was auch am Mundgeruch des Zerberus liegen konnte, der Witterung aufnahm und zu wedeln begann.

»Nun?«

»Wir haben die Münzen nicht«, erwiderte Leonidas mürrisch. »Es ging nicht anders.«

Der Zerberus begann stärker zu wedeln und schnupperte an Auroras Zehen, dann an ihren Knien.

»Ich …«, krächzte sie. »Ich habe sie nicht mehr. Ich hatte sie, ja. Aber ich musste sie leider wieder …«

Sie sah aus, als wäre sie kurz davor, ohnmächtig zu werden. Der Zerberus rückte noch ein wenig dichter an sie heran, und der mittlere Kopf schnupperte an ihren Oberschenkeln.

»… abgeben«, hauchte sie und klammerte sich an Leonidas' Arm.

»Sag ihm, er soll damit aufhören«, sagte Leonidas ärgerlich. »Sie hat die Münzen nicht mehr. Du siehst doch, dass jemand anderes den Styx angehalten hat.«

»Zerberus!«, fauchte ich den missratenen Höllenhund an, obwohl ich wusste, dass meine Worte rein gar nichts bewirken würden.

Hades seufzte nur über mich, und ich hatte plötzlich den Eindruck, dass sein erster Zorn verflogen war.

»Er riecht die Münzen«, sagte er mit relativ freundlicher Stimme zu Aurora und streckte die Hand aus. »Gib sie mir, und er lässt dich in Ruhe.«

»Pippa!«, hörte ich Kassiopeia kreischen, die mich nun entdeckt hatte. »Na endlich.«

Dummes Huhn! Ich will gar nicht darüber nachdenken, wie viel Ärger sie mir schon mit ihrer Eitelkeit bereitet hat.

Alle Augen waren inzwischen auf Aurora gerichtet, die ihrerseits flehend einen Blick mit Leonidas tauschte. »Ich habe sie nicht, ich schwöre es! Ich habe sie Luna gegeben, und Luna hat sie genutzt …«

Der Zerberus gab nicht auf, das war eine herausragende Eigenschaft von ihm. Er würde immer bis zum Äußersten gehen, wenn er eine Aufgabe zu erfüllen hatte.

Schwer atmend stellte der Zwerg die Kanister neben sich ab, sah etwas ratlos von einem zum anderen.

»Schätzchen, sieh doch einfach mal überall nach. In deiner grünen Tasche, beispielsweise«, flötete ich, da ich sah, dass die Geduld des Höllenhundes langsam erschöpft war. Folgsam reichte Aurora Hades ihre Tasche, aber trotzdem schnupperte der Zerberus noch an ihr, inzwischen hob er hin und wieder die Lefzen und entblößte seine zahlreichen, spitzen Zähne. »Und du, Hades, mach endlich *irgendetwas* …«

Meine Stimme war noch immer engelsgleich, obwohl mir selbst sehr mulmig zumute war. Und Aurora hatte die Münzen ganz offensichtlich Luna gegeben, wieso stellte sich der blöde Höllenhund so an?

»Deine Jeanstaschen«, zwitscherte der Zwerg hilfsbereit, auch er sah es wohl nicht gerne, dass der Zerberus das arme Mädchen so bedrängte.

Aurora entleerte die Vordertaschen und zog das Innenfutter nach außen. Es waren nur ein paar Euro und ein schmutziges Taschentuch drin.

»Dann muss sie sich wohl ausziehen«, sagte Hades ungerührt.

»Sie hat sie nicht«, wandte ich ein, etwas abgelenkt von der herbeieilenden Kassiopeia, die immer noch schnaufte und hochrot im Gesicht war.

»Ich bin mir sicher, Aurora Perrini ist absolut ehrlich!«, fügte der Zwerg energisch hinzu, seine Stimme war allerdings eine Oktave höher als sonst.

»Der Zerberus weiß, wer die Münzen hat. Und momentan hat sie Aurora Perrini«, sagte Hades mit zuvorkommender Stimme.

Aurora durchsuchte noch einmal die Vordertaschen ihrer Jeans, dann die Rücktaschen. Erstaunt riss sie die Augen auf. »Nein«, flüsterte sie und zog ihre Hand wieder heraus. Als sie diese nun öffnete, lagen die drei Münzen darin, vereint in ihrem goldenen Glanz. Der Zerberus begann stolz zu wedeln, und Hades nahm die Münzen an sich.

»Ich hatte sie«, stieß Aurora mit einem Klagelaut hervor. »Luna hat sie mir zurückgegeben, sie hat sie mir nie weggenommen! Und ich habe es nicht bemerkt!«

Tröstend legte Leon ihr den Arm um die Schulter, während Kassiopeia einen begehrlichen Blick auf die Münzen warf.

»Eine schöne Freundin bist du«, fauchte ich ihr zu.

»Nun gut, dann hast du, Leonidas, alle deine Aufgaben erfüllt«, sagte Hades mit dröhnender Stimme und schlug seinem Sohn in Männermanier mit kräftigen Schlägen auf die Schulter.

»Aufgaben?«, wollte ich beunruhigt wissen. Ich kannte Hades' seltsame Ideen, was zum Erwachsenwerden eines Gottes dazugehörte, und das hatte schon vor Hunderten von Jahren zu Diskussionen zwischen uns geführt. Seltsamerweise lief der Zwerg knallrot an.

»Ja, Aufgaben«, antwortete Hades ausweichend. »Deine Göttlichkeit hast du damit gerettet. Jetzt liegt ein Leben vor dir, das voller …«

»Aufgaben?«, unterbrach ich ihn scharf. »Ich will wissen, was für Aufgaben!«

»Habt ihr noch ein zweites Boot?«, wollte Kassiopeia wissen, wurde aber von uns allen ignoriert.

»Die Münzen zurückholen«, sagte Leonidas erstaunlich schnell und lächelte dann Aurora beruhigend zu.

»Das ist nur eine Aufgabe«, stellte Kassiopeia fest und wischte sich mit einem Taschentuch über die Stirn. »Und wieso kann diese Frau den Styx ohne die Münzen anhalten?«

Wieder ignorierten wir sie alle, Aurora sah mit großen Augen Leon an, vielleicht weil sie schon ahnte, was die zweite Aufgabe war. Vielleicht aber auch, weil sie es nicht fassen konnte, dass sie sich in den Sohn eines Gottes und einer Göttin verliebt hatte.

»Den Skipper zur Räson bringen«, sagte Leonidas, und er lächelte plötzlich starr.

»Du hast ihn umgebracht?«, fragte Kassiopeia erstaunt.

»Unsinn. Das war doch …«

»Diese Frau dort. Luna Laverna.« Hades zeigte mit unheilvoller Miene hinaus auf den Styx. »Sie kann den Styx anhalten. Das bedeutet, dass sie Jim Charon getötet hat. Den Skipper. So ist die Regel. Wer den alten Skipper tötet, ist von dem Zeitpunkt an der neue Skipper. Ganz einfach.«

»Auweia«, kommentierte Kassiopeia. »Darauf sollten wir jetzt ein bisschen etwas trinken. Der Skipper war ein alter, verlogener, ekelhafter Sack …«

»Und was gab es noch für eine Aufgabe?«, bohrte ich weiter, weil mir Leonidas' Verhalten so eigenartig erschien.

»Er sollte ein Mädchen finden, das ihn wahrhaftig liebt«, dröhnte Hades neben mir los und klopfte nun Aurora auf die Schulter. Bei jedem Schlag schien sie ein Stück kleiner zu werden, aber sie gab keinen Laut von sich. »Und …«

»Ach, Hades«, seufzte Kassiopeia, während Leonidas die Hände in die Seite stemmte.

»Das müsste doch bei euch Weibern großen Anklang finden«, brüstete sich Hades.

»Vater«, sagte Leonidas schroff.

»Hades«, fuhr ich ihm ebenfalls über den Mund. »Was sollen das für Aufgaben sein?«

Hätte die Aufgabe nicht lauten müssen: *Verliebe dich in eine Frau?* Aber so sind die Männer – sie wollen geliebt werden, aber selber nichts geben!

»Die Aufgaben, die ihn wieder zur Räson bringen! Du hättest ihn erleben sollen …«

»Können wir das vielleicht bei euch zu Hause besprechen?«, schlug Kassiopeia hoffnungsvoll vor. »Ich meine, gemütlich bei einem Gläschen Wein?«

»Und was wäre, wenn er es nicht geschafft hätte?«

»Na, was wohl!«, posaunte Hades lautstark durch die Höhle. »Er hätte seine Göttlichkeit verloren und wäre gestorben.«

Eine Schrecksekunde lang starrten wir uns alle an, Hades ausgenommen, dann trat Aurora einen Schritt zurück, und noch einen. Als Leonidas die Hände nach ihr ausstrecken wollte, schüttelte sie nur stumm den Kopf. Ich konnte sehen, dass sie gegen die Tränen ankämpfte, und am liebsten hätte ich sie tröstend an meine Brust gezogen. Immer wieder vergaß ich, dass ich ja nur eine Fremde für sie war und ich sie nur aus meiner Kugel kannte. Und wie gut ich sie kannte! Ich konnte jede Gefühlsregung aus ihrem Mienenspiel lesen, und was ich sah, gefiel mir ganz und gar nicht.

»Liebchen!«, sagte der Zwerg mit sanfter Stimme.

»Hör gar nicht hin«, sagte ich schnell. »Hades ist für seine dummen Scherze bekannt. Er ist überhaupt nicht ernst zu nehmen.«

»Was redest du, Pippa. Das war mein voller Ernst. Er wird sterben, wenn …«

»Wir haben es verstanden!« Ich warf ihm einen vernichtenden Blick zu, den er etwas überrascht erwiderte. Kein Funken Einfühlungsvermögen. Nichts. Natürlich war mir vollkommen klar, was Aurora jetzt denken musste.

»Schon gut.« Sie nickte uns kurz zu, dann drehte sie sich um und begann, über das Geröll nach oben zu steigen. Sehr aufrecht. Gerade. Aber ich war mir sicher, dass ihr nun die Tränen übers Gesicht liefen. Die Ärmste!

»Was hat sie nur?«, fragte Hades. »Ihr Frauen seid doch alle gleich. Immer sofort eingeschnappt.«

»Geh ihr nach!«, fuhr ich Leonidas an, ohne auf Hades zu achten. »Du kannst sie jetzt nicht so gehen lassen.«

»Sie wird mir nicht glauben!«

»Was glauben?«, fragte Hades. Er warf gut gelaunt die Münzen in die Luft und fing sie hinter dem Rücken wieder auf. Ich konnte es nicht fassen, wie begriffsstutzig er war.

»Sie wird dir glauben, ich bin mir sicher!«, warf der Zwerg unterstützend ein und wischte sich mit dem Handrücken den Schweiß von der Stirn.

»Du musst sie überzeugen, mein Sohn.«

»Sie denkt, ich habe sie nur benutzt.«

»Und? Hast du?«, fragte Kassiopeia, um das Ganze abzukürzen. Sie trat ungeduldig von einem Bein aufs andere.

»Natürlich nicht!«, empörte sich Leon.

Aurora hatte nun den höchsten Punkt erreicht und verschwand in dem Gang, der zum Brunnen hinaufführte. Geröll rutschte unter ihren Füßen weg und polterte zu uns herunter. Der Styx begann wieder träge zu kreiseln, behielt aber seinen hellen, silbrigen Glanz. Leise klatschten die Wellen ans Ufer, und ich stellte fest, dass ich langsam Sehnsucht bekam nach der Abgeschiedenheit meines Turms und der leisen Brandung, die mich nachts in den Schlaf wiegte.

»Am Anfang hatte ich es vor«, gab Leonidas zögernd zu. »Aber dann … Ich konnte irgendwie nicht.«

»Ich bin so stolz auf dich!« Spontan umarmte ich ihn, was ihm sichtlich unangenehm war, doch ich drückte ihn trotzdem und küsste ihn auf beide Wangen.

»Ich wusste, er hat einen guten Kern!«, sagte der Zwerg stolz. »Das habe ich immer gesagt!«

»Nun los. Lauf ihr nach«, flüsterte ich.

»Viel Zeit hast du nicht mehr«, brummte Hades, unangenehm berührt von unserem Gespräch.

»Wie meinst du das?« Ich war kurz davor, ihm eine zu knallen.

»Na ja. Bei Morgengrauen wird Leonidas sterben. Schließlich ist sie weggerannt. Die Aufgabe war: *Finde ein Mädchen, das dich liebt, und bringe es in mein Reich.* In mein Reich, versteht ihr? Es wurde nichts davon gesagt, dass es genügt, sie bis zum Ufer des Styx zu bringen und sie dann weglaufen zu lassen! Die Aufgabe ist also nicht erfüllt.«

»Wie kannst du nur so grausam sein!«

»Ansonsten ergibt es doch keinen Sinn!«, verteidigte sich Hades.

Kassiopeia stellte seufzend ihre Kanister ab. Anscheinend hatte sie aufgegeben, jetzt an den Quell der Jugend zu kommen.

»Du hebst sofort diese blöde Regel auf!«, schrie ich Hades an, der nur mit den Schultern zuckte.

»So werden Mythen geschrieben, Liebste. Oder hast du davon gehört, dass Poseidon gesagt hat: *War nur ein Scherz, Odysseus, fahr nach Hause und mach dir ein schönes Leben?* Nein. Die Geschichte verlangt es so. Ansonsten ist es keine Geschichte.«

Einen Moment war es sehr still. Das Wasser gurgelte und rauschte, vielleicht war es aber auch nur mein Blut in den Ohren, das voller Zorn durch meinen Körper schoss.

»Leonidas«, sagte ich dann mühsam beherrscht, »du wirst ihr nun nachgehen. Und bis du sie findest, wirst du an die Liebe glauben. Aus vollem Herzen. Mit jeder Faser deines Körpers. Verstehst du?«

Ich sah ihn beschwörend an, und Leonidas, mein Sohn Leonidas, nickte.

Hier hatte alles angefangen. Vor nur wenigen Tagen. Hier am Brunnen vor der Basilica di Santa Maria in Trastevere. Nur wenige Schritte von Aurora Perrinis Wohnung entfernt. Nur wenige Schritte entfernt von der Wohnung, die nun verwaist und dunkel war, die Zimmer leer, verlassen. Hier hatte Aurora den Zettel gefunden, der ihr den Weg zum Haus des Skippers wies, hier hatte sie gestanden, umhüllt von dieser pulsierenden Stadt. Rom. Dies ist nur eine Geschichte, die sie uns erzählt. Nur eine Sequenz aus Jahrhunderten, in der sie uns beherbergt und mit uns spielt. Uns den Kopf verdreht. Die Liebe finden und verlieren lässt.

Aurora setzte sich auf die Stufen des Brunnens, sie zog die Beine an und schlang die Arme um ihre Knie, legte ihren Kopf darauf und hörte ihrem Herz beim Schlagen zu. Sie wollte nicht zurück in diese Wohnung, denn nun hatte sie nicht nur ihre Mutter verloren. Auch ihr Vater war verschwunden, und der Mann, den sie liebte, hatte sie nur getäuscht, weil sie jung und dumm und naiv war. Sie hasste sich dafür, dass sie Leon auf den Leim gegangen war, und sie hasste Leon für jede Sekunde, die sie ihn liebte.

Der Himmel verlor langsam sein tiefes Schwarz, die Sterne waren schon lange verschwunden. Einige Meter von ihr entfernt schlief eine Frau zusammengerollt auf den Stufen, ihr wirres Haar diente ihr als Kissen, neben ihr lehnte ein junger Mann, ein Schwertschlucker, den Kopf in den Nacken gelehnt. War diese Nacht nicht nur eine Nacht wie viele andere gewesen? Aurora atmete den Geruch von Kopfsteinpflaster und Mauerwerk ein, in dem die Sonne eines ganzen Sommers gespeichert war, und sie dachte, dass ihr Herz noch nie, niemals so schwer wie in diesem Augenblick gewesen war. Sie fühlte sich wie am Ende einer langen Reise, müde und ausgehungert, und sie wünschte sich so sehr, sie könnte jetzt einfach nach Hause gehen, und ihre Mutter würde ihr ein Glas heißer Milch mit Honig auf den Küchentisch stellen, so wie früher, als sie noch ganz klein war und nicht schlafen konnte.

»Lass doch dieses Ding«, sagte Hades mit sanfter Stimme neben mir, während ich mit meinem Ärmel energisch über die Oberfläche der Kugel rieb.

»Meine Rede!«, fügte Kassiopeia hinzu und setzte sich mit einem schweren Seufzer auf einen der Gesteinsbrocken.

Die Kugel flimmerte, blieb aber schwarz.

»Mach was!«, fuhr ich Hades an, der meine Hand ergriff.

»Lass uns nach Hause fahren«, sagte er mit schmeichelnder Stimme.

»Genau«, stimmte Kassiopeia hoffnungsvoll zu.

»Endlich!«, fiel Tatramedes seufzend ein.

»Wessen Zuhause?«, fuhr ich ihm über den Mund.

»Egal«, antwortete Hades friedfertig.

»Na ja, bei Hades zu Hause wäre es einen Tick gemütlicher«, erklärte Kassiopeia bestimmt.

»Ich koch uns was Nettes!«, erklärte Tatramedes eifrig.

»Die beiden kriegen das gebacken«, mutmaßte Hades und versuchte, mir die Kugel zu entwenden.

»So wie wir zwei? Willst du nicht hinüber, dort wartet diese hübsche, blonde, junge …«

Zärtlich legte er mir seinen Zeigefinger auf den Mund. »Sie bedeutet mir nichts. Ich habe jetzt Jahrhunderte darauf gewartet, dass du wieder zu mir kommst! Du weißt nicht, wie ich dich vermisst habe …«

Ha! Schöne Worte, das hatte er schon immer gekonnt!

»Was willst du denn vermisst haben? Unseren Streit, der regelmäßig die Erde erbeben ließ?«, fragte ich und sah ihm wütend in die Augen. Allein die Ausbrüche des Vesuv und des Pacaya in Guatemala und dann die vielen Erdbeben in Asien – das konnte er doch nicht vergessen haben! Aber wahrscheinlich erinnerte er sich mehr an das, was immer danach passierte, wenn wir uns wieder versöhnten!

»Wenn du so spöttisch schaust und ich dich nur noch küssen will. Wenn die Wut deine Haare knistern lässt und deine Augen fast violett …«

»Meine Augen werden nicht violett!«

»Ach, Liebste!« Hades lächelte nachsichtig, ließ meine Hand einfach nicht los, und die Wärme seiner Finger kroch in mich hinein. »Genau jetzt im Moment sind sie es … Wenn du besser weißt als alle anderen, was gut und was böse ist, und dich mit so viel Elan für das Gute einsetzt … Dann könnte ich dich nur noch …«

»Vögeln«, wisperte Kassiopeia.

»Küssen«, sagte Hades.

»Lass mich los«, sagte ich harsch. »Und mach was, damit ich sehe, was Aurora …«

»Das ist krankhaft, Pippa«, wandte Kassiopeia ein. »Deine Sucht nach dieser Kugel!«

Mit einer schnellen Handbewegung strich Hades über meine Kugel, die sanft zu glühen begann.

»Halunke«, sagte ich, aber es klang nicht ganz so böse, wie ich es gerne ausgesprochen hätte.

Aurora saß alleine auf den Stufen des Brunnens von Trastevere. Ich schüttelte traurig den Kopf. Wo blieb Leonidas nur?

»Du hast also meinen Zorn vermisst«, sagte ich brummig. Aus den Augenwinkeln sah ich, dass Tatramedes neben mich getreten war, um auch in die Kugel zu sehen.

»Es gibt keine Frau, die sich mir so widersetzt wie du«, sagte Hades, und seine tiefe Stimme klang jetzt sehr erotisch.

»Tja, langweilig war es nie«, stimmte ich ihm zu, aber meine Aufmerksamkeit wurde davon gefesselt, was auf der Erde passierte.

Leonidas ging nun mit langen Schritten auf den Brunnen zu, er sah großartig aus, und plötzlicher Stolz erfüllte mich. Mein Sohn! Und wie zauberhaft Aurora war! Ihre langen dunklen Locken umschmeichelten ihr zartes Gesicht. Unverwandt sah sie ihm entgegen, Ablehnung und Trauer, Wut und Leidenschaft spiegelten sich in ihren dunklen Augen. Wie gut sie zusammenpassen würden! Was für ein wunderbares Paar sie abgeben würden!

»Sei einfach still!«, warf Aurora ihm ihre Wut entgegen. »Vielleicht war ich dumm genug, mich in dich zu verlieben, aber ich bin nicht dumm genug, mich für einen Typen zu opfern, der mich absichtlich so getäuscht hat!«

Ohne darauf zu antworten, setzte Leonidas sich ein paar Schritte von ihr entfernt auf die Stufen und betrachtete sie.

Aurora kniff für einen Moment die Augen zusammen, wandte aber ihren Blick nicht ab.

»Ich muss mich dafür entschuldigen«, fing Leonidas an. »Du hast recht … am Anfang warst du für mich die einfachste Lösung. Ich wollte dich in mich verliebt machen, mit dir den Styx überqueren und mein Leben retten.«

»Pah!«, sagte sie. »Streu ruhig Salz in meine Wunden. Es ist mir egal.«

»Aber irgendwann habe ich gemerkt, dass es nicht funktioniert.«

»Danke!«, unterbrach Aurora ihn eisig.

»Irgendwann wollte ich dich nicht mehr einfach nur in mich verliebt machen. Ich wollte, dass du mich wirklich und wahrhaftig liebst, weil ich dich …«

»Sag kein Wort mehr!«

»Ich weiß nicht mehr, wann genau das passiert ist …«

»Vielleicht, nachdem ich dir ins Knie geschossen hatte?«, fragte Aurora mit extrem liebenswürdiger Stimme nach.

»Oder als du dich an mich geklammert hast, damals im Wasser … weil du nicht schwimmen konntest?« Er sah in den Himmel, der schon grau wurde, bald den neuen Tag begrüßen würde. »Deine Atemzüge an meinem Hals, flatternd wie die eines kleinen Vogels, strichen über meine Haut, während du deinen gesamten Körper …«

»Hör endlich damit auf!«, fuhr sie ihn an, doch in ihren Augen konnte man nun sehen, dass sie ihm nur zu gerne glauben wollte. Sie atmete tief ein und aus, als könnte sie damit ihre Gefühle abwenden und ihnen eine neue Richtung geben.

Die Frau neben Aurora wachte auf und starrte eine Weile leer über den Platz, bevor sie sich aufrappelte und auf bloßen Füßen Richtung Tiber davonschlurfte.

»… an mich schmiegtest und ich nur noch daran dachte, dass ich dich beschützen wollte, für immer und ewig, und dich retten wollte. Nichts könnte mich glücklicher machen, als immer an deiner Seite zu sein«, fuhr Leonidas unbeirrt fort.

Aurora stieß ein wütendes Schnauben aus.

»Oder die Nacht darauf? Als ich deine samtene Haut …«

»Hör. Damit. Auf!«, zischte sie und sah weg.

»Aber eigentlich glaube ich, es geschah in dem Moment,

als du die letzte Münze in der Hand hieltst und davonliefst, meine Kleider an deine Brust gedrückt, und ich so stolz auf dich war, weil du deinen eigenen Weg gegangen bist und nicht meinen. Als ich gesehen habe, dass du stolz und unnachgiebig, klug und vorausschauend …«

»Du kannst dir deine Worte sparen!«, unterbrach sie ihn kühl, obwohl ihre Augen verrieten, wie sehr sie litt. »Ich habe schon zu viel verloren.«

O ja. Wie viel hatte sie in diesem Spiel verloren! Und immer noch war sie aufrecht und ungebrochen. Der Himmel über ihnen verlor seine Dunkelheit, bald würden die ersten Strahlen der Sonne die Erde wieder reich mit Farben beschenken.

»Du hast mir mehr als genug gegeben!«, sagte er.

Misstrauisch sah sie ihn an. »Was habe ich dir gegeben?«

Er rutschte ein Stück näher an sie heran. »Es war die schönste Zeit meines Lebens.«

Mit einem Kopfschütteln widersprach sie: »Es war schrecklich. Allein die Geschichte mit dem Kopf des Skippers. Dann der Zerberus …«

Sie schauderte, und Leonidas nahm nun zögernd ihre Hand.

Er lächelte sie an. »Und da fiel mir auf … jeder Tag, an dem ich dich nicht sehe und spüre, ist ein verlorener Tag. Es hat alles keinen Sinn, wenn du nicht an meiner Seite …«

Plötzlich sah er weg. »Es tut mir leid, was ich dir alles

sage. Eigentlich wollte ich dir sagen, dass es keinen Sinn hat, meinetwegen so unglücklich zu sein …«

Sie starrten zu zweit auf den Platz. Ein rötlicher Schimmer legte sich über das Kopfsteinpflaster, langsam und unerbittlich kündigte er den Aufgang der Sonne an, und Aurora spürte, wie etwas in ihr aufbrach und die Gewissheit sie überschwemmte, dass es wichtiger ist zu lieben, als geliebt zu werden. Sie sah Leonidas von der Seite an, diesen Mann, diesen Schwerenöter, der in den letzten Tagen ihr Leben über den Haufen geworfen hatte. Der sie getröstet und begehrt, sie beschützt und verführt hatte. Er hatte seine Arme auf seinen Knien abgestützt und schien ganz ruhig auf die ersten Strahlen der Sonne zu warten.

»Ich will nicht, dass du stirbst«, flüsterte Aurora fast unhörbar, und Leonidas drückte sanft ihre Hand.

»Ich gehe mit dir hinüber«, sagte sie, und die Unruhe, die damit in ihr ausbrach, sprengte fast ihr Herz.

»Es ist zu spät«, sagte er bedauernd. »In wenigen Minuten werden die ersten Sonnenstrahlen auf die Erde treffen …«

Die Glocken der Basilika begannen zu läuten, hell und klar zerschnitten sie die Morgenluft.

»Küss mich noch einmal«, flüsterte er. »Ein letztes Mal …«

»Lass uns laufen«, drängte sie ihn, sprang auf und versuchte, ihn hochzuziehen.

Als er vor ihr stand, begann ihr Herz zu rasen. Sie wollte nicht, dass er starb. Sie spürte, dass ihre Wangen nass wurden, konnte aber nicht einordnen, ob von ihren Tränen oder von der Fontäne des Brunnens, die der leichte Wind wie Nebel aus Millionen von Wassertröpfchen über sie und Leon zerstäubte. Ein Schwarm weißer Tauben kreiste mit klatschenden Flügeln über der Piazza und ließ sich dann auf dem Haus nieder, über dem bald die Sonne aufgehen würde.

Leon hatte recht, es war zu spät, niemals würden sie bis zum Eingang des Parks kommen, geschweige denn bis hinunter zum Styx. Er zog Aurora in seine Arme, noch fester als zuvor am Ufer des Styx, und Aurora klammerte sich an ihn, als wäre sie am Ertrinken. Sie konnte nichts mehr sagen, alle Worte in ihr waren ausgelöscht.

»Ich bedaure nichts«, sagte Leon heiser und senkte seine Lippen auf die ihren, »du hast mich alles gelehrt, was ich lernen sollte. Du hast mir die Liebe gezeigt.«

Atemlos starrten wir auf das Bild der beiden. Kassiopeia und Tatramedes klatschten sich ab.

»Hades!«, fuhr ich ihn an. »Er hat die Bedingungen erfüllt!! Du wirst dafür sorgen …«

»Bleibst du bei mir?«, fragte er und schlang von hinten seine Arme um mich. »Ich könnte im Sommer bei dir sein, und im Winter kommst du in mein Reich …«

»Im Sommer bei mir?«, fragte ich irritiert.

»Der Gedanke, wieder Jahrhunderte ohne dich zu verbringen, raubt mir den letzten Lebensmut«, flüsterte er in mein Ohr.

Kassiopeia verdrehte die Augen und stellte sich einen der leeren Weinkanister auf den Schoß. Aber sie war klug genug, nichts zu sagen.

»Wenn du nicht mehr so hartherzig bist …«

»Söhne brauchen eine harte Hand«

»Wenn du ihn nicht sterben lässt …«

Ich spürte seine Lippen an meinem Hals, und ich merkte, dass er nun lächelte.

»Und ihre Eltern dürfen zurück«, stellte ich meine letzte Forderung. Kassiopeia hob ihren rechten Daumen, dann zeigte sie noch auf ihre Kanister. Ich seufzte, denn mir wurde klar, dass ich weder sie noch Hades je ändern würde. Der ganze göttliche Olymp würde auch in tausend Jahren noch in seinem eigenen Saft schmoren. Liebesgeschichten hin oder her.

Hades hauchte einen Kuss auf mein Ohrläppchen. Nie würde er verstehen, wer eigentlich die Spielkarten in der Hand hatte. Dieser Gedanke ließ mich nun auch lächeln, und ich schmiegte meine Wange an seine.

Mein Blick wanderte wieder auf die Kugel in meiner Hand. Die ersten Sonnenstrahlen fächerten sich über die Dächer Roms, so vollendet, rotglühend und einzigartig, dass man applaudieren wollte.

Ein neuer Tag begann in dieser alten, Ewigen Stadt.

Epilog

Das Wasser klatschte sanft gegen die Planken des Bootes. Luna saß auf dem Brett, auf dem der Skipper immer gesessen hatte, und hielt die Ruder. Ihr gegenüber saß Gloria, das weiße Kleid um sich gebauscht wie ein riesiger Berg Schlagsahne. Sie hatte den Blick fest auf Luna gerichtet, als könne die ihr Schicksal in letzter Sekunde noch ändern. Ihr Vater war auf dem Boden des Ruderboots zusammengesunken. Sein Gesicht war grau, und seine Hände verkrampften sich auf der Höhe seines Herzens. Ein leichter Wind wehte, kräuselte die silbrigen Wellen und setzte ihnen kleine Schaumkronen auf.

»Ich wusste, dass ich mich auf dich verlassen kann, Luna Laverna«, sagte er, »du bist mein bester Mann. Wenn mich auch alle verlassen, bleibst du mir doch treu.«

Er brach in ein trockenes Husten aus, seine Brust verkrampfte sich, und er krümmte sich zusammen. Luna zog die Ruder ins Boot und lehnte sich zurück. Sie schien auf etwas zu blicken, das weit entfernt lag, vielleicht war sie aber auch nur in Gedanken versunken. Die Zigarette in ihrem Mundwinkel glühte auf.

»Warum ruderst du nicht weiter?«, fragte Il Macellaio, als sein Atem sich wieder beruhigt hatte.

»Ich wollte dir noch eine Geschichte erzählen.« Luna sah Il Macellaio an, nahm die Zigarette zwischen Daumen und Zeigefinger und schnippte die Asche in den Styx. Es zischte und brodelte, als wäre der Fluss zornig, und nur Luna könne ihn im Zaum halten.

»Wir haben keine Zeit für Geschichten.«

»Du wirst sie dir anhören müssen.«

»Dann schnell. Meine Luft wird knapp.« Wieder hustete Il Macellaio, diesmal so heftig, dass das Boot ins Wanken geriet.

Gloria senkte den Blick auf ihre Hände. Ihr Gesicht war von der Schminke verschmiert, das Haar hing ihr wirr auf die Schultern, und Il Macellaio fragte sich besorgt, ob Hades sie in diesem Zustand überhaupt noch wollte. Er dachte an den Skipper, der behauptet hatte, dass schon seit Jahren keine Frau mehr den Weg zu Hades gefunden hatte.

»Erinnerst du dich an den Sommer 2002?«, fragte Luna und versenkte ihren Zigarettenstummel im Styx. Il Macellaio sah sie kurz an, dann lehnte er seinen Kopf zurück und schloss die Augen.

»War ein gutes Jahr«, sagte er, »2002 war ein gutes Jahr. Mir flog alles zu. Die Geschäfte liefen wie geschmiert. Das waren noch Zeiten. Aber sie werden wiederkommen. Angelo ist tot. Seine Söhne sind tot …«

»Kannst du dich an dieses Stück Küste unterhalb von Ostia erinnern? Dieses Stück Land, auf dem nichts war als ein kleines Fischrestaurant?«

»Natürlich.«

»Das Restaurant gehörte Pietro und seiner Frau Rosaria.«

»Worauf willst du hinaus? Kannst du nicht reden und dabei weiterrudern?«

»Sie hatten zwei Söhne und eine Tochter.«

»Extrem aufsässige Leute«, erinnerte sich Il Macellaio. »Sie wollten nicht zahlen und dachten, sie kämen damit durch. Jetzt rudere schon. Es interessiert mich nicht, zu lange her.«

»Wie du willst.« Luna griff nach den Rudern und begann, sie gleichmäßig ins Wasser zu tauchen. Ihre Schulter und Armmuskeln strafften sich, doch sie kam nicht außer Atem.

»Sie hatten sich geweigert, das Schutzgeld zu bezahlen, und an einem Sonntagnachmittag hast du deine Leute hingeschickt. Das Restaurant war leer, es hatte noch nicht geöffnet. Pietro und Rosaria deckten gerade die Tische ein. Ihre Söhne Luca und Michele kamen mit dem Boot zurück, und ihre kleine Tochter spielte unten am Meer zwischen den Felsen mit Muscheln. Es war ein so schöner Tag. Die Möwen kreischten und stürzten sich ins Wasser, sie jagten den kleinen Fischen nach, die Michele und Luca zurück ins Meer warfen. Kennst du solche Tage, Il Macellaio? An denen alles so ist, wie es sein soll? Der Wind. Das Salz in der Luft. Die Muscheln in deiner Hand?«

»Ich bin nie am Meer.«

»Sie kamen mit drei Autos, und sie redeten nicht. Sie

stiegen aus und schossen. Sie schossen auf das Restaurant, auf die Glasfenster, auf Rosaria und Pietro, auf Luca und Michele. Sie schossen sogar auf den kleinen Hund, der immer unter den Tischen lag und die Reste von den Tellern bekam. Sie machten alles kaputt, töteten alle. Nur das kleine Mädchen nicht.«

Luna hielt kurz inne und zog eine neue Zigarette aus der Packung. »Willst du auch eine?«

Il Macellaio schüttelte den Kopf, und Luna begann wieder zu rudern.

»Das kleine Mädchen hat überlebt. Weil es von den Felsen ins Meer gesprungen ist, genau in dem Moment, als die schwarzen Limousinen vor dem Restaurant hielten. Zufall? Glaubst du an Zufall?«

Wieder schüttelte Il Macellaio den Kopf. Sein Gesicht war noch fahler geworden.

»Ich nicht. Ich glaube an Schicksal.«

Sie legte den Kopf etwas schief und musterte ihn. »Ich glaube an Bestimmung. Willst du wissen, wie Pietro und Rosaria mit Nachnamen hießen?«

»Laverna«, beantwortete Il Macellaio ihre Frage.

Luna nickte nur. Die Stille über dem Styx schien zu vibrieren, wurde nur von den Schlägen des Ruders unterbrochen. Dann war ein Knirschen zu hören, als das Boot auf Grund stieß; ein kurzer Ruck, dann lag das Boot ruhig da.

»Seit ich deine Tochter Gloria gesehen habe, weiß ich, dass alles richtig ist. Dass es so sein musste, nur damit ich sie treffen konnte.«

»Ihr habt euch gegen mich verschworen.« Il Macellaio bäumte sich auf und tastete nach seiner Waffe.

»Ja. Es war ganz einfach. Angelo Pinottis Leute haben ja alles für mich erledigt. Ich musste mir die Hände mit euch nicht schmutzig machen.«

Il Macellaios Augen wurden dunkel, als er erkannte, dass sie wieder ans Ufer der Lebenden zurückgerudert war.

»Du hast den Skipper getötet. Absichtlich!«, keuchte er mit glühenden Augen. »Damit ich dir ausgeliefert bin! Du hast alles von langer Hand geplant!«

Luna beugte sich nach vorne, zog mit liebenswürdiger Geste die Waffe aus Il Macellaios Gürtel und warf sie in hohem Bogen in den Fluss.

»Damit du es nicht zu einfach hast bei deiner Überfahrt in der Unterwelt.«

»Du warst es, mit der Gloria gesprochen hat. Du warst es, und kein Liebhaber.«

Wieder nickte Luna. »Es ist mir ein Rätsel, wie ein so grässlicher Mann wie du so eine wunderbare, liebenswerte Tochter haben kann«, sagte sie, und ihre Stimme wurde rau, als sie ihre Hand nach Gloria ausstreckte.

»Nein!«, sagte Il Macellaio fassungslos. »Du elende Hure! Du vermaledeite lesbische Hure!«

»Sag nichts«, sagte Luna zu Gloria und nahm sie an der Hand. »Komm, Gloria, *amore mio.*« Sie half ihr ans Ufer, dann gab sie dem Boot einen Schubs. »Auf diesen Moment habe ich mein ganzes Leben gewartet«, erklärte sie ruhig und zog Gloria in ihre Arme. »Aber, alter Mann, das ist nicht das, was mich wirklich glücklich macht. Es ist deine Tochter, die mich alles vergessen lässt …«

Der Styx begann wieder zu kreiseln, tiefschwarz und unergründlich.

Die Sonnenstrahlen wanderten über den Platz, funkelten im Sprühnebel des Brunnens. Noch war die Luft angenehm, nicht zu heiß, und der leichte Wind, der durch die Gassen schlich, wehte ein wenig Kühle aus den dunklen Ecken. Der Platz begann zum Leben zu erwachen, als hätte ihn die Sonne wachgekitzelt.

Noch immer spürte Aurora die Lippen Leons warm und lebendig auf den ihren, ihr stockte der Atem, als sie die in der Sonne funkelnden Wassertropfen hinter ihm bemerkte. Sie schmiegte sich noch ein wenig enger an ihn, versuchte, ihn bei sich zu halten, bei den Lebenden, bei den Liebenden. Aber plötzlich hatte sie den Eindruck, dass er ihr entglitt, denn sein Griff lockerte sich ein wenig.

»Schieß mir ins Knie«, murmelte er an ihren Lippen, dann drückte er sie leicht von sich und sah ihr in die Augen.

»Wieso?«, fragte sie atemlos.

»Damit ich weiß, ob ich schon tot bin …«

Mit einer liebevollen Berührung seines Daumens wischte er ihr eine Träne von der Wange und lächelte ihr zu. Die Sonne funkelte jetzt auch in den winzigen Wassertropfen, die seine Haare benetzt hatten.

»Du bist nicht tot«, stellte sie richtig und streichelte ungläubig über seine Wange, staunend über das unerwartete Geschenk.

»Das wäre auch wirklich gemein. Jetzt, wo ich die Liebe meines Lebens gefunden habe.« Er berührte mit seinem Zeigefinger kurz ihre Nase und nahm sie dann bei der Hand. Es fühlte sich an, als hätte sie genau die Hand gefunden, in die die ihre gehörte. In ihrem Bauch begann es zu kribbeln. Ihr Körper schien plötzlich so leicht zu sein, dass es sich anfühlte, als könnte sie gleich zu schweben beginnen.

»Wie ich dich liebe«, erwiderte sie andächtig.

»Das Schwierigste steht uns noch bevor«, murmelte er. »Meine Eltern. Deine Eltern. Dieser blöde Besserwisser von Zwerg. Die anstrengende Tante Kassiopeia. Und wenn ich an die Familientreffen am Ätna denke …«

Aurora lachte, und sein Gesicht erhellte sich schlagartig, als hätte ihr Lachen ihn an das Wesentliche erinnert.

»Ich liebe dich auch«, sagte er plötzlich genauso andächtig wie sie zuvor. Dann zog er sie vom Brunnen weg. »Lass uns gehen …«